上海文化发展系列蓝皮书

THE BLUE BOOK SERIES ON

SHANGHAI CULTURAL DEVELOPMENT

上海文学发展报告
（2018）

ANNUAL REPORT ON LITERATURE DEVELOPMENT OF SHANGHAI
(2018)

当代文学的"中国经验"

主编／荣跃明

执行主编／王光东　陈占彪

上海人民出版社

上海书店出版社

上海文化发展系列蓝皮书
编辑部

（按姓氏笔画排列）

摘　要

　　"凡一代有一代之文学。""新时代"历史背景下,当代文学的生产、传播和样态都发生了深刻的变革。此数十年的发展,今天我们大致可以对当代文学此一"巨大而陌生的存在"做一整体性的体察。

　　《上海文学发展报告(2018)》聚焦主题为"当代文学的'中国经验'"。这体现为两个方面:一、随着世界范围里中国经济的迅速成长及其带来的文化自信,当代文学创作越来越重视"本土文化经验"(无论是丰厚的传统文化资源的开掘,还是复杂的当下社会现实的摹绘);二、随着新媒体的迅猛发展,网络文学的海量生产、付费阅读、产品再开发基本成熟和定型。本土特质、中国气息成为当代文学的一个显著特点。

　　本书就此一主题,邀请了陈思和、王晓明、莫言、食指、孙甘露、陈晓明、黄发有、蔡骏等一批当代作家和研究者,就当代文学版图的重构、当代文学的"世界视域"及"本土文化经验"、网络文学写作和产业新趋向、文学传播多元化与城市精神的建构等问题加以讨论和分析。既有批评家的理论概括,又有作家的"夫子自道";既有文本本身的分析,又有"文本之外"的考察;既有现状的梳理,又有问题的探讨。

要 旨

Abstract

"Each era has its own literature". On the historical occasion of the New Era, the producing process, textual communication and literary mode of contemporary Chinese literature have changed profoundly. Now we may have a general review of contemporary literature, the "huge yet unfamiliar existence" developing in recent decades.

Annual report on literature development of Shanghai (2018) concentrates on "Chinese experience in contemporary Chinese literature" which is depicted in two aspects. First, in the global context, with the rapid national economic growth and consequential cultural confidence, contemporary Chinese literature emphasizes more on "localized cultural experience", including exploring abundant traditional cultural resource and reflecting complicated current social reality. Second, with the rocketing development of new media, the mass production, mode of paying for reading and re-development of products in internet literature have been mature and formatted. Works with localized styles and Chinese patterns has been one of the distinguished characters of contemporary Chinese literature.

Based on this theme, Chen Sihe, Wang Xiaoming, Mo Yan, Shi Zhi, Sun Ganlu, Chen Xiaoming, Huang Fayou, Cai Jun and the other contemporary writers and critics are invited to discuss and analyze the reconstruction of layout of contemporary literature, "the international perspective" and "localized cultural experience", the writing and new momentum of internet literature, the diversity of literary communication and urban spirit. With internal study and external study, the report collects theoretical summarization of critics as well as self-experience introduced by writers to comb present situation and discuss relevant literary issues.

目　录

总　报　告

一、现状与思考

二、文学的"世界视野"

三、当代文学的"本土文化经验"

四、网络文学新趋势

五、文学传播多元化与城市精神

CONTENTS

Section Two: International Perspectives of Literature

Section Three: Localized Cultural Experience in Contemporary Chinese Literature

Section Four: New Momentum of Internet Literature

Section Five: Diversity of Literary Communication and Urban Spirit

总 报 告

当下中国文学发展中的几个问题

荣跃明　王光东　曹晓华

20 世纪 90 年代以来,中国当代文学、文化的发展经历着重大而深远的变革。其中网络文学的发展尤为迅猛。根据 CNNIC 最新发布的第 40 次《中国互联网络发展状况统计报告》显示,截至 2017 年 6 月,网络文学用户规模达到 3.53 亿,较去年底增加 1 936 万,占网民总体的 46.9%。① 网络文学的发展带来的泛娱乐化、通俗化的审美倾向持续影响与冲击着当代文学乃至当代文化的格局,这促使我们在互联网时代重新反思当代文学与"五四"新文学、晚清以来的通俗文学之间的复杂关联。同时当代文学在中国社会格局发生重大变化的历史语境中,作家对社会、现实、历史的思考也出现了许多新的文化因素,如何从"中国立场"出发,促进不同类型文学的健康发展和互融共通;如何用新时代的中国文本,讲好具有"民族性"和"世界性"的中国故事,都是需要我们面对和思考的文化命题。

---

① 中国互联网络信息中心,《第 40 次中国互联网络发展状况统计报告》,2017 年 7 月,第 43 页。

一、当代文学格局中的网络文学

从文学创作发展的整体历程来看,每一次重大的媒介变革都会对文学创作的面貌及其生存的内外环境产生巨大的影响,如今依托网络而生的网络文学即是如此。网络作为新媒介载体的介入,使得文学的生产场域发生了深刻的变化。

在新媒体时代,"网络文学"的诞生不仅改变了文学创作和传播方式,也模糊了许多概念的边界。本文所讨论的"网络文学",指主要依托网络平台创作、发布的作品。为了展开必要的论述,作为比较网络文学特质的对应物,"纯文学"这一概念关涉的文本指通过纸质出版平台、由作家独立创作、出版单位发布的作品。最早的网络文学研究可以追溯到 20 世纪 90 年代中期,但当时的研究更多从新媒体发展的特点入手。20 年后的网络文学"蔚为大观",无论是从数量规模、网络文学创作队伍还是从网络文学的读者受众来看,3 亿多的用户昭示着网络文学是一个无法漠视的巨大存在,而且对整个文学的发展产生了深刻影响。将网络文学放置在整体文学发展的大格局中进行考察和评价,是当下文学研究无法回避的问题。

(一)网络文学的生产机制

从创作传播以及阅读的过程来看,网络文学与传统意义上的文学创作、传播和阅读的过程迥然不同。从创作方式来看,传统的纸质文学创作是作者在相对独立的环境下进行的,而网络的即时共享性,却使得读者可以实时参与网络文学的创作,通过评论、互动交流、投票、拍砖等表达自己对作品的看法,在与作者的互动交流中影响作者的创作方向,使得网络文学的创作在某种意义上变成了读者与作者共同参与的集体创作;从作品发布方式来看,纸质文学由于需要经过审查、排版、印刷等发布流程,存在时间限制和门槛限制,尽管网络文学的发布仍存在网站审查的环节,但网站审查的是作品是否符合相关法规,对文学性、艺术性的要求不高,未含有色情、暴力等不良信息的作品基本都能发布出来,发表门槛较低,且发布时间大大缩短,使得网络文学相对于纸质文学而言,发表更为自由,内容形式更为随意,连载更新频率更高,创作数量也相应地更多;从创作机制来看,相比于纸质文学的以作者、作品为重,网络本身所具有的信息兼容和信息共享的特点使得网民面临更多的文化选择,网络文学与盛大集团、阅文集团等商业资本的联姻以及其依托"粉丝经济"的生存发展之道使得网络文学极为重视读者需求,读者的阅读需求和文化选择影响着网络文学创作的方向,促使类型分化更加精细。

网络文学的生产机制使其具有与纯文学不同的特点。第一,网络文学的作者追求作品的阅读量,迎合读者的趣味,因此"编"的痕迹较浓,更加倚重二手材料和"所谓的想象力"进行创作。对网络文学创作者而言,从开始网上创作,到作品产生影响,再到 IP 改编,"零门槛"的成长过程和纯文学作家的成长过程大不相同。在上海社会科学院文学研究所前不久举办的"当代文学格局中的网络文学"学术座谈会上,一批纯文学作家也指出了这个问题,他们在创作过程中更强调生活体验和个人的独特感悟。由于网络文学作者的年龄结构呈年轻化倾向,其中还有一批利用课余时间创作的学生,比起切实的生活体验,他们更倾向于从二手材料构建自己的文学故事。这也就意味着网络文学呈现出天马行空的行文特色,产生出玄幻、仙侠、二次元等新型的文学样式,并从武侠、科幻等已有的资源中汲取营养,形成自己的叙述体系。第二,网络文学中的编辑筛选环节被弱化。以往作家通过刊物、报纸或者出版社出版文学作品,必须通过编辑的筛选,而文学刊物的编辑有自己的选稿标准。在传统的文学生产过程中,编辑和评论家的角色无可替代。评论家通过专业的作品解读,引导读者理解作品的美学意涵。但在面对海量的网络文学作品时,这套传播筛选体系开始失效,这也从某种程度上直接影响当代文学的审美品格。

(二)资本推手与泛娱乐倾向

2003 年起点中文网率先推行付费阅读模式,激活了网络文学的生产链。网络文学作者需要保证自己连载更新的作品达到一定点击量,随后剩余章节转换为付费章节,读者只需小额支付,即可看到完整内容。这使当时还没有任何社会保障的网络写手们有了在网上"卖文为生"的可能。付费模式既引进了资本，也引入了竞争，各路写手竭尽所能吸引读者，此时粉丝群的意义逐渐凸显，各路网络文学"大神"纷纷涌现。粉丝的身份从传统的文学青年、文学爱好者群体中脱离出来，成为"造神"——即推动网络文学资本流一大原动力。"起点模式"为推动网络文学爆发式的增长提供了基础，进一步扩大了网络文学传播的范围以及它的影响力。阅文集团2016年网络文学发展报告显示，该集团旗下作者年分成稿酬100万以上的超过100人，①如此强大的资本推手也使网络文学作品普遍呈现出泛娱乐化和通俗化的倾向。

现如今，依赖付费阅读和广告收入的网络文学平台生存模式已经成为过去，国内各大网络文学运营方已转向全版权运营模式，从电影、电视剧、游戏、动漫的改编，到线上线下作品版权的营销，IP已不局限于网络上的字符，更成为无处不在的"造神"理念。换言之，网络文学的文化资本立足于作品，跨领域、跨媒体形成了无数流动的资金链。最近几年，《琅琊榜》、《欢乐颂》等一系列网络小说相继改编为备受大众追捧的电视剧。网络文学作者们突破了以往对传统作家生活经验的限制，用年轻的想象驰骋在多个不同题材的创作中，开拓了文学创作的全新领域。从创作内容来看，作者和读者都是与网络相伴成长的一代，在互联网文化贯通的大环境下，网络文学的表现内容宽广无界，吸收的文化资源繁杂多样，既与传统文化相承继，又与 ACG（Animation 动画、Comic 漫画、Game 游戏）文化相连通，呈现出多元交融的状态；从创作语言来看，由于网络文学直接面向广大网民，创作语言多融入常见的网络用语，叙述表达呈现出口头化、通俗化的特征。

20世纪80年代出版商一度将资本带入了纸质文学传播领域，但未像网络文学背后的资本推手这样大范围地深度介入实际文学生产过程。在追逐资本、迎合读者的过程中，网络文学作家的创作主体性被削弱，文学的娱乐消遣功能被进一步放大，这对作者认识问题的深刻程度以及文本承载的思想性都造成了影响。

---

① 参见阅文集团 2016 年网络文学发展报告。

（三）网络文学与批评困境

新的文学生产方式也同时带来了新的问题：网络媒介的即时性、快捷性在为作品发布带来便利的同时，也带来了碎片化、快餐式的创作和阅读，使创作者和接受者之间的文化交流停留在表面，难以深入，同时还带来了批量生产、粗制滥造、注水、抄袭、模式化严重等一系列问题；在以市场为导向，以读者为中心的创作环境下，网络文学的商业性日益显著而文学性却有所削弱，为吸引读者，不少网络文学创作一味猎奇求异，放大感官刺激，忽视精神内涵，存在低俗化的问题，而价值评判标准的缺位，在某种程度上又加剧了网络文学创作良莠不齐、价值观混乱的局面。

网络文学由资本、技术作为支撑，文学编辑跟评论家不再占据核心地位，这也就意味着文学承担的社会功能在网络文学领域中缺少监督和把关。长期以来，网络文学饱受诟病的原因之一就在于过度追求经济效益，其娱乐化的倾向难以承担起文学的社会责任。除了收费模式设置的榜单和推介，网络文学缺乏文学性的评介，粉丝投票成为衡量作品质量的重要标准，但读者粉丝毕竟和文学评论家不同，他们的每一次点击和投票，不仅可以出自个人的喜好，更有可能是粉丝经济营销的产物，纯粹依靠读者判定作品的质量是不可能的。纯文学中的编辑和评论家会在出版和评论过程中，依据自己在长期的文学实践活动中形成的审美经验，帮助读者理解和选择有意义的作品。但在网络文学中，面对无边无际并且每天还在不断扩大的文字海洋，传统的评论方法无法涵盖，评论家也无所适从。网络文学网站提供了类型化的标签，即都市小说、玄幻小说、历史小说等，成为一个粗略的分类标准，但近 200 种不同的分类互有重叠，这样的标准在各个网站门户之间也无法达成共识。

回溯中国现当代文学史，如今大行其道的类型化网络文学与传统意义上所说的通俗文学接近。例如晚清通俗文学中随处可见的"才子佳人"、"英雄救美"等叙述模式，与网络文学中颇有市场的"霸道总裁"小说十分相似。这也带来了现有的文学批评难以介入网络文学研究的另一个原因，即目前我国的文学批评人才，基本都是在高校中接受"五四"以来新文学精神熏陶的知识分子。"启蒙"作为一种文学理想,还留在大多数当代文学评论者的心中。而围绕这种立场建构起的一系列知识话语体系以及评论模式,都与精神气质上更接近通俗文学的网络文学有某种程度的差异。因此,文学批评如何有效地介入网络文学,提升网络文学的文学品格和审美价值,是今天当代文学发展过程中值得重视的一个问题。

(四)网络文学发展前景

从世界文学发展的大背景看,网络文学是科技和人文相融合的产物,它的生产与传播是一个开放性的过程,并且与中国传统文化有着深刻的内在关联。

中国的志怪传统以及各种类型的民间传说和神话谱系,代表着传统中国人最原初的世界观,也成为网络文学作家最为青睐的创作资源之一。比如《三生三世十里桃花》可以在中国传统神话谱系中找到相关的文化原型;不计其数的玄幻、仙侠、科幻小说创作中,大量借鉴了中国传统的时空观念,《搜神记》等古代志怪小说,也成为网络文学中灵异小说丰富的材料库;民间文学的想象传统给网络文学带来了灵感,也更新了诸如武侠题材在内的文学形式。在自觉或不自觉吸取传统文化养分的同时,网络文学也在面向世界,通过对传统文化资源的文本改造,呈现出科技感和未来感十足的多个面向。如何在互联网时代借助新媒体技术激活我国的传统文脉、将现代人的体验融合进新形式的文学创作中是网络文学创作面临的一个重大而有意义的问题。

文学不仅是个人的体验和表达,同时也是社会和时代的经验和表达。无须讳言,网络文学在表达社会理想、参与时代构建方面,是显得较为薄弱的。网络文学作家需要走出想象力搭建的书斋,在更广阔的现实领域中创作更好的作品。

二、当下"纯文学"创作

在这里所说的"纯文学"是相对于网络文学作品而言的、以"纸质出版"为载体、出版单位正式出版的具有较高审美品格的文学作品。当下这类文学作品与当下中国社会的巨大变化密切相关。当下的全球化、城镇化、工业化的发展进程,不仅使中国进入了世界性的、与其他国家相互联系的共存格局中,而且改变着中国内部已有的社会秩序和已有的结构形式。日益强化的物质—消费主义文化意识形态和经济—商业的利益主导性现实,深刻地影响着人们的日常生活观念。在消费意识形态和利益主导的现实生活中,相比如鱼得水的网络文学,纯文学创作的突围与坚守都不那么轻而易举。

最近几年,50后作家、60后作家仍是纯文学领域的中坚力量,70后作家仍在执着探索适合自己的创作道路,而80后作家也开始注重文学素养的沉淀,不断提炼深化自己的创作主题。从小说创作来看,贾平凹的《带灯》《老生》《极花》、王安忆的《匿名》、金宇澄的《繁花》、徐则臣的《耶路撒冷》《王成如海》等作品都以不同的方式回应着社会、历史中出现的重大问题,而阎连科的"神实主义"、余华和陈应松等人的"鬼神叙事"则以现实主义的变形创造出各具特色的社会"喻体"。从诗歌创作来看,通过"诗生活"等各种网络平台的传播,以及诗歌节、朗诵节等活动的宣传,原本较为边缘化的诗歌创作近年来频繁出现在大众视野中。诗歌生态回暖的同时,也有评论者担心互联网筛选功能会导致诗歌创作的圈子化问题更加严重,呼吁诗人走出自己的舒适圈,在诗歌创作的"差异"中获得进步。① 从散文创作来看,围绕"中国故事"展开的散文创作不在少数,而以传记、回忆体等"非虚构"文字进行创作的散文作品同样聚焦中国社会现实,熊培云、王树兴、车凤、杨献平等人将文字联结乡土情怀,李敬泽的《青鸟故事集》则成为散文界近年来的文体"跨界"创作的代表作品之一。

讨论新世纪以来的当代文学创作,不能回避的一个重要问题是城乡关系变化对文学带来的影响。

---

① 洪子诚:献给无限的少数人——谈大陆近年诗歌状况,中国诗歌网,http://www.zgshige.com/c/2017-01-11/2418883.shtml,2017-1-11。

（一）城乡关系与文学的"现代性"反思

中国城乡关系的变化直接影响到新世纪以来的文学创作。当工业化、市场化推动着中国社会加快城市化进程的时候,大量的农村人口进入了城市,城乡之间的流动,打破了中国当代社会的二元结构,所谓的"城里人"和"乡下人"的身份已不再明显。从宏观层面看,这种变化是中国当代社会的城市化进程所带来的人们对新生活的向往,物质的、欲望的、现代化的生活方式内化于人们的精神,转化为行动的力量。从具体的社会生活层面来说,这种变化必然对已有的社会秩序、已有的资源分配方式、已有的社会管理方式、已有的伦理道德行为规范等方面形成剧烈的冲击,从而带来政治的、经济的、道德的、法律等一系列问题。中国当代社会的这种变化对文学创作带来了深刻的影响,贾平凹的《秦腔》《高兴》,张炜的《你在高原》,余华的《兄弟》《第七天》,阎连科的《炸裂志》,王安忆《上种红菱下种藕》《匿名》等,都关心乡下人进城后的处境,并反思中国的城市化、现代化历史进程。王安忆的《匿名》把人类的几种生存方式都纳入小说的叙述中给予展示和思考。《匿名》是对人类生存方式的终极追问,也是对人类生存处境的悲悯。这样的悲悯成为新世纪以来许多小说的重要叙述情感,连接着作家对于现代性的思考,如贾平凹的《秦腔》、毕飞宇的《玉米》、张炜的《刺猬歌》等,都在不同程度上展现出现代化过程中失落的传统人伦。

在新世纪以来城乡流动背景下的小说创作中,"精神守望"和"现代生活反思"是他们文学想象展开的推动力。新世纪作家的叙述情感和想象动力为什么呈现出这样的特征呢? 理解这一问题首先需要说明的是当代"城乡"之间发生剧烈流动的原因。当代城乡之间的流动显然与当代社会的"现代生活"追求有关,因为城市作为现代生活的一种象征,对乡村有着巨大的诱惑力。那么,怎样理解"乡土"和"现代生活"的关系?

"现代生活"不是一个时间概念,是指与"传统生活"相对应的一种生活形态,是在与封建中世纪历史的对应中、不断展开的现代历史发展进程中产生的。对于这样一种不断发展的、变化的与现代政治、经济、文化密切联系在一起的"现代生活",很难用明晰的概念说明。它的基本特征是与理性、商品、消费、公民权利等联系在一起的一种生活形态。那么,中国当代乡土社会的"现代生活"是怎样的呢? 当代中国社会的"现代生活"形态与当代中国的政治、经济、文化发展是密切联系在一起的。中国当代社会的特殊结构形式和发展进程也决定了中国当代社会的"现代生活"呈现出与西方社会的差异性内容。理性—世俗、商品—市场、奢侈—欲望、权力—惩罚等西方现代社会的特征,在中国虽然正在发生或已经发生,但所遭遇的问题却更为复杂。当这样一些具有"现代"因素的生活方式、价值观念在中国乡土社会生活中出现时,中国乡土的文化世界在文学作品中发生了怎样的变化呢?

王安忆的《上种红菱下种藕》所描写的是介于城市和乡村之间的小镇生活,呈现着深厚的本土文化经验。她写的是小镇,是风俗,是文化,是种种人,是历史,是现实又是背景,就在这样的地方,秧宝宝和她的同学,李老师一家人,还有公公、爸爸、妈妈……一起演绎着生活的历史。在他们生活的展开过程中,出现了一些新的生活方式,搅乱了以往静穆、朴素、温馨的生活,这种新的生活方式主要体现在两个方面:第一,人们不再守在生存了许多年的土地上稳定的生活,有钱人的那种现代化的舒适生活成为吸引他们行动的重要力量,正是因为这种力量,秧宝宝的爸爸、妈妈把她寄养在李老师家走向城市,原有的生存逻辑以及与之相关的人性呈现形态也自然有了新的内涵。第二,与这种生活价值密切相关的是人们对于商品、市场产生了前所未有的热情。人们去办工厂、开商店、跑营销,金钱欲望与忙碌的奔波相交织,使生活在喧嚣中呈现出了勃勃的生机。一旦这种新的生活因素进入当代生活,相对稳定的人性、伦理、道德秩序也开始出现了微妙的变化,在这里人和人之间开始有了一次次不愉快的"碰撞",每一次碰撞后的和解都是"人性"向善的一次调整。他们就是这样在日常生活矛盾的纠缠中,忠诚而又务实地生活着,趟过了一段难忘的岁月。

当在《上种红菱下种藕》中读出这样的人生和历史时,我们分明看到了王安忆精神情感上的两种倾向:第一,对小镇上淳朴、合理的生存方式有着倾心的赞美和热爱;第二,对小镇上人事的变化、境遇的变化又有着无奈的悲悯和忧伤。王安忆的这种悲悯和忧伤,实际上包含着她对当代社会生活发展的某种忧虑——一方面她意识到"现代生活"所带来的某些东西并不都是美与善,它对人心与世界同样带来了伤害;另一方面她又看到了社会向"现代"发展的不可抗拒的历史力量。这种在城乡流动过程中产生的矛盾的、悲悯的叙述情感成为新世纪以来许多小说的一种重要特征,贾平凹的《秦腔》《高兴》,阎连科的《受活》《炸裂志》,尤凤伟的《泥鳅》,孙慧芬的《上塘书》《歇马山庄的女人》,毕飞宇的《玉米》,张炜的《刺猬歌》等作品中都渗透着这种情感,这种情感在20世纪以来的其他历史阶段也曾经出现过——鲁迅对于阿Q的悲悯,高晓声对于陈奂生的悲悯等,但其内涵是不同的,鲁迅、高晓生的悲悯来自启蒙的现代性诉求,王安忆、贾平凹等新世纪以来的小说则有着对现代性的反思。这种情感在贾平凹的《秦腔》中表现得更为突出,《秦腔》中的清风街不知不觉间发生了巨大的让人忧心的变化,奔波的人群在奔向新的生活目标的过程中,无情地改变着乡村已有的生活气韵,那象征着传统文化精神的秦腔,也在不可避免地被遗弃,贾平凹在"留恋"与不可抗拒的惶惑中陷入了深深的矛盾中,他在乡村人物命运悲悯的叙述过程中浸透着对无法抗拒的现代性生活来临时的反思。阎连科的《受活》却以决绝的背离和批判的姿态对变动的乡土世界中出现的新的生活方式进行了否定,他分明知道这种到来的现实不可抗拒,但是对这种不可抗拒的新的生活追求内心充满了深深的焦虑。为此,他写到了过去的历史,写到了在1949年之后的岁月里,流落于此的红军战士茅枝婆,带领村民加入到农业合作社建设进程中去后,这个平静、安谧的世外桃源便没有了平静的日子。在现实与历史的联系中,他看到了当下"受活庄人""向城而生"的流动过程中的命运,看到了中国社会中的"市场"与"权力"之间的密切关系。在西方现代社会,市场是由"商品"支撑的,而在中国当下的历史情境中市场却受到"权力"的控制,甚至可以说"市场经济"的展开在某种程度上是由权力推动的。在"市场"发育不健全的社会中,缺少法制规范和道德约束的金钱欲望,必然导致背离社会公德的行为产生,受活庄人被掠夺一空、受尽摧残的悲剧也就有了某种必然性,他对"受活庄人"悲悯的情感便渗透进了一种历史的宿命感。这种悲悯的、矛盾的叙述情感的产生显然与城乡流动过程中的"现代生活"反思有关,同时也构成了小说作品文学想象的内在力量。对"现代性生活"的反思必然导致对已有乡土民间生活的诗意化向往。在此,文学性的乡土世界往往呈现出善的伦理、美的情怀,还有城市化进程中酸楚世情的无奈、忧伤。在城乡流动过程中产生的这种文化力量成为文学想象的重要推动力。

阎连科的《受活》虚构了一个理想的生活世界:受活庄山清水秀、民风淳朴,虽然这里的人大部分有残疾,但却朴素、实在,按照自己的生活逻辑,勤劳、务实地幸福生活。这个稳定的、自在的民间,与变动的、发展的,充满了喧嚣的现代生活相对立,具有了诗意、人性、美善等特征。阎连科这种精神诉求在遭遇到"现代生活"因素的撞击时,两种力量冲突所产生的张力构成了其艺术想象展开的力量。这种力量推动着他去虚构、呈现受活庄人的人生命运。受活庄人为了改变贫穷生活,心甘情愿地组成了"绝术团",依靠残疾身体所赋予的独特技能走向了外部世界,那一个个生动的、鲜活的人物形象内心中都涌动着对于"钱"的渴望,特别是柳县长这样一个个性独特的艺术形象容纳了当下中国现实文化情境中丰富的文化信息,他是在乡村文化中成长起来的一个掌握权力的领导者,他拉动地方经济发展的方式是组织"绝术团"去挣钱,实现他购买列宁遗体建造纪念馆的梦想,起到振兴地方经济的目的。在这里,市场意识、政治梦想、经济目的以一种荒诞、传奇而又极为"真实"的方式纠缠在一起。柳县长这样一个拥有中国本土化"现代生活"追求的人物,在当下特殊的文化背景下,在权力、现代精神、本土传统伦理道德诸种文化因素相互纠缠过程中,他的"现代性冲动"注定了其无法完满实现的结局。当"受活庄"人和柳县长带着滴血的心回到"受活庄"时,"受活庄"作为一种精神守望的象征和反思现代生活的视点,引导着阎连科完成了对当下城乡流动生活的文学想象。尤凤伟《泥鳅》文学想象的力量也来源于此,在《泥鳅》中所写的人物大多是从乡村进入城市的"农民工",他们怀着朴素的改善生活的理想离开了故土,刚来到城市时,他们怀有"正派做人,认真做事"的朴素道德观念,但是在他们面前横亘着一个跨不过去的沟坎——生存,像国瑞、陶凤这样坚持自己道德的人不是死就是疯,而像吴姐、寇兰、小齐那样放弃道德底线的人才能生存,面对这样的现实,不等于说尤凤伟内心就认同这样的现实,他在道德、良心怎样被毁灭的叙述过程中,仍然有着对"道德人格"的呼唤,并且追问着、批判着造成这种社会现象的原因。尤凤伟在《〈泥鳅〉:我不能不写的一本现实题材书》中这样写道:"《泥鳅》写的是社会的一个疼痛点,也是一个几乎无法疗治的疼痛点。表面上是写了几个打工仔,事实上却是中国农民问题,农民问题可谓触目惊心。由于土地减少、负担加重、粮价低贱、投入与产出呈负数,农民在土地上看不到希望,只好把目光转向城市。"①在他对进入城市的"乡下人"的文学想象过程中我们同样看到了"精神守望"和"现代生活反思"的力量。范小青新世纪以来的短篇小说也同样如此,她以柔柔的目光,在城乡变动中,于日常生活的细致之处,审视着"乡下人"与"城里人"的内心灵魂和人性世界,她不回避生活的沉重和黑暗,但却执拗地在暗淡的生活中发现人性的温暖,守望着"精神的美与善",反思"现代生活"追求对"人心"的影响。《城乡简史》中的城里人在捐赠自己的图书时,丢了一个账本,后来这个账本被乡下人王才获得,账本中记载的一瓶四百七十五元钱的香薰精油,引发了王才进城的冲动。"一瓶香薰精油"所象征的显然是一种美好的生活方式,它诱导着乡下人王才走进了城里。在这个过程中,一种朴素的、简单的生活愿望连结起了城与乡,我们看到的是卑微中快乐的"人心"的满足,可是进城后乡下人也有他们的痛苦和生活给他们带来的沉重压力,有些作家笔下的"乡下人"进城后,在异质的生活环境中,为了生存做出了许多非道德甚至违法的事,让人备感苍凉和哀戚。范小青笔下的老胡在神经质的"自我想象"中折磨着自己,凡是他身边发生的那类"偷自行车"、"偷吃熟菜"以及"家庭失窃"等行为都会对他的心理造成影响,害得他多次丢失了工作。老胡自我想象的折磨过程,实际上是一颗善良、质朴的心灵与喧嚣混乱的外部世界的不协调产生的深刻矛盾,曲折地表达了对于非道德冲动行为的谴责。城乡之间的人口流动可能带来许许多多的社会问题,在这种变动中,一个人也可能做出一些后悔的事情,但对于爱、对于人的善

---

① 尤凤伟:《〈泥鳅〉:我不能不写的一本现实题材书》,中国网,http://www.china.com.cn/zhuanti2005/txt/2002-09/10/content_5202068.htm,2002-9-10。

良本性的坚持,却是我们这个时代最为珍贵的东西,它虽然柔弱,却有着巨大的力量,它能使草地变绿、天空变蓝,空气变得新鲜,世界变得美好。这也正是"精神守望"和"现代生活反思"作为文学想象的动力在今天的文学创作中所具有的重要意义和价值。

(二)文学与传统

在今天的文学创作中,作家不仅重视借鉴吸收西方文学元素,而且还重视中国传统文学的审美内容和艺术表现形式,如格非的《江南三部曲》,以及范小青的《我的名字叫王村》《桂香街》等。

作家作品中的"现代"和"传统"是非常复杂的问题,没有"传统"的根基,"现代"就无所依托,没有现代精神就无法完成"传统"的创造性转化。在"五四"新文化、新文学的生成和发展的过程中,现代作家都在不同程度地回应着传统的文化精神。胡适在《白话文学史》中辨析五四白话文学的源头,着重强调了传统的民间文化精神在文学发展中的作用,从而将中国已有的白话文学传统和五四白话文运动联系起来。郭沫若《论中德文化书》比较了"五四"新文化与传统儒家文化及道家文化的关系,赋予儒道以新的文化内涵,凸显个性解放和个人在时代洪流中的责任担当。由此看来,传统只有被新的思想激活在当代文学创作中才有意义。韩少功在谈到新时期的寻根文学时说,寻根"是一种对民族的重新认识,一种审美意识中潜在历史因素的苏醒,一种追求和把握人世无限感和永恒感的对象化表现"。[1]他谈到 20 世纪 80 年代中期前后的小说时说:"近来,一个值得欣喜的现象是:作家们开始投出眼光,重新审视脚下的国土,回顾民族的昨天,有了新的文学觉悟。贾平凹的'商州'系列小说,带上了浓郁的秦汉文化色彩,体现了他对商州细心的地理、历史及民性的考察,自成格局,拓展新境;李杭育的'葛川江'系列小说则颇得吴越文化的气韵。"[2] 这种对传统文化的再认识,可能是中国当代文学优秀作品产生的前

---

[1]　韩少功:《文学的根》,山东文艺出版社,2001 年,第 79—80 页。
[2]　韩少功:《文学的根》,山东文艺出版社,2001 年,第 79 页。

提,韩少功借助对高更的评价说出了这一道理,他认为高更之所以创造出了杰作,是他到土著野民所在的丛林里,长年隐居,含辛茹苦,在原始文化中找到了现代艺术的支点。这个支点的确立过程就是历史与现实、传统与现代之间意义关系的确立过程,在这个过程中,不仅拓展了文化的纵深感,而且使作家心灵释放出独特的、蕴含着民族文化精神的审美能量。当下中国"正在经历实现现代化和反思现代性这双重的挤压,正在承受经济、政治、文化、社会习俗各方面的变化和震荡。每个人在这个大漩涡里寻求精神的救助"。① 在这种情况下,作家更应重视传统文化、文学中的有益内容,这些有益内容有可能成为我们回应现代生活,重建生活诗学的出发点,由此我们应以更为自觉的意识,激活传统,获得文化生命的更新和再生,讲好中国故事,创造出无愧于时代的优秀作品。

三、共融新生: 文学的传播与发展趋势

当下的文学发展进程是多元和复杂的,不仅有网络文学、以纸质出版为媒介的"纯文学",而且文学传播的形式愈发多样。网络文学通过新媒体技术多渠道传播,打开了广阔的市场,并拥有了数量众多的读者。网络文学的繁荣不仅限于其自身的发展格局,更影响了当代文学的传播走向。纯文学作家也在逐步加入到各种与读者近距离互动的活动中来,运用各类线上线下的社交媒体平台与读者面对面沟通。

从上海的文学传播实际来看,民间诗社的复活和大量涌现成为新世纪以来上海文学文化领域的一大亮点,也成为新媒体技术激活传统文脉的一个典型案例。20 世纪的上海民间诗歌一度引领全国的诗歌浪潮,"海上诗群"、"撒娇派"、"城市人"等诗社将上海都市的生活体验融入新诗创作之中。新世纪以来上海民间诗社在互联网技术的普及下复苏。这个昔日被小众化、边缘化的文学体裁在自媒体等数字平台上重获新生,并通过更加多样的传播形式深

---

① 韩少功:《文学的根》,山东文艺出版社,2001 年,第 213 页。

入各个社区,不仅培养了一大批热爱诗歌的读者,还催生了诸如"松江华亭诗社"、"浦东诗社"等新兴诗社。目前有接近200多家民间诗社,因其更为自由、更加亲民的组织方式产生了广泛的社会影响。海派文化的精神,随着民间诗社的兴起也焕发出新的活力;传统文学体裁和新媒体技术的有效融合,为当代文学的发展提供了灵感源泉。

上海作协组织的思南读书会也是纯文学以新方式深入公共阅读领域的实践范例。每周六下午,读者可以在思南公馆与不同的作家和出版人近距离分享阅读体验。与常态化的免费读书会相对应,2017年11月初,"快闪书店"思南书局·概念店开张,在短短六十天内迎接60位驻店作家,推荐自己喜爱的书籍,与市民大众一起分享阅读的快乐。思南读书会等活动还与每年的上海书展等大型出版交流平台结合,打造出综合性的互动效果,积极参与上海城市精神的建构。"快闪店"(pop-up store)本是零售业新业态,结合微信公众号、微博等社交平台,思南书局、"快闪书局"在短时间内集聚了较高的人气,通过新颖的形式让有深度的文字温暖了书迷们的冬天。

新世纪以来的文学发展固然离不开"网络"这一科技元素,但"网络"并不构成封闭的文本生产场域,而是成了人们日常生活不可或缺的一部分。只有将网络文学纳入当代文学创作和评论的视野中,重视网络文学在多元文学格局中的作用,才能引导网络文学良性发展。同时,网络文学和纯文学也不再壁垒分明,新媒体技术为所有的文学创作者提供了无限可能,无论是白纸上的油墨符号还是屏幕上的字符,其传递的现代性文学表达和新时代的人文精神才是我们始终不变的关注焦点。

一、现状与思考

1

六分天下：今天的中国文学

王晓明*

摘　要　最近十五年，中国大陆的文学地图明显改变。不但"网络文学"迅猛膨胀、急剧分化，纸面文学内部也快速重划领地：以《收获》、《人民文学》为首的"严肃文学"的影响范围明显缩小，《最小说》一类"新资本主义文学"急剧扩张，《独唱团》更是异军突起，竖起"第三方向"的路标。文学地图的巨变背后，是社会结构、科技条件、政治/经济/文化机制及其相互关系的深刻变化。面对新的文学格局，评论和研究者必须放大视野、转换思路、发展新的分析工具。当代世界，文学绝非命定"边缘"之事，就看文学人怎么做了。

关键词　文学地图的巨变　网络文学　"严肃文学"　"新资本主义文学"

---

* 王晓明，上海大学中文系教授。主要研究方向为 20 世纪中国文学研究、当代文化研究、中国近现代思想研究等。代表作有《沙汀艾芜的小说世界》、《鲁迅传》、《刺丛里的求索》、《王晓明自选集》、《在思想和文学之间》等。

一

仅仅十多年,中国大陆的文学地图就大变了。①

首先是"网络文学"。这似乎是中国大陆特有的现象,世界其他地方,即便有网络文学,气势也没有中国大陆的这么旺,对"纸面文学"的冲击,更不如我们见到的这么大。从1992年前后"图雅"等人的诗歌和小说算起,中国大陆网络文学的历史还不到20年。可是,如果翻翻这些数据:主要的文学网站上每天新发表的小说的字数、②一些有名的网络小说的访问和跟帖量,③再去任意一间稍大的书店的文学新书架,数数那上面网络小说占的比例,④再看看网络小说被拍成影视作品的规模,以及地铁和病房里年轻人读手机小说的热情,⑤你一定会说:今天,网络文学足可与纸面文学平分天下了。

① 这里说的"十多年",是指这个大变明显表现出来的时间,它的实际形成的时间,当然不止"十多年",1990年代初,王朔的小说走出北京,在各地引起大群不习惯京腔的读者的热烈共鸣,就已经表征了这个变的开始。
② 据"盛大文学有限公司"的官方网站(www.sd-wx.com.cn)的数据,截至2010年第3季度,该公司旗下的7家文学网站每天上传的新的作品的总字数,约为8 300万字。2010年12月,该公司CEO侯小强在回应中央电视台的批评时,更将每天的新增量表述为"近亿字"。因为是商业宣传和"危机公关",这些表述都有夸大之嫌,但即便打对折,对比纸面出版的字数(2010年代后期,每年新出版的长篇小说为1 000—1 200部,以每部30万字计,一年的总字数不到盛大公司所属网站一周的新增量),网络文学作品的日增量,依然惊人。
③ 从"痞子蔡"的《第一次亲密接触》(1998)传入大陆网站开始,出名的网络小说多能在很短的时间里引聚很大的访问量,例如慕容雪村的《成都,今夜请将我遗忘》(2002),不到一周即有超过20万人次的访问量;"天涯蓝药师"的《80年代——睡在东莞》(2009),则在不到半年的时间里,造成超过200万人次的访问量。
④ 在网络上成名的文学作品的大规模纸面化,除了直接挤占纸面文学作品的书店份额,还可能在更深层次上引发后者本身的"网络文学化"。网络文学与纸面文学的最主要的区别,不在其物质形式(电脑类屏幕还是纸面),而在不同的物质/技术条件对作品成形(从创作到阅读)的深度干预所造成的作品的内生逻辑,只要对比"手机小说"与刘震云、张炜那样的鸿篇巨制的形式差别,就能明白这种内生逻辑上的明显不同。极端地说,如果书店里的大多数文学作品都主要是依照网络文学的那些内生逻辑创作出来的(幸运的是,目前这还没有成为现实),那么,无论这些作品是否先在网上发表,都说明了文学的"纸面性"的整体溃败。
⑤ 当然,用手机看小说,并不就一定是看网络小说。2008年7月,我在上海北部某中型专科医院的住院部,曾随机访问过5位年轻病人及其陪床的家属,她(他)们都喜欢用手机看小说,觉得方便、省钱,而其手机上存储的小说中,就有大约三分之一是纸面文学的网络版(其余都是网络小说)。

这不奇怪。中国是文字大国,每年都新添无数跃跃欲试的文学青年。可是,与这巨大潮水相对的,却是通道的稀少和淤塞:大的方面就不提了,单就文学领域来说,几乎所有重要的纸面文学媒体,都归属于各级政府;整个 1990 年代,政府对各种文学媒体的管制尺度,总体上是逐步收紧;在长期集权体制下形成的所谓"文学界",其行规的凝固、群体边界的封闭,在这一时期也越来越高;①由政府、官办出版社/书店和各种"二渠道"民间资本②合力形成的图书市场,虽然迅速取代作家协会,成为影响文学创作的老大势力,它的潜规则的拘束、狭隘和保守,却一点不亚于作家协会……

在这样的情形下,你当可想象,一旦电脑开始普及、互联网在大陆迅速铺开,淤塞的文学潮水会如何激荡。成千上万不能在纸面实现文学梦想的年轻人,立刻涌进互联网,其中相当一部分,更直扑纸面文学的两大禁区:"政治"和"性"。各种毫不掩饰的嬉笑怒骂,和开始还有点控制、很快就肆无忌惮的色情描写,爆发性地在网上流传。

在纸面世界里,并不是没有作家试图打破禁区,莫言的《天堂蒜苔之歌》(1988)、贾平凹的《废都》(1993),以及阎连科一步踏进两个禁区的《为人民服务》(2005),都是明显的例子。但是,随之而来的各种限制和惩罚,足以让作者暂时——或就此长期——止步,后继和跟风者消失。

网上就不同了,只要有人起了头,后面就是一大群,你写一步,我写十步,键盘一按就贴上去了,读者的反应也很快就来了,大家都是化名,你想找也找不着……③显然,正是这样的自由表达的兴奋,掀起了网络文学的第一波

① 以作家协会为例,与 1980 年代相比,整个 1990 年代,活跃在创作一线的作家对从中央到地方的作家协会的影响力都持续减弱,越来越多的官员(不少直接出自各级宣传部)出任作家协会及其所属杂志的领导人,尽管其中不乏喜爱文学写作,甚至造诣不错的人,但其本职身份却是官员,而非作家。同时,各级作家协会对文学新人的影响力持续减弱,这一时期涌现的文学新人大部分都不再主动申请加入作家协会。

② 其主要形式是所谓"民营"书店,例如在 1990 年代曾快速连锁扩张的"席殊书屋"。

③ 当然,榕树下网站还是设有后台审查员的,只不过尺度相对宽松很多(参见七格等:《神圣书写帝国》,上海书店,2010 年)。1990 年代晚期互联网开始热闹的时候,由于各种行政和技术条件的限制,政府来不及建立有效的监管系统,那一时期网上的表达空间,确实相当大,比如,据"慕容雪村"自述,他的网络成名作《成都,今夜请将我忘记》2002 年 4 月在天涯社区首发并引起网上的轰动效应之后,虽立即引起成都公安部门的关注,他的人身自由却并未遭遇(转下页)

大浪。①

惟其是乘着自由之风扶摇而上，第一代网络文学的作者，大都不掩饰对于纸面文学的挑战姿态，一时间，将"纸面"等同于"传统"的称呼满天飞，而在当时的中国，"传统"的第一词义就是"过时"。2000 年 1 月，"榕树下"网站举办"首届网络原创文学作品奖颁奖典礼"，一批刚冒头的网络作家（李寻欢、安妮宝贝、宁财神、Siege……），与多位资深的文学名家（余秋雨、王安忆、王朔……）并排登台，以评委身份授奖。上海商城剧院里的这个豪华的仪式，清晰无误地显示了一个新的文学世界的"崛起"之势。

二

但这只是事情的一面。就在网络文学高举自由的旗帜一路前冲的时候，大资本的手也伸进来了。在中国大陆，从 1990 年代中期开始，各种"民营"资本一直以各种方式渗入文化领域。但是，一来自己的体量不够大，二来也觉得"文学"的市场价值不够高，"民营"资本始终没有大规模地进入网络文学的领域。倒是海外资本一度探头探脑，但都只是试探一下，并不大动作。②但到2000 年代晚期，情况不同了，从电影到网络游戏的各类视觉文化生产的持续混

（接上页）限制。正是类似这样的种种情况，令当时的主流民意确信"网络是自由的"，以至 2002 年 6 月新闻出版署和信息产业部联合颁布《互联网出版管理暂行规定》时，陈永苗等一百余人（多数以网名自署）还联名在网上发布"控诉书"。这与民意对政府对纸面媒体的长期监管的默认，对比鲜明。当然，现在的情况完全不同了，1999 年就在网上开专栏的张辛欣（1980 年代名重一时的作家）在 2010 年末感慨地说："曾经是自由表达和幻想的第四空间，现在是比纸媒更谨慎的雷区。"（见舒晋瑜：《张辛欣：我》，《中华读书报》2010 年 12 月 22 日）

① "榕树下"的创办人朱威廉就如此定义"网络文学"：这是网络上的"大众文学"，能绕开出版社和报刊编辑的审查，自由发表。1990 年代晚期的重要网络作家邢育森，也如此描述他上网写作的动力："在没有上网之前，我生命中很多东西被压抑在社会角色和日常生活之中。是网络，是在网络上的交流，让我感受到了自己本身的一些很纯粹的东西，解脱释放了出来……"此处引自落叶飞天：《论中国网络文学的发展与现状》（www.goodmood.cn）。

② 1998 年 8 月朱威廉成立"上海榕树下计算机有限公司"，将原先以个人网页的方式存在的"榕树下"改成正式的"原创文学"网站时，他所融得的投资仅 120 万美元。2002 年贝塔斯曼中国公司以 1 000 万美元的名义款项收购"榕树下"网站，是海外资本进入网络文学领域的最大行动，但收购以后，贝塔斯曼并未投入较大经费以重整该网站的旗鼓。

战,已经培育出一批体量庞大的"民营"公司,一旦注意到十年间网络文学的持续增长,它们立刻嗅出了其中的巨大商机。

2008 年 7 月,以网络游戏起家、总部设于上海的盛大公司,斥资数亿元①,一举收购了 4 家在大陆排名前列的文学网站,加上早就纳入囊中的"起点中文网",②合组为"盛大文学"③股份有限公司,声势浩大地推出了一系列以"原创文学"盈利的新模式:从简捷原始的"付费再现阅读",到各种令人眼花缭乱的多媒体——包括纸质媒体——推广,以及与作者的形式繁多的利润分成。

大资本的直接介入,其网上文学盈利模式的强力推广,从根本上改变了网络文学的基本走向。不知不觉间,"资本增值"的无穷欲望,取代"自由创造"的快乐精神,成了网络文学的第一推手。④靠着对潜在读者的精准把握,"盛大文学"公司及其同道迅速将"类型小说"推上了文学展销台的中心位置;在这个基础上,它们更调动原已掌握的其他各种文化和技术媒介,特别是各类网络视觉产品,大幅度扩充文学的"类型"及其跨媒介属性。即以"起点中文网"为例,其首页列出的 16 个文学类型⑤中,大约有一半,是网络文学兴起以前的通俗小说没有——或不成一个稳定类型——的,⑥亦有三分之一,明显超出了原来通行的"文学"范围:它们似乎是小说,但也同时是某种其他文化形式的文字脚本:动漫、电视剧、MTV、网络游戏……⑦

---

① 单是 2008 年对"起点中文网"的投资就达 1 亿元人民币。

② 分别是"红袖添香网"、"晋江文学城"、"榕树下"和"小说阅读网"。后来又增加了"潇湘书院","起点中文网"则分设一个"起点女生网",到 2011 年初,盛大文学公司运营的"原创文学网站"达到了 7 家。此外,"起点中文网"还设有一个"手机网",力图覆盖手机屏幕。

③ 可以将"盛大文学"视为一个含义相当精准的新词,用来称呼网络文学中被大资本所造就的那个部分:它属于类似"盛大"这样的文学公司,也因此能快速膨胀、以"盛大"的规模取胜。

④ 在主要是靠计算点击率而决定作者所得的分成模式的刺激下,"读者爱看什么我就写什么"很快就成为大多数在盈利性文学网站签约的作者的第一写作原则。

⑤ 每一大类下面,又有数量不等的二级类,例如,根据该网站"起点书库"2009 年 7 月公布的分类表,这 16 大类中位居第一的"奇幻"类下,就有"魔法校园"、"西方奇幻"和"吸血家族"3 个二级类;位居第二的"玄幻"类下,则有"变身情缘"、"东方奇幻"等 6 个二级类。需要说明的是,该网站会根据作者投稿和读者反应的变化,隔一段时间调整一次分类,其中的二级和三级分类,有时变化甚大,首页上列出的一级分类,则大体保持不变。

⑥ 如"奇幻"、"玄幻"中的大部分二级类别、"军事"中的一部分(特别是"战争幻想"部分)、"竞技",以及所有与非"文学"因素结合而成的新类别。

⑦ 如"游戏"、"漫画"、"同人"和"剧本"这几个大类中的大部分二级类别。

这是在以产业化的方式大规模地经营文学了。网络作者的脑力、通俗小说迷的模式化的欣赏习惯、年轻网民的跨媒介阅读兴趣……统统成了生产资料。当别国的大资本纷纷涌入影视、建筑、音乐、美术、网络游戏等领域、大兴"创意产业"的时候，中国的大资本却独具慧眼，到文学里来淘金。①其第一步，就是以"盛大文学"为先导，通吃整个网络文学。

还有第二步、第三步。"盛大文学"公司的CEO侯小强预言，随着"盛大文学"的全面推进，网络文学和纸面文学也将重归于一："没有什么传统文学、网络文学，文学就是文学，所谓的'网络文学'可以退出历史舞台了。将来文学将完成在网络平台上的统一，这就是'盛大文学'正在做的。我们已经与中国作协取得合作，进一步获得主流认可。"②

只有巨大的资本，才能养出这么大的野心。

三

不过，至少目前为止，"盛大文学"还远未能在网络的世界里一手遮天。大资本的胃口虽然凶猛，它的兴趣却很狭隘，它好像是要把一切都搞成让它赚钱的东西，但是，一旦觉得搞起来不划算，即便已经抓在手里的，它也会迅速丢开。比如文学作者与读者的"即时"互动，这是互联网的一大创造，也几乎从一开始，就被"盛大"式的文学产业盯上了，但是，这种互动的散漫多变的特性，与"盛大文学"追求的模式化状态，③毕竟距离太大，所以，它至今基本上还是一块荒地，没有被大资本仔细地圈垦过。而恰恰是这个互动，在网络文学兴起时的那种自由风气大面积退潮之后，在"盛大文学"的高墙之外，继续滋养一片特别的天地。

① "盛大"集团总裁陈天侨说得很明白："在成功利用创新的互联网模式推动网游业发展之后，盛大就一直在思考，同样的思路和模式，能否复制到其他传统的文化产业中去？"见钱亦蕉：《文学，"梦开始的地方"——盛大文学公司CEO侯小强专访》，《新民周刊》2009年第2期。
② 同上注内钱亦蕉文。
③ 尽管这种模式化的主要的表现形式，已经越来越明显地从可重复的标准划一，转向往往看上去像是一次性的花样翻新。

这天地的边界并不清晰,既没有连成一个整体,也随时都在变化,有点像中世纪欧洲城市里的大学,东一幢楼,西一间屋,分散镶嵌在大街小巷。随着"盛大文学"攻城略地,有名的文学网站一个个俯首称臣,这天地似乎逐渐退入博客和小网站上的个人网页,以"小范围"——相对于"盛大文学"式的"大呼隆"——的传播,四面扬花。这当然未必持久,目前这种博客式的空间形式及其阅读和讨论群体,一直都在变化。不过,人生世界,尤其今天,大概也没有什么形式——无论哪一类的——能够坚固不变,所有的不变,都只有寄寓在"变"中才能实存。我就姑且用"博客文学",来称呼这片天地吧。

各种各样的人到这里来发表作品:有文名颇盛的纸面文学作家,退休了,用化名在博客上发表长篇小说,与几十个读者——其中还有远在北美的——在留言板上持续探讨,不亦乐乎,一部写完了,接着再写第二部;有出身名校政治学系的 70 后男性专业人士,应该是忙得四脚朝天了,却一有空就进博客发同性恋小说,而且是女同性恋小说,写龄还不短;有地处山野小镇的年轻女子,白天在旅馆前台打工,晚上却隔三岔五往博客上发长长短短的散文式感言,一见有谁留下只言片语,就高兴得不行,回复一大段……

这样的举例可以无穷无尽、千差万别,但有一点是相通:这些人绝大部分不是冲着钱来的,"博客文学"的后台里,没有人统计字数和点击量。虽然这些博客和个人网页能够存在,多半与资本逻辑的运行有关,①但这些老老少少所以进博客来持续"涂鸦",主要还是因为,这里有一样比钱更能吸引他们的东西:读者。不是那种眼神散漫、频繁点击,只为松弛疲惫身心而来的读者,而是另一些定睛细看、热切关心、要对作者说话,甚至一路跟着走很远的读者。说得粗糙一点,他们不光是来表达,更是来寻找倾听和关切的。当今社会,表达固然受限,倾听和关切更是稀少。

这里确实有读者,成千上万。他们不光读,还评论——有的甚至骂骂咧

---

① 例如被商业网站利用来博取人气(新浪网即是始作俑者)。有一些文学博客,其实是由大大小小的"盛大"式公司,为了扶持其看好的签约作家而帮助建立,或者作为宣传工具而出资维持的。也有一些"博客文学"的作者,是将这里当做跳板,先来锻炼身手、联络人气,以便日后更顺利地转往"盛大文学"或其他(包括纸面)市场。

咧、建议——有些非常专业，甚至——往往是作者迟迟不更新的时候——挽起袖子、下场献技，把一个本来是围观独奏的场面，几乎搅成"接龙"式的集体竞技！这里也有纸面世界那样界限分明的单向的写→读关系，但更多的，却是种种即时性很高、基本是自由无羁的双向关系：读—写、读—读，甚至写—写。这些关系不断地改变作者和读者的位置，甚至互换他们的身份。网外养成的种种界限和等级，到这里不知不觉就乱了。门外世道叵测、弱肉强食，这里却多有呼应、好赖能取一点温暖：若干逾越文学范围、在一段时间里相当稳定的"准社群"认同，也开始在这里形成。

这造成了"博客文学"的两个似乎矛盾的特点。

其一，因为空间分散、读写互动，"博客文学"很快形成了一种似乎是以无章法为章法的生长模式。倘说纸面文学是暴发户的花园，常常被大剪刀修裁得等级森严，"网络文学"却有点像城外的野地，短树长草一齐长，互不相让。比方说，最初由报纸创造的"连载"方式，在这里是广泛运用了，但鲁迅、张恨水那种面对读者的优势地位，[①]在这里却难以维持。一想到几十个读者每天晚上都可能点进自己的博客等着看下文，即便慢性子的作者，也会被催得慌吧？如果那几位屡屡给你建议和鼓励，因此被你下意识地视为同道的"资深"读者，忽然都不见了，你就是素来自信，是不是也不免要生出一丝沮丧和惶惑？

世上其实没有真无章法的地方。近身层面的秩序散了，稍远或稍下层面的秩序就会浮上来，隐隐约约地取而代之。多位80后的网络作家坚持说："真正的网络文学"不是别的，就是"全民娱乐"，是"放松、好玩和消遣"；[②]"博客文学"的整体水平持续徘徊、始终是一副业余身段，引得读者都开始普遍抱怨；尤其在想象力和突破力方面，至少到目前为止，"博客文学"并没有表现出当初期许的那种进步，与譬如1980年代的小说相比，无论"形式"还是"内容"，今天

---

① 报纸的连载小说或其他文体的专栏，虽也时常发生根据读者反馈调整情节、作者，甚至腰斩连载的情况，但总体来说，报纸连载还是更多地体现了作者和报纸经营者影响乃至调动读者（所谓"吊读者胃口"）的强势地位。

② 2010年12月，"中文在线"旗下的"一起看小说网"在北京举办第4届作者年会，多位年轻的网络作家在会上发表了类似的看法，参见《中华读书报》"网络时代"版的相关报道。

的"博客文学"似乎都相当保守①……目睹这种种情况,你一定深感那些来自社会深层的强制力的牢固吧? 一时的自由,并不能消除长期禁锢所造成的狭隘和贫瘠,何况现在,即便网络世界里,也远非真正能无拘无束。

但还有其二。虽然野地里一时养不壮优异的文学花木,杂草丛生之中,文学与非文学的边界,却实实在在被打破了。在纸面世界,是那些软硬不等的制度:大学中文系的学科分类、文学杂志的栏目、出版社的经营范围、书店的分类标签、作家协会的组别……划定和维持着边界,但这里,那些制度基本不管用。相反,是另一些更无形的因素,在影响人们对"边界"的感受:由跳跃式点击主导的网上阅读方式、网外生活中多媒体交互影响下形成的感受和表达习惯、作者/读者互动过程对奇思异想的激发效应……那些天性中本就有一股偏要踩线越界才快活的热情的写作者,当然要在"博客文学"里跨过来跨过去了。

四

正是这个在网络上被大大激发起来的跨界的冲动,造成了网络文学的一片极大、但其未来走向也极多样的新空间。这里不像"博客文学"那么安静,大大小小的各式资本,都吹吹打打,进来占一块地。但也因此,一些本来只是心血来潮的念头,反而可能借其力,实现为五花八门的新文体,甚至更大类的新媒介。只要还没有赢家通吃,资本的活跃,有时候也能为其他冲动,提供行动的条件。

其中一个明显的趋势,是文字与图像、音乐表达的多样混合:有动漫那样基本由图像主导、但借用了不少文学和音乐因素的,也有如《草泥马之歌》(2009)和《重庆洋人街标语集锦》(2009)那样,仍以文字为主、却套上一件图

① 从表面上看,"博客文学"似乎五花八门,什么都有,但是,如果将"对社会的主流价值观念、思维方式、情感倾向、表达模式……的差异性/挑战性"视为文学想象力的不可或缺的因素,今天的"博客文学"在想象力上的整体的保守性,还是非常明显的。

像和音乐外衣的；大量是商业性的，也有非商业的；大部分自律颇严、甚少违碍，但也有嬉笑怒骂、锋芒毕露的①……

即便文字作品，文学与非文学的混合也愈益多样，文类身份不明的作品层出不穷，从"当年明月"的《明朝那些事儿》那样的长篇巨制，②到形形色色的讽刺文：拟名人讲话、寓言式笑话、对联、歌词和诗词改写……③其中许多——往往篇幅短小的——作品，文字之活泼犀利、思路之聪敏跳跃，那样肆无忌惮地发掘核心字词的表意潜力，都每每令我惊叹。一些高度凝聚了当代生活的某种特质、值得刻入历史的词汇与句式——例如"打酱油"和"被……"，常是因了这些作品的托举而脍炙人口。倘说剔发文字的符号指涉能量，正是诗对这个将一切——包括文字——都视为工具、竭力压扁的时代的重大抵抗之一，这些文类暧昧的作品，就正体现了这个时代的某种诗性。

更值得注意的，是文学与游戏的结合。在中国大陆，对男性青少年影响特别大的网络游戏，已经养育出规模全球第二而设计能力第三的巨大产业，中国玩家的技术水准，据说也到了全球第二。文学本是网游得以开发的基础之一；中国的网游开发业，近年开始发展内容的民族特色，更加大了对文学——不仅是网络文学——文本的利用。尤其是，玩着网游长大的一代或两代人，用不了10年，就会成为文学——无论网上网下——的主要读者群，和可能最大的作者群之一，网游对未来文学的影响之大，也就不必说了。事实上，今天已经出现了不少主要以网游作品——而非文学经典——为样板的文学、图像甚至建筑

---

① 例如2010年3月在网易房产论坛出现的视频作品《楼市春晚》，全长14分钟，以充满讽刺意味的新编台词、歌词、画外音、恶搞人名和地名谐音词等，结合当年春节晚会的画面，尖锐表达对于房价高涨的愤慨之意。同年1月在土豆网上开始流传的长达64分钟的视频作品《看你妹之网瘾战争》，更是富含多方面的社会和政治批评，风靡一时，并在土豆网和中银集团合办的"2010土豆映像节"上，获"金土豆奖"。

② 这部系列作品同时兼有"白话散文体史书"和"历史小说"两种特质，入选2010年南方周末组织评选的"十年给力网络文学"，名列第9。

③ 严格说起来，目前在网上流传的这些混合型的讽刺文类，除少数（如"拟名人讲话"）以外，大都在互联网兴起之前就已存在，并非网络的产物。但是，由于能借助网络及时地大面积传播，乃至经由手机短信传播到不能上网的地方，这些讽刺文的具体的针对性和形式的自由度，就大大强化，远非譬如苏联那样的信件和口耳相传时期的政治笑话所可比拟。

作品，①各种文体和媒介类型的互相渗透，真是深入肌理了。

说到这里，你可能已经发现，从网络文学的角度看过去的这个新空间，已经很难说只属于文学了。从这个空间里出来的新东西，一旦长大，多半都可能脱离文学而去。但是，即便另立门户了，它们一定会反过来影响文学，惟其曾混居一室，多少有些相类，这影响就非常大，大面积挤占文学的空间，大幅度改变文学的走向，都是有可能的。不过，网络文学的活力，也会经由这种种牵扯，传入更宽的用武之地。池子再深，水还是要死，只有凿通江海，才能流水长清。当《网瘾战争》结尾处，"看你妹"仰天喊出那犹如百行长诗的滔滔自白的时候，我不禁想，或许正是在这样的多媒介空间里，网络文学的力量才最大地爆发出来？

五

再来看纸面文学。

我首先想到的，当然是以譬如莫言和王安忆为代表的"严肃文学"——请容我继续用这个其实相当可疑的词。这是一百年前由新文化运动催生的中国现代文学在今日的直系继承者，也是我这个年纪的人通常都会认可的文学的正宗。今天大学中文系和中学语文科所教授的"当代"文学，各级作家协会及所属报刊以及大多数评论家所理解的"当代"文学，也都主要是指这一种文学。

2010年，"严肃文学"数度引起媒体的正面关注，②但总体来说，这文学的社会影响，仍在继续下降：主要刊登这类文学的杂志的销量，依然萎缩——尽管幅度并不剧烈；代表性作家的著作销量，继续在低位徘徊；几乎所有重要的

---

① 在"盛大文学"中位居显要、主要由青少年创作和阅读的"玄幻"、"仙侠"和"游戏"类小说中，这个情况特别明显。

② 例如因为史铁生的去世、张炜的10卷本系列小说（其中包括多部旧作）的整体问世、阎连科等作家的新著（如《四书》）的完成、《收获》和《上海文学》的稿费的大幅度提高（从一般60—100元/千字，提高到150—200元/千字）等。史铁生的《我与地坛》，因此一度进入北京三联韬奋书店2011年2月排行榜的前十名。

公共问题的讨论声中，无论网上网下，都鲜有"严肃文学"作家的声音——这一情况已经持续了十多年，去年依然如此；"严肃文学"作家所创造的文学形象、情节和故事中，也几乎没有被公众视为对世态人心的精彩呈现，而得到广泛摘引、借用和改写的。①

六

与"严肃文学"的沉静形成鲜明对照的，是一种新的文学的喧闹。郭敬明可以被看作其头号作家，他所主持的《最小说》及其"最"字系列杂志，也可以被视为其代表性的纸面媒体，恰如《人民文学》和《收获》，是"严肃文学"的代表纸媒一样。

这文学的历史很短，即便算上混沌一团的发轫阶段，②也不超过 15 年。但是，到 2010 年，《最小说》的单期销量已经多于 30 万份，远远超过《人民文学》和《收获》。

如果比照"严肃文学"的标准，你一定说："郭敬明算什么文学?"的确，这个带着化妆师去参加中国作家协会的会员大会的年轻人，从形象到身份都很不文学：他竭力将自己打造成一个明星；他更自觉地将文学当做一门生意去做。2007年，他的公司与赞助人联手，在全国推广了一场持续一年多的"文学之星"大赛，层层选拔、雪球越滚越大，当 2009 年在北京某高级中学的礼堂内举行大赛的最后一场时，上万粉丝——大部分是中学生——激情尖叫，这再清楚不过地说明了这一种文学的基本性质：它是中国特色的"文化工业"的产品，也说明了郭敬明本人的身份序列：首先是资本家，其次大众明星，最后才是写作者。

难怪《最小说》上的作者介绍，通常是这个格式："某年成为某公司签约作

---

① 对比 1920—1930 年代创造并长期成为公共意象的"阿 Q"、"狂人"、"家"、"边城"、"吴荪甫"，以及 1940—1960 年代创造并在至少 20 年的时间里脍炙人口的文学形象："小二黑"、"梁生宝"、"林道静"和"茶馆"……1990 年代中期以后"严肃文学"在这一方面的乏力，是相当触目的。当然，被习惯性地归入"严肃文学"的作家和作品，情况并不一样，有不少值得重视的作品，但因为整体而言，"严肃文学"并非本文论述的重点，这里就不展开分析了。
② 例如从《萌芽》改版和"新概念作文大赛"算起。

家,有某某作品上市。"①也难怪郭敬明的第二部长篇小说被法院判定为"抄袭"之后,他可以宣布:"我绝不道歉。"大批粉丝则涌进他的博客力挺:"不管怎么说,就算他是抄袭的,我也一样喜欢他!"②

这的确是一种和"严肃文学"完全不同的新的文学——如果我们还用这个词,也是和以前的"通俗小说"——例如民初兴起的言情小说和后来的武侠小说——明显不同的新的小说。它建基于作家与其作品的新的站位关系,在这种关系中,作家越是成为大众偶像,他本人就越比他的作品靠前;它更建基于作家/作品与读者的新的互动关系,在这种关系中,作家是否抄袭、作品是否新颖,都已经不重要了,能否向读者提供一个可以帮助其确认自我、进而充当其认同物件的光彩符号,才是头等大事。

正是在这个意义上,我要说,这文学已经开始充当今天社会的支配性结构的重要一环,它参与的是社会再生产的关键环节:持续培养大批并不愚笨、但最终驯服的青少年,将他们的青春激情,转化为不接地的幻想,和不及物的抱怨。倘说"新资本主义"一词,可以比较准确地概括当下社会的基本特质,以郭敬明和《最小说》为首席代表的这一路文学,就应该被称为"新资本主义文学"。③

有意思的是,随着新资本主义文学日长夜大,它在"严肃文学"那儿引起的反应也明显变化。照例的轻蔑并没有持续很久,反倒是"招安"乃至讨好的表情明显起来。郭敬明本人被邀请加入中国作家协会,尽管依照前例,一旦其重

---

① 由此开创将作品出版、书店上架称为"上市"的表述习惯,例如韩寒对其主办的《独唱团》,也如此表述。

② "见证奇迹的时刻":《郭敬明抄袭案:迷失在"小四"的游乐场》,http://wenxue.xilu.com/2009/0911/news_51_15153_2.html。

③ 成熟的现代社会的一大特点,就是会通过类似"文化工业"的经济、文化乃至政治制度,大批量地生产一种新的文学,这文学的主要功能,不是激发读者对丰富的"美"的感动以及由此激发的敏感、怀疑和多思,而是相反,通过提供各种表面似乎多变、实质却极为模式化的故事和形象,满足读者的越来越主要是消遣性的精神需求,并以此潜移默化,在不知不觉间改变读者的精神世界的基本结构。整体而言,这种文学的主要的社会效应,是推动读者成为与其所处的社会的现实结构渐趋适应、因而有意无意地顺从和配合社会现实秩序的人。1930年代的法西斯文学与纳粹德国、1960年代以后兴起的消费主义文学与消费社会,就是说明这种文学与其所属的社会的基本关系的两个很好的例子。

要作品被法院判定为抄袭，已经当了会员的，也该被除名。他的新作更相继被《人民文学》和《收获》刊登在醒目的位置上，尽管《最小说》继续将莫言或王安忆一路的文学，坚决地排除在外。一些五六十岁、七八十岁的文学名家，兴冲冲地参与郭敬明——或类似人物——主导的各种"文学"评奖和发奖大会，站在边上分取粉丝的欢呼：他们早已看清楚了，在争夺年轻人——无论读者还是作者——的竞争中，"新资本主义文学"遥遥领先。

尽管不情愿，我还是得说，至少目前来看，"新资本主义文学"在纸面世界里的声势，尤其是其前景，①是越来越明显地超过"严肃文学"了。

七

在纸面世界里，还有别样的文学。

无论"严肃文学"还是"新资本主义文学"，背后都有一套体制在支撑和规范：由各种官办或类官办机构②合力构成的主流文学生产体制，和主要由中国特色的"文化工业"——它现在有一个更合法的名称：创意产业——主导的纸面读物生产体制。③这两套体制虽然明显不同，有时候还激烈冲突，但它们并不截然分隔，④因此也就共享一个目标：都是要规划和驯服文学内涵的反束缚、

①　需要说明的是，"新资本主义文学"是极为灵活、因此极为多变的，它随时会抛弃其带代表性作家、作品和流通媒介，同时送出新的替代物，因此，郭敬明也好，《最小说》系列也好，其"走红"期可能很短，远远短于"严肃文学"的代表性作家，但是，惟其能如此迅速地更换和调整自己的代表符号和媒介，"新资本主义文学"反而显示了强大的生存和竞争能力。

②　这些机构主要是：官办的报刊、出版社、图书发行中心、中宣部、新闻出版署、中学语文科、大学中文系、作家协会、书店，以及主流文学评论和研究圈。

③　这套体制除了由若干特别的机构——例如各种非官营的图书出版和发行公司——强力推动之外，也大量借用主流文学生产体制的各种部分——包括政府管理部门——来展开运作。十年来，这种借窝孵蛋式的情况越来越普遍和明显。要说明的是，这个读物生产体制并不只是生产狭义的"文学作品"，只要有销路，什么读物它都生产。也因此，它并不尊重各类读物的界限，而是会敏锐地根据图书市场的反馈，不断试探各种通过打破形式界限、杂糅和混合多种体裁特质——而非通常一般所理解的创造新内容——的方式来生产"新内容"，因此，这套系统的运作越成功，规模越大，就越会释放出冲击文学和非文学边界的巨大力量。

④　参见上注。从另一个角度面来说，因为小心翼翼地避免触犯禁忌，甚至不惜自设雷区、刻板自律，"文化工业"主导的纸面读物生产体制，实际上是将政府管理部门的禁行机制，也吸收为自己的一部分了。

反规范的巨大能量,令其为己所用。[①]

但是,有两个因素决定了文学很难被如此驯服:首先是主要由"经典"构成的文学历史,其次——也更重要的——是每年新加入"文学人口"的年轻人。[②]不单是因为这些人年轻、有活力,更是因为现实粗暴地压迫他们,逼迫他们呻吟和叫喊。

应试教育、职场竞争、高房价、信息渠道管制、以官场为根蒂的社会腐败、近视、消极、功利主义的主流文化…… 当这些逐渐连成一气,仿佛要将年轻人的愤懑之心连根销蚀的时候,依然会有许多反抗的能量,往体制指引的方向之外,四散分流。

这些能量远非文学所能容纳,但是,如果其他领域里阻力太大、过于危险,它们也会较多地转入文学。[③]压迫性社会结构的文化支撑日益粗大,则又从另一面,促使对这结构的反抗,更多地从文化领域起步,文学,也就随之首当其冲。转入文学的能量中,多数或许是去了网上,但也有不少留在网下,网上越是将文学的边界冲得七零八落,就有越多的能量可以被文学在纸面接纳。纸面的世界虽然局促,却必有一种文学,在现有的各式体制以外——更确切地说,是在它们的边缘和之间——呻吟和叫喊。

十年来,这样的文学已经四处冒头,[④]你甚至可以感觉到,一旦汇聚成团,它可能有极大的潜在体量。但是,至少到目前为止,它似乎还没有形成一个稳定的整体轮廓,这里,我就只能极粗糙地概括几个可能的特征:

---

① 正是这个共同点,决定了它们时常会在一定程度上合作,相比于1990年代早期,这种实际上的合作关系在今天是更经常、也更深刻了。

② 不只是以作者身份加入的年轻人,还有以读者和评论者身份加入的年轻人,在互联网时代,如前文所述,这种一身兼二任乃至更多任的情况日益方便和普遍。

③ 这样的情形并不仅仅发生在文学领域,而是广泛发生于整个文化乃至更大的范围。例如,越来越多的年轻人拒绝按照"新资本主义"的要求"积极上进",成为合格而驯服的劳动力,他们固执地"宅"在家中,沉溺于网络世界,玩游戏、聊天、开小店、围观、发议论、传"谣言"、制作讽刺视频短片…… 就从一个特别的角度,体现了生命及其叛逆和反抗的能量,如何被逼入/转移进文化领域,在其中消长、积聚或爆发的复杂情形。

④ 1990年代晚期开始接连出现的"70后"、"80后"之类流行命名,正是评论界对于这些新类型的呻吟和叫喊的一种比较无力的反应。2010年韩寒主编的《独唱团》第一辑问世,可以被视为是为它们开辟了第一个相对独立的新的空间。

构成其主要作者群的，大多是年轻人，"80后"乃至"90后"，他们瞧不上郭敬明式的写作模式，觉得那太低级，①但似乎也不愿步莫言式创作的后尘，在《人民文学》式的门口候补良久，自然，也更无意申请加入作家协会。

虽然是出自不平之忿，总体上，这文学却似乎羞于神情严肃，而更愿意摆出调侃和自谑的姿态。以各种"貌似"懦弱、颓唐、没心没肺的"搞笑"方式，表达认真——乃至激烈——的社会和人生情怀，这方面，它有极多的表现，事实上已经开始重新定义什么是"文学的反抗"。②

与网上的同类相似，它在形式上也偏爱出格，越是逼近禁区，越常取淆乱文类的姿态。《独唱团》第一辑里，韩寒们配了大量插图文字，又专设一个"一切人问一切人"的栏目，将各种刁钻古怪的提问，和若干官样文章的回应，并列呈现：这是有意将自己藏入非文学的折缝了。2011年春节初一，《南方周末》以全部版面，刊发16篇总题为"我爸"的回忆散文，页边空白处，更印出多行北岛、海子、里尔克……的诗，俨然一张文学报，但其实不是，其中有多篇记者整理的口述记录，以"家人"的口吻，重描这一年的新闻热点，③似乎撑开一把文学的大伞，就更方便抒发非文学的关切。④但另一方面，也惟其开出了这条紧贴着边界走的道，多位年轻作家——包括歌手周云蓬——就能借路入场，在通常该是套红喜庆的新闻版面上，既与多篇"口述"同声唱一曲不应景的调，也与同

---

① 尽管其中的一些人，依然会以"签约作者"的身份，暂时依靠"文化工业"性质的文学公司。

② 没有篇幅可以详细分析为什么会形成这样的现象，这里只列出几个必须要考虑到的方面："文革"式意识形态的破灭造成的对于"崇高"理想的习惯性疏远，因官场腐败及各类"假大空"而形成的对于"严肃"神情的普遍不信任，因生活压力增大、身心疲惫而得到强化的"只想轻松一点"、近乎本能地回避直面人生之痛的心理倾向，以及在学校和家庭教育、媒体信息、城市物质空间等合力熏染下养成的普遍不习惯感应和悟知"宏大事物"的精神状态。此外，网络文学的流行风气的影响，也是原因之一，"搜搜问问网"上，一位资深作者在回答某位新手"如何能增加读者点击量"的问题时，列出了4项要点，依次为"生活化"、"感情化"、"找到适合自己的手法"和"幽默感"，并特别说明：一般人上网读小说都是为了找乐子，不能写那些让人头痛的事情。"反弹文学"与此风气的关系，也就值得注意。

③ 这样的口述整理一共4篇，分别涉及富士康跳楼事件、"钉子户"、强拆民居致死和女大学生校园内被撞死事件。

④ 有意思的是，两天之后（2月5日），上海的《解放日报》也在其"新财经周刊"的版面上，刊发了12篇千字左右的散文，表达市民——尤其是年轻市民——对择业、住房、成家压力等经济社会问题的多样议论。

时刊出的别的文章对立,①凸显哪怕是再小的空隙,也必多有冲突存焉的现实。

到目前为止,它还没有建成稳定的存身空间,《独唱团》第一辑虽有 150 万非盗版的销量,第二辑却被迫销毁,无限期停刊。它不得不这里那里、四处游击。在这个缝隙和陷阱犬牙交错、极易互换的世界里,借力者很难不被借力,它的具体面目,从文本内容到流通方式,也就经常是变动不定、暧昧多色。例如其目前的代表作家之一韩寒,本以小说起家,现在却更多拿混杂了时评和散文的博客文字对读者说话。2010 年 9 月,他的长篇新作《1988——我想和这个世界谈谈心》的单行本上架,居然推出 100 本限量版,每本售价 998 元,附送 1支 10 克重的细金条!②

尽管有这么多不清楚和不确定,我仍然愿意相信,这广阔土地上的体制外的呻吟和叫喊,即便在纸面世界里,也会继续彼伏此起、连绵不绝。它们多半不得不继续混在别式的聒噪之中,许多也因此变了声音。但我们应该更仔细地倾听,更准确地将它们辨识出来。缺乏稳定可辨的外形,可能正是新事物的特点之一,中国文学的生机,就纸面世界而言,或许有极大一部分正在这里。

八

"一半"和"六分"都只是比喻,文学的版图本来不该这么用数字划分。"盛大文学"、"博客文学"、"严肃文学"和"新资本主义文学",也都类似佛家所说的"方便法门",并非仔细推敲过的概念。事实上,这些被我分而述之的文学之间,也有诸多相通和相类之处,这些相通和相类中,更有若干部分,可能比它们之间的相隔和相异更重要。

---

① 16 篇散文中,有一篇重庆贪官文强之子的署名文章,着力叙说文强作为父亲的非贪腐的另一面,所说虽或属实,还是很自然地引起读者颇大的反感。

② 这一相当恶俗的炒作引起许多读者的反感,一时间,网上的批评声浪四起。这也恰好说明,大量读者是将韩寒与郭敬明视为两种不同的作家,因此才不能接受这炒作的:"怎么你也搞这一套啊?!"在另一个不这么直露的层面上,张悦然从 2008 年起编辑的系列"主题书"《鲤》,也表现了类似的暧昧多色:那些小心翼翼地四面讨巧的主题词(如"孤独"、"上瘾"、"荷尔蒙"等),与书内一部分作品之间的张力,以及书内不同作品之间的张力,都相当明显。

比如，网络上的"盛大文学"，至少其主体部分，就与《最小说》式的纸面作品一样，同属于这个时代的"新资本主义文学"，而且可能是其中更有力量的部分，这几年，它们之间的呼应与合作，就正在快速扩展。①网络内外的各种跨界写作，尤其是那些政治性较强的作品，也几乎从一开始，就是互相启发、持续互补的。② 一个本来是文字性的讽刺的灵感，迅速显身为视频短片、拟儿歌、吉他曲、小品文…… 在极短的时间里传遍国中：类似这样的情形，几乎每天都在发生。与此相应，许多"博客文学"与"严肃文学"作品在文学内容和形式上的"保守"联盟，③表现得非常明显。时至今日，依然被一部分优秀作家——其中多数是中年乃至更年长者——坚守住的"严肃文学"的社会批判的底线，④与主要由年轻一代推动的"体制外"文学的四面开花的前景，这二者之间的互动关系，更值得深究。

不过，总的结论很清楚：中国的文学真是大变了，我们必须解释它。

九

最近三十年社会巨变，无论政治、经济还是文化领域，基本条件、规则和支配力量，都和 1970 年代完全不同，文学世界之所以"六分天下"，从根本上说，正是这些巨大"不同"的结果，当然，也在较小的范围内，成了它们的若干局部的原因。不过，在那些政治、经济、文化的整体变化，和文学的多样现状之间，有一系列中介环节，需要得到更多的注意。正是这些中介环节，才最切实地说

---

① 2009 年盛大文学公司与郭敬明签约，收购其新作《小时代》的网上版权(在"起点中文网"全文连载)，就是一个例子。

② 在这样的互相启发和补充中发展起来的跨界写作，与中国特色的"文化工业"及其"盛大文学"所推动的跨界写作，这二者之间的复杂关系，非常值得深入分析。

③ 此处的"保守"的含义，简单来说就是：这些作品一般不会让读者发生很大的疑惑："这是什么作品？小说？散文？还是……"也不会让读者在其他方面(主题、结构、叙述方式、寓意等)感到明显的所谓"陌生化"的刺激。

④ 今天中国的"严肃文学"虽然整体上严重受制于规范和支撑它的那套主流文学生产体制，但这文学的残存的"严肃性"，依然继续表现为一部分作家不断试图突破这体制的束缚。从这个角度看，这一部分作家的创作，和本文第 7 小节所述的体制外的"呻吟和叫喊"的文学，相通更多于相异。

明,文学是如何被改变,又如何反馈那些改变它的因素的。

在我看来,这些中介环节中占第一位的,就是新的支配性文化的生产机制,①正是它在1990年代中期以后的迅速成形,从一个可能是最重要的角度,根本改变了文学的基本"生产"条件,进而改变了整个文学。

没有篇幅在这里介绍这个支配性文化的生产机制究竟"新"在何处,以及这些"新"是如何改变整个文学的生产条件的。但我想列出其中几个关键之处,它们应能足够清楚地显示,新的支配性文化的生产机制,对于今天的文学状况,实际负有怎样重大的责任:

为国际国内一系列事变——从1980年代末期的剧烈风波、1990年代初苏联和东欧地区的社会巨变,1990年代中期以后"权贵资本主义"的膨胀,以及对在全球复制"美国模式"的幻想的破灭,等等——所强化的普遍的政治无力感;

普通人,特别是城市中——或正在努力进入城市——的年轻人的日常生活的越来越强大的意识形态功能,如果仔细查看这生活的经济部分,你会发现其意识形态的功能尤其强大;

从小学阶段就开始强化的"应试教育"对青少年身心习惯——而非只是学习能力、知识状态和智力倾向——的巨大铸造力;

各个层面——不仅是流水线上的体力劳动,更是以金融、IT行业为风向标的各色白领行业,乃至教育、新闻等"事业"单位——的雇佣劳动的强度和作息

---

① 一般来说,一个社会,总是会形成某种支配性的文化,它不但在整个文化领域里具有支配力量,而且因此带动或裹挟其他的文化力量,大致按照它意愿的方向,对社会其他部分发挥程度不等的持久影响。从这个意义上说,没有支配性文化的参与——尽管支配性文化不一定具有可以清晰辨认的系统形式,社会的再生产是无法继续的。越是现代社会,支配性文化对于社会再生产的参与程度就越大,甚至逐渐发挥出引领——而非只是参与——社会再生产的明显作用。与此相应,越是现代社会,支配性文化的形成,也越来越不再如一些古代社会那样,要经历较长时间,因此接受许多"偶然"因素的影响。现代社会的越来越严密复杂的结构特征——尽管这个"严密"经常表现为形式上的飘忽易变、令人觉得毫无刚性,决定了其支配性文化的形成、变化、破灭……都不可避免地具有一种"被生产"的特性,也就是说,都比较直接地受制于社会的各种基本的制度性力量之间的角力/协力。因此,现代社会的支配性文化,通常是在这角力/协力所形成的各种"不成文法"的合力运作中形成的,这些"不成文法",就构成了这个支配性文化的基本的生产机制。

时间表的明显改变；

城乡文化之间越来越悬殊的力量对比，以及与此同构的沿海巨型都市——通常自诩为"国际大都市"——对内地和中小城市的近乎压倒性的文化优势；

新的通讯和传播技术及其硬件的愈益普及：个人电脑、卫星电视、互联网、高速公路网、手机……

越来越侧重于流通环节的文化和信息监控制度，正是这个监控重点的转移，令"创作自由"这个在1980年代激动许许多多人、近乎神圣的字眼，成了一个无用之词。这是文学内外的巨变的一个虽然小、但却意味深长的注脚。

还可以再列出一些，但上面这8个方面，应该是最重要的。其中颇有一些，是我们过去不习惯注意、因此深觉隔膜的。更有一种不自觉的退缩，与这隔膜密切相伴："这些都是文学以外的事情，我是研究文学的，这跟我有什么关系？"十年来，类似这样的疑惑，听得何其之多。

但是，容我粗暴地说一句，要想有效地解释当今的中国文学，判断它今后的变化可能，我们必须注意上面说的这些——以及本文未及列出的其他重要——方面，努力去理解和解释它们。为此，必须极大地扩充我们的知识、分析思路和研究工具，哪怕这意味着文学研究的领域将明显扩大，研究的难度也随之提高。从某个角度看，文学的范围正在扩大，对文学的压抑和利用也好，文学的挣扎和反抗也好，都各有越来越大的部分——也越来越明显地——发生于我们习惯的那个"文学"之外，这样的现实，实在也不允许我们继续无动于衷、画地为牢了。

十

1980年代中期，随着文学对社会的直接影响的急剧减退，文学杂志的销量从单本几百万份几十万份，迅速跌到几万份甚至几千份，一种认为"现代社会里文学必然寂寞"的判断，开始流行，而其最常举的例子，就是美国。有论者甚至以文学的丧失"轰动效应"，来反证中国的现代化的进步。不到十年的时间里,越来越多的作家和研究者接受了这个看法,逐渐安下心来,不再惶惑,不再抱怨,当然,也不再反省。①

但是,今天却可以看得很清楚,当代世界的文学状况,其实是千差万别,绝非一律的。在美国那样的社会里,福克纳、海明威式的文学的确是寂寞了,但在欧洲、南美和亚洲的其他许多地方,文学在精神生活中依然相当重要,也因此有很大的社会影响力。特别是今天的中国,由于互联网的普及和网络文学的兴盛,习惯于经常阅读一定量的文学作品、因而可以被记入"文学人口"的读者的总量,以及与之相对的各类文学作品的纸本的出版数量,实际都是在增加的。即便我前面的那些非常粗略的介绍,应该也可以说明,当纸面的"严肃文学"在整个文学世界中的份额持续减少的同时,这个文学世界的版图,却是在逐步扩大的。

也就是说,与此前近百年的情况并无根本的差别,今天中国社会的很大一部分精神能量,依然积聚在文学的世界里。在这一点上,"盛大文学"的营造者们,正和我有共同的判断,他们同样认定,至少今后相当长一段时期里,文学依然相当重要。当然,文学为什么重要,看法又大不同,他们是觉得,中国人的很大一部分"创意",是在文学里面,而在这个时代,"创意"是最赚钱的东西。我却相信,当整个社会继续为了开拓适合自己的现代方向而苦苦奋斗的时候,中国应该有伟大的文学,如同 19 世纪的俄罗斯文学那样,提升和保持民族和社会的精神高度,尽管这个伟大文学的体型和面貌,不会——也不应该——再是托尔斯泰、陀思妥耶夫斯基和契诃夫那样的了。

之所以对当代文学深感失望,却依然热切地关注它,甚至不避"门外汉"的隔膜,冒失地勾勒今日文学的变化图,也就是出于这个信念,而且,我还觉得,这个信念确实在如此勾勒的过程中,得到了若干局部的证实。②

---

① 在我看来,"严肃文学"最近三十年的"寂寞"的持续扩大,从作家和研究者这一面说,上述这种"文学必然寂寞论"也是重要的原因之一。

② 本文系根据我于 2011 年 2 月 25 日在香港岭南大学中文系的同题演讲稿改写而成。

2

论新世纪"中国文学"的复兴

刘 涛[*]

摘 要 本文在 20 世纪与 21 世纪两个世纪的对比视野中,讨论新世纪"中国文学"的复兴问题。大致而言,20 世纪新文学占据时代主流,"中国文学"处于潜伏状态。新世纪以来,国家倡导"中国精神是社会主义文艺的灵魂"、中华优秀传统文化等。围绕这些观念,领导人发表了一系列讲话,中央出台了一系列文件。新世纪以来的文学创作,在知识结构、主题、形式、人物形象等方面均与新文学有很大的不同,本文分别选取有代表性的作家和作品,进行了分析、讨论。另外,新世纪以来,网络文学得到长足发展,也可视为是"中国文学"复兴的重要表征。综上所述,本文认为,新世纪文学呈现出与 20 世纪"新文学"不同的范式,涌现出不少能够代表这个思潮的重要作家和作品,由此可以预料"中国文学"将逐渐实现复兴。

关键词 20 世纪 21 世纪 新文学 中国文学

一、20 世纪的"新文学"时代

陈思和先生说,"不可一世论文学"。其意是理解现当代文学应有宽广的视野,最少应具"两世"的视野,始可言新世纪文学之变。

---

* 刘涛,中国现代文学馆特约研究员,主要研究中国近现当代文学与思想史,主要著作有《晚清民初"个人-家-国-天下"体系之变》,《通三统——一种文学史实验》等。近期主要著作有:《音调未定的孔子》《尚书释义》等。

20 世纪,粗疏而言可谓"新文学"时代。

1902 年,梁启超作《论小说与群治之关系》,推尊小说,冀小说承担新民大任。经学体系逐渐崩溃,故欲新小说,使小说成为经学之替代。1905 年,王国维《人间词话》论词已有"优美"、"宏壮""关系"、"限制"等语,"原道、征圣、宗经"云云不再言之,思想资源与《文心雕龙》《艺概》等颇异,宗西之端倪已见。1917 年,胡适作《文学改良刍议》,陈独秀作《文学革命论》,贬中国文学崇西方文学,举起文学革命大旗,吹响号角,遂兴起新文学。1919 年,鲁迅发表《狂人日记》,始显示出"新文学的实绩"。1942 年,毛泽东《在延安文艺座谈会上的讲话》出,于是有"工农兵文学"。

之后尽管有"三突出、三结合"、"改革文学"、"先锋文学"、"新写实"等,但皆为新文学内部之变。又因有"大系",有文学史,有体制保障,经费支持,有高校人才输出,新文学遂成一统。

二、20 世纪"中国文学"潜龙勿用

当然,20 世纪并非唯有新文学。"中国文学"与新文学相摩相荡,二者既有竞争,亦相互融合,也有消长。

"中国文学"这股"执拗的低音"一直存在,只是有时声音甚小,未必听得真;有时乔装打扮,未必认得清;有时被压抑,未必看得见。

譬如,有《狂人日记》文言小序,有陈师曾《文人画的价值》,[1]有"鸳鸯蝴蝶派"[2],有各种类型文学。马一浮沉浸宋学,章太炎倡国学,钱穆作国史。有张爱玲之传奇,有胡兰成自述与政论,有南怀瑾解三教经典,有潘雨廷易学史与道教史。《林海雪原》有武侠的底色,[3]《青春之歌》有言情底子,知青文学则似

---

[1] 针对陈独秀"美术革命"云云而发。

[2] 鲁迅的母亲还是喜欢张恨水的小说。

[3] 徐克的电影《林海雪原》,完全释放了这部小说武侠的底色。《湄公河大案》《战狼二》等,主旋律为表,武侠为里,亦是此路,竟引好评如潮,亦时代变化之几也。

秀才落难。① 有汪曾祺,有金庸,有阿城,有冯骥才,有寻根文学。

三、新世纪"中国文学"见龙在田

文运关乎国运,诚然。20 世纪,国运总体颓势,于是有新文学。21 世纪,逐渐复兴,当有中国文学。

可戏仿胡适、陈独秀二公,比较新文学与"中国"文异同。新文学是贬中崇西的文学,是"原道、宗经、徵圣"体系破碎、新的经典体系尚未建立的文学,是欲小说承担经史之任的文学,是不得已的文学,是权变的文学,是越俎代庖的文学,可行于特殊时期,但终究力小任大,今已跟跟跄跄。中国文学是中国主体性的文学,是逐渐建立起"原道、宗经、徵圣"体系的文学,是充分吸收新文学长处、客观评判新文学不足的文学,是重新认识中西文化大传统的文学,是常态的文学,是文学回归其本职的文学。

新世纪虽只开头,但几微已见,或新文学将消,或中国文学将兴乎。目前,国家、文学界,已形成一股复兴中国文学的合力。

四、"中国精神成为社会主义文艺的灵魂"

2015 年,习近平总书记在北京主持召开文艺工作座谈会,翌年全文刊发。讲话第四部分为"中国精神是社会主义文艺的灵魂",强调中国精神。

2015 年,《中共中央关于繁荣发展社会主义文艺的意见》发布,第三部分为"让中国精神成为社会主义文艺的灵魂"。

2016 年,习近平《在中国文联十大、中国作协九大开幕式上的讲话》提出"实现中华民族伟大复兴,必须坚定中国特色社会主义道路自信、理论自信、制度自信、文化自信。创作出具有鲜明民族特点和个性的优秀作品,要对博大精深的中华文化有深刻的理解,更要有高度的文化自信"。

---

① 阿城之言。

2017 年,中办、国办出台《关于实施中华优秀传统文化传承发展工程的意见》,虽曰工程的意见,但传承发展中华优秀传统文化的基本原则皆在。

或以总书记讲话形式,或以中央文件形式,传达了国家所倡导者与所重视者:中国精神与中华优秀传统文化;文学要以中国精神为灵魂,要传承中华优秀传统文化。

五、不同的知识结构

时代与时代的文学风貌有异,个人与个人的文学风格不同,关键原因在于知识结构有差别。新文学的知识结构有所偏差,对于西方文化有盲目的崇拜,对于中国文化有莫名的鄙夷,故对于中西文化大传统缺乏深入的认识与整体的理解。[①]新世纪以来,文学界有人相对客观、深入地认识中国文化,逐渐向中国传统寻找资源,形成了创作的思潮,呈现出不同于新文学的知识结构。譬如,李敬泽、李瑾、张锐强等人的作品。

李敬泽,文章宗主,来京若不见,烤鸭吃尽也惘然。敬泽曾言,凡外出随身带者多是《左传》。在其著述谱系中,《小春秋》居重要位置,欲理解其当代文学批评,欲知作者之志,可观《小春秋》。咏而归,夫子尝与也。敬泽用之,亦知其与,故斯书有春和景明之气象。敬泽言:"这本书大概也是咏,所咏者古人之志、古人之书,时自春秋以降得中国传统。而归,是归家,是向可归处去。"[②]此《咏而归》之志。古代的人与事,在其笔下生动起来。重要的是其评论与见解,譬如对"中国精神的关键时刻"的判断,对孔子的体贴、对孟夫子的批评、对《战国策》言辞之论等,知人论世,能一语中的。重读经典为了沟通历史和当下,以不满百之生年,而常怀千岁之忧。经典虽与当下相隔几千年,今日读来依旧虎虎有生气,春秋的事今天依然发生,读懂了春秋亦能读懂今天,读懂今天,或亦能懂春秋。《青鸟故事集》(译林出版社,2017 年),是旧作新写。青

---

① 20 世纪 70 年代末 80 年代初,星星画展有一位参与者,名李爽。阿城帮助她整理了自传《爽》。自传中,李爽有很多无意识的话,一提西方书都是崇敬的口吻。
② 李敬泽:《咏而归》,中信出版集团,2017 年,第 254 页。

者,东方也,春也,虽时隔多年补作,读来依然觉英气逼人。谈《枕草子》,谈沉水,谈抹香,谈马可·波罗,真觉天花乱坠,为文竟能如此耶。

李瑾是具有大判断的诗人。对身处的时代、中国新诗、新时期诗歌等皆有大判断。新诗与新时期的诗,是现代性形态的诗,是"孤岛"状态的诗,是不同于古诗的"新诗"。明白时代,于诗歌变迁大势及问题了然于心,由是清楚自身使命和其诗歌定位。反抗"现代性"是李瑾追求,走出"孤岛"是其诗歌品质。如何走出孤岛?须有整体性判断,生年虽不满百,但可常怀千岁之忧。地势各样,何必是岛?岛有千万,岂能为孤?走出"孤岛",具体到今日而言,关键须明白中西之变与古今之变,进一步还须明白"我"在大变中的使命和定位。

《孤岛》关键词是:古今、中西、我。卷一新寓言,内有《易经第一卦新解》《尚书·小令》《公羊春秋编年注》《诗经·动植物微心情》《庄子游》《孟子别裁》《楚辞·我读》诗。以诗歌形式谈对经典的认识及对相关人物的理解,最见功力。卷八"中国传"所涉圣贤为:周公、孔子等;艺术家有:王羲之、颜真卿、徐渭、董其昌、黄公望、倪瓒等。如何为中国立传?各有谱系。李瑾的谱系为:圣哲以周公始,以儒家人物为主,由是可见其立场。文学家谱系为:屈原、司马相如、陶渊明、李白、鲁迅、古龙等,大致可知其文学趣味。卷十名"西雨浓",内有荷马、但丁、雨果、卡夫卡、昆德拉、托尔斯泰、莎士比亚、聂鲁达等。中国向只有古今问题,譬如今古文之争、汉宋之争,晚清以降中西问题逐渐兴起,所谓"三千年未有之大变局"者因此,今天局势复杂亦因此。此处,可见李瑾对此变局理解。卷二"苏醒,或歇于某处"、卷三"一个人的醉"、卷四"骨钟"、卷五"渡渡鸟"、卷六"私人水域"、卷七"空中人"、卷十"鲫鱼曰"等,是"我"之诗。中西、古今问题虽为当今时代根本问题,但终要落实到"我"身上,可常反省"我"动而应时否,发而时中否。

作家张锐强,近悉心研究军事史,有《名将之死》红白两卷。《名将之死》涉及两个关键词:名将和死。名将之所以成为名将因有过人之处,尽管经历不同,但皆曾苦心戮力,功业卓著,引时人瞩目。人固有一死,若非寿终正寝,必事出有因,如此探究"名将之死"就意味深长。《名将之死》(红卷)讨论李广、魏延、檀道济、高敖曹、高颖、高仙芝、岳飞、袁崇焕等;《名将之死》(白卷)

讨论伍子胥、吴起、廉颇、李牧、蒙恬、彭越、周亚夫等。这份名单足见锐强格局之大，功力之深。这些名将皆非正常死亡，各有具体原因。锐强将这些名将成长的经历、建功立业过程、死亡原因，条分缕析，由显追隐、由隐之显，娓娓道来。研究"名将之死"，可分析名将之死原因，可分析政治生态，分析名将性格缺陷等，可为今天借鉴。大可"资治"，小可修身。死于非命之名将，固有外在原因，归根结蒂还是因为自己有缝隙，遂给人可乘之机。死于非命的名将不可胜数，也有善始善终之名将，他们能动静中节，知进退存亡而不失其正，譬如张良，譬如郭子仪。将二者合观，或更为有益。

六、不同的主题

近年，一些作品突破新文学的格局与趣味，或向中国传统文学致敬，或可谓是中国传统文学主题的现代翻版。金宇澄《繁花》言花开花落，阴阳二气之流转。张学东作《人脉》，回应时代，期待人能动之以礼。师力斌等编纂的《北漂诗选》，可谓"诗可以怨"传统的当代版。

《繁花》作者金宇澄，亦"由小康之家陷入困顿"，备尝艰辛。他描述上海和上海人的今昔生活，其笔下的市井生活琐屑却真实。对市民而言，日常生活就是如此，哪有那么多"传奇"，不过就是家庭、工作、吃饭、喝酒、出游、赚钱，偶尔春心荡漾一下。日子一天一天流水般过去，人也就老了。这些细节，因为"繁花"之名有了一以贯之的道。很多古典小说通过不同的故事反复述说"花开花落"的道理，但此调不弹久矣，金宇澄复弹之，意外成功。《繁花》中女性光鲜亮丽，流水席里欢声笑语，花团锦簇，觥筹交错，然而一朝宴席散尽，鲜花枯萎。可是，几个人听得进？孰能繁花之际，作花衰时想？孰能在天堂中看到地狱，孰能在地狱中看到天堂？阴阳二气，流转不息，孰能思虑深远，见几而作？

张学东自述："仁、义、礼、智、信、爱、恶等均相承于一脉，是人脉的根本。我始终认为，这些最本源的为人处世之道，正是经历了三十年改革开放后的国人亟待倡导和遵从的。因为，在那些特殊年代人脉避之唯恐不及，而市场经济飞速发展的今天,人们又追名逐利无暇顾及。"①此为《人脉》之志,他试图探讨"人脉"之本,希望人能动之以礼,这是他为时代开具的药方。《人脉》共分五部:第一部义,第二部礼,第三部情,第四部仁,第五部信,每一部分皆围绕着一个关键词展开。此张学东"五伦",相较于"仁义礼智信",他强调"情",忽视"智"。以情易智,此正小说家视野,由此可知张学东得与失。

师力斌、安琪编纂《北漂诗篇》(中国言实出版社,2017年),收录100余位曾经"漂"过或仍在"漂"着的老少"北漂"诗人,数百首风格不一诗作。北京外部环境与北漂者具体处境存在较大反差,外面繁华热闹,漂泊者孤独寂寞;白天穿梭于高楼广场,晚上蜗居斗室;有人掷千金换美酒,有人捉襟见肘;远远的一切,似皆与我无关,惟柴米油盐房租切于己身。京城居大不易,工作艰辛,亲友未必在侧,大都意有所郁结。所来者大都一省、一市、一县、一乡之俊彦,外迫于生计,内感乎不遇,不平则鸣,病而呻吟,于是有诗。《北漂诗篇》所收诗歌虽类型、风格不一,粗疏言之主题可谓"诗可以怨"。怨之为情虽为一,然发则多矣,散则殊也。幸福的北漂是相似的,不幸的北漂却各有各的不幸。

譬如言思乡。许烟波《北风,在窗外喊我的名字》:"一个人在外,最怕/北风,在窗外喊我的名字/呼呼地贴着玻璃/有时还砰砰地摇晃着窗子。"常文铎《关于北京的诗》:"欢笑声响彻了你的梦,泪水却始终留给了早晨。"譬如思念亲人。李若《宝贝,对不起》:"宝贝,电话中/你问我快过年了/什么时候回/我说快了/放假了就回去。"譬如言困顿。杨泽西《北京地下室之蚁族》:"晚上,我们又重新变成一只潮气虫/在虫洞一般的出租屋里穿梭、洗漱/我们时常在人和昆虫之间进行角色互换。"白天北京,晚上蚁巢;白天人,晚上虫。穿梭其间,角色转变,反差巨大。黑丰《在北方过年》:"年底的风/加重了我的类风湿,加重了/我空白纸页的哮喘和视野的凄凉/那穿过西西伯利亚平原的风,穿过北京,穿过那间/租赁的小房特别冷。"新年团聚之际离别,又有大风,穷苦之言易好,诚然。譬如言迷惘。许多《北京、北京》:"北京好大好大/北京好冷好冷好冷/北京也好热好热/北京没有我的家。"譬如言悲愤。于丹《京城小隶》:

---

① 张学东:《人脉》,河南文艺出版社,2011年,第310页。

"这是一个巨型的城堡/我们没有自己的位置/将肉体变卖/或许比不上/二舅家的一口田猪。"譬如言抗议。孙恒《团结一心讨工钱》："辛辛苦苦干一年,到头来不给结工钱/面善心黑的周老板/躲将起来不相见/寒冬腊月要过年/全家老小把我盼/空手而归没法办,只有横下一心——跟他干!"譬如言怀才不遇。不识北《纳兰性德》:"比如/他不知道牛逼诗人不识北/很穷/而且没有像纳兰一样的/漂亮的老婆。"怨之为情亘古不变,所变者具体时代和处境,今之北漂诗人与北漂诗歌,或可为"诗可以怨"传统下一新的时代注脚。怨发诸诗,作者怨稍得舒,有益于身心,观风者由此或知百姓辛苦,或当有所调整。

七、不同的文学形式

新文学的典范形式是长篇小说,作家不写长篇会被认为有缺憾,文学领域对于"茅盾文学奖"最为重视。"中国文学"有丰富的文学形式,各有所适用,但一度被认为不能处理西方的和当下的题材,于是大多被扫入历史垃圾堆,鲜有提及者。近年,有实践"中国文学"文学形式者,成绩斐然,譬如杨典尝试笔记小说,蒋一谈尝试"短制",马笑泉重操《儒林外史》形式,东君尝试以年谱形式创作小说等。

杨典,居北京之隐士,擅古琴,长绘画,能小说,写诗歌,有《懒慢抄》(深圳报业集团出版社,2016年)《七寸》等。杨典说:"宣室独异,阅微草堂,冤魂唉影,情史稽神,幽怪诗谈,那一度被批判为'旧小说之糟粕'者,实为汉语幻想力之精粹。"[1]杨典就是从"旧小说之糟粕"中寻求资源,亦创作"糟粕"。《懒慢抄》是笔记小说,观之若睹《阅微草堂笔记》《太平广记》等。[2] 内中短章,多涉神怪,或作者听闻,或自作,或抄自他书。所涉人与事,或古代,或当代,或中国,或西方。语言则近《阅微》笔记,亦可冒西方之道,容涵西方历史、故事。非中国之体裁不具普世价值,功力不逮而。《七寸》是其诗歌集,诗分三卷:上卷

---

① 杨典:《懒慢抄》,深圳报业集团出版社,2016年,第6页。
② 杨典绘画,亦有鬼趣。或浸染深之故欤?

祖庭,中卷心王,下卷焚书。下卷又分经史子集四部。杨典说:"识,是一切觉醒与意会的七寸,也是新诗写作方式的七寸。"固能见其识,但最见其汪洋恣肆之才情。

蒋一谈《庐山隐士》《截句》《给孩子的截句》,似《世说新语》,似古诗。蒋一谈说"止语",此其目前体悟之要,或由总结自己得失、身边朋友经历或者历史人物教训得来。蒋一谈把体会到的火焰、证悟的境界写出来,即《庐山隐士》,为"止语"找到合适形式,即超短篇。《庐山隐士》是蒋一谈所作"话头",他邀请读者来参。《截句》无标题,内容两三句,皆其对世界、人生观感。譬如:"我感觉自己的灵魂,越来越像一个盆景。"此世人之写照,所谓异化。"水不在意自己的年龄。"逝者如斯夫,流水不腐,浩浩汤汤,何分古今。"老鱼慢慢游,不惧钓钩。"曾经多少世事,其中多少酸甜苦辣。"仙人已离去,半仙到处飞。"永远如此,一流人物大都不名于当时,到处飞者必三四流人物。"蜷缩身体,减少与全世界的接触面积。"退也,隐也,损也,谦也,不敢为天下先也。《给孩子的截句》择童心未泯的、有趣味的截句。譬如,"蚯蚓避雨,蘑菇撑伞",画面形象,意境和谐。"夏天开始了,果子都熟了,夏天过去了"。自然现象,寓变易之理,此天地之常也。"落叶死了,树还活着,我该悲伤呢,还是该高兴?"有生有死,有死有生。一言以为知,一言以为不知,何必多言。十八般武器舞得眼花缭乱,不若寸铁杀人。

马笑泉《巫地传说》,结构如《儒林外史》,虽似长篇,实同短制。"我"既是故事主角,也是这片"巫地""传说"的记录者,还承担小说叙述者的功能。《巫地传说》共分六部,每部写两三位奇人。第一部"异人"。第二部"成仙",读之觉鬼气袭来。第三部"放蛊"。第四部"鲁班"。第五部"梅山",或许取自传说故事,盖因这些传说经过时间淘洗,已为广在民间流传,故今天读之亦不隔膜。第六部"师公",写法术在现代冲击下已然失效。

东君经历了较长的先锋文学阶段,近年向中国古典寻求资源。他抛弃了先锋文学花哨形式与装神弄鬼姿态,作品呈现冲淡平和气质。其《苏薏园先生年谱》,叙事形式别开生面,以年谱形式记述苏薏园先生一生行迹。

八、不同的人物形象

什么样的时代精神,造就什么样的人物。文学通过塑造人物,表现时代精神。时代风气一遍,文学中的人物形象亦将有变。近年,文学作品中出现了不同于新文学的人物形象,可谓时代精神变化之表征。譬如任晓雯的《好人宋没用》,鲁敏的几部短篇小说。

任晓雯《好人宋没用》视野在家庭范围,父子兄弟夫妇伦理是小说重心。简言之,宋没用在家从父,出嫁从夫,夫死从子。其妇德无亏,其妇言无夸,其妇容不冶,其妇功有成。观其一生,宋没用深具"三从四德",可谓节烈之妇矣。

若在"五四"时期,宋没用不会被认为是"好人"。她是文盲,不知道新思想;没进新学堂,不知自由恋爱;为丈夫守节一生,不是新女性。她将被视为愚昧的、冥顽不灵的,她是被取笑的、待启蒙的,是祥林嫂式的人物。"五四"诸子眼中的"好女人"应该如此:在家时,反抗父母暴政,离家出走,追求自由恋爱;出嫁时,不屈从婆婆淫威,要与丈夫平权,动辄要"娜拉出走";夫死后,她必须改嫁,甚至不惜抛弃孩子,追求新的幸福。20世纪90年代的《渴望》虽万人空巷,但执"五四"意识形态批评刘慧芳者亦不乏其人。今天,又有宋没用出,又是刘慧芳式的人物。应该如何定位她?"五四"认为的"好女人"今天未必然之;"五四"认为是愚昧的人,今天被当作"好女人"。宋没用智远不及上智,也未必低至下愚。她是好人,然毕竟不够,还是"没用";虽"没用",但毕竟是好人。"五四"稍失偏颇处,正在慢慢纠正,宋没用定位为"好人",即症候也。

鲁敏不满足于写常人,于是试图描写高人,此类小说有《伴宴》《不食》《逝者的恩泽》等。《伴宴》言"乐",民乐沦为伴宴,似有"礼崩乐坏"之叹。《不食》似要写庄子"藐姑射山人"类型高人。秦邑近乎餐风饮露,但气息、气象、言行、举止尚不太对,只是对藐姑射山人类型的猜测。《逝者的恩泽》中有儿童曰达吾提,神神道道,识物以鼻,动辄说发哲言,透着苍凉与深沉。达吾提形象近乎怪力乱神,或与80年代"寻根文学"有关。

九、网络文学的发展是中国 文学兴起的重要表现

小说不再承担"新民"任务,逐渐回归本职,故日趋娱乐化。一个重要表现是,网络文学兴起。目前,网络文学日更新1.5亿字,截至2016年作品总量达1 454.8万部,年度新增175万部。为什么体量如此惊人?因为有历史渊源和群众基础。

何谓网络文学?网络文学并非横空出世,而是既新又旧。新在何处?载体。旧在何处?内容。

互联网20世纪90年代在中国兴起,是新兴公共媒介,固与报刊、电视等媒介不同。文学以网络为载体必受载体影响,故网络文学具互动性、参与性、草根性等特点。但明乎此,尚不足以论网络文学。网络文学可谓新文学范式之外的文学类型。因小说受众颇广,但内容陈旧,故倡导"新民必先新小说"。"五四"之际大致秉此观点,"新戏曲"、"新文学"、"美术革命"成为强音。文艺被改造,形成了新文艺范式。未被改造的文艺是否从此绝迹?其实一直存在,只是附着于不同载体呈现不同面目。或称鸳鸯蝴蝶派,或称通俗文学,或称大众文化。网络兴起,遂附着之,改头换面,名网络文学。

孔二狗《东北往事:黑道风云二十年》,可谓武侠、言情和黑幕合一。黑道风云,打打杀杀、快意恩仇、兄弟情义等,似《水浒传》,亦是武侠之变;其中的爱情故事,是言情之变。黑道所牵涉者,颇似黑幕小说。

流潋紫《后宫甄嬛传》不过三个故事类型的叠加:历史、后宫和言情。背景为雍正朝,于史书稍有所本。历史有变者,有不变者,雍正年后宫内斗故事今天依然引发共鸣。《庄子·外物》言"室无空虚,则妇姑勃溪"。有父母、兄弟、姑嫂,即有"妇姑勃溪"。后宫是放大了的"妇姑勃溪",只是人多些,手段狠毒而已。《甄嬛传》有甄嬛和果郡王的爱情故事,浣碧对果郡王的单相思,温实初对甄嬛的单相思,沈眉庄对温实初的单相思等。

血红《光明纪元》是个人成长故事、武侠、仙幻的叠加。小说主线是主人公

林齐的成长过程;故事一直伴随着暴力,是武侠小说的变体,能清晰看到金庸小说人物影子;小说人物具各种超能力,可联想到仙侠传统。

张嘉佳于微博上写"睡前故事",成书《从你的全世界路过》(湖南文艺出版社,2013年)。他将故事收拢起来,分为"七夜",每夜又有几个故事,颇似"心灵鸡汤"。2016年《从你的全世界路过》拍成电影,除了喝酒还是喝酒,可谓年度最烂片。后又有《让我留在你身边》(湖南人民出版社,2014年8月),是段子、童话、变形记的先锋文学、动画片和神话故事的大杂烩。

大鹏《屌丝男士》,是段子串,接续了"笑林"传统。[①] 很多段子,或是网上流传,或是新编,或古代流传。《笑林广记》《笑府》《广笑府》若一则一则拍成影像,也就是如此。[②]

南派三叔《盗墓笔记》。盗墓,惊险也,恐怖也,奇谭也;盗墓,斗智斗勇,有武侠,有机谋。笔记,古之传统体裁也。小说风靡,拍成电影票房居高,转成游戏,玩家亦多。

这些作品不要"新民",没有板起面孔作教人状;也不批判现实,作忧国忧民状;也不"歌德",反正就是好就是好就是好。网站发布作品目的明确,盈利。作者不是创作"大说"只是好比说书人,糊口而已。读者只是娱乐,kill time 罢了。

以上所论,挂一漏万,亦未必精当。然"中国文学"规模已具,呈复兴之几或不复有疑也。

---

① 余华《第七天》,不过是新闻串。恐不能震读者于艰深,恐被论无文学形式,于是稍用先锋文学故技。如此而已。
② 对比姜昆与郭德纲,可见二者差别。郭德纲是中国笑林传统,姜昆是"新文艺"传统。郭德纲能让人笑,但其相声显得庸俗;姜昆能让人笑,但其相声显得深刻。笑本身其实即有意义,人生不如意事十之七八,笑能排遣郁闷,平衡情性。

3

近五年散文创作的六个关键词

周红莉　丁晓原[*]

摘　要　近五年散文创作的过度繁荣，不可避免地生产了一些普泛化、碎片化、庸俗化的"散文产品"。这些"全民写作"话语蛊惑下生成的即时文字，某种程度上，并不真正具备时代意义。以关键词研究方式介入当下散文创作，初衷是为提纯或清洗近年散文生态环境做点努力；其次，这些关键词也是近年散文创作中的高频词汇，它们为急剧变化的时代、为时代日益复杂的心灵制造着"匹配价值"，并创造出真正属于当下时代的"新文体"、"新形式"；再次，它们明显异于或是拓展了先前散文的内涵与形式，为我们解密当下时代的风貌提供了丰富样码；最后，它们合力构建着转型时代散文创作的轴心图景，为我们深度抚触一个时代的现实与精神创造了可能。

关键词　中国叙述　非虚构　自然生态　跨界　故乡　女性散文

　　我们将要谈论的近五年散文创作，不包括"全民写作"话语蛊惑下的、那些即时生产出的碎片化、狂欢化、庸俗化的"散文产品"，尽管它们的规模化生成也是当代文学生态的某种真实景观。事实上，自 20 世纪 90 年代韩小惠提出"太阳对着散文微笑"后，我们的散文创作，特别是新世纪散文创作越发喧嚣鼎

---

　*　周红莉，常熟理工学院人文学院教授。主要研究领域为中国现当代散文，近期出版《精神生态与散文演变：1976—2010》。丁晓原，常熟理工学院《东吴学术》主编，教授，苏州大学文学院博士生导师。主要研究领域为中国现当代散文和报告文学，近期出版《行进中的现代性：晚清五四散文论》《精神的表情：现代散文论》。

沸、类似井喷状,散文也被指认为全民写作时代最便捷式文体。但是,这些即成性文字,某种程度上,并不真正具备时代意义。我们更多关注的,是在时代中起着风向标或是记录器的散文,它们在历史演变中,因着时代的转型与裂变,对散文内容、形式、思想以变革创新,呈现出新鲜丰富的散文原现场。这种主动型姿态,为急剧变化的时代、为时代日益复杂的心灵制造着"匹配价值",并创造出真正属于当下时代的"新文体"和"新形式",也为我们解密这个时代的风貌提供了样码。遴选6个关键词——中国叙述、非虚构、自然生态、跨界、故乡、女性散文,主要基于它们是近年散文创作中的高频词汇,且又明显异于或是拓展了先前散文的内涵与形式,它们合力构建着当下散文创作的轴心图景,为我们深度抚触一个时代的现实与精神创造了可能。

关键词一:中国叙述

中国故事、中国经验、中国梦都是近年主流意识形态文学的中心话语,如何讲中国故事、讲什么中国故事、讲中国故事及背后的理念是"中国特征"文本的核心。事实上,我们已经习惯了中国叙述主要是小说叙述的指认,我们也可以轻易阅读到大量演绎"中国故事"的虚构文本或潜文本。但是,能够引领我们无遮蔽状态抵达时代现场,能够及时客观实录转型时代中国图景和参与时代精神重建,能够深度介入时代真实真相、抚触时代深处民众幽微心灵并烛照生命的,散文创作起着无法忽视的作用。它以自由不拘、张弛有度的叙述姿态,在那些"中国特征"的"在场"中穿行;它抛弃所谓是"歌德"还是"暴露"的叙述模式,在充满张力的社会场域中刻录时代(历史)的美好、思索偶在的创伤,"成为时代和政治的敏锐的发音器"①。

譬如密集化的"红色"叙述。这里言说的"红色"叙述起码有两层意指,一是特指"红色文化",二是指弘扬"正能量",无论从文化价值还是社会功能方

---

① 王兆胜在《人民日报海外版》与何平等人在关于《散文的界定》中指认,未来散文第一要关注时代尤其是社会重大转型变迁,成为时代和政治的敏锐的发音器。

面,都对社会主义核心价值观的构建起着巨大的支撑作用。具体而言,"红色文化"首先包括战争叙述,有"长征精神"创作,如王新生《穿越历史时空看长征》、王树增《长征》(新修订)①;有"沂蒙精神"创作,如厉彦林系列散文集②;有家族革命创作,如毛新宇《毛泽东三兄弟》、李宗远《我的父辈在抗战中(二)》③等。其次包括"一带一路"叙述,如玛雅《家国大义》,非我(曹建川)《在敦煌》,李舫主编"丝绸之路名家精选文库"④,徐兆寿、金西源《丝绸之路上的使者》等,都是紧贴着时代和政治在走的文字。"正能量"主要体现在三个方面:一是对"中国"的直接表达,如赵汀阳在《惠此中国》中听见中国拔节生长的声音,李零在《我们的中国》的中直言自己竭40年之力全是为了研究中国,葛兆光在《宅兹中国》中试图重建有关中国的历史论述,许宏在《最早的中国》与《何以中国》中探寻形成最早"中国"的原因;二是对国家的礼赞,如陈奕纯在《一毫米的高度》中抒发对祖国和祖国山河的热爱,车凤、王树兴抒写《这就是我想过的生活》表达对城镇化进程中建设新社区创造新生活的认同;三是对真善美的追寻,如李培禹的散文集《总有一条小河在心中流淌》给人以"热"⑤,简平的《最好的时光》给困顿中的人群带来勇气与力量,石英的《半山才子气》彰显着人间正气与昂扬之气,莲子的《岁月有情》怀抱真、善、美面向世界等。这些文字,都在建立或者试图建立时代新的主题话语、社会新的精神

① 潘凯雄在《文汇报》撰写《〈长征〉——信念不朽》一文,分析《长征》类"旧作"因何长销不衰,并对"主题出版"有过阐述:所谓主题出版的本质就是与时代同呼吸、共命运,独特而深刻地反映出时代的最强音,而这个最强音在当下就世界而言即和平与发展两大主题,对中国而言则是中华民族伟大复兴的"中国梦"。
② 如《裸露的灵魂》《都市庄稼人》《灼热乡情》《春天住在我的村庄》《赤脚走在田野上》《享受春雨》等散文集,都是以沂蒙大地和人民为叙述对象,歌颂沂蒙红色文化。
③ 都是把"小家"置于"大家"即国家这个范畴进行叙述。
④ "丝绸之路名家精选文库"第一辑包括14位名家散文佳作:王巨才《垅上歌行》、丹增《海上丝路与郑和》、陈世旭《海的寻觅》、陈建功《默默且当歌》、张抗抗《诗性江南》、梁平《子在川上曰》、阿来《从拉萨开始》、吉狄马加《与白云最近的地方》、林那北《蒲氏的背影》、韩子勇《在新疆》、刘汉俊《南海九章》、叶舟《西北纪》、郭文斌《写意宁夏》、贾梦玮《南都》。
⑤ 凸凹评《总有一条小河在心中流淌》为"热的文字",指认李培禹的散文有着"己心妩媚,则世间妩媚"的文本质地。他不管写什么,总是从生活出发,从自我感动出发,写新生、写快乐、写希望、写光明,而且写得深、写得细、写得热、写得动情、写得豪迈。不管外界怎么令人愤怒,令人不平,他都要用自己的文字,给人以力量,给人以爱,给人以梦,让人奋进,让人向上。

价值,它们的存在,给经济主导、价值失衡、精神普遍委顿的当下时代注入了一剂强心针。

诚然,转型时代的复杂性必然会生发出复杂的社会现状,"选择性报道"不是健康时代的理性方式,中国叙述中也有关于创伤的记录。如厉彦林系列散文集中对当前农村行路难、上学难、环境差等问题的批判,《郭文斌文集》中对社会腐败、人性堕落的批判性等,这些文字的目的,首先不是为了展览伤疤以引起民声鼎沸,而是倾向于李建军理解的写作状态,即"好的写作,是一种转化的过程,把生活的阴面向着阳面转化,这种转化过程,就是创造,这不是伪善,而是说我们要有能力把黑暗的东西消化和转化,继续更好地生活,借助爱"。①周孝正也说过,"社会有黑暗,但人要阳光",实际上都是守候或是建立时代精神正能量的中国叙述方式。

关键词二：非虚构

"非虚构"是近年散文写作者文学表达的重要利器。他们不只把"非虚构"理解为一种叙述策略,更是将"非虚构"看作一种文学类型的集合,包括传纪、回忆录、纪实、口述实录、日记文学,甚至新闻报道等形式表达,并且,在某种层面上,赋予"非虚构"以"现实元素"为背景的精神外化式存在。

考察大量冠以"非虚构"的散文文本,主要呈现三种形态:第一,以历史见证者的身份介入时代现场。这种介入,有的烙着"思想者"强烈的反思意识和审视意识,如邵燕祥用《我死过,我幸存,我作证》展览 1945—1958 年的时代艰难与知识分子的硬骨和良知,许知远把中国置于百年历史及全球化背景中记下《时代的稻草人》②,对中国模式、金融危机、极权诱惑、企业家、移民者、娱乐、饮食(奶粉)、少女等话题作了思考与自持,梁晓声继《郁闷的中国人》之后深度观察和纪实《中国人的人性与人生》、剖析当代中国人文化心理和国民性,

---

① 李建军:《论"直派批评"、"中性批评"和"谀派批评"——从杨光祖说开去》,《文学报》2016 年 11 月 15 日。

② 作品分四辑,即"让我们赞扬中国吧"、"富强之后"、"中国是不朽的"、"时代的稻草人"。

周闻道用《国企变法录》和《暂住中国》对地方国企改革和城市"暂住"农民工诸多问题进行考察和反思，李辉《绝响：八十年代亲历记》回望 20 世纪 80 年代中国文化界的风雨万象；有的怀着人文情怀和普世情怀对中国农村投去深情，如梁鸿继《中国在梁庄》之后用《出梁庄记》实录 51 位农民打工者的城市漂泊，彭晓玲走访 70 多位乡村留守老人实录下《空巢》，熊莺走访秦巴山区 10 余个村庄、场镇实录下转型时代农民命运的《远山》，费振钟以江苏兴化为观察对象记下《兴化八镇记录：乡镇社会的解体与重建》，钱兆南用《跪向土地》思考"三农"问题等；有的做着抢救历史的备忘，如艺术家杨先让用四卷本《杨先让文集》记录并保存着中央美院及现代美术数十年发展中的人事，李娟用《羊道三部曲》记录着"最后的荒野主人"哈萨克民族，陈霁采访调查 17 人实录下《白马叙事》（主要描摹白马部落的生态环境、文化习俗、生存状态等），阿慈兰若用《复活的世界 1：灵魂史》《复活的世界 2：大地史》实录为西部生存奋斗的人们等；有的聚焦中国崛起进程中的先进人物，如宁肯在《中关村笔记》中记下柳传志、王选、冯康、吴甘沙、冯军、程维等时代风云人物等。第二，以访谈方式记录时代特别是文化现场，由此引出可能蕴藉的精神质地。如傅小平在《四分之三的沉默：当代文学对话录》中，对 21 位当代文学名家[1]进行"全息影像般的'审查'"；舒晋瑜用《说吧，从头说起：舒晋瑜文学访谈录》[2]《以笔为旗：与军旅作家对话》[3]记录当代文学现场和文学人的坚硬品质；夏榆以《在时代的痛点，沉默》《在异乡的窗口，守望》访谈集刻录国内外政治文化精英人物的思想，彰显公共情怀；顾超以文学为引线写下《文学的彼岸：中国作家的话语理性与社会想象》[4]，探寻创作主体在转型时代的幽微内心；戴燕把访谈对象聚焦于关心现实、有很强社会责任感的 11 位前辈学者，主编成《陟彼景山：十一

---

[1] 涉及哈金、莫言、贾平凹、张贤亮、李锐、张炜、张大春、阿来、苏童、毕飞宇、高尔泰、齐邦媛、叶廷芳、金雁、毛尖、安妮宝贝、杨炼、欧阳江河、芒克、黄灿然、李笠 21 位作家。

[2] 涉及阿来、陈忠实、迟子建、方方、格非、韩少功、何建明、贾平凹、李佩甫、莫言、苏童、铁凝、王安忆、王蒙、严歌苓、张炜 16 位作家，访谈时间历时数年甚至十多年。

[3] 涉及白桦、毕淑敏、都梁、二月河、马识途、魏巍、谢冕、阎连科、朱苏进等 33 位国内有军旅经历或者仍身在部队的著名作家的访谈。

[4] 关涉作家有王蒙、叶辛、梁晓声、张抗抗、贾平凹、格非、周大新、柳建伟、刘醒龙、叶延滨、欧阳江河、范小青、李浩、徐则臣。

位中外学者访谈录》①等。第三,以口述史的形式直击历史、还原真实。如刘玉历时6年寻访70多位桂林抗战老兵记下《烽火青山》和《抗战老兵口述历史》,萧寒主编、绿妖撰稿《我在故宫修文物》录下12位顶级文物修复师对历史、对人生的回顾和感悟等。

此外,有一个重要文本需要特别交代,那就是被称为"从中国深邃黑暗的历史深渊中生长出来的"《回望》。《回望》是金宇澄参考了丰富的笔记体作品书写父辈信仰与抉择的纪实性文字。在创作技法上,他让细节、材料、信件包括图片说话,把日记体、回忆录、笔记体、"八卦体"、纪录片、口述实录、田野调查(城市调查)等形式交错进行,对宏大历史、特别是"谎言"以及"谎言"背后无数艰难的生命以重新观照。这样的"非虚构"文本,与2001年"诺奖"百年大庆时提出的"见证的文学"相应和,即用文学为历史见证,用真实对抗伪历史与政治谎言,也许,这才是近年"非虚构"散文盛行的深层原因。

关键词三:自然生态

近年对生态的叙述更多倾向于自然生态。促成这种创作趋势的,一是受复归传统文化思潮影响,特别是对"天人合一"中国传统哲学的复归,"道法自然"的中国理想落进文本,更多以抒写自然美的形式呈现;二是受生态问题的影响,国家顶层对生态文明建设和环境保护工作设计的介入,为生态文学的蓬勃发展以及"教化人心"赋予了时代意义和政治意义;三是源于创作主体生命内里的自发性表达,就像美国自然文学大师亨利所说的,"只有当我们意识到大地以及其诗意时,我们才堪称真正地生活着"。之前的作家,偏向浓墨重彩地书写自然景观,传递"究天人之际,通古今之变"的宏大愿景,由此抵达精神的某种博大,譬如张承志、张炜、韩少功、阿来、贾平凹、周涛等人;近几年的自然书写,更着眼于微观叙述,如对草木、对动物、对山河(乡村)的执念,并在这

---

① 包括裘锡圭、陆谷孙、王水照、章培恒、兴膳宏、李学勤、朱维铮、何兆武等前辈学者。

些执念中传递着亚里士多德言说的"大自然的每一个领域都是美妙绝伦的"理想。

草木篇如梁衡提出"人文森林学"概念,并在《中国绿色时报》上陆续刊出"中华人文古树系列"散文11篇,展现自然之美的同时,思考人与自然的和谐共生、健康美好;刘学刚的"草木记系列"散文,树立在植物主义经验和学理之上,并企图在草木中寻找灵魂突围的出口;傅菲的《大地理想》、徐仁修的《荒野游踪》七卷本、杜怀超的《苍耳:消失或重现》、董华的《草木知己》、周华诚的《草木滋味》、徐刚的《大森林》、刘华杰的《崇礼野花》等都是"写给大自然的情书",都是在告诉世人,植物都是美的。动物篇如玄武的《物书》,写乌鸦、鼠、鹰、孔雀、狼、象、驼、马、蝇、蚂蚁、虱虫等;格日勒其木格·黑鹤写《我和草原动物朋友》,首次披露他与动物们零距离的约150幅照片;刘亮程在《一片叶子下生活》观察虫子、鸟、蚂蚁、狗等;安宁在《遗忘在乡下的植物》中写了麻雀、驴子、蚂蚁等11类虫鸟家禽等动物……这些文字,在赋予动物以魅力的同时并赋予它们以人性和神性。山河篇如李修文在《山河袈裟》中写人和自然,应和"天地与我并生,万物与我为一"的道家精神;王文泸《在季风中逆行》,由青藏高原的山河彰显高原风貌和精神气脉;刘先平用40年时光《追梦珊瑚》,"呼唤生态道德","大自然赋予我生命,我爱大自然如生命"是他的精神根基;还有较多追忆乡村美好与忧虑当下乡村生态的著作,如刘亮程《一片叶子下生活》、李汉荣《家园与乡愁》、王志多《朝拜乡音》、张长《竹楼、青瓦与春城故事》等,都怀着原生态的乡土自然、文化被现代文明撕裂后的怅惘与忧思。

自然,诚如英国诗人詹姆斯·汤普森所指出的,"我认为没有任何其他的事物可以比自然的杰作更能使人振奋,令人愉悦,激起人对于诗性的热情,对于哲学的反思,对于道德情操的敏感"。汤普森赞颂的自然首先是处于秩序与和谐中的"天地自然",其最大益处,使写作者能以自然之心体悟自然之物,在物性中享受生命纯正之美,同时也展览着被现代化侵蚀下自然美的凋敝,或此引起"疗救注意"。忆起李敬泽在1994年夏天长江三峡游轮上读到布罗代尔作品时,意识到无数无名个体及其衣食住行重要性的场景,散文作家对于自然生态的关注与书写又何尝不是对普罗大众的贴己性表达呢?

关键词四:跨界

跨界不是一个新鲜的概念,关于文学边界的讨论也是由来已久。把"跨界"列为近年散文创作的关键词,主要存在两种新的认知:第一,以往观念,认为体式"跨界"是散文创作的弊端,近年文体观念越发开放,普遍倾向于有"大体"无"定体"、识"大体"辨"小异"的文类(文化)史研究方法,创作者不再为"跨界"纠葛或是自辩,而是直言且肯定自我散文文体的开放性状态;第二,以往谈到作家身份跨界,一般流于小说家、诗人、剧作家的散文创作,近年编辑、记者介入散文创作且呈井喷状,批评家、学者散文也是如日中天,极大拓展了散文创作的广度和空间。

具体地说,体式跨界的代表性文本有:李敬泽《青鸟故事集》,其标识身份相对暧昧,内容介绍为"是散文、评论,是考据和思辨,也是一部幻想性的小说",李敬泽自言:"这肯定不是学术作品,我从未想过遵守任何学术规范,恰恰相反,它最终是一部幻想性作品";李修文《山河袈裟》上架建议是"散文",但它把戏曲的背景+舞台艺术的结构+小说的故事化圆融一体;李舫散文把诗歌意象+小说场景+报告文学抒情+电影镜头+戏剧对话+评论特质等融会贯通;周晓枫以"寄居蟹式的散文"为文章标记,"希望把戏剧元素、小说情节、诗歌语言和哲学思考都带入散文中",记下《有如候鸟》;吴佳骏《雀舌黄杨》将散文故事化,并在故事化散文中强调故事的寓言性和真实性;赵柏田《南华录》,追求一种百科全书式或博物志式的写作,努力打通虚构与非虚构,突破文体藩篱,有叙事,有文论,有诗;《贾平凹游记》是游记+小说笔法等。

身份跨界固然有着诸如小说家散文、诗人散文、剧作家散文的惯性标签,事实上,我并不赞成这种简单的分类方式。中国历来的文人、艺术家都追求一种"艺术之整体性",创作者身份的多元,只是展览情绪的载体方式有变,其追求内化体验和创作的肌理不变。如小说家薛忆沩阅读笔记《文学的祖国》和《与马可·波罗同行》、梁晓声《此心未歇最关情》①、苏童《你为何对我感到失望》②、李修文《山河袈裟》③、王跃文《无违》④、韩石山《我觉得自己更像个卑劣的小人》⑤、王安忆《仙缘与尘缘》⑥、刘醒龙《小路，才是用来回家的》⑦、冯骥才《珍珠鸟》⑧、雪漠《空空之外》⑨等，都是一种"无心偶会"的境界，与以往散文差异不大。近五年身份跨界最活跃、成果也最为丰厚的，该是媒体人、编辑家散文，如李培禹《总有一条小河在心中流淌》、闾丘露薇《我所理解的世界》⑩、潘耀明《一代人的心事》⑪、阎晶明《艺林观点》⑫、彭程《纸页上的足印》《在母语的屋檐下》⑬、孙郁《鲁迅遗风录》⑭、熊莺《远山》⑮、何启治《朝内166：我亲

---

① 写父母亲情、乡亲父老、与战友同事交往，以及一些生活化的故事。

② 内容主要关于中国市井的人与事，也有读书写作和社会现象的评论。

③ 记录门卫、小贩、修伞的、补锅的、快递员、清洁工、房产经纪、销售代表等，也有关于旅游和诗歌、戏曲和白日梦的文字。

④ 王跃文首部人生随笔集，共分七章，从个人成长、官场人性、文学创作等方面记录和传递作家"要做一个真实的自我，无违于自己，无违于天地"的美好执念。

⑤ 全书二十多篇散文描写其在人生各个阶段遇见的人与事，父母兄弟，师长同学，同行同道。此书为"小说家的散文"丛书之一。

⑥ 围绕旅行、世情、读书、忆旧不同主题分为四辑。

⑦ 从游记、乡土、亲情、个人经历与感怀、文化漫谈五大方面，为正在"消逝"的乡村树一座纪念碑。

⑧ 收录一百多篇佳作，包括《珍珠鸟》《挑山工》《逼来的春天》《记韦君宜》《绘画是文学的梦》《维也纳春天的三个画面》《甲戌天津老城踏访记》《鲁迅的功与"过"》《我们共同的日子》等，是冯骥才散文杂文一次较全面的梳理。

⑨ 本书集中体现西部文化特色：当下关怀与终极超越，包括文化传承、哲学理论、实践和妙用四个部分。

⑩ 著名记者、资深媒体人，书中展现作者从业二十年来的人生态度、生活状态、职业热爱和经历，体现了在大时代背景下，一个勇敢年轻记者成长为独立成熟媒体人的心路历程。

⑪ 《明报月刊》总编辑潘耀明十几年来撰写的卷首语选集，涉及文化、历史、政治、名人等诸多方面，每一篇都能代表当时社会热点或文化动向。

⑫ 大多数写作家到《文艺报》工作之后，其中涉及电视剧评论、电影评论、电视文艺评论，也有少量关于舞台艺术、美术方面评论。除了评论之外，部分文章结合文学与艺术的关联，针对当前文艺思潮和各类艺术创作的走向，发一点感言，提一点问题，强调一种观点。

⑬ 《光明日报》文艺部主任，高级编辑。

⑭ 曾任北京鲁迅博物馆馆长，《北京日报》文艺周刊主编等。

⑮ 从媒体人到作家，有着丰富的新闻敏感度和经验。

历的当代文学》①《管士光文存》②、萧耳《锦灰堆美人计》③、卫毅《寻找桃花源》④、胡宝林《此生此地》⑤、张玮《历史的温度》⑥、贾梦玮《南都》⑦、李昕《李敖登陆记》⑧、王小柔《世界那么大，纯属撑的》⑨、刘崑与召明《同心走笔》⑩、王国平《汪曾祺的味道》⑪、白岩松《万事尽头，终将如意》⑫、修晓林《文学的生命——我和我的作家朋友》⑬、余义林《相思在马丘比丘：跨越半个地球的南美之旅》⑭、十二《最好的年龄才刚刚开始》⑮、卫东《有一种悔恨叫永远》⑯、锦璐

---

① 编辑出版家被认为是充满苦难的人世间的智者、仁者、勇者，何启治以燃烧着的心，用真爱真情去发现、扶持、出版新作家的新作品。

② 先后担任人民文学出版社的副总编、总编辑、社长，我们从《管士光文存》的内容可以看出他成为学者型编辑的足迹。第一卷是他著作的微缩景观，如"文史散论""名作品评""散叶集锦""出版浅论"等；第二卷为"唐人大有胡气""千古往事千古书"等；第三卷为"高适、岑参研究和传记"；第四卷为"李白研究""李白名篇品读"；第五卷为"李白诗集新注"；第六卷为"唐诗精选""宋词精选"。

③ 媒体人，高级记者，是一本关于东西方文化的随笔。内容分三部分：锦灰堆、窃玉记、美人计。

④ 2007年入驻《南方人物周刊》，以媒体人的广度、力度和敏锐，从他十年亲历各种事件与人物中，叩击百年中国人的内在魂灵。

⑤ 以十多年新闻工作练就的敏锐洞察力，回视生养自己的雍峪沟，追踪不同年代父老乡亲的命运，探微当下乡村农民的生存状态、心灵状态。

⑥ 知名媒体人士，业余做了名为"馒头说"的微信公众号，本书是"馒头说"上最受欢迎文章的精华版。

⑦ 《钟山》杂志编辑，被庞余亮誉为"民国书生"。

⑧ 作者是原三联书店总编辑，书中附录五十余幅个人照片及部分个人史料。

⑨ 媒体人、悦读推广者。创立了"把日子过成段子"的文学风格，通过文学作品倡导"王小柔快乐生活哲学"，被誉为中国最眼儿的作家。

⑩ 是两位年届耄耋、经历大致相同的女编辑、记者合作采写、编选的散文集。书中收入两位作者一些散文随笔，作家、编辑家访问记和书法作品。这些文章和书法作品，展现了她们所敬重的一些前辈、名家的品格和风采，抒写对乡情、亲情、友情的眷恋和怀念，同时也记述了她们对人生经历中的某些片段和从事编辑工作的所思所感。

⑪ 供职于光明日报社，全书共分五辑，对汪曾祺及其作品进行全方位品读，其间涉及汪曾祺的个性、喜好、为人、文风等。

⑫ 央视著名主持人，以媒体人的视角从自然资源、地理环境、发展历史等多方面介绍巴西异域文化。

⑬ 作者长期的文学编辑身份，使他与作家的交往交流较为深入，书中展示了90位当代作家的个性风貌，也是20世纪80年代以来关于文学的历史记忆。

⑭ 文艺报副刊部主任，资深编辑记者、作家，以文化记者的视角，见证南美文化的差异、观念的悬殊。

⑮ "不畏将来　不念过去"品牌创始人，自媒体平台粉丝累计达100万。

⑯ 资深编辑。

《绚丽之下沉静之上》①、丘彦明《人情之美：文学台湾的黄金时代》②、华静"华静文丛"③等，他们的身份特质，比一般散文作家更贴近社会、贴近时代，更多"向外转"更多关切他人，他们的文本极大拓展了近年散文创作的广度、深度乃至真实可信度。

此外，身份跨界还有一个重要群体，即学者、批评家散文，如张新颖《读书这么好的事》、毛尖《乱来》、詹福瑞《俯仰流年》、雷达散文④、柳鸣九《回顾自省录》、张伯存《青灯的趣味》、南帆《风行水上》、吴亮《朝霞》、董云川《道与不道》、张定浩《爱欲与哀矜》、汪晖《颠倒》、韩少功《夜深人静》、李零《大刀阔斧绣花针》、李陀《雪崩何处》、徐冰《我的真文字》等，是知识分子关于读书、影视、思想、时代、政治等话题的思考性、学理性、文学性表达，是知识分子"中国式政治参与"的纸本方式。

跨界究竟要做什么？就是要寻找到一个最恰当的方式进行"主体性"表达。而写作就是作家在探究"成为一个主体意味着什么，一个人是如何成为一个主体的，导致成为一个主体走向的条件以及分析家用来导出'主体性的预期'的工具又是什么"（雅克·拉康）的过程，这个过程中的任何形式和内容的存在，我以为，都是一种自得之情。

关键词五：故乡

故乡，固然是物理空间的，但也是精神空间的。物理空间的故乡，我们要审视其地域要素；精神空间的故乡，我们要追踪其精神的渊薮。针对前者，近年散文创作与之前的散文创作较为相似，都偏向于乡村叙述，特别是对现代化

---

① 副刊编辑。
② 曾任《联合报》副刊编辑，《联合文学》执行主编、总编辑。这本书记录的是她在职期间与一些台湾文化名人的交往。
③ 长期从事报纸副刊工作，《停不下来的脚步和云朵》是以风物游记为主的散文卷，《挂满情怀的生命树》是以人物专访为主的纪实卷，《我从聊城走出来》是她对故乡的眷恋。
④ 特别是2014年开始，雷达在《作家》杂志开设的"西北往事"专栏，有人称他是将"历史真相隐藏在语言的暗流涌动之中"，是"个人命运与时代面影交叠合一"，为散文拓展出新的审美空间。

进程中乡村"消逝"的描摹；但也有同中之异，先前的散文对乡村书写时更多表达着一种疼痛与暴露，近年乡村书写偏向于疼痛中的温暖，暴露后的"缓解"。如刘汀《老家》以故乡人为故事中心，书写离乡人内心的柔软慈悲；刘旭东《吾乡食物》书写故乡二百二十多种隐含在记忆故事中食与物，"背对着这个混沌时代，沿着寂寞的来路，回到过去捡拾凤毛麟角"；厉彦林《赤脚走在田野上》，深深浸润着对生养他的土地的热爱和依恋；黄灯在《一个农村儿媳眼中的乡村图景》和《大地上的亲人》中倾听、呈现城乡之间的记忆，并给予一些暖色；李汉荣《家园与乡愁》书写对乡村的温润体味；胡弦《永远无法返乡的人》、史鹏钊《出村庄记》、姚正安《回不去的过去》、周荣池《村庄的真相》都是在遗憾中透着慈悲地书写村庄。

精神故乡是近年散文中关注度较高的话语；精神的乡愁，按照德国天才诗人诺瓦利斯所说的，哲学就是一种乡愁，是一种在任何地方都要想回家的冲动。这样的话语预设，成就了一类有深度、有意味的作品。如思想型作家熊培云《追故乡的人》，故乡好似作者心中的"瓦尔登湖"，"我的故乡，就是我走过的道路，以及我所持久关注的人与世界之命运。未来的岁月里，无论在故乡，还是在天涯，我愿意平等地对待万物"；王树兴、车凤《这就是我想过的生活》，提出"心安之处是故乡"；黑陶《烧制汉语》，以汉语为故乡、以传统为故乡，当然也以他的江南为故乡等。此外的，诸如杨献平《沙漠里的细水微光》（他的文学版图一块是出生地南太行，一块是生长地巴丹吉林沙漠）、厚夫《走过陕北》、芭拉杰依《驯鹿角上的彩带》（写鄂温克民族的生活）、谢宗玉《涂满阳光的村事》（写湖湘文化）、王文泸《在季风中逆行》（写青藏高原）、雷达在《作家》杂志开设的"西北往事"专栏、卢一萍《去世界的屋脊》（写边藏文化）、张昆华《香格里拉草原上》、红柯《绚烂与宁静》（写西部民族民间历史文化和精神）、韩伟林《画中故乡》（写蒙古族）等，把精神依托于某个民族或某个具体场域，发现和追寻着精神的原乡。

艾略特说，"你所在的地方也正是你所不在的地方"（《为了到达那儿》），散文作家抒写故乡的执念，大抵是他们思考自我生命过程的一种方式吧。

关键词六：女性散文

之所以把女性散文单独列为关键词，并不是要向女权主义献礼，而是与先前的女性散文书写，特别是"小女人散文"创作相比，近年女性散文创作的主题明显由"向内转"转换为"向外转"，由私人化叙述转向相对"公共"式叙述。如以专栏名世的毛尖，在《有一只老虎在浴室》中纵论电影、世象，呼应现实的狂欢；钱兆南用《跪向土地》思考"三农"问题；熊莺用"文学+"的手段，"对四川境内川陕交界处秦巴山区沿三四百公里山脉呈撒豆状散乱分布的 10 余个村庄、场镇"做见闻实录写下《远山》；彭晓玲用《空巢》树立着一位具有人文意识与普世情怀的智者型女作家形象；李舫散文是知识型、学者型作家特有的精神视野、文化储备；苏沧桑《水下六米的凝望》既有国事家事天下事，又有风声雨声读书声；铁凝《以蓄满泪水的双眼为耳》撰写包括生活态度、文学坚守、作家畅谈、促进中外文艺交流等铭刻在心的人和事；"新媒介时代的艺术工作者"张辛欣在《选择流落》[①]《我的伪造生涯》[②]中思考写作来自内部与外部的双重不安；北方文艺出版社出版的"著名女作家散文经典"[③]，抒写烛照黑暗世界的理想、命运以及人生的万千气象等。她们的散文文本，打破了文学主题囿于性别叙述的狭窄——一般以为女性偏于细腻、温婉、物质、絮语、私人化等——加重了女性散文园地的精神分量和文学价值，有一定的时代意义。

上述 6 个关键词，是近年散文创作显异于之前散文创作的核心部分。尽管近年散文创作中依旧出现大量回忆性散文（包括国家记忆和个人记忆）、文化历史散文等，但从创作技法和内容主旨方面，与之前的散文创作趋同性强、辨识度不高。另外，因为市场力量和文学分化互动关联，又因网络文学受众身

---

① 分为"悬崖写手"、"临时生涯"两部分，收入了 33 篇文字。
② 分为"涂抹空洞"、"黑天堂"、"预言"、"后台"、"我译"、"我的骇客帝国" 6 大部分，收入文字 30 篇。
③ 共收入张抗抗、赵玫、张晓风（中国台湾）、韩小蕙、卢岚（法）五位女作家的作品。

份的特殊性(既是信息接受者又是通过微博、微信等媒介发布信息者),促使各种冠名为散文的产品大量涌现,散文成为一个时代的便捷式文体。

只是,抑制不住地有些忧虑。在这些喧哗背后,我们清楚地看到,近五年散文创作中有思想深度、有理性智慧、拷问生命内里的文字少了,诸如知识分子、主体性、价值、精神等活跃在20世纪八九十年代的词语已经淡化甚至消失了。全民介入写作的时代固然热闹,但是热闹之后能留下什么呢? 也许,多少年后,将是一个时代的文学之痛。

4

长篇小说阅读札记(2012—2017)

张丽军　田振华[*]

摘　要　近五年来,长篇小说取得了一些突破性成就。首先,就题材而言,现实主义题材向着更深层次的精耕细作,并演化出魔幻现实主义、超现实主义、神实主义等多种变体形式;其次,就叙述策略而言,底层叙述持续推进,以底层视角和底层人物讲述中国故事;再次,就创作方法而言,近五年来的长篇小说越来越呈现"向内转"的倾向,以中国故事呈现中国经验;最后,"50 后"、"60 后"仍是长篇小说创作的中坚力量,"70 后"乃至部分"80 后"也逐步开始走向严肃文学创作的历史舞台,长篇小说的代际承传和接续工作正顺时而行。当然,近五年长篇小说创作也存在诸多问题。

关键词　长篇小说　现实主义的变体　底层叙述　中国故事　问题

近五年来,长篇小说取得了一些突破性成就。首先,就题材而言,现实主义题材向着更深层次的精耕细作,并演化出魔幻现实主义、超现实主义、神实主义等多种变体形式;其次,就叙述策略而言,底层叙述持续推进,以底层视角和底层人物讲述中国故事;再次,就创作方法而言,近五年来的长篇小说越来越呈现"向内转"的倾向,以中国故事呈现中国经验;最后,"50 后"、"60 后"仍是长篇小说创作的中坚力量,"70 后"乃至部分"80 后"也逐步开始走向严肃

---
[*]　张丽军,山东师范大学文学院教授、博士生导师,主要研究方向为中国现当代文学。田振华,山东师范大学文学院 2017 级博士研究生,主要研究方向为中国现当代文学。

文学创作的历史舞台,长篇小说的代际承传和接续工作正顺时而行。

一、现实主义的精耕细作与变体形式

可以说,新文学以来,除个别时期以外,现实主义创作一直占据着长篇小说创作的主流,处于绝对核心的地位。特别是近五年来,我国长篇小说创作一方面体现了向着精耕细作的方向掘进,另一方面也结合中国故事和中国经验演化出诸多变体形式,呈现出多样发展的态势:既有对历史现实的反思,也有对当下现实的批判,还有对心灵现实的追问;既有乡土现实、城市现实、更有城乡结合的现实,等等。接下来的论述笔者不再以题材等来划分,而重点探讨作家们是如何通过这些方面的探索来达到现实主义的深化的。

1. 现实主义的精耕细作

白烨说道:"五年来的长篇小说,在两个方面表现得尤其突出,那就是现实性题材创作势头强劲,现实主义写法的作品格外耀眼。现实性题材与现实主义手法的齐头并进与桴鼓相应,构成了五年来长篇小说创作最为动人的主旋律。"[①]对现实主义的持续书写彰显着作家们对社会的关切和责任的担当。近五年来,对现实主义的精耕细作主要体现在:由八九十年代以来的宏大叙事改为通过细节和小的事件揭示现实的隐忧和内在深层肌理的矛盾冲突;展现新的时代环境下新的社会问题,如城乡二元对立导致的两极分化、幸福感缺失、无根性等;过度追求经济利益而导致的物欲横流、人性异化、信仰缺失和精神虚无等。这里以贾平凹的《带灯》《老生》《极花》,范小青的《桂香街》,李佩甫的《生命册》《平原客》,格非的《望春风》,徐则臣的《耶路撒冷》等几位较为出色的现实主义作家和作品为例,探讨他们近五年来是如何在这些方面对现实主义进行精耕细作和掘进的。

贾平凹是一位乡土大家,但同时也是一位国内少有的对现实主义创作偏

---

① 白烨:《生动现实的活动影像——五年来的长篇小说印象》,《文艺报》2017 年 8 月 21 日第 3 版。

爱的作家，笔耕不辍，几十年如一日地在乡土现实主义创作上精耕细作。贾平凹以敏锐的艺术眼光，探寻出在社会表层结构之外，还有一个隐藏于人内心深处的隐形结构，而这种隐形结构所催生的隐形矛盾有时候更能对社会和民众产生潜移默化的影响，久而久之就会郁积成显形矛盾而左右社会的发展。《带灯》以一位名叫"带灯"的年轻乡镇女干部为主角。通过她在镇上的所见所闻，特别是她对自己的本职工作——维稳的体验进行了书写，写出了她面对当下底层社会潜伏着的矛盾冲突和无可预知困难的无奈，同时也暗含出社会制度与底层心理的契合之难。《老生》以中国传统文学经典《山海经》贯穿其中，一方面彰显他对经典的致敬，另一方面更为重要的是，他还以"老生"的吟唱丧歌作为主线串结作品。由此揭示出普通乡民在社会大变革、大转型期的生死歌哭，及其由民间视角看去的乡土社会演进中的必然与或然的相互杂糅。《极花》则以更为细密的结构和语言编织了一个乡间拐卖妇女的故事。表面上看，故事仅仅是一个乡间较为普遍的恶性事件，但贾平凹从这一事件中透析出人性的隐忧，鞭辟入里地揭露了现实的残酷和人性的荒诞。

李佩甫的《生命册》，作品主人公吴志鹏被称为"背负着乡村在城市间游走"的人，吴志鹏离开乡村后，不论是在大学任教，还是放弃稳定工作下海炒股、经商，都没有摆脱乡村的影子。这一切最终也要归属到大变革、大转型时代城乡的二元对立与冲突导致的贫富差距拉大，物质追求压制精神需要而产生的信仰缺失等。《平原客》书写了刘金鼎艰难之中得到了一次次的求学机会，也懂得了人际关系的重要性，在结识老师李德林之后，更是学会了如何玩弄权术，得到了很多的好处，最高官至黄淮市副市长。老师李德林也通过一步步的攀升最终官至副省长级别。可是在不同年代飞黄腾达的二人在面临真正的人生抉择时何去何从，作者对他们的人性提出了考验。

格非的《望春风》书写了20世纪60年代到世纪末之间我国乡村的转型和消失。格非说道：我曾经很喜欢一部小说里关于时间机器的构思，我也希望通过这样一种装置，让笔下的村民重新回到那个故乡的场景之中，虽然很短暂，但这就是文学的作用，文学可以让他们回来，这特别重要。可以看出，格非想以文学这一媒介重返现实中已逝去的乡村，那种对乡村的回望姿态也体现出作者对城市化的反思。

徐则臣的《耶路撒冷》被誉为"70后群体的小史诗"。小说讲述的是主人公想到耶路撒冷求学,但缺少费用,决定通过回运河边的老家卖掉祖宅,后在不同的时段与几位儿时的伙伴不期而遇,开始回顾他们各自的人生境遇、理想追求和往昔生活。整个故事跨度较长,在时间的长河中聚焦于这个年代的中国年轻人,探寻他们成长的线索和细节,展现了"70后"一代人逐渐浮出社会表层的复杂的精神世界,以及参与建构这个完整世界的心态。

2. 现实主义的变体形式

随着现实主义在中国的深化和发展,很多作家已经不满足于用常规的现实主义写法来再现现实,而是更多地通过艺术化、精致化的处理来表现现实,主要表现在以魔幻现实主义、心灵现实主义、超现实主义等多种现实主义的变体形式和手法来批判现实、折射现实、反思或者叩问现实。表面上看这些作品似乎已经远离现实主义,在作品中已经找不到现实生活的影子,可在作品的背后,仍然是对现实或隐喻或象征的书写,仍是对社会、现实或人生的内在表现。这些手法的运用一方面增强了小说的艺术性和可读性,另一方面在现实主义创作方法的多样性上有了进一步的开掘,既是对现实主义的深化,又是一种创新。五年来,用这类现实主义书写的长篇小说很多,主要有陈应松的《还魂记》、阎连科的《炸裂志》、余华的《第七天》、叶炜的《福地》等。

陈应松《还魂记》的主人公"我"在服刑期间因举报他人被活活打死。全书以"我"的灵魂归乡中的所见所闻为书写对象,展开人鬼对话,通过鬼魂视角表现现实中各种不合理现象,对现实中的各种内在制度、结构的不合理展开批评,也揭露在这些不合理之下人的心灵的异化和扭曲,透析人性的善恶面。可以说是近年来魔幻现实主义、鬼神叙事不可多得的佳作。

阎连科的《炸裂志》讲述了一个村庄在很短的时间内就变成了大城市的过程,这种"城市大爆炸"产生的根本原因则是"人心的大膨胀",人心的膨胀在城市建设中得到无限释放,但这种在经济和物质极端追求下产生的片面"比高""比强""比大"的现象,则催生了一系列问题产生:欲望膨胀、信仰缺失、人格异化等。阎连科通过假借城市的恶性发展来展现人心的欲望真实,心灵的真实,有人把他的这种现实主义书写称为"神实主义"或"心灵现实主义",有着一定道理。阎连科总是能够力图摆脱现实的或意识形态上的束缚,抵达人性的本真和心灵的深处,给现实以警醒,给人生以启迪。

余华在时隔7年后于2013年出版了长篇新作《第七天》。笔者认为,如果《活着》《兄弟》是他在经过90年代先锋探索后的现实主义回归,那么《第七天》就是他对现实主义的深化。小说主要书写了主人公死去后7天内的见闻,作品中加入了大量的新闻事件,通过这些事件讲述现实的苦难和荒诞。余华正是看到这些新闻事件的背后现实的荒诞,才以担当的姿态予以无情的揭露。《第七天》也是近年来以"鬼神"来叙事的现实主义作品中较为上乘的一部。

叶炜的"乡土中国三部曲"的收官之作《福地》则以乡村中生长百年的"老槐树"为叙述视角,通过"老槐树"百年来在"麻庄"的所见所闻为线索,书写大变革、大转型时代乡土中国的变迁。作品中,"老槐树"既具有神性的一面,也具有人化的色彩,这种"全知全能"的叙事视角给现实主义书写带来了新的经验,而又远远超出人的现实经验,即减少了作者书写过程中对主人公认知能力的顾虑,又增强了我们认知现实的高度,可以说是一部较为成功的"超现实主义"作品。

当然,无论是魔幻现实主义、神实主义还是超现实主义,其最终目的都是为了更好的认知现实,为现实服务。不是为了魔幻而写魔幻,为了鬼神而写鬼神,而是透过这些媒介更加深刻地表达那些无法言说的现实,从不同视角、用不同方法切入现实内层,进而更好地表述现实,表现现实。除以上提及的几部作品外,致力于现实主义变体形式创作的作品还有很多,如马原的《牛鬼蛇神》、方方的《软埋》等。

3. 底层叙事

近年来,底层书写、个体化写作逐渐在作品中占据一席之地。特别是近五年来,作家们更是在底层书写和表达上用力甚深。这里无意于对"类型文学"进行总结,主要是对近五年来严肃文学中体现的底层书写、个体化写作展开论述,致力于这类书写的作家们一方面表现着他们对社会给予底层的不公的批判,以及对底层自觉意识的缺乏和安于现状的无奈,另一方面也在艺术和形式方面探索底层书写更多的可能。这种可能主要集中在：第一，对底层人物人性的探索和人物性格复杂性以及善恶面的揭露和拿捏；第二，选择底层人物中的特殊群体，来表达他们的内心丰富的感情生活和对现实的无奈；第三，创新艺术手法，以底层视角和代言人的身份书写底层，用自我体验或田野调查的文化人类学家的方法达到与底层的近距离或零度接触，而不是以主体书写客体、自我观看他者的方式来呈现，给人一种对现实的真切关怀和无隔膜之感。范小青的《桂香街》、东西的《篡改的命》、迟子建的《群山之巅》、陈彦的《装台》、梁鸿的《梁光正的光》等，都是近年来在底层书写的探索和深化方面较为成功的典范之作。

范小青是一位作品产量颇丰和作品质量较高的以现实主义底层书写见长的作家。在《桂香街》中，作者以"桂香街"的起源为引子，从主人公林又红与蒋重阳的爱情故事作为开始，故事环环相扣如剥茧抽丝般层层推进。从小地方展现大世界，是范小青一以贯之的写作路径，作者正是透过对小地方及其小人物的书写，窥视在现代化日益深入的背景下，看似一切都是那样的规整、理性，实则在这些规范的背后仍旧滋生着各种不期而至的混乱。

东西的《篡改的命》是近年来涌现出的书写底层人物命运悲剧兼具现实主义与现代主义创作方法的力作。命运不济的汪长尺，高考超分不被录取。他父亲汪槐因为意外摔成重伤。为抵抗命运的不济，他受尽了各种苦楚，进城打工、替人蹲监，出来后继续讨薪，后被不法分子捅两刀。难题一道接着一道……他在堕落和坚守之间艰难度日，作者以深刻的思考、老辣的笔法、幽默的语言书写当下部分底层群众的苦难以及与荒诞命运抗争的艰难，也体现出底层人物坚韧的性格和不屈不挠的精神，以及底层人物复杂的人性和情感纠葛。

迟子建是为数不多的以温情的方式持续关注和书写少数民族底层的作家。2015年出版的《群山之巅》继续延续了她的创作指向，同时有了更进一步的开掘。在底层人物的选择上，既有对那些具有复杂历史背景的人物选择如辛开溜、辛欣来，又选取底层群体中的更特殊人物，如殡仪馆理容师李素贞和对死刑犯执行枪决的法警安平等，这些人物不仅处在社会的底层，过着贫穷的生活,而且因为他们职业或身份的特殊原因,甚至在底层中也处于地位低下的状态。作品人物众多,情节复杂相互交织,展现作者对底层极致的人道主义关怀和对底层人物命运的悲悯和关爱。

陈彦最早是以编剧的身份走入文坛,但近几年来,他热衷于长篇小说的创作,其作品质量不仅可圈可点,而且还得到文坛的较高的评价。2015年出版长篇小说《装台》,登顶中国小说学会2015年度中国小说排行榜首,并引起了学界的重视。之所以能够得到业界如此高的评价,主要是因为《装台》在现实主义创作上有了更进一步的开掘,被称为"为小人物立传"的力作。笔者认为,更为可贵的是,他选取了戏中小人物作为书写对象,展现他们的现实生活和情感世界。

梁鸿在作品《梁光正的光》中同样重点关注底层人物,书写了一个典型的农民家庭和塑造了一个汇集万千中国父亲特质的普通中国农民形象。在这里笔者无意于评价她非虚构作品和长篇小说创作的具体内容,主要想说的是,梁鸿在创作之初,总是采用近似人类学家的方法进行实地体验或田野调查等方法,去了解她要创作的人和事。首先作者本人有着农村生活经历,其次她又进行相关调研工作,这样的创作就更加能够进入底层人物心灵深处,书写出人物真实的打动人心的现实人生和精神世界,不失为一种较好的创作方法和书写路径。

同样的,可以说,底层书写仍然可以归属为现实主义写作,只是在人物选取和表达上更有侧重而已。底层写作作为近年来较为普遍的书写形式,是社会现实的反应,更有作家的责任担当和情怀在其间。当然,这种书写发展到今天,也看到诸多不足之处,下文中会有所论述,在此不再赘述。

二、回归中国叙事传统的创作转向

近五年来,随着新世纪以来对长篇小说创作题材、技巧和语言等方面的探索,摒除"唯西方为尊的"创作心态,作家们的创作逐步进入了符合中国经验和中国审美的倾向,在对中国传统文化和五千年古老文明根基的挖掘上走得越来越远，以中国故事为创作题材，以探索中国人的性格和心理为重点，挖掘中国几千年来巨大的文化遗产和宝贵的文化财富，逐渐出现"向内转"的倾向。这种倾向的产生一方面是因为国家近几年来大力弘扬中国传统文化，鼓励人们树立文化自信，另一方面，2012年莫言获得诺贝尔文学奖也很大程度上激励了作家们的创作观念、创作心态的转变和归于正轨。作家们在"向内转"的同时，辅以恰如其分的运用西方现代技法，达到二者的深度融合，如张炜的《独药师》、金宇澄的《繁花》、刘震云的《我不是潘金莲》、葛亮的《北鸢》等。

张炜是具有思想家气质的优秀作家，是具有问题自觉意识的长篇小说作家。张炜在创作了《古船》《九月寓言》《柏慧》《刺猬歌》《家族》一系列长篇小说之后，出版了长达450万字的《你在高原》，到达了创作的高峰。可贵的是，张炜没有继续沿着这个熟悉的、惯性的成功轨道运行，而是重新进入历史之中，进入故乡、大地和历史深处，实行"衰年变法"，以对中国胶东"长生文化"和晚清历史的重新梳理、思考和挖掘，创作出了令人耳目一新、无比惊艳的长篇小说《独药师》。这不管对于张炜而言，还是对于新世纪中国长篇小说而言，都是一部沉甸甸的作品，是一部面向未来的、具有巨大阐释空间的作品。

《繁花》问世以来，获得了无数的荣誉，可以说是近几年来获得荣誉最多的堪称现象级的作品。笔者认为，这些荣誉获得的背后原因是复杂的，但不可否认的是，《繁花》以沪上方言来记录中国式人生的成功写法是其最大的亮点。《繁花》最大可能地借鉴了中国古典文学的神韵和技法，达到了融会贯通的地步。同时，文中用大量的人物对话与繁密的故事情节相互穿插，又仿佛出自外国人的手笔，很好地使用了西方现代性技法，可以说是近年来长篇小说创作"向内转"不可多得的力作。

刘震云是90年代以来新写实主义的代表人物，他对中国现实有着自己敏锐的观察和书写。《我不是潘金莲》写了一个底层家庭想额外赚取房产而假离婚造成的悲剧，主人公"李雪莲"为夺回自己的名誉而不停上访，给包括县法院院长、县长、市长乃至省长带来了一系列的难题，一方面展现了李雪莲自觉的维权意识，另一方面更重要的是，通过这一系列的事件写出了"中国式的荒诞"。于啼笑皆非间融入作者对民间心理的思考和中国社会不合理现状的反思。

葛亮是70年代末期出生的出色的年轻作家，同时他还是一位学者。既有着现代化的思维，同时具备较为深厚的传统文化功底。《朱雀》之后，近期创作的《北鸢》就很好地以传统与现代结合的方式书写近现代历史、家国兴衰。将家族故事与社会现状、历史脉络嫁接。更值得一说的是，葛亮在作品中运用了诸如《红楼梦》《水浒传》等古典小说中的叙述口吻，其故事也如古典小说般形成了叙事的循环。在众多青年创作的长篇小说中，他以敏锐的创作眼光和独特的创作手法给人耳目一新之感。

三、"70后"作家的代际承传与
未完成的审美断裂

当下，"50后"和部分"60后"老一辈作家的创作已经进入顶峰期，莫言、贾平凹、张炜、范小青、余华、苏童、格非、毕飞宇、迟子建、李佩甫、阎连科、范稳、红柯等都定期或不定期有佳作亮相，他们的作品基本代表着国内长篇小说的最高水平，每年国内长篇小说的最高奖项仍大多由这些人获得。不可否认的是，不论是在思想内容还是在艺术技法上，这些老一辈作家的创作水平仍是大多数中青年作家难以企及的。

但是，老一辈作家的创作已经趋于成熟和稳定，代际承传是不可避免的事情，新一轮的长篇小说的艺术探索事业需要中青年作家来继续探索。按照时间来算，截至2017年，70年代出生的作家年龄范围大致在37—47岁，可以说也已经进入了中年行列。2000年前后，曾被标榜为"女性写作""身体写作"者的"70后"女作家卫慧、绵绵展现过这一代的反叛和思考，但那时候仍是他们个人叛逆性的"呐喊"，而没有形成成体系化的、整体性的思考。近五年来，更多的"70后"作家已经开始在严肃文学的创作中崭露头角。徐则臣、李浩、弋舟、魏微、鲁敏、付秀莹、叶炜、李师江、乔叶、田耳、路内、陈家卫、金仁顺、刘玉栋、葛亮、李骏虎、张学东、盛可以、东紫、朱文颖、常芳、艾玛、朱山坡等"70后"作家纷纷有作品亮相，有些作品甚至成为国内重点关注的对象。不论是城市题材、乡土题材，还是历史题材、现实题材都展现了独有的思考。谢有顺说道：

"'70后'作家在小说写作上,开始形成自己的代际特征,他们在情感意识、人生哲学、价值立场上对抒情传统的赓续和扩展,可以看作是当代文学与抒情传统之关系的重要例证。"①更为可喜的是,部分"80后"作家经历了校园写作、青春写作的准备期后,也慢慢地转向了严肃文学队伍中去。张悦然、笛安等都是其中较为成功的代表。张悦然的新作《茧》是一部破茧而出的、"80后"创作获得新突破的标志性作品。

同时,不得不说的是,虽然中青年作家渐渐成为严肃文学的中坚力量,但是不可否认的是,当下的中青年创作仍然有着创新乏力、审美模仿的倾向。严重地说,甚至在步老一辈作家的后尘。纵观"70后"、"80后"作家创作的严肃文学,虽然整体上创作有了严肃文学的样子,但很难找出他们超越老一辈作家的地方,或者说很难看出他们面对新的时代,表现出与老一辈作家不一样的新的思考来。这就需要中青年作家尽快地进行审美断裂。"70后作家尽管已经确立了各自较为成熟的艺术风格,但是与真正艺术崛起和文学大家还有着较大距离。70后作家在国内有较大影响的长篇小说创作处于严重的缺失状态,这不能不说是目前70后创作困境的瓶颈和最大难点、焦点问题所在。"②要进行新的审美断裂,必须敢于创新,敢于用新一代人的观念、理念对新时代进行新的思考,既要敢于干预现实,又要增强干预现实的能力和素质,对新时代发出真正的声音。李浩的《父亲的镜子》、乔叶的《认罪书》、鲁敏的《六人晚餐》、付秀莹的《陌上》、艾玛的《四季录》等作品是"70后"近期具有新气象、新思考、新突破的优秀长篇。

四、当代长篇小说创作的局限与不足

当然,毋庸讳言的是,近五年来的长篇小说创作也存在各种各样的问题。这些问题的出现一方面与外在社会发展状况有着一定的联系,另一方面不可

---

① 谢有顺:《"70后"写作与抒情传统的再造》,《文学评论》2013年第5期。
② 张丽军:《未完成的审美断裂:中国70后作家群研究》,《中国现代文学研究丛刊》2013年第2期。

否认的是也与作家主体有关。这些问题具体体现在：随着社会的发展，碎片化、个体化、底层的写作占据主流，而长篇小说应有的宏大叙事、英雄叙事被大大消解，甚至难以找出给人留下深刻印象的小说人物，有着矫枉过正和过度消解之嫌；个体化写作以及作家个体的单打独斗也导致多年来难以形成具有影响力的文学思潮或流派；现实主义创作一骑绝尘，对现实的过度反应也导致文学创作思想性的匮乏和想象力的缺失，以及浪漫主义的、艺术性、情感性的元素的不足等。

1. 矫枉过正：宏大叙事、英雄叙事的缺失

前文中曾有所提及，底层叙事是在对过往叙事方式的反叛的基础上发展起来的。反叛的对象之一就是自新中国成立以来的宏大叙事、英雄叙事，这种反叛自有其合理之处。但是长篇小说毕竟是"长篇"小说，如果仅仅拘泥于个人细碎情感的表达或内心的波澜，难免就失去了长篇小说博大的胸襟和气魄。吴义勤认为：长篇小说是具有难度、长度、速度和限度的文体①；郎伟指出：杰出的长篇小说是对具有密度的复杂生活的描述，应该提供深邃宽广、敏锐尖端的社会人生思索和人性思索，应该是一种能够永远深入地传达人类的激情、向往、恐惧、痛楚、忧伤等不可视的内心生活的绝佳文体，在文体结构上应该有足够的熔铸百家的能力和创新突破的能力，应该充分体现古典汉语雅洁蕴藉富有韵律之美和现代汉语流畅清通之美。②

但是，近五年来长篇小说创作对宏大叙事的反叛，对以"主体性"彰显的英雄叙事的摒弃有着矫枉过正之嫌。谢有顺指出："一个粗制滥造的写作时代似乎已经到来。"③这导致近年来的长篇小说创作中，少有能够让人记忆犹新的人物形象出现，不用说现代时期的阿Q、吴荪甫、祥子、翠翠等形象，哪怕是20世纪八九十年代的白嘉轩、孙少平、隋抱朴等形象在近几年长篇小说创作中也少有出现。

---

① 吴义勤：《难度·长度·速度·限度——关于长篇小说文体问题的思考》，《当代作家评论》2002年第4期。
② 郎伟：《我国长篇小说创作面临的三个艺术问题》，《文艺报》2015年11月23日。
③ 来自微信公众号"谢有顺说小说"2017年9月15日。

笔者以为，理想的状态是，能够在宏大叙事、英雄叙事的基础上，结合当下底层叙事的策略，将英雄人物融入时代和人民的洪流中去，写出英雄人物的复杂情感和人物的真实面，而不是为了塑造人物而塑造人物，写出那些真正有理想又愿意贴着地面行走的人，真正将英雄人物当做"人"来写，这里的英雄人物不是说一定需要战场上铁腕的将军、军事的将领或政治漩涡中力挽狂澜的政治家一样，而是要体现人物的典型性来，不仅要写出人是什么样子，而且要写出人"应该"是什么样子，不一定是特立独行、光芒万丈的，不一定是璀璨和纯洁无比的，而是有着那种真正能够引领人上升的东西。特别是在当下流行的现实主义创作中，如果没有塑造较为成功的典型环境中的典型人物，那么某种程度上就可以说，这样的现实主义创作是不太成功的。如果只能一味地将作家对现实的见闻陈列出来，而没有经过艺术化的提炼和升华，也可以说不是成功的。当然，这十分考验作家观察生活、提炼生活的能力，也为作家提出了过高的要求，但长篇小说的发展不是从宏大叙事——底层叙事——宏大叙事的单项的循环。从时间维度上讲长篇小说的发展要像时代发展那样，不断进步才可以，哪怕是波浪式前进或螺旋式上升也行，而不是通过对前一种极端题材的否定而走向另一个极端。有些作家，不是不想进行宏大题材创作，而实际上很有可能是没有驾驭宏大题材的能力，甚至没有驾驭长篇的能力，真正好的宏大题材的作品无疑更加考验作家的功力。"目前中国作家的最大问题是失去了把握和读解这个时代的能力，无法定性，于是只能舍弃整体性，专注于局部趣味，或满足于类型化。"[①]不可否认，部分底层叙事的作品也是经过作家精心筛选的，经过提炼的素材，也揭示了作品背后更为深广的内容，也十分考验作家的功力。但是同样不可否认的是，当下特别是近五年以来有很多底层叙事的作品仅仅是对现实生活的铺排，是将普通的、一般的现实生活转化为文字表述而已，而没有看到作家自己的思考，换句话说就是只有文字而没有思想的创作。之所以会出现这样的作品，一方面是因为作家本就缺乏思想性，另一方面很有可能是作家一味追求创作的数量和速度，而忽视作品的质量，这与当下市

---

① 雷达：《对现实发言的努力及其问题》，《人民日报》2014 年 1 月 21 日。

场主导、经济利益至上而导致作家人心的浮躁不无关系。我们必须对严肃文学作家提高一点要求：我们呼唤真正的优秀作品的出现，也希望看到能让我们感同身受甚至热泪盈眶的人物出现，渴望那些能够真正反映时代和人民要求，同时具有高度艺术性的作品出现。

2. 个体化写作：思潮、流派的缺失

新世纪以来，文学的边缘化已渐渐被大家接受和认可，理解也好，无奈也罢，这已成定局。以经济为主要追求的当下，文学不可能再像80年代甚至90年代初期那样受到追捧，似乎只能沦为作家的自我表达和民众消遣和娱乐的对象，民众在追求经济的过程中已经耗费了大量的精力，也不愿意把残存的余力放在那些思想性高的文学作品上，他们觉得那样是一种浪费和自讨苦吃。如果文学不能给他们带来身心的放松，那他们肯定会将文学弃之一边。新世纪以来，不说80年代的伤痕文学、反思文学、改革文学、先锋文学那般的文学热潮，就是90年代的新写实、新状态、新历史思潮也没有出现过，特别是近五年的文学创作，基本上形成了绝对化的单打独斗的个体化写作。虽然我们也能听到，文学陕军、鲁军、苏派、中原作家群等这样的说法，但是也能明显地看到，这些称呼只是地域上的界限而已，而没有形成关于文学的思潮或流派。不是说为了追求思潮流派而刻意求之，也不是说非要强制推行作家的"拉帮结派"，实则思潮流派很大程度上反映了作家通过文学寻求对于时代的、美学的共同表达，时代的心声需要更多的作家集体发生。个体化、单打独斗式写作固然能够表达个人的心声，但是长久如此一方面难以形成气候和反响，另一方面也难免会发生偏差，远离人民的真正诉求。

近五年来，除了"现实主义""底层写作""向内转"这些笼统化的表达外，我们很难能够找到按照文学内部的发展规律而形成的共同诉求，很难将之归类为某种写作领域中去。笔者认为，这一方面是时代发展造就的结果，后现代碎片化的时代使得作家无法形成较为统一的思想观念和艺术理念；另一方面，纵使如此，时代和文学仍有着自身发展的潜在规律，这种思潮和流派的缺乏也从某种层面上折射出作家成书、成名心切，求数量而忽略质量的焦急心态，究其根本原因是缺乏对社会和艺术的深层思考，流于表面的细碎化表达而不能窥视内在规律。现实表面的细碎也造成文学表达的细碎化,这样就让批评家们难以总结出类似思潮流派的东西来。我们仍然呼吁作家们沉潜下来,以艺术化的眼光深度审视现实世界,写出符合历史的或文学的发展规律的作品来,把握社会和人性发展的内在肌理,创作出无愧于时代和人民的好作品。

3. 思想性的缺失与艺术性有待进一步提升

长篇小说的“思想性”可以说是最为重要的元素之一,是衡量长篇小说表达深度的重要指标。虽然近年来,诸多严肃文学作家致力于挖掘长篇小说创作的思想深度,如贾平凹的《极花》、张炜的《独药师》、方方的《软埋》、陈应松的《还魂记》等。但是比之长篇小说巨大的产出量,诸如这样具有思想深度的作品还是太少。由于现实的复杂和混乱,加之创作门槛的降低,很多作家能够将这些现状理清已属不易,再要求他们具备思想的深度,那是难上加难了。但是,对于那些具备思想能力的作家,批评家必须严加要求,作家们也要尽可能对自己提高要求,追寻思想大师们的步伐,甚至勇于超越他们,站在他们的肩膀上开辟出属于自己的思想领地,否则很容易在当下流行的“浅思考”中流于平淡。

上文中曾多次提及,当下现实主义创作的一骑绝尘,导致诸如浪漫主义、象征主义等常用的文学表达手法很难见到,不论是乡土写作、城市写作乃至历史题材写作都缺乏艺术化的提炼和表达,作家们总是急于通过作品对现实发出自己的声音,按照自己的想法对历史和现实事件进行罗列。某种程度上讲,浪漫主义、象征主义表达的缺失是缺乏理想化诉求的表现,这种艺术化表达的缺失同样也可以折射出当下作家艺术感的匮乏,这种艺术感的匮乏使得作家面对社会历史和现实只能进行表层的现实的梳理,做现实的传声筒和书记员。

文学没有绝对的表达,不是说有了浪漫主义、象征主义等艺术化的表达就一定是好的作品。笔者只是想说,任何单一的表达都不是文学应有的常态,文学特别是长篇小说这一文体应该是容纳多种多样的表达内容、方式和技巧,尽可能多地将现实主义和浪漫主义、象征主义结合起来,而不是一味地追求现实或浪漫。当然近五年来,有些作家也意识到了这一点,西北作家红柯就是其中一位,他多年来穿梭于内地和边疆,将内地的现实和边疆的浪漫结合起来进行书写是他诸多作品的诉求，如早期的《西去的骑手》《喀拉布风暴》等，而最近发表的长篇新作《太阳深处的火焰》依然延续了这一创作指归。生于塔里木盆地的吴丽梅与生于内地的徐济云是大学期间亲密的恋人，吴丽梅对理想的追求与徐济云的现实诉求使得二人在毕业后分道扬镳。多年后，徐济云内心中始终忘不掉那个怀揣理想的恋人吴丽梅，而吴丽梅在追求理想的道路上忽然死去更给徐济云带来了深深的自责，故事在内地与边疆、现实与理想之间不断交织，表达了现实与理想的不可兼容，同样也表达了现实与理想的不可或缺，显示了现实与理想的不可通约的悖论性冲突。

五、结　　语

文学是人学，长篇小说尤其如此。人的历史、现实与未来，人的社会的、政治的、经济的、文化的活动，人的交往与沟通，人的心理与性格无不能容纳在长篇小说中。从这一点来讲，长篇小说是一个宽容的文体。就是因为长篇小说的宽容，门槛的低下，才使得越来越多的写作者走进了长篇小说创作的队伍中来，助力长篇小说的发展。但是，也正是因为此，长篇小说在取得快速发展的同时，也面临着各种各样的问题。面对长篇小说的宽容，我们必须要以严谨的态度来对待它，也同样要以海纳百川的胸怀来进行创作，而不是拘泥于狭窄的视野中自我表达。在坚守长篇小说创作规律的同时，以创新的姿态和探索的精神充分挖掘长篇小说更多新的可能。

所谓民族的就是世界的。自新文学以来算起，进入 21 世纪的第二个十年，白话长篇小说的发展也有了百年的历史，长篇小说经过自我探索和对他者的借鉴，到目前为止，已经形成了自己的创作体系和发展规律，应当继续发挥多年来探索的宝贵的经验，而摒弃那些不合理的创作方法和心态。自新时期算起，长篇小说可以说快速发展了近 40 年，接下来如何发展，向什么方向发展，依旧需要更多有素质、智慧和能力，有责任和担当意识的作家进行综合性、前瞻性的思考和建构。当下，我们有更多的理由、更大的自信，以从容的心态用中国式经验讲好中国故事，用长篇小说这一艺术文体表达中国的声音。

5

城市化一代与城市文学

——以近年来青年作家中短篇小说创作为例

黄　平[*]

摘　要　本文在城市化进程中理解"80后"一代与"80后"写作,以代表性的甫跃辉(云南—上海)、文珍(湖南—北京)、双雪涛(辽宁—北京)为例,讨论这一批青年作家如何以各自不同的美学取向回应城市化进程。本文试图通过这些个案研究指出,城市化一代的青年作家将突破旧有的以"自我"为核心的城市文学想象,创造出一种新的文艺。

关键词　城市化　青年文学　甫跃辉　文珍　双雪涛

本文从这一问题开始:今天的青年作家普遍是城市化一代,今天的城市文学普遍是高度自我化的,这种高度自我化的城市文学,能否容纳城市化一代青年作家的生存体验,容纳城市化过程中阶级、资本、身份、趣味等的集体性的冲突? 如果不能,城市化一代的青年作家,将创造出一种怎样新的城市文学?

一、甫跃辉：巨象在上海

对于城市化一代的作家而言,甫跃辉的人生经历堪为代表。甫跃辉 1984

＊　黄平,华东师范大学中文系副教授,主要从事当代文学研究,著有《反讽者说:当代文学的边缘作家与反讽传统》等。

年 6 月出生于云南保山，2003 年以优异成绩考入复旦大学中文系，2007 年攻读复旦大学首届文学写作专业研究生，师从王安忆。2010 年硕士毕业后入上海市作家协会工作，担任《上海文学》编辑。成长于一线城市之外广袤的腹地，经由高考，大学毕业后留在京沪工作，这是青年一代作家普遍的人生轨迹。

甫跃辉的城市小说主要以顾零洲及类似青年为主人公，这批小说记录了作家所经历的残酷的城市化运动，大致有《巨象》（《花城》2011 年第 3 期）、《晚宴》（《大家》2011 年第 3 期）、《饲鼠》（《大家》2013 年第 5 期）、《动物园》（《十月》2012 年第 3 期）、《丢失者》（《十月》2012 年第 3 期），以及《走失在秋天的夜晚》（《上海文学》2009 年第 10 期）、《苏州夜》（《山花》2012 年第 6 期）、《亲爱的》（《长江文艺》2013 年第 7 期）、《朝着雪山去》（《收获》2013 年第 4 期）等。这类青年大多数出身农村，在上海的重点大学读书，毕业后留在上海工作，在这座国际大都会中开始新的生活。

在当代文学的谱系上，顾零洲故事其实是高加林故事的延续：来自偏远山区的青年，在"现代"的询唤下，割裂乡土的一切，再造一个新的自我，憧憬在大城市中安身。然而，在顾零洲的时代，他们所面对的是冷酷的资本交换，人与人的交流（也即小说中的青年男女所寻求的"爱"）必须通过资本交换的过滤。我们看到顾零洲们一次次艰难面对女友的诘难："最近一次他再说时，女友狠狠瞪了他一眼。'结婚？怎么结？晚上睡大马路啊？'"（《巨象》）[1]"她甚至质问过他，毕业时你能有二十万吗？"（《晚宴》）[2]

匮乏资本的顾零洲们——他们既出身农村又收入菲薄[3]——只能被这套资本交换的系统压抑在"出租屋"中，在《饲鼠》中顾零洲在出租屋里抓到一只又一只老鼠，折磨一只又一只老鼠，同时窥视着对面高楼中的年轻女孩，"他的目光像一片带静电的塑料袋碎片，牢牢黏在对面屋的窗玻璃上"[4]；在《巨象》

---

[1] 甫跃辉：《动物园》，上海文艺出版社，2013 年，第 156 页。
[2] 甫跃辉：《动物园》，上海文艺出版社，2013 年，第 96 页。
[3] 在《饲鼠》中"顾零洲不过拿着老家小县城一样的三千来块的工资"，在《朝着雪山去》中"我一个月不过三千多块钱"。
[4] 甫跃辉：《饲鼠》，《大家》2013 年第 5 期。

中顾零洲知道上海本地的女友有了新男友后,困兽式地在自己的出租屋里转来转去,想着大吼一声,然而窄小的阳台堆满杂物,对面十几米就是另一栋楼,他喊不出声;在《动物园》中顾零洲租在动物园旁边,同居的女友反感动物园的气味,而顾零洲每次都悄悄推开窗子,他渴望大象们的生活,"大象的生活充满了庄严、温柔的举止和无尽的时光"①。

和"出租屋"相联系的是"宾馆",都是短暂的、借来的空间。《晚宴》《苏州夜》《亲爱的》中,顾零洲们一系列的"爱"都是在宾馆发生的,顾零洲在"胜家旅馆"里带着志忞的恶意与前女友做爱、"他"在"滥觞酒吧"与妓女发生自己感到"恶心"的性关系、陈昭晖带着傅笛从徐州到泰安跑遍京沪沿线的站点,十年间从一家宾馆到另一家宾馆。这与其说是爱,毋宁说是做爱,在小说的表面上,青年男女以最直接的方式进入肉体关系。顾零洲们在《动物园》中佯笑着:"我们……是不是太快了?"②而在《亲爱的》中,陈昭晖与傅笛"彼此在背上写字,他接连写的都是'亲爱的',傅笛接连写的都是'傻逼'"③。

被资本交换这套系统所压迫,没有自己的立足之地,顾零洲们像他的前辈一样,像高加林一样变成了"铁了心"④的人。只是顾零洲的故事更寒冷。在以往的小说中,纸醉金迷的上海滩吞噬纯洁的外省青年,总要基于一个由头,比如漂亮的外表,干练的才华。《巨象》中的李生毁灭火车上偶然认识的小彦,却不需要任何具体的理由,小彦"她一点也不好看","活脱脱一个农村初中生"。李生也不爱她,把小彦织了两个星期的黑围巾"塞进了宾馆黑洞洞的鞋柜"。他选择和小彦不断发生关系,源自被上海女友所抛弃:"他要做点儿出格的事儿,要一些人付出代价。"小彦成了这种"填充空洞"的牺牲品。小说中有一段写得平静而残忍:

---

① 甫跃辉:《动物园》,第56页。
② 《动物园》,第46页。
③ 甫跃辉:《亲爱的》,《长江文艺》2013年第7期。
④ 路遥:《人生》,北京:人民文学出版社,2005年,第136页。青年感受到"自我"的重要,心变得"铁硬",开始于高加林将"爱情"推向资本交换:"他尽量得使他的心为得铁硬,并且咬牙切齿地警告自己:不要反顾!不要软弱!为了远大的前途,必须做出牺牲!有时对自己也要残酷一些!现在,这个已经'铁了心'的人,开始考虑他和巧珍断绝关系的方式。"

女友在他心中不知不觉已成为这个城市的象征,和女友在一起,就等于真正进入了城市。女友的离开,被他下意识地理解为进入城市的失败。我终究是个"山里人",他忧伤地想。而她和他一样是外地人,他凭借早先进入城市的优势,很容易就会把她弄到手。她在一定程度上能够弥补他的失落,又让他怜悯和厌恶自己。①

这是有着一张更为黑暗面孔的"高加林",在"城里人—外地人—更弱的外地人"这条生物链上,李生吞噬起更弱的小彦十分平静,尽管偶尔闪过犹豫,觉得"她和他是一样的,都是飘零无根的人",但依旧吞下去了。

没有更弱的女孩子可以吞噬的时候,顾零洲们就缩在自己的出租屋里折磨着老鼠。在《饲鼠》中,当顾零洲终于在出租屋里抓到一只小老鼠时,"他找来一根一次性筷子,捅进铁笼去,捅它的眼睛,捅它的嘴巴,捅它的身子,捅它的尾巴,它没有嘶叫,没有颤抖,没有躲避。他很不满,便加大力度,继续捅它。它只是略略躲闪,没看出一点点惊恐。然而,它曾经让他那么惊恐!他反复戳着它。反反,复复"。② 当顾零洲将这只老鼠折磨死后,"他仔细想过,那么对付它,残忍吗?不!他不过是以牙还牙"。③

面对城市的交换系统而无法交易,不断体验着空间的压迫感,一步步向角落里退缩,途中间或吞噬着比自己更弱小的以发泄,我们称之为"人性"的存在,就在这过程中一步步枯竭下去了吧。就像李敬泽对于顾零洲们的描述,"他们在这个城市处于一种粒子般的飘零状态,有时他们突然发现:除了那具不高不帅的肉身,原来他们并不拥有世界:汉娜·阿伦特意义上的世界,那个在交往中感受意义的空间"。④ 顾零洲们在三十岁左右的年纪已经干枯了,无力抵抗,没有梦想,被动地应付着庞然大物般的世界。

① 甫跃辉:《少年游》,北京:作家出版社,2011 年,第 161 页。
② 甫跃辉:《饲鼠》,《大家》2013 年第 5 期。
③ 《饲鼠》,《大家》2013 年第 5 期。
④ 李敬泽:《独在此乡为异客——关于甫跃辉短篇小说集〈动物园〉》,《南方文坛》2013 年第 5 期。

二、文珍：向内超越

和甫跃辉的经历相似，文珍 1982 年出生于湖南，2000 年报考复旦大学中文系失利（如果文珍被录取的话，她将是高甫跃辉三个年级的学姐），就读于中山大学金融专业。2004 年考入北京大学中文系，师从曹文轩，系北大首届文学研究与创作方向硕士。硕士毕业后成为人民文学出版社编辑。

某种程度上，文珍和甫跃辉分享着相似的人生轨迹，那些压迫着甫跃辉小说中"顾零洲"的结构，同样也在包围着文珍笔下的主人公。曹文轩在文珍小说集的序言中曾谈道："她的城市是年轻人的城市。她笔下其实没有真正的饱经风霜的市民。这些年轻人似乎是这些城市的边缘人，他们大多没有在城市扎根，处在一种悬浮状态。"①小说《银河》中，女主角苏令（小说叙述人"我"）与同事老黄发生婚外情，从北京逃离到新疆，两个人飞到乌鲁木齐，租着一辆车去帕米尔高原，希望逃掉庸碌的生活。但老黄最终还是懦弱地摊牌，他选择回到北京，回到妻子身边去，"她说，房产证上是我的名字，她没法也不愿意替我还。再不还款，房子就会被银行收掉，这样我以后就再也没办法贷款买房子了"②。

我微笑着低头看了一眼自己手机收到的第三条相同短信：尊敬的客户，您因按揭欠费没有及时归还，再次提醒您，如欠款超过六期，房产即将被银行冻结。我也有我的要被银行吃掉的房子啊。房子吃我们，银行吃房子。大鱼吃小鱼，小鱼吃虾米。③

显然，文珍笔下的人物，对于"房子吃我们"的压迫性结构有清晰的自觉，而文珍在创作谈中也清晰地表达了这一点，在回答赵依的访谈中，文珍谈到，

① 曹文轩：《城市边缘的解读者：文珍》，摘自《十一味爱》序言，广西师范大学出版社，2011 年。
② 文珍：《我们夜里在美术馆谈恋爱》，中信出版社，2014 年，第 38 页。
③ 同上。

"我差不多用了一个集子的量来说这件事,我会写最普通的人,正正常常地生活,怎么就走到一个集体的困境里去"。①

从上引可见,文珍似乎是一个关注着城市化进程中青年痛感的现实主义作家,然而文珍的特别之处,是她最终将"困境"感觉化了。《银河》结尾是最具代表性的,"我"逃避到了新疆的最深处,逃无可逃,最终飞奔进赛马场中求死,

> 不时听到后面有骑手惊呼:让开让开!我大笑着,喘息着,回过脸,尘土飞扬中一匹雪白神气的大马正疾奔而来,高大的骑手像天神下凡,马裤贴身,长靴锃亮,质地极佳的黑天鹅绒短袄镶着金丝线边,一层波浪,一层直线,一层小三角,极尽繁复地勾勒出鲜衣怒马。他瘦削的脸整个地藏在帽檐的阴影里,看不清。旋即尘土像酒狂一样意气风发地扬起来,得得得得,调子越扬越高,漫天漫地变成狂喜的赤金色,这黄金世界一个硕大无朋的马蹄突然凭空出现,越来越近,向脸直踏过来。②

青年的困境就结束于这种颓废的浪漫主义,在这个意义上,文珍的小说停留在一种虚无幻灭的美,缺乏一种更有力量的想象力。文珍的"感觉"与政治经济关系紧密纠缠,但止于情绪的沉溺,在这个意义上,文珍的小说是高度"女性气质"的。这是文珍必须要直面的挑战。

如果不是生逢当下,文珍也许会更彻底地完满一个唯美主义的文学世界。对于文珍的描述,同样是作家的蔡东写得非常传神:"两年前的盛夏,我和文珍相约一叙。临别已是傍晚,阳光斜照在文珍脸上,她细白的皮肤上起了一层荧光,玻璃种翡翠般清亮,她一转脸,又像薄云后面透出来一弦新月。"(蔡东《神出现的那一刻——读文珍的小说》)蔡东以文珍《气味之城》为例,讨论文学本体论意义上的文珍小说美学,"是逼近语言极限的小说,我读的那个晚上,香烟

---

① 文珍、赵依:《从逃而不得到以克制重建个人秩序——文珍访谈》,《名作欣赏》2016 年第 13 期。
② 文珍:《我们夜里在美术馆谈恋爱》,第 39、40 页。

和水之密语的气味破纸而出,像某种染料一样,悄悄地覆盖了被台灯照亮的小书房。精致细密的感觉一簇簇地钻出纸面,在房间里蓬蓬地往上长。不止于此,《气味之城》里还遍布着一座座秀气的小拱桥,连接和贯通了不同的感官。我在书页上看到的,是摊开的洁粉梅片雪花洋糖,是一袭真丝烂花的连衣长裙,是古董店一排排搁架上的琳琅,还有,大雨来临前的天空,行云徘徊,变幻莫测"。(蔡东《神出现的那一刻——读文珍的小说》)

蔡东的看法和笔者是类似的,比如文珍小说中显示出卓越的文字天赋的"气味",沈佳在《围城之中——论文珍小说》①中细读过文珍小说中的"气味":

他打开房门,迎面扑来一股非常熟悉的气息。有点花生放久了的油哈气,又有一股类似百合花腐败了的闷香。还有猫的气息。……除了猫儿味,就是一种她特有的香水味,一张薄荷、柑橘和柠檬以及迷迭香与龙涎香在一起编织而成的暧昧之网。整个房间的气息地图还不仅仅止于此。②

"气味"将读者召唤至一个私密的空间。所有与记忆相关的要素在"他"从外部的空间退回到室内的时候,一下子聚拢在他的周围,形成一种空间上的包围。无论是花生的"油哈气"、百合花的"闷香"、"猫的气息",还是"水之密语味"、"DOVE沐浴乳味",或是手指甲上一种"青苹果的油漆味"都似散落的拼图一般渐渐拼出一个"他"在"气味之城"中所能回忆起的"她"的形象,从而使过去与当下在心中投射的影像产生了重叠。通过这种联系,漂浮不定地"气味"降落在实有的个体之上,也就有了承载记忆的对象。同样的,这座"气味之城"也在文珍的其他小说中以不同的方式被建构出来;譬如《果子酱》中舞者萨拉回忆家乡的血橙:"成熟时呈深沉红色,有玫瑰香味,果肉细密,具玫瑰香,含浓血色素"③;又如《蛋黄酱》中的"维萨牌"蛋黄酱:"柔软略带一点油哈气","甜滑里微微带涩,还有一股子说不清道不明的腥"④。

---

① 作者系华东师范大学中文系在读硕士生,文章未刊。
② 文珍:《十一味爱》,广西师范大学出版社,2011年,第1页。
③ 文珍:《十一味爱》,广西师范大学出版社,2011年,第119页。
④ 文珍:《十一味爱》,广西师范大学出版社,2011年,第125页。

然而文珍的纠葛就在于,小说中唯美化的气味往往提示着时代的"闷"。在她的另一篇小说《衣柜里来的人》中,"衣柜"中弥漫的清新剂与樟脑丸的气味,一再提示着主人公苏小枚所面临的日常生活的危机,"衣柜"的空间内嵌于房间,房间的空间内嵌于城市。苏小枚与《气味之城》中的"她"一样,反复提到一个字——"闷"。她企图从机械化运行的生活秩序中逃出去,去了拉萨,但最终也是幻灭。

不断地逃离,不断地幻灭,在这种过程中青年男女的挣扎,流于一种唯美化的情绪。这种叙述模式,能否有效建立一种文学的抵抗? 文珍对于"反抗"是自觉的,她在创作谈中谈道,"不但我认了命,而且也试图让小说中的主人公认命,认命的同时当然不代表毫不反抗。他们只是用一种更强大的方式面对一切终将过去的虚无"。但文珍的小说,到目前为止,是否呈现出这种更强大的方式?

文珍不是没有意识到所处的时代与熟稔的美学之间的分裂,她在最近的创作谈中提到:

从《颤红尘》开始,到《夜车》,到《牧者》,甚至到最近正在修改的《开端与终结》,我渐渐开始放弃对时代镜像的归纳和解释。一个写作者对重大题材有意为之的靠拢,也许是一种更可疑也更易充数的"政治正确"。一个人倘若对情感之"微"都不能尽握,又何谈郑重恰当地对待历史之"大"? 一屋不扫,莫谈扫天下;治大国,亦如烹小鲜。从自己所熟知的细处入手,把每一个细节夯实,才可能慢慢接触到一点隐藏在日常褶皱里的,被我们熟视无睹的这个时代的秘密。也就是说,我开始往回,向内,转身。①

笔者在此想到刘大先对于文珍小说人物一个批判性的概括:"这个特定人群的时代病就是回避现实的自我生活而追求修辞的、文本的、被外在界定

---

① 文珍:《今天还在爱着,就不想明天不爱的事——〈夜车〉创作谈》,《文艺争鸣》2016 年第 10 期。

的内心生活。在这个意义上,他们从心理上没有走出青春期。这些后青春的人们,在从校园到社会的文化震惊中还没有缓过神来,第一反应是回缩。"①而文珍的评论者们,包括笔者在内,似乎都在努力地挥手,希望文珍的人物走进大时代之中,比如一直关注文珍的刘欣玥博士的建议,"但对于文珍来说,更大的考验或者从来都是如何凿通一条从个人通往更大世界的道路。爱人与自爱的艺术,或许终会将这些困在一己的内心黑暗中的男男女女度于红尘之外,在那里,有更大的热情与光明,正等待着缓缓涌入"。②

然而,一定要避免一种武断的指责,比如对于文珍的主人公们,要谨慎使用"小资"这类词汇来判定。文珍小说中的情感结构,大致对应于城市化一代中的文艺青年,这一代青年还无法被准确地定义。关乎"大时代"的文学呼求,如果想避免沦为无用的标语口号,实则要找到一条"向内超越"③的道路。而在小与大、内与外、修辞与现实、情感与现实之间犹豫的文珍,实则保持着一种文学革命的可能:穿越情绪化的感觉,历史性地写出生命里的暗和光,人生况味的热与凉。

三、双雪涛:走出"自我"

对于自我化的城市文学的突破,笔者比较看重双雪涛《平原上的摩西》这篇小说。长久以来,"80后文学"和其对应的"80后"一代相似,一直被囚禁在"自我"及其形塑的美学之中。如果说这种"自我"的美学在世纪之交曾经有一定的解放性,那么随着时势的推移,这种解放性已经消耗殆尽,并且毫无痛苦地转向市场写作与职业写作。而与之相伴随的是,"80后"一代面临愈发严

---

① 刘大先:《修辞至死,或雨天的重生——读文珍的小说》,《上海文化》2015年第3期。
② 刘欣玥:《迎向热情消逝的年代——读文珍小说集〈柒〉》,《北京青年报》2017年10月13日。
③ 笔者在2017年10月华东师范大学对于新海诚电影《你的名字》的讲座中提出这一概念,大致指如何在青年文化内部(区别于外部的呼吁)以契合青年一代情感结构的方式,找到突破"自我"的可能性。

峻的社会结构性危机,但文学的能量始终无法得以激活。

走出"自我"的"美学",就文学而言,首要的是依赖文学形式的再发明,观念的变化最深刻的体现在形式的变化。《平原上的摩西》先后从庄德增、蒋不凡、李菲、傅东心、李菲、庄德增、庄树、孙天博、傅东心、李斐、庄树、赵小东、李斐、庄树的第一人称视点展开叙述,一共十四节。合并重复的人物,先后有七个人物出场叙述。蒋不凡、孙天博、赵小东分别是被害的警察、案犯"帮凶"与办案的警察,他们的叙述主要是功能性的推动情节发展,姑且不论。小说主要的叙述围绕庄德增(讲述两次)、傅东心(讲述两次)、庄树(讲述三次)、李斐(讲述四次)展开。

如上可见,《平原上的摩西》的故事时间很清晰,在小说中经常精准到某年某月某日,为什么双雪涛不以线性的时间来讲述这个故事,而是选择了多重第一人称视点? 对于《平原上的摩西》而言,非如此叙述不可的原因,在于小说故事开始启动的历史时刻,任何一个人物都无法把握时代的总体性。

《平原上的摩西》开篇有深意存焉:小说第一节是庄德增叙述 1980 年秋天与傅东心的第一次见面,但作者安排庄德增从 1995 年回述,小说第一句话是"1995 年,我的关系正式从市卷烟厂脱离,带着一个会计和一个销售员南下云南"①。小说时间开始于"下岗"来临的 1995 年,在这一年里庄德增开始将工厂私有化,李守廉下岗、搬家,李斐被 9 000 元初中择校费所困,直到这一年的平安夜所发生的惨剧。正是作为历史事件的"下岗",使得庄德增一家与李守廉一家所拥有的共同体生活趋于破碎。

理解《平原上的摩西》的核心线索是:摩西指的是谁? 或者用更直接的方式提问:哪个人物承担着小说确定性的价值? 在所有人物的中心,我们都和李守廉相遇。笔者认为,只有李守廉真正承担了摩西的角色,他锚定着这篇小说的价值基点。李守廉始终在沉默地承担着不间断的崩溃,工厂的崩溃,共同体的崩溃,时间的崩溃,作为隐喻他一直在费力地修理着家里的老挂钟。小说中他始终在保卫那些沦落到社会底层的下岗工人,从接到下岗通知的当天起,就

---

① 双雪涛:《平原上的摩西》,百花文艺出版社,2016 年,第 1 页。

一而再地反抗欺辱。这种反抗就像青年摩西,《圣经》如此记载:"后来摩西长大,他出走到他弟兄那里,看他们的重担,见一个埃及人打希伯来人的一个弟兄。他左右观看,见没有人,就把埃及人打死了,藏在沙土里。"①

尤为重要的是,在小说中李守廉不仅仅是反抗具体的不义,而且自觉地反抗不公正的叙述。小说中一个意味深长的细节,就是红旗广场上的毛主席像要被换成太阳鸟雕塑,老工人们群起保卫。已经将烟草厂私有化的庄德增,神差鬼使地坐上了李守廉的出租车,两个人随着抗议的人群缓缓前行。庄德增基于念旧,将毛主席像理解为"好像我故乡的一棵大树";李守廉的感觉更为复杂,他认为静坐的老人"懦弱",在庄德增下车的时候,他告诉庄德增毛主席像的底座,一共雕刻了三十六位保卫毛主席的战士。

这个太阳鸟雕塑源自沈阳新乐遗址出土的"木雕鸟",暗合着满洲起源的图腾。女真人认为仙女佛库伦吃下了神鸟衔来的朱果,生下了始祖库布里雍顺②。广场上的雕塑由毛主席像换成太阳鸟,意味着不再以"阶级"而是以"民族"理解历史,而李守廉对此耿耿于怀。在小说的结尾,李守廉安排李斐去见庄树时,首先告诉李斐"广场那个太阳鸟拆了"。

然而,我们也不能简单地将李守廉左翼化,李守廉和毛主席像的关系,并不能类比于摩西与上帝的关系。小说中有两种对于"文革"的想象:老工人对于毛主席像的保卫,傅东心回忆中的红卫兵的暴行。这两种矛盾的想象没有对话,只是并列在小说中。《平原上的摩西》还无法整合这种分裂,这也完全可以理解。整合当代中国"前三十年"与"后三十年"这种分裂的小说,将是划时代的巨著,那样的作品尚未出现,在今天的我们所能想象到的范围之外。

李守廉感觉到了共同体的存在,但他的反抗终究是个体化的,像一个好莱坞式的城市义警。他更多的是基于内心的道义,而看不到历史性的习得,比如说工人阶级文化的影响。某种程度上李守廉的反抗未完成,我们的摩西停留在原地,承担,没有移动。在小说的主要人物中,只有李守廉从来没有以第一

① 《圣经·出埃及记》,《圣经》和合本。
② 祝勇:《辽宁大历史》,东方出版社,2013年,第36页。

人称叙述者的方式开口说话①。也许沉默比讲述意味着承担更多，但恐怕也是作者还没有找到有效的方式让李守廉发声。有社会学家认为在由计划经济向市场经济转型的过程中，工人们不可能反抗全球化和市场自由主义的抽象理想，而只能辨识直接面对的对立者。② 这在小说中就落实在李守廉一而再地反抗城管。李守廉作为"摩西"，停留在青年摩西之后，遇到"上帝"之前。

当然某种程度上也可以说，李守廉既是"摩西"，也是与"摩西"同在的"上帝"。"摩西"的角色，意味着承担着共同体的责任；"上帝"的角色，意味着锚定着共同体的意义。在小说中"意义"始终被限定在共同体生活内部，在人性的、道德的维度之内，而不是在形而上层面。在《平原上的摩西》中，尽管李守廉无力拯救他的共同体，但他人性中的正直与尊严，使得小说有一种内在的明亮。他反抗着不义，对其所忠诚的共同体而言，活在每一个人的生命里。

在以讲述"自我经验"为重心的时代，双雪涛逆向而行。双雪涛的小说文体有钢铁与冰雪的气息，但在骨子里，他是一位温情的小说家，他的所有小说，都是写给平原上的父亲与姊妹兄弟。《大师》《无赖》《我的朋友安德烈》等莫不如此。这些小说篇幅更为短小，结构相对简单，也因此更为抒情。③ 在这些作品中，《平原上的摩西》是代表性的典范，作家不仅直面着广阔的被侮辱与被损害的人群，并且在人群中最终找到了"父亲"。"父亲"净化了这类小说中软弱的悲悯，以不屈不挠的承担，肩住闸门，赋予"子一代"以力量。

且让我们重返铁西区，站在艳粉街，在死寂的工厂的坟墓里，感受着被九千元择校费所驱赶的下岗家庭的痛苦，重温作为小说核心的摩西的故事："只要你心里的念是真的，只要你心里的念是诚的，高山大海都会给你让路，那些

---

① 有研究者注意到这一点，比如金理指出："《平原上的摩西》这篇中，有一个小说人物是我特别喜欢的，而他恰恰没有作为第一人称叙事者出现，就是李斐的父亲。"金理等：《永不回头的生铁：关于双雪涛〈平原上的摩西〉的讨论》，"批评公坊"微信公共号 2016 年 11 月 2 日。

② 李静君观点，转引自吴清军：《市场转型时期国企工人的群体认同与阶级意识》，《社会学研究》2008 年第 6 期。

③ 有的评论将献给父亲的《大师》与《棋王》对比，这是没有读懂《大师》的旨趣所在。双雪涛对此在《关于创作谈的创作谈》（《西湖》2014 年第 8 期）有过微妙的讥讽："《大师》和《棋王》有很大的关系，具体关系是，时间上，《棋王》在前面，《大师》在后面。"

驱赶你的人,那些容不下你的人,都会受到惩罚。"①当代文学迎来一个让人热泪盈眶的时刻:下岗职工进入暮年的今天,他们的后代理解并拥抱着父亲,开始讲述父亲一代的故事。一切并没有结束,似乎已经被轻易揭去的历史一页,突然间变得沉重。以往笼罩着我们这一代人文学的,是那些纤弱的虚无与可笑的自恋,矫情的回忆与造作的修辞。当背叛了父亲的我们成为父亲,我们准备留给子女的,就是这些小鸟歌唱一样的作品么?《平原上的摩西》的出现,让我们得以重温文学伟大的品格。

结语 城市化一代与"新的美学原则"

双雪涛的出现并非偶然,在近几年的"东北题材"乃至"下岗题材"文艺作品中,一种新的美学正在悄然出现。《平原上的摩西》中李斐想放而未得的焰火,在《白日焰火》(刁亦男编剧、导演,2014年3月公映,柏林电影节金熊奖)这部电影的结尾处升起。《白日焰火》同样聚焦于东北,同样运用从90年代末期跨越到新世纪的"案中案"的架构,以"黑色电影"的视觉风格,表现着灰暗低沉、迷离不安的东北,一个内在瓦解的、丧失稳定性的世界。诚如美国电影批评家泼莱思与彼德森对于"黑色电影"的看法,"在这个环境中,没有一个人物具有坚定的、使他能充满自信地行动的道义基础。所有想要寻找安全和稳定的企图,都被反传统的电影摄影术和场面调度所打破。正确和错误成为相对的,服从于同样的、由灯光照明和摄影机运动所造成的畸变和混乱"。②

由于总体性的破碎,生活重新成为令人不安的谜,这是《白日焰火》乃至于《平原上的摩西》运用刑侦案件之类故事外壳的关键所在。可能文学在文艺类别中已经是最迟钝的了,大多数作家沉浸在虚幻的美学教条之中,丧失对于当下剧烈变动的生活的回应。在电影界,不惟《白日焰火》,《钢的琴》(张猛编剧、导演,2011年7月公映,上海国际电影节最佳影片奖)、《八月》(张大磊编

---

① 双雪涛:《平原上的摩西》,百花文艺出版社,2016年,第18页。
② J. A.泼莱思、L. S.彼德森:《"黑色电影"的某些视觉主题》,《当代电影》1987年第3期。

剧、导演,2017 年 3 月公映,台湾电影金马奖最佳剧情片)等电影都在回到破败的工业区,重新理解"下岗"对于生活的冲击以及下岗工人的尊严。最近几年屡获国内外大奖的、标志着国产电影艺术上的突破的,也正是这批电影。这几部电影形式技法各异,比如《白色焰火》的黑色电影风格、《钢的琴》的黑色幽默、《八月》的"子一代"视角等,但贯穿其中的有一致性的美学追求,这种美学立场也是《平原上的摩西》的美学立场:从本土历史经验出发,回到现实的生活之中,思考尊严、命运以及我们与生活的关系,以充满创造性的形式,将生活凝聚为艺术。

对于双雪涛这样前途无限的青年作家,同样要警惕对于"80 后作家"而言市场写作与职业写作这双重陷阱。或者为了市场上的快钱向电影票房倾斜,或者开始大谈小说的节奏、细节、韵律、心理、动作、场景,发言开始带着获奖词的口吻,像一个美国青年作家讲话,这些精致的投机和令人疲倦的表演,都会毁灭一个有抱负的青年作家。幸好双雪涛对于"写作的根基"有所自觉,"小说家有点像匠人,其实完全不是,天壤之别,跟书法、绘画也有着本质区别。没有所谓技术关,只有好还是不好"。① 现在流行的"小时代"的文学观,似乎忘记了这个世界上曾经有过托尔斯泰、巴尔扎克、雨果、狄更斯这样的作家,对好作家的理解近似于对受过良好训练——或者说驯服——的作家的理解。而双雪涛写作的根基,是他的愤怒。但愿双雪涛像摩西一样,永远铭记一个群体被驱赶的痛苦,从"父亲"走向吾土吾民。

双雪涛出生于 1983 年,在 2015 年的《收获》上发表《平原上的摩西》时,双雪涛 32 岁。时年 32 岁的北岛登上文坛时,孙绍振先生在《诗刊》1981 年第 3 期发表著名的《新的美学原则在崛起》予以呼应。三十多年过去了,作为另一种致敬,请允许笔者反写孙绍振先生 1981 年的这段话,献给在 1980 年代出生的我的同代人:

他们不屑于做舶来的文学的号筒,也不屑于表现自我感情世界之内的丰功伟绩。他们甚至于回避去写那些我们习惯了的技巧和语言、弥漫的虚无和

---

① 走走、双雪涛:《"写小说的人,不能放过那个稍瞬即逝的光芒"》,《野草》2015 年第 3 期。

空虚生活的场景。他们和我们 80 年代的先锋文学传统和 90 年代的纯文学传统有所不同,不是直接去赞美文学大师,而是表现生活带给心灵的震动。

（原文：他们不屑于做时代精神的号筒,也不屑于表现自我感情世界以外的丰功伟绩。他们甚至于回避去写那些我们习惯了的人物和经历、英勇的斗争和忘我的劳动的场景。他们和我们 50 年代的颂歌传统和 60 年代的战歌传统有所不同,不是直接去赞美生活,而是追求生活溶解在心灵中的秘密。①)

---

① 孙绍振：《新的美学原则在崛起》,《诗刊》1981 年第 3 期。洪子诚在答李云雷的访谈中讲过,"但里面也确实有着我的一个基本看法,即并不将 1950 年代要崛起的'美学原则',和 1980 年代崛起的'美学原则',看作对立、正相反对的东西"。(洪子诚：《材料与注释》,北京大学出版社,2016 年,第 290 页)洪子诚先生的这个提醒笔者觉得十分重要,今天不应该再用一个"美学原则"替换另一个"美学原则",任何一种"美学原则"都不是永恒的,而是将"美学"理解为社会结构变化的对应物,随着社会的变动,"美学"也要随之变动。

二、文学的"世界视野"

6

读王德威《"世界中"的中国文学》

陈思和[*]

　　最近,看过王德威先生为他主编的哈佛版《新编中国现代文学史》写的导言《"世界中"的中国文学》,有所感触。王德威先生主编的这本《新编中国现代文学史》我并不陌生,我本人也参与了其中有关"重写文学史"章节的撰写。2013年初,我在波士顿过春节,与德威先生围绕这本著作的构思做过长谈。因此,我一直在期盼这部著作的出版。我知道这部著作将会引起海峡两岸学界的争论,离经叛道的编辑思路、庞杂不齐的作者队伍、众声喧哗的各家见解,大约难以弥合得天衣无缝。必然会有叙述的缝隙,必然会有内在的矛盾,但这部文学史的魅力可能也正在于此。我想起鲁迅在《无声的中国》里说过的一个意思:在一间光线太暗的老旧房子里,有谁提出要开一个窗,就会受到许多反对。但如果有谁干脆要拆掉屋顶,那么调和一下,开窗也变得容易了。现在有

*　陈思和,复旦大学图书馆馆长、复旦大学中文系教授、上海作协副主席。研究领域为中国二十世纪文学,中外文学关系,当代文学批评。

人把这部著作看作是"重写文学史"的一个成果,我要说的是,当年提出"重写文学史"的口号,就算是建议开窗户,而王德威先生现在已经在旧房子的旁边,集中海内外各种各派建筑工匠,建造起一座新的大厦,而且实践的是西方后现代的建构理念。对于这个新建筑的评价自有不同,但它是新的视野和理念下造成的,已经不是原来修修补补的老房子了。所以我们要评估这样的新建筑,也要有新的标准和方式,不能回到鲁班爷爷那里去讨主意。

王德威先生的这篇《"世界中"的中国文学》,是王德威先生从百衲衣式的文学史叙事中提炼出来的纲领性文字,也反映了主编者的文学史观与史识。

王德威先生为这部新编文学史提供了一个关键词:"世界中"。这部中国现代文学史是在"世界中"(worlding)被演示的,"海德格尔将名词'世界'动词化,提醒我们世界不是一成不变的在那里,而是一种变化的状态,一种被召唤、揭示的存在的方式(being-in-the-world)。'世界中'是世界的一个复杂的、涌现的过程,持续更新现实、感知和观念,借此来实现'开放'的状态"。当我们把哲学概念移用到文学史写作,那么这个"世界"既是构成文学演变的宏大自然背景,又是文学演变本身。就仿佛我们列身于世界事物中,我们本身也是世界事物的一部分。"世界中"作为一种方法论,大千世界在变,作为大千世界的一部分中国文学也相应地变,而且两者的"变化"关系,并非是简单的决定与被决定、影响与被影响、制约与被制约的关系,而是一个事物(中国文学)在另一个更大的变化状态(世界)中发生着变化。太阳系里的行星在太阳系运动过程中,行星自身也在自转。这样一种双重形态的变化运转之间的关系的叙述,就构成这部文学史的叙述主体。

我以为"世界中"是这部《新编中国现代文学史》的核心叙述。文学史的核心叙述决定了文学史的一般叙述。譬如说,我们曾经主流文学史的核心叙述是新民主主义革命论,所以一般叙述就必须从五四运动开始,因为之前只是旧民主主义革命,而反帝反封建的革命性质也必然成为文学史的主要叙述内容。20 世纪 80 年代以降,"现代性"逐渐成为现代文学史的核心叙述,所以文学史的视域就集中到晚清,用"被压抑的现代性"来分析晚清小说就是一般叙述,由此引出国内学术界对通俗文学的再评价,也是以现代性为核心叙述的一般叙述。在这个叙述系统里,五四新文学运动的重要性就被减弱。现在王德威先生在学术上自我突破,更上层楼,跳出了海外汉学以"现代性"为核心叙述的视域,这就构成了以"世界中"为核心叙述的文学史观,使这部文学史在时空上获得了大幅度的扩张,其一般叙述就与我们传统的文学史一般叙述大相径庭。

既然是把"世界中"这样一个动词作为核心叙述,那么文学史的一般叙述必然会是充满动感,要把握这种动感,最好方法就是把文学现象还原给世界本原,让无数文学细节在自然运行中自在地开启丰富灿烂的状态,从而在斑斓浩瀚的文学现象的运动过程中显现底下的潜流与深层的结构,也许那不一定是所谓的历史本质,但它要揭示出与未来的文学发展有密切关系的必然性与预见性。这样的写法,必然与我们以往的文学史叙述拉开了距离,因为不论以新民主主义革命还是以现代性为文学史核心叙述,文学史的梳理与整合都是带有一元单向的特征,即在文学史叙述中要展示出编者对于这一段历史、文学史以及文学走向的本质界定,对于什么现象值得进入文学史什么现象不值得进入文学史以及如何进入,都有一个基本的立场,这种立场又往往形成了某种遮蔽,这也是我们以往文学史叙述中一个难以克服的难点。而这在王德威先生的"世界中"的文学史叙述系统里被轻易地跨越过去了。各种看似对立的现象(如"五四"新文学与民国旧派文学的并置,抗战时期重庆、延安以及上海三地文学的并置,1949 年以后两岸文学的并置,当下大陆、海外离散文学的并置,等等),都可以在同一个平台上得以展示,各种不同叙述立场的参与者的观点也互相冲突地并置于同一种文学史系统里,只看文学世界的现象演示,不去深究以往文学史一元单向演变的所谓本质及其规律,所以我们在这部文学史里可以看到前所未有的丰富性、奇异性和开放性,恰似万花筒般的,许许多多瞬息即逝的文学现象都被展示出来。

与"世界中"核心叙述相应的,是文学史叙述方法的自我解放。文学史的结构是由一百六十一个片段构成,片段与片段之间是没有连续性的,每一个片段都是独立的文学小故事,自成一个演变中的小世界。它们之间唯一联系的是时间的顺序。因此它的开放性结构可以演变出无数种文学史,如果主编者在这本文学史里再设立若干章节,或者删去若干章节,都不影响它的独立性和完整性。同时为了避免对于历史本质的深究,撰稿者刻意采用了一般文学史叙述比较忌讳的写作方式:描述性的叙事,用王德威先生的话,是"文学性"的叙述文体。他把这种写史方式追溯到太史公的记传笔法,把理论依据找到了钱钟书的《管锥编》,当然,太史公与钱钟书都是无人可以企及的高标,作为一部文学史编撰形式的尝试,是否能够被人广泛承认可能还是有待时间。但他做出了如此大胆的尝试,这种探索的精神是值得赞赏的。

作为一位海外学者,立足美国,放眼全球话语文学,王德威先生在推动中国文学(也是华语文学)的国际化、海峡两岸及香港、澳门地区的文学交流和整合方面,作出的学术贡献是有目共睹的。在海外学术界,夏志清先生在国际冷战的局势下,用新批评的审美标准书写了《现代中国小说史》,当时中国现代文学在台湾受到严厉禁止,而夏先生的英文著作第一次让中国现代文学进入了国际学界的视域之中。李欧梵追随捷克汉学大师普实克,对中国现代文学与西方浪漫主义、现代主义思潮的关系做了进一步的梳理。如果说,夏志清向西方学界推荐了几个中国作家,李欧梵先生向西方世界讲述了中国文学的思潮流派。而现在,他们的传人王德威先生建构起整个华语写作的国际版图,提供了第一本由海外学者主撰、并且跨越国界地区,沟通世界华语创作的《新编中国现代文学史》。夏、李、王三代学者的学术行迹,清楚表明了海外学术的进步和变化。同样,我们内地学界也一样在不断进步。我清楚地记得 20 世纪 80 年代夏志清先生第一次(也是唯一的一次)回国来探亲、顺道访问复旦的情景,我们接待工作曾经是如临大敌;我也清楚地记得李欧梵先生 1980 年在复旦大学做访问学者时,环境就好多了,我导师贾植芳先生安排我担任李先生的助理,我得以亲聆李先生的许多精辟之见解,醍醐灌顶之感至今没忘。而新世纪以来王德威先生曾经担任教育部长江学者讲座学者,直接参与了复旦大学现代文学的学科建设,他的学术成果,某种意义不仅代表了复旦,也代表了我们内地的学术成果。我之所以要从夏志清的学术研究来讲海外汉学,就是想针对当前有关海外汉学的争论(海外汉学是一个广泛的概念,我这里仅仅指中国现代文学研究领域中的海外学人的成果)谈谈我的态度:我以为,我们对于海外学人的研究成果,要有一个客观的善意的学术评价,同时也要有一个正常的宽容的心态。

最近的争论涉及如何理解马克思主义观点来评价海外汉学的问题。这是一个值得探讨的理论问题,本文没有足够的篇幅,只能谈一个最基本的观点。那就是马克思历史唯物主义一再强调的,要把批评对象置放在历史的场景中考察其是否提供了前人没有提供的东西,而且其所提供的是否有助于人类社会发展的进步。现在学术界对于“社会发展进步”一说歧义丛生,暂且不论。我们在考察海外汉学成果的意义,就应该本着实事求是的精神,以马克思主义的立场、观点和方法来讨论这些成果是否提供了在当时历史场景下前人所没有做到的因素,而这些因素有没有促进我们自身学术的进步。在这方面,马克思主义经典作家早就为我们作出了榜样,恩格斯在评论歌德时就强调,我们不是用道德的、党派的观点评论歌德,而是要用美学的、历史的观点评论歌德。这里所说的从“美学”“历史”出发的研究观点,是马克思主义评论应有的标准。我们不能用“道德的”、“党派的”观点来评论,更不能用有些人所理解(不一定准确)的所谓“马克思主义”的见解(其中可能不乏片面性),硬要求海外汉学来执行。这是违反马克思主义,也不是实事求是的态度。

毋庸讳言,海外汉学是在非大陆内地的文化背景下研究中国文化、文学的学术成果。学者的研究必然是带有海外的文化立场,与我们国内主流的学术成果,可能有较大的差异。有些成果反映了海外学者的别样见解,如果我们能够正确地对待,理性地接受,完全可以去粗存精,来弥补我们在自身文化境遇下可能出现的遮蔽。我们与海外学界之间存在某些差异是客观存在,但也是极为正常的,现在国际文化交流如此繁荣,众声喧哗,多元多维,是必然的大趋势。再说,我们内地的学术界本身也是百家争鸣自由探索,为什么要求海外的汉学舆论一律呢?

我举一个例子,就是如何看待夏志清先生的《中国现代小说史》。在1950年代冷战时期夏志清先生在美国求学,出于生计的需要,夏先生参加了耶鲁大学政治系教授饶大卫(David N. Rowe)的工作团队(年薪四千),参与编写为朝鲜战争的美国军人了解中国情况而准备的《中国手册》(分上、中、下三卷),饶大卫担任主编，夏先生参与编写其中的"思想"、"文学"、"中共大众传播"三章，以及"礼仪"、"幽默"两小节等。这里的"思想"指的是孔孟儒家传统思想，"文学"涉及鲁迅、周作人、沈从文等现代文学。这是夏先生首次涉及现代文学的内容。这部手册编完后并未被录用，只印了三百五十本"试印本"。也就是说，没有产生实际的任何影响。但夏先生由此产生了研究现代文学的兴趣，便向洛克菲勒基金会申请了一项研究项目，就是《中国现代小说史》。现在很多人误以为夏先生的小说史是从《中国手册》改编过来的，于是就夸张了夏先生这部小说史的政治倾向。其实，夏先生参与编写《中国手册》与后来撰写《中国现代小说史》完全是两回事。何况《中国现代小说史》的中译本也多次修订再版，表明夏先生对中国大陆的态度也在不断地改变。如果有人要在这本书里找出与内地主流意识形态不一样的论述，大约是很容易的，也是明摆的事实，但问题是需要用这种方法来研究海外汉学吗？夏先生这本小说史的核心叙述是西方新批评的审美，根据这样的核心叙述，他梳理出现代文学史上鲁迅、茅盾、张天翼等代表的左翼文艺，沈从文、师陀等代表的乡土民间文艺，张爱玲代表的现代都市文艺以及钱钟书为代表的知识分子的讽刺文艺等四大传统，基本上也奠定了海外研究中国现代文学的基本格局，比起我们以前唯左翼文艺独尊的狭隘文学史观，自然是更加全面和符合历史真实。现在媒体老是在宣传什么"夏志清捧红了钱钟书、张爱玲"，难道夏先生没有高度评价鲁迅、许地山、茅盾、张天翼、师陀吗？还要指出的是，夏先生当时在海外无法阅读到大量的左翼作家的著作，他小说史里的疏漏是大量存在的，夏先生后来自己也不断做深刻反省，对于萧红、端木蕻良、吴组缃等人的作品都有好评。如果我们能够真正用马克思主义者的宽容襟怀、发展的眼光来看待夏先生这样一个海外知识分子的学术成果，我们就能吸收到很多有益的营养来启发我们自己的研究。

再说到王德威先生的这部《新编中国现代文学史》，这部著作有很多可以讨论之处，在此不表。我只指出，"世界中"的核心叙述给这部著作带来了前所未有的丰富性，以及广阔的国际视域，尤其是，编者站在海外的华语文学立场上，不但整合了大陆内地文学，还把台湾香港、南洋华侨、海外华人的创作都整合到中国现代文学的范畴，这是我们内地学界努力多年却没有做到的。为什么王德威先生能够在这部文学史里成功做到，因为他具有内在理论的统一性和包容性。"世界中"还原了世界华语文学的原生态，它包容了各种不同的政治立场、党派观点、国别身份。王先生不同于夏先生，他与内地学界有广泛的接触和交流，对于内地文学与海外文学的沟通做过大量的工作。所以在他的文学史里，内地文学与海外文学自然而然被并置在同一个平台上展示出来，而这个平台的理论基础是华语语系文学。关于这个学科概念，现在也是被打上了意识形态的烙印，造成了复杂含义，各有不同表述。但王德威先生使用这个概念是非常谨慎的，他自己的解释是："华语语系研究学者如果想真正发挥这一方法的批判力，借以改变目前中国文学史封闭的范式，就必须将研究范围从海外扩大到中国本土。华语语系研究必须同时在中国文学——和领土——以内，思考'母语'或与生俱来或习而得之的政治、情感、社群动力，而不是站在简化对立立场，批判中国国家、文学、语言霸权——否则我们只是回到冷战论述的老路。唯有如此，我们才能在广义华语领域以内和以外，审视各种地域、阶级、社群，甚至网络、虚空间种种方言行话口语，与约定俗成的表述方法。这与官方或正统文学、声腔、说法，产生复杂的，既联合又斗争的关系。"对于目前海外流行的"华语语系文学"的概念，我也不是很赞同，但是王德威先生的解释显然与别人不一样，是有利于华语世界的交流和团结。正如马克思所说的，一步实际运动比一打纲领都重要。有些人与其纠缠不清于这个概念的复杂含义，还不如站在这个现实世界的立场上思考一下，如果这部《新编中国现代文学史》以重磅炸弹的形式译成中文在海峡两岸出版，人们看到的是台湾文学香港文学海外文学都自然而然归属在"中国现代文学"的旗帜之下，这比大陆内地学者写一百部文学史还要有震撼力。有些人自然可以从意识形态的立场去挑剔这部文学史，但总不能去挑剔一部整合两岸统一的文学史吧。

我这么说，当然不是说，海外汉学的成果不可以批评。正常的理性的学术交锋永远是需要的，内地和海外话语系统不一样，对于同一种文学史现象可能产生不同的理解，当海外汉学传入内地，学术界发出讨论、商榷，甚至批评的声音，我认为也是正常的。沟通意味着信任，意味着融合。我们现代文学研究领域,从 1980 年代起就形成一支成熟的学人队伍,在王瑶、李何林、唐弢、钱谷融、贾植芳先生等风骨凛然的老一辈学人的带领下,经过了近四十年的传承发展,现在又加入了海外学人的团队,有了从夏志清、李欧梵到王德威为代表的学术团队。我们需要有充分的沟通和理解,在相互尊重的平等立场上,取长补短,求同存异,使我们的学术研究更加丰富,更加多元,同时也发展得更好。

7

理论新向：海外与本土双重视野的建构

——近年中国当代文学的海外传播及研究状况

王　进[*]

摘　要　当代文学海外传播作为新世纪后兴起的一项研究，不仅跨越了外语翻译、海外汉学、现代传媒等学术领域，而且涉及中国外译机构、世界图书出版与市场营销等社会行业，可谓文学内部与外部的全面贯通。然而，在历来认为翻译是最大问题的背后，近年研究却日渐显示当代文学学科介入的关键性。这就使得"海外"维度的引入，成为当代文学研究的一个方法论，并面临当代文学整体价值的动摇与守护。事实上，年轻一代学人已展开海外-本土双重视野的建构，预示了一种新的理论走向。

关键词　海外传播　当代文学价值　理论重构

　　"中国当代文学的海外传播及其翻译研究"曾成为 2013 年国内十大学术热点。专家点评曰："全球化时代的当代文学书写不再是作家本土化的私语性表达，而是在文学创作的自觉中能够把支撑民族自信的文化风俗及其世界性元素整合为一体，这种世界性书写对于把中国当代文学翻译为多种异域语言提供了最大且恰切的接受性可能。"[1]自然，这一"热点"出于 2012 年 10 月作家莫言获得诺贝尔文学奖，一度引发中国文坛"冲击波"的效应。而关于当代

　＊　王进，上海社会科学院文学研究所助理研究员，从事中国现当代文学研究。

①　《2013 年度中国十大学术热点》，《光明日报·理论版》2014 年 1 月 15 日。注：点评人杨乃乔，复旦大学中文系教授。

文学的海外传播,不仅此前早有专题研究,而且已成为触动整个当代文学理论的问题。在此,2006 年末德国汉学家顾彬的"中国当代文学是垃圾"①之说,正引发了关于"中国当代文学的成就到底怎样、应该如何评价"的持续论争。由此形成两大立场:否定论者坚持"一个普遍性的世界标准,是从西方文学、诺贝尔文学奖的水准抽象出来的绝对性尺度";肯定者则以"中国本土经验的处理和表达,来阐述其历史和现实的变化及合理性",从而使得当代文学价值处在了"世界性与本土经验",②——实质是两大体系标准的落差之间,待以重估。而这一论争成果,近年被冠于"中国文学海外传播研究"名下,③更凸显了一种整体处境。至此,全球化进程中的当代文学,在经历 10 年计的"年代"、"新世纪"等种种方便言说的阶段划分后,切实遭遇了一个历史拐点。而它同时被纳入"走出去"的国家文化战略,④以至带来学术的"众声喧哗",⑤甚或变形为一种"搞运动",⑥则是临近拐点的强化表现。

正如诸多探求海外传播路径、影响因子的研究发现的,中国成为经济强国是为今日最大的推动力。然而,学术、文化自有内在的规律与问题关注,它们处于莫言得奖、顾彬"垃圾"说与国家权力和资本介入三者纠合掀动的历史深域。故而"热点"实则"蕴含着强大的理论蓄势","对中国当代文学研究的学术视域及其方法论也提出了新的挑战,中国当代文学研究必须要走出纯然的本土性批评,以更为宽阔的研究视域有效地面对国际学界"。⑦ 事实上,经过

---

① 《德国汉学家称中国当代文学是垃圾》,《重庆晨报》2006 年 12 月 11 日。
② 张清华:《在世界性与本土经验之间》,《文艺研究》2011 年第 10 期。
③ 张清华编《当代文学的世界语境及评价》(北京大学出版社,2015 年),即可谓这一论争的辑录。该著收入"中国文学海外传播研究书系"(共 6 本)。
④ 2016 年 11 月 1 日,习近平主持召开中央全面深化改革领导小组第二十九次会议,通过了《关于进一步加强和改进中华文化走出去工作的指导意见》。而"走出去"的提法出自 2011 年党的十七届六中全会通过的《关于深化文化体制改革推动社会主义文化大发展大繁荣若干重大问题的决定》。参见韩子满:《中国文学的"走出去"与"送出去"》,《外国语文》2016 年第 3 期。
⑤ 邓楚、许路:《众声喧哗的中国文学海外传播——季进教授访谈录》,《国际汉学》2016 年第 2 期。
⑥ 陈思和:《对中国文学外译的几点看法》,《东吴学术》2015 年第 1 期。
⑦ 《2013 年度中国十大学术热点》,《光明日报·理论版》2014 年 1 月 15 日。

10 多年的传播体系建构、探索之后，研究者发现相比作家作品的海外传播，最应作为译介之"介"的中国当代文艺理论从未跨出国界，踏上作为百年历史文化转折的"东学西渐"之途。"如果说还有少数汉学家在积极译介推广中国当代的文学作品，那么中国当代文艺理论的译介则是一片有待开发的处女地。"事实上，它至今处于 20 世纪 80 年代以来"铺天盖地涌入中国"，"极大地影响了当代中国文学和文艺理论发展的方向"的"西学"哺育下。而"没有理论介入和文学批评推介的中国文学作品也难以在英语世界获得深入的接受"。① 无疑，这一文艺理论领域的中西交流失衡，更能印证现今中外图书版权巨大的贸易逆差，②以至出版社方面早就认识到国内最需要的不是翻译人才，而是全面懂得当代文学、能够担负译介指导的"中介"。③

至此，历来被视为传播最重要的"翻译"问题被超越了。而对于中国作家的"汉学心态"，④甚至西方学者、汉学家"意识形态"之为重大障碍的批评，也可降低其问题等级。相比近现代学术史上中国古典思想文化曾给予西方影响的良好传统，上文关于"目前的中国价值取向很大程度上依赖于经济效益"的论断，⑤则对于"经济"的影响力做了一次因果反转。质言之，"理论的译介"之为"处女地"的发现，不仅凸显了海外传播研究的"跨语际"性，而且意味着当代文艺理论本身已形成了一种自我遮蔽和阻隔。所谓"海外传播"，可能动摇

---

① 黄立：《今日东学如何西渐——中国当代文学海外传播体系的建构》，《当代文坛》2016 年第 2 期。

② 据调查，我国进出口图书存在着 10∶1 的贸易逆差，且对外输出图书版权 70% 面向港台及东南亚华人市场，而引进书籍则大部分来自欧美。参见尹洪山：《从莫言作品的海外传播看东西方文化的认同建构》，《青岛科技大学学报（社会科学版）》2017 年第 33 卷第 2 期。另有一组数据对比：2013 年图书版权贸易引进和输出比例为 2.3∶1，相较 2012 年的 2.1∶1，逆差有所加大。参见张洪波：《中国出版走出去格局发生根本变化——2013 年全国图书版权贸易分析报告》，《中国新闻出版报》2014 年 8 月 27 日。

③ 人民文学出版社社长潘凯雄曾说，现在最缺的是"了解中国当代文学处于什么状态，首先应介绍给什么样的国家、什么样的读者，选择什么样的作品，还要了解不同国家的文学需求"的文学经纪人才。中国出版集团总裁聂震宁则认为相比中介人，翻译反而是次之的问题。参见舒晋瑜：《走出国门，中国作家还需努力》，《中华读书报》2007 年 9 月 5 日。

④ 张晓峰：《中国当代作家的"汉学心态"》，见张清华编：《当代文学的世界语境及评价》，北京大学出版社，2015 年。

⑤ 黄立：《今日东学如何西渐——中国当代文学海外传播体系的建构》，《当代文坛》2016 年第 2 期。

的恰是这些惯常的整体思维框架：它是 80 年代"走向世界"的延续？甚至百年来现代性与传统既有冲突的发展？抑或就是现今愈益加深的世界语境中"他者"的介入、"身份"认同的迷失？等等。在这些显由西方现代思想文化界定的价值坐标、思维框架里，论争如此易于导向"大国小民"、"弱国心态"的意气语汇，①正说明这些框架本身的僵化、狭窄。根本问题在于，经济强国所带来的现实涌动，正如阎连科升腾着"黑红的光焰"般创作，远远超出以至"胀破"②了原有思维框架。

而当这道"黑红的光焰"只有在海外传播才凸显其极富"当下中国"的"标本意义"，③则这项研究的兴起，提供的正是海外-本土双重视野中，重构当代文艺理论的契机。因此，它实质是一项初启的工作，整个都可谓"处女地"。而创作走在理论前面，当是因其本然更近现实，饱含"中国经验"。由此，能够正视当代文学的海外影响仍属极微弱、边缘的事实。网上及书店销售作为传播效果较近真实的衡量，迄无新的数据表明有多大增长。据最近一项欧洲书店的市场走访，在德国法兰克福几家有影响的书店里，仅有刘慈欣《三体》及小白、郭小橹各一本德译小说。这与随处可见的日本、韩国当代作家形成鲜明对照，村上春树甚至有专门书架层。法国巴黎则情况较好，虽总量不多，但以刘慈欣《三体》为首，莫言、余华、苏童、阎连科、迟子建、刘震云、北岛、张炜、王安忆、毕飞宇、麦家、韩寒等都有作品在售。④ 而在美国这个最"保守"以至被认为"有着极强文化孤立主义和自闭传统"⑤的国家，"中国文学的译本在美国图书市场，也就是说主流的连锁书店，基本上不会出现"⑥的状况，迄未改观。

显然，从读者层面看，海外传播收效甚微。王德威主编的"中国文学翻译

---

① 以上皆援引张清华编《当代文学的世界语境及评价》(北京大学出版社,2015 年)的分章题名。

② 刘江凯：《"胀破"的光焰：阎连科文学的世界之旅》,《当代作家评论》2016 年第 3 期。

③ 刘江凯：《"胀破"的光焰：阎连科文学的世界之旅》,《当代作家评论》2016 年第 3 期。

④ 《出版人》杂志记者：《哪些中国作家在欧洲受欢迎,我调研了这 8 家书店》,澎湃新闻网,2017 年 11 月 8 日。

⑤ 刘江凯：《通与隔——中国当代文学海外接受的问题》,《文艺争鸣》2013 年第 6 期。按该文介绍,美国图书市场上全门类的译作数量年均占比 3%,而小说、诗歌译作仅 0.7%。

⑥ ［美］罗福林：《中国文学翻译的挑战》,见《汉文学家文学翻译国际研讨会演讲汇编》,中国作家协会,2010 年。

系列"曾推介《私人生活》、《我爱美元》、《马桥词典》、《一九三七年的爱情》、《长恨歌》等一批有影响力的作家作品，其销量亦极有限。然而，与其以"没有读者的翻译是无效交流"来做总体论断，①不如进一步分析这个值得注意的现象。即现今能深入普通海外读者的当代作家，并不与国内主流学界的评价相应，自然也不表达典型的"中国经验"。略往前溯，相当目前刘慈欣《三体》地位的，是姜戎的《狼图腾》长期处于海外销售榜首，并遥遥领先。截至 2011 年 5 月，其英译本已销售几十万册，更有英、法、德、日等 30 多个语种的译本在线热销。② 而将这一阅读的偏向主要归于西方读者的文化成见，甚至"东方主义"，显然不足说明。实质上，所谓海外-本土的双重视野，恰恰无不以此类偏差、错置、异见，甚至自有民族国家即无处可逃的"意识形态"为建构。

如是，进而可发现这些以数据标示的海外传播版图，取径稍异即可能反差巨大。以全球图书馆收藏数据来衡量，则是一幅相当乐观的图景。已有学者根据 WorldCat③ 书目数据库提供的全球图书馆收藏数据，统计 2000—2011 年间中国本土出版社出版的外译作品，发现相较中国古代、现代文学，恰是当代占据了 80% 以上份额。收藏图书馆数量的前七名是：《狼图腾》、《兄弟》、《秦腔》、《高兴》、《中国式离婚》、《山楂树之恋》等。而王安忆《遍地枭雄》《启蒙时代》和王朔《和我们的女儿谈话》、刘震云《我叫刘跃进》《一句顶一万句》等也都在前 30 名内。其中，《兄弟》以 143 的收藏数，紧随有出版社严密策划和助推、一度冲向畅销榜首、数值 150 的《狼图腾》。而据后者销售的世界分布图，更是得出了"美国是中国图书的最大买家"结论。其收藏图书馆数达 116

---

① 邓楚、许路：《众声喧哗的中国文学海外传播——季进教授访谈录》，《国际汉学》2016 年第 2 期。

② 数据引自谢稚：《从莫言获诺贝尔文学奖看中国文化的海外传播》，《理论月刊》2012 年第 12 期。

③ WorldCat 是全世界最具综合性的图书馆藏信息数据库，由 OCLC（Online Computer Library Center, Inc., ）——联机计算机图书馆中心提供。该中心成立于 1967 年，系公益性组织，总部设在美国俄亥俄州。截至 2011 年底，加盟图书馆数量达 23 815 家，覆盖全世界 112 个国家和地区，涉及 470 多种语言。参见何明星：《中国文学的世界影响——新世纪十年回眸》，《中国图书评论》2013 年第 1 期。

家,相较第二的澳大利亚12家已相差悬殊,其余国家自不待言。①

因此,关于海外中国文学翻译作品与研究著作,迄今没有一份较全面的目录,更遑论对整个翻译与传播的发展脉络、总体成就等深入分析评述,②就是可想而知的。这里首先缺乏的是方法论。而图书馆收藏与普遍读者阅读状况形成的反差、断层,证明当代文学的海外传播确然停滞于学术领域。事实上,从出版机构、翻译者到流通各环节的主操来看,方方面面都在证实"中国文学始终被归在学术化专业化的角落"。③ 而这也正是国内学者通常认为海外"中文图书长期处在边缘化、小众化的真正含义"。④ 但是,这毋宁体现了理论视野本身的狭窄——首先就轻视了《狼图腾》、《三体》以及李可《杜拉拉升职记》,特别是郭小橹这样"左手影像右手小说",外译作品"纯文学"影响力排行居前列的新进作家作品,⑤已然深入海外普通读者群的事实。在此,这一显然出于"通俗"的轻视,恰恰通过"海外"的放大反映,凸显了当代文艺理论重构的仍未完成。

而当"缺乏中国人自己的议程设置"愈益成为从生产到流通的传播链断口,并集中于"翻译"与"专业",以致中国文学可能沦为"世界文坛"的边缘补充,⑥则"海外传播"已无异于这一重构危机的播报。当代文艺理论"跨语际"的迄未开启,正与这几位海外本土译者、汉学家的卓越工作形成切近对照。被称为英语世界"首席翻译家"、⑦对莫言获奖起关键桥梁作用的美国学者葛浩文,其当代文学翻译清单除莫言外,包括张洁、贾平凹、王朔、苏童、老鬼、阿来、姜戎等重要作家,约计40部作品,近乎独力推动中国当代文学进入世界文化格局中处于绝对强势地位的英语世界。⑧ 2009年以鲁迅全译进入"企鹅经典"

① 何明星:《中国文学的世界影响——新世纪十年回眸》,《中国图书评论》2013年第1期。
② 邓楚、许路:《众声喧哗的中国文学海外传播——季进教授访谈录》,《国际汉学》2016年第2期。
③ [英]蓝诗玲:《英译中国文学:英语出版所面临的问题》,见《汉文学家文学翻译国际研讨会演讲汇编》,中国作家协会,2010年。
④ 何明星:《中国文学的世界影响——新世纪十年回眸》,《中国图书评论》2013年第1期。
⑤ 何明星:《中国文学的世界影响——新世纪十年回眸之二》,《中国图书评论》2013年第2期。
⑥ 何明星:《中国文学的世界影响——新世纪十年回眸之二》,《中国图书评论》2013年第2期。
⑦ 此语最早出于夏志清先生。
⑧ 参见何明星:《中国文学的世界影响——新世纪十年回眸之二》,《中国图书评论》2013年第2期。

丛书而闻名的英国学者蓝诗玲，①则翻译了韩少功的《马桥词典》、朱文的《我爱美元》等，并因 2006 年译作《为人民服务》而引爆了阎连科作品的海外传播。现今活跃于中国文坛、学界的德国汉学家顾彬，其当代文学"垃圾"说无疑是偏颇的，早有学者对之进行了深入的学理辩驳。但他以中国现代文学史著述及近百本书的德译②所表现的"了解和认知其他民族文化"的超越情怀，特别是其逆向"跨语际"所带来的现场批评冲击力，亦确然令无言以对的"我们汗颜和反思"。③

无疑，对于中国当代文学价值的守护，关键已不在于具体回应这些我们尚只能笼统称之"西方"，却不分辨其内部民族国家边界与文化差异的学者批评。④它处于海外-本土双重视野所要求的系统重构中。而这些看来偶然进入汉语言文学圈因而稀有的西方汉学家，首先是作为中、西文化近几百年深度交往历史的延续而存在的。正如研究者种种分析显示，中国当代文学进入主流的英语世界，基本由法语转译，以至法译本充当了"第一台阶"。事实上，法、德、意等欧洲国家对于中国文化的发现与阐释已有 400 多年历史，⑤而日、俄、荷兰、瑞典、捷克等国亦都具有悠久的汉学传统。因此，在看似"英语"覆盖的世界语言版图之下，是外译多语种之间的紧密互动，足以体现一个传统的支持。在诗歌传播优于小说，与国内小说独大局面相反的现象背后，则还有着西方各民族国家文化不同偏向的因素，如德国重诗歌，美国则小说等。⑥

---

① 蓝诗玲翻译的张爱玲《色·戒》亦进入了"企鹅经典"丛书。此前进入该丛书的中国现代作家作品，仅钱钟书的《围城》。

② 参见［德］顾彬：《海外中国当代文学与文学史写作》，《山西大学学报（哲学社会科学版）》2014 年第 1 期。

③ 张清华：《在世界性与本土经验之间》，《文艺研究》2011 年第 10 期。

④ 顾彬曾对中国学者的"西方"统称表示不满，并强调德、美之间不同。参见［德］顾彬：《海外中国当代文学与文学史写作》，《山西大学学报（哲学社会科学版）》2014 年第 1 期。该文中顾彬还谈到东、西德的分裂与统一对于他从业汉学的根本影响和命运偶然，让我们对于"意识形态"的全球性笼罩有更具体、历史的理解。另，葛浩文亦曾批评中国作家"忽略了写'人的文学'"，写作"太草率"、"粗糙"，"语言西化，缺乏创新"等。参见彦火：《葛浩文与性描写》，《羊城晚报》2013 年 1 月 31 日。

⑤ 何明星：《中国文学的世界影响——新世纪十年回眸之二》，《中国图书评论》2013 年第 2 期。

⑥ ［德］顾彬：《海外中国当代文学与文学史写作》，《山西大学学报（哲学社会科学版）》2014 年第 1 期。

　　更重要的,这些西方汉学家取得的"海外传播"成就,无疑是建立在 20 世纪流亡海外的华裔学者群体工作基础上的。夏志清开拓的海外汉学一脉自"新时期"即深刻参与了当代文艺理论建构,就是例证。故而,只有如此纵横的"海外"历史视野,才能真正承认西方汉学家工作的卓越,并在中国译者迄今无法取代的事实面前,不致产生文化、精神上的自卑。而这里首先要承认,国内学者与"华裔"的意识形态隔绝远甚于"西方"。因此,面对迄今未得系统介绍、引进、研究的海外汉学,它不仅恰恰提醒一个"学术共同体"的应然存在,①而且当以整个"海外"为镜像来重构自身。

　　事实上,一个具有方法论意义的海外-本土双重视野已然形成。如研究者发现的,它始于新世纪后当代文学学科的年轻一代学人。② 全球化时代较开阔的学术眼界及养成,尤其意识形态的思想担负之少有——事实上,今日海外汉学早已超越政治、意识形态单一视角的研究阶段,③都使他们能更迅捷地由"海外传播"的"外部"而深入"内部",直叩文学本身。刘江凯④的一系列研究,即已显示来自"专业"领域的"跨语际"姿态。"当文学作品被翻译进入另一个完全不同的语境体系之后,从研究对象来看是否仍然统一?"这一问,首先出于"海外传播"问题边界的要求:它是一个中国文学问题,还是外国文学? 一个翻译,还是海外汉学/中国学问题? 等等。回答是肯定的。而一条"变异"了的"中国当代文学史"线索,恰恰在"外部"材料、观念的详尽了解和分析基础上从"海外"呈现。它不仅同步于本土文学史的发展,更与之形成互补,或反差。那些特殊时代节点上的作家,从"十七年"的赵树理、浩然到 20 世纪 90 年代卫慧、棉棉作品的海外翻译状况,尤可谓另度时空的历史标点。⑤ 在此,一系列作家个案的扎实研究,使得海外-本土成了聚焦于"文学性"的一体两面架构。在

① 邓楚、许路:《众声喧哗的中国文学海外传播——季进教授访谈录》,《国际汉学》2016 年第 2 期。
② 程光炜:《当代文学海外传播的几个问题》,《文艺争鸣》2012 年第 8 期。
③ 熊修雨:《中国当代文学的海外影响力因素》,《文学评论》2013 年第 1 期。
④ 作为致力于海外传播研究的年轻学者,刘江凯先后师承北京师范大学教授张清华、德国汉学家顾彬。由此可见一代学人的学养构成。
⑤ 刘江凯:《跨语境的叙述——中国当代小说的海外传播》,《山西大学学报》2014 年第 1 期。

海外传播影响力上，莫言"本土性、民族性的世界写作"①本身，而非其得奖，无疑是他迄今保持较前排名的根本原因。

作为"海外影响最出色"、不次莫言的另一位作家余华，其2009年出版的长篇《兄弟》曾引发海内外批评，并形成了风景"诧异"的两极反差。本土批评指向"粗鄙化"者，恰成为海外关注的"当代性"，以至这"第一部正面强攻、详细刻画中国当代生活的时代巨著"得到了普遍褒扬。这来自"海外"的中国现实探究，处于"共产主义与资本主义之间"这样巨大题名的震荡中，显然非由意识形态主导。读者谓其阅读如"置身一场颠狂闹剧，经历野心、残酷、曲折、混乱"，不能不深思"中国自'文革'以来究竟发生了什么"？并认为"李光头这个骗子/混世魔王形象既是中国当代社会强烈苦难的承受者，也是四面风光的胜利者"。② 无疑，这样的判断更切近今天的中国现实，以至"海外"批评对于其"粗鄙化"的过滤，恰恰显示了《兄弟》的预言性。而"本土"的迟钝，确使我们"有理由相信海外视角很有可能拆穿了国内批评界的一种局域性盲视，可能揭示了我们批评理论僵化，批评视野狭窄并缺乏从创作实践中总结理论的问题。"③

这里初步展现了海外-本土双重视野首当应有的自我批判、理论自新机制。由此反观并进一步追溯国内学界对于余华创作"经典化"、"历史化"全程，则更可表明是在作家强劲切入中国现实，挑战这一当代"写作软肋"时，遭遇了"粗鄙化"批评，也是"经典质疑"。其中的"喧哗与遮蔽"，正随"海外"维度的加入而得洗涤。故此，若"只有经受了历史化和国际化双重检验的作家作品，才有可能成为最终的经典"，④那么这首当成为批评自身的要求。或许，更

① 刘江凯：《本土性、民族性的世界写作——莫言的海外传播与接受》，《当代作家评论》2011年第4期。
② 刘江凯：《当代文学"诧异"风景的美学统一：余华的海外接受》，《当代作家评论》2014年第6期。
③ 刘江凯：《当代文学"诧异"风景的美学统一：余华的海外接受》，《当代作家评论》2014年第6期。
④ 刘江凯：《"经典化"的喧嚣与遮蔽——余华小说创作及其批评》，《文艺研究》2015年第10期。

能检验理论批评"海外"视野缺乏的，是新世纪后阎连科彻底"胀破"常规，以"极端"、"敏感"题材及其"惊骇"效果一路朝向"炸裂志"式写作，所引来海内外批评系统性的相互错置、隔绝局面。在此，2005年《为人民服务》国内被禁，正成为阎连科小说海外译介的"胀破"点，以至引发了翻译的"决堤"效应。继2006年日、法、意，2007年英、德、荷兰译本面世后，2008年更是成为世界各国出版公司的"为人民服务年"。重要的是，这随后带动了阎连科《年月日》、《受活》等更具文学性作品的译介，尤其引发了韩、日读者最大程度的翻译、阅读热情，从而使其真正以一个作家的身份确立于外语世界。阎连科迄有13部作品翻译出版，已然处于当代作家前列。无疑，在此"传播"到"接受"的历程中，作为开启之书《为人民服务》的"政治禁忌"因素远远高于文学性，因而曾引来海外批评者的片面、夸饰之语，或政治文化偏见。这本不足怪。然而，国内相关研究迄今仍以"禁书"效应来解释，就不仅遮蔽了阎连科已然"海外"呈现的当代实力作家形象，而且暴露研究者自身缺乏与"世界"对接的思想能力。[1]

以上作家个案体现了研究者当代文学学科的自觉，并在文学内部-外部之间朝向文学本身的价值建构。而晚近跃居前列的作家毕飞宇海外传播状况，更是这一文学性的凸显。其"玉米"系列为代表的"中国故事"表达，正犹"泛乡土社会世俗的烟火"向"存在的深渊"飘移，近切沟通了"本土"与"普遍"，因此自始就以"文学性"得到西语世界的辨识。2003年《青衣》由法国汉学家克洛德·巴彦这位老舍作品翻译者译介后，毕飞宇小说海外译介与研究很快展开，并屡屡获得"作家对人性认识的严肃程度"堪比契诃夫、艺术上"杰出的才华"等评语。从互害社会结构里人物的深度精神创伤，西方读者甚至辨认出"国民性"这一"几乎只有中国读者才能发现的隐秘"。而桥梁正在"现代性和传统的双重批判"中，"对存在的体谅与敬畏"的作家姿态。[2]

这里表现的是新一代作家在全球化境遇中更深刻的文化自觉，并再次超前于批评家们。所谓"泛乡土"书写，意味着一种"并非西方所熟悉的'中国式

① 刘江凯：《"胀破"的光焰：阎连科文学的世界之旅》，《当代作家评论》2016年第3期。
② 赵坤：《泛乡土社会世俗的烟火与存在的深渊》，《当代作家评论》2016年第3期。

气味'——激烈的情绪或敏感的语词，可以供西语世界索引和想象"，①同时是属"本土"边缘游离、散发的生命存在气息。"文学性"就在这样的"居间"地带生成。然而，这远不意味着完成；本土-海外的双重视野作为当代文艺理论重构，还需在内部-外部之间不断往来，直至可能容纳它迄今难以解释的"当代文学"品质——那些仍可能催化"海外传播"的"通俗"、"粗鄙"、"政治禁忌"等。在此意义上，顾彬的"垃圾"论值得认真对待。就因其曾"将中国出位的'性'表演第一次带给了世界"，②《上海宝贝》以及《狼图腾》式的写作，其文本内外的历史，甚至美学内涵应当重释，不能简单以其"海外"发生的"新一本书主义"而再度压抑于"文学性"标准。③ 无疑，相比毕飞宇足以"文学性"内敛的"泛乡土"写作，后者出于"本土"中心的外发式表达，毋宁指代了中国生命缺乏文化依托的根本部分。而它们以性与政治的纠合屡屡彰显于"海外"维度，作为"当代文学"体系的排斥物，恰恰揭示了"现实主义"的匮乏——这才是文艺理论迄今无法"跨语际"的问题实质。

所以，海外-本土的理论建构，更来自现实的召唤，而经济强国的崛起成为"海外传播"的首要因素，只能意味着理论的严重滞后、疲弱。事实上，近两年当批评家将世界格局中的当代文学价值由"世界性"而愈益移位于"本土"、独特的"中国经验"④，或"第三世界"共有的"疼痛经验"⑤等，不仅力不能逮越来越近捷的作家作品海外传播，而且还意味着迄今规模壮观的"西学"引入，同时就是"当代文学"对于西方理论的巨量消耗。因此，目前的海外传播研究，仍然阻滞于中西图书版权贸易的巨大逆差、中译与西译队伍的严重失衡、多学科边界的混淆、问题中心的模糊和摇摆等。而来自国内"禁书"、改编电影国际获奖

---

① 赵坤：《泛乡土社会世俗的烟火与存在的深渊》，《当代作家评论》2016年第3期。
② 刘江凯：《认同与"延异"——中国当代文学的海外接受》，北京大学出版社，2012年，第224页。
③ 刘江凯：《当代文学"诧异"风景的美学统一：余华的海外接受》，《当代作家评论》2014年第6期。
④ 邓楚、许路：《众声喧哗的中国文学海外传播——季进教授访谈录》，《国际汉学》2016年第2期。
⑤ 赵坤：《泛乡土社会世俗的烟火与存在的深渊》，《当代作家评论》2016年第3期。

的"海外"效应,则往往成为一种障目,就如计量外国,尤其西方读者占比时,其失落、不平之意带出的恰是中国自身庞大体量的忽视。西方文化自有其强势,包括"经济"的发明,而我们只有在与它的对话与相互批判中,不断认识自己。或许,这是海外-本土双重视野可能提供的最终意义。

三、当代文学的"本土文化经验"

8

改革开放以来新诗写作之反思*

摘 要 今年是新诗百年纪念。在新诗历史上居"承前启后"的地位的诗人食指看来,新诗只有接续上有几千年历史的中国诗的家谱,把根留住,接上中国文化的血脉,才是走出小圈子,走出自娱自乐、互相吹捧的尴尬局面,才能走到人民群众中去,受人民群众欢迎。这就需要我们对于中国文化不能采取虚无主义态度,理性看待"后现代哲学"等思潮,用古典诗词切入新诗教育来传承和接续中华文化。

关键词 新诗 "新诗教育" 文化自信 社会责任

---

* 本文系食指先生在复旦大学中文系、复旦大学图书馆联合举办的"纪念新诗百年"活动上的发言内容。文字内容经食指先生审订,题目、摘要、关键词、小标题系编者拟。

** 食指,本名郭路生,诗人。代表作品有《相信未来》、《海洋三部曲》等。

把后现代哲学吹得太邪乎大可不必

我认为中国白话文新诗,强调的是新诗。因为新诗和旧诗不好分,真正分是白话文新诗,只有白话文续接了几千年的文言文。因此新诗怎样接续上有几千年历史的中国诗的家谱,把根留住,接上中国文化的血脉,才是走出小圈子,走出自娱自乐、互相吹捧的尴尬局面的路子,也只有这样,才能走到人民群众中去,受人民群众欢迎。这正是几十年来我们一直引导和宣传的。但是这个问题现在真成问题了。自新诗诞生以来一直就与外国诗的翻译作品关系密切,其思想流派甚至形式都受影响。这些问题大家都很清楚,我就不多谈了。但是现在又要续上中国诗的血脉,这个问题确实是个难题,而不去讲续上中国文化的血脉就走不到广大人民群众中去,就不会受老百姓欢迎。这个问题现在怎么补救,我有几点想法。

一个是新诗在初高中和大学时的教育是不可或缺的,我记得上初中的时候,在讲古典诗词的时候,老师还讲一讲律诗、绝句和词牌的常识,讲一讲填词写诗的规矩,讲一讲平仄韵律。在讲新诗的时候老师就不讲这些,只讲背景和作者的思想和情感。孩子们年轻的时候都喜欢写点诗,在写古诗和填词的时候,还遵守点规矩,可在感情泛滥写新诗任意发挥的时候,就随便得不可收拾了。

所以我觉得这是产生问题的根本,现在比较成名的诗人写起诗来也没有规矩,无遮无拦可能原因就在这儿。本来新诗就五花八门,就没有个诗体,就没有个讲究。所以这个工作是特别难的,但是这个工作还是要做的,我有这么个想法,比如现在时兴的,讲新诗语言张力的时候,动不动就讲外国诗人的诗如何如何,可以不可以这样,我举个例子。比如贾岛的《访隐者不遇》,"松下问童子,言师采药去。只在此山中,云深不知处"。此诗的创作手法是非常现代的,是采访者和一个不愿意接受采访的人(隐者)的故事,题目中的"不遇"、"隐者"点明了以上关系。但是作者用采访者与不愿意接受采访者(隐者)的童仆(童子)的对话,完成了采访,这是我们现在社会中常见的。20个字,把隐者的生活,隐者的生存环境都写出来了。把不遇的那个隐者活脱脱地给写出来了,仅仅 20 个字,表现了多么丰富的内容,这是多大的张力,这是多么高超的手法,值得现今的作家和诗人好好体会,认真学习。一问一答,朴实练达,一气呵成,这是咱们中国诗。

老师在讲课的时候,很多学生说古诗过时了,那都是以前讲的。不过同学们,上面讲的贾岛过时吗?我再举一个例子就更清楚了。都知道超现实主义,大家想一想,我们一千多年前的李商隐,"君问归期未有期,巴山夜雨涨秋池。何当共剪西窗烛,却话巴山夜雨时"。28 个字让人充分地领略超现实主义艺术的美感。他这里是讲了一个时空的转换,一会儿过去,一会儿现在,一会儿未来,这是超现实主义的手法。

我再举一个西方的作品,索尔·贝娄的《赫索格》不知道同学们读过没有,是这么厚的一个中长篇小说,他是写一个知识分子的,一会儿过去,一会儿现在,一会儿未来。从接受美学上来讲,这是很难读的一本小说。因为那么长的小说你不可能一下读完,一停下来再去读这真就晕菜了,不知道讲的过去、未来还是现在。而我们的一千多年前的李商隐仅仅 28 个字就把这个时空转换的享受给我们读者了,到现在看来过时吗?我觉得只有这样的教育才能让孩子慢慢地回归中国文化的传统。孩子们都喜欢诗,这个时候这样讲诗,对于传承古典文化,起了事半功倍的作用。

再一点孩子们在感情泛滥的时候都喜欢写点诗,这个时候老师就要向孩子讲明,诗有兴、观、群、怨的作用,一定要讲明白文责自负,要教孩子们从小懂得责任,懂得后果,对孩子的一生都有好处。讲得具体一点,比如说北岛在 20 世纪 70 年代末 80 年代初的时候当时正好赶上思想解放,北岛他们几个诗人到成都不知哪个大学和学生见面,挤得大礼堂水泄不通,门窗都挤破了。最后你知道什么情况,是警察护送北岛他们出的学校。这个使我想起来诗的"群"的作用非常大,像马雅可夫斯基在朗诵诗的时候,广场上一聚就是上千上万人,所以这个时候千万注意诗有一个"群"、"怨"的作用,为什么今天要特别讲明这个问题。一个是现在我们写文章写诗太不负责了。二是这和社会稳定有关。

今天我特别讲一下,现在大家一定要学点中国的历史,懂点中国的现实,现实是我们现在是世界第二大经济体,要懂点历史,大家想想中国历史上有几个所谓的盛世。可是这几个盛世在鲁迅先生的笔下是什么? 是粥稠一点稀一点,粥多一点少一点,对于老百姓的生活仅此而已。大家想想今天来之不易的生活,"群"的后果大家要千万注意,因为秩序一破坏,就不利于解决问题。大家都知道我们面临着许多困难,发展的不平衡,贫富差距等。要解决这些问题就需要有清晰的头脑,需要扎实的工作。所以不能乱,这个时候为什么要向孩子们讲清楚这个群的作用就在这里,珍惜今天的生活,繁荣发展的生活,确实来之不易。

在讲责任和效果的时候,我还想举一个例子,有一篇文章把舒婷、伊蕾、余秀华三个人摆在一起,看这个文章一下使我想起北大陈晓明教授梳理的思路,就是改革开放以来文学发展的脉络是从阿城的《棋王》到莫言的《丰乳肥臀》,舒婷的诗大家都知道,伊蕾的诗大家知道,余秀华的诗大家也知道。这个过程和阿城的《棋王》到莫言的《丰乳肥臀》的发展曲线是一样的,在我们经济上扬的时候,精神下滑,这个不是好现象。所以在今天要把正气扶起来。难道非要再来场文化大革命? 非要再像薄熙来那样唱红打黑才能把社会正气树起来? 现在咱们是共产党,应该能够把正气扶起来,像中医讲的一样扶正去邪,把邪气去掉,这点我觉得是咱们文学艺术界在当今社会该担负的责任。

再有在讲新诗的时候,有一个普遍存在的误区,就是非理性状态下的写作问题,这个问题很多人认为我是疯子,说这个话我就有一定的发言权。我举洛尔迦的《婚约》,一开始就是"从水里捞起这个金指箍",到"我的年纪早已过了百岁,静些。一句话也别问我",这个感情爆发的非常突然和强烈,到最后又回到了"从水里捞起这个金指箍",都认为好像是这首诗不好读,其实你仔细分析。从他一开始回想起从水里拾起这个金指箍,到最后再回到从水里拾起这个金指箍,经过感情剧烈爆发以后到平复,他是五味杂陈。他每一句都是感情爆发点,一句连着一句,都有他严谨的思维感情逻辑,绝不是疯子的前言不搭后语。所以我希望借这首诗跟大家讲一下,所有的非理性状态下的写作,都有他非常严谨的思维感情逻辑,这个大家千万不要怀疑。

附带我也要讲一下，我们的大学里面讲后现代哲学，把他吹得神乎其神，我思考了这个问题。后现代哲学不过是对一二百年的理性社会、理性哲学的一个补充，大家不用把他看得神乎其神，都知道十字路口有红绿灯，有交通警察。红绿灯和交通警察就是理性社会和理性哲学的概念。平常车辆通过时都会遵守红绿灯和警察指挥，交通事故很少发生，可是要知道当婚丧嫁娶的队伍通过时，亮起红灯他也继续过他的，警察只要一维持秩序，所有的车辆都能理解，都静静地等待他通过。为什么？这就是在理性社会里有非理性因素存在，但是像咱们中国社会是能处理好这件事情的，不要吹得神乎其神的。

再如语言问题是后现代哲学探讨的一个大问题，而我们2000多年前的古书记载"子曰：书不尽言，言不尽意"，"圣人立像以尽意"。印度自古就流传着佛的旨意是说不出来的，说出来的是"俗谛"，没有说出来的才是佛的"真谛"。两大东方文明几千年前就对语言问题做出了探求。

我们承认后现代哲学是哲学的发展，特别赞赏西方哲学家的革命创新精神。但吹得太邪乎大可不必。后现代哲学不过是对理性社会和理性哲学的一个补充，这个我希望大家有一个正确认识。

我认为以上讲的几点，在我们教学中不应该缺失。最近我在草堂诗刊发表了篇文章，写新诗写作诗人不能缺的两堂课，如果有同学们喜欢可以找来读读。

外来的和尚会念经，这是对自己文化不自信

改革开放30多年了，现在这个时候我觉得该到了去粗取精、去伪存真的阶段，在这个时候关键的一个关键就是文化自信，为什么这么说？我们要向西方学习，必须知道自己是谁，自己的文化强在哪里，弱在哪里。自己文化缺什么，该补什么。什么是自己的长处，什么是自己的短处，一定要非常清楚。但是现在有些人还不清楚这一点，历史上就讲外来的和尚会念经，这是对自己文化不自信。比如历史上传说的道家和佛家在洛阳的斗经台上斗经，道士张天

师最后把道家的书一烧,突然一阵风吹来,一阵黑烟。烧黑的灰烬没了,说是佛家和尚一烧佛经红光满天,这就说明了中国文化不自信。再比如《西游记》,孙悟空带着那个佛法号以后,打的小妖小鬼死的死,逃的逃。要知道小妖小鬼是谁,都是道家的小道士,简直是没法说这些。说明中国文化不是那么自信的,但是这也说明另一点,我们文化不封,我们对外来文化能接受,你再说我们什么,我们还觉得你也是有道理的,咱们有这个涵养。所以在西学东渐的现在,特别是30多年的改革开放后现在必须建立文化自信,要有鲜明的中国特色。

我是怎么建立起来的,我讲一下自己建立的过程。"文化大革命"以前,1963年我就读过一本书是评论长篇小说的,茅盾先生讲过一段话,给我印象特别深,一般人都讲《红楼梦》,因为主席喜欢《红楼梦》,茅盾却讲《水浒传》,而且讲了这么一段话,宋江杀了阎婆惜之后比较害怕,又被一帮强人抢到船上,这时惊吓的不得了,不知道谁把他抓起来了,直到绑架他的人给他松了绑,问宋大哥怎么怎么样,他这时候惊魂才定,书中写宋江经一天的惊吓,此刻就一句话,他看窗外"已是满天星斗"。我一想,当时都在读外国小说,外国小说心理描写,或者理性分析,思维分析不知得写多少篇幅。中国文化,《水浒传》里就这么一句话"已是满天星斗"就把一天惊魂未定到舒缓下来的情绪全写出来了,咱们中国的文化是讲传神的。

再讲《三国演义》,比如张飞喝断长坂桥那段,书里写的是把桥拆了,可是到评书中就说了,张飞铜铃般的大眼一瞪,什么血盆的大口一张,铆足了气大喝一声,突然一个静场,只听惊堂木一拍,让人觉得轰隆一声,是桥塌了,由此让人觉得此时无声胜有声。到京剧里面唱成了喝断桥梁水倒流,桥梁喝断了,水都倒流了,咱们中国人平常爱讲"神了! 越传越神"。我们中国文化传的就是这个"神"。

这个"越传越神"是有基础的,我再举个例子,我亲自经历的,1966年冬提倡步行串联,我步行到了山西的代县,代县县城传说古代东面住的是杨家将,西面是潘仁美的嫡系部队。我们从东面走到代县说是70里,走了好长时间,一问多少里,还有多少里,这多少里就走不完了,特别晚才到了代县县城。这时候我还不知道这是怎么回事。第二天从代县县城又往西走,一出来之后还有 60 里一上午走到了。这个怪了,昨天说还有 70 里走了一天,今天这个路往西走还有 60 里一上午就到了。就问老乡,老乡说这是历史刻划的,杨家将在东边驻军,潘仁美在西边驻军,当时同时发号令杨家将就来得迟了,就训杨家将。这就是一些基于历史史实形成传说的基础,有这样的基础后又传出杨七郎因回去搬兵要军饷被害。他的尸首含冤逆行水路 70 里和潘杨两家一直不通婚的现实。这样根据史实的传说有老百姓的感情,因而才会"越说越神,越传越神"。我国历代文学家在作品中传承了传神这一艺术特点,《世说新语》中讲人物时的记叙就是明证。相信这种传说的基础可意会不可言传(这种意会是以合乎老百姓思维和情感常理为基础的)。百姓在传说中常说:你没听人家都是这样说的? 用我的一句诗来说"不由人不相信这样的神话和传说"。而西方强调的是在古代神话基础上的推理和考证。

我希望这些问题同学们深思,咱们中国文化和西方文化是不同的,这是完全值得我们自豪和骄傲的,也可以明白地和西方朋友们讲明,中西文化是如此地不同。你们讲心理分析,讲感情描写,我们是传神,讲究韵味,讲意会,这是两种不同的文化,应该是承认差异,互相欣赏。话说回来我非常遗憾地讲,现在这种写法在咱们中国也没有。

我现在再简单讲一下对于中国文化不能采取虚无主义态度的一个历史史实。这是我在 2011 年写的一篇文章《滋味韵味》,2004 年我读到了傅新营老师介绍钱钟书关于韵论的文章。我觉得中国是味,我就问我老伴,我说咱们中国的味怎么讲。老伴脱口而出,老百姓都说心里什么味? 还真是! 我基本上按钱先生分的三段式即:气韵生动、味外之味到韵味,写出《滋味韵味》一文,只不过把钱先生讲的南北朝时期的气韵生动换成了同时期钟嵘讲的滋味论。中国几千年就讲这个味。

读钟嵘的《诗品》,公元 500 多年中国人就懂品读诗的滋味,到了 800 多年,唐朝的司空图就讲到味外之味,就不是简单的滋味了。就像醋不加盐不香一样,味外之味我给延伸出来就是弦外之音,言外之意了。已经说不出来了,就是可意会不可言传。到了 900 多年,近公元 1000 年北宋末年的时候,范温讲的韵味:就像钟声敲响,大音远去,始音复回,开始发出嗡嗡声又回来了,婉转悠扬。这时候我觉得就像让人心旌摇动、不可自己,陶醉其中。这就是我们中国人审美品位的一步步提高。

从钟嵘的"滋味说",那是在公元500年,是佛学传入中国一段后(佛学在公元64年传入中国),公元500多年比较兴盛。这时候的《晋书》中提到:用韵"益则加倍,损则减半"。韵用得好,诗文的文采就加倍,韵用得不好就减半。这时是中国和印度文化交融的时候,韵传进来了(古时候印度诗学中就特别强调韵),到了唐朝味外之味提出再到北宋末提出的韵味。这近千年的时间正好是印度佛学变成中国佛学的时候。形成了儒道释三家的中国文化,这个时间是非常契合的,这是我们第一次文化和西方文化交流。从这点上来说我们不应该对自己的文化产生虚无主义态度,我们的文化,咱们的审美观念从滋味经过味外之味再到韵味,我们审美情趣一步步的提升,对文化的要求也一步步的提高。陶渊明的诗《饮酒·其五》在南北朝钟嵘的《诗品》中只评为中品,到唐朝时评价已高升,而到北宋末即儒道释中华文化成型时已被评为"是以古今诗人,惟渊明最高"。此事就是明证。

从几千年前的老子就讲"味",经与印度文化碰撞后形成儒道释三家的中华文化时又强调韵味,这又是中华文化艺术的一大特点。

讲"传神、韵味",须领会深层次的根本是"意会"。一次和诗人庞培在谈到"意会"时,庞培脱口而出:相看两不厌,只有敬亭山。我随口回道"此中有真意,欲辩已忘言"。这是典型的"意会"。印度佛学讲的"佛的旨意是说不出的,说出来就是俗谛",可见意会是东方文化一大特点。以上说的这些特点就成了中西文化的不同点。

我们学西方最主要学他对社会的责任,而不是只学他的写法和技巧

改革开放30多年我们向西方学什么,孩子们你们年轻有些不知道,就是邓小平和具体负责开放的谷牧胆子是非常大的,这样才使得我们的经济取得

了那么快速的发展,要知道向西方学什么,西方的文化精华在哪。我觉得不仅是严谨的思维逻辑和由此形成的线型的不断进展,我这里强调向西方学习,是学习对社会的责任感。我们都知道西方高薪养着一批学者,为什么?他要给社会纠偏,为这个社会纠偏使社会平衡,美国这点很先进。而咱们中国文化总是在社会责任感上缺乏,比如美国阿瑟·米勒的《推销员之死》,当时西方和美国社会真是到了没法活了那种状况,阿瑟·米勒的剧本写出来了,获得了诺贝尔奖,他向人们提示社会再这样发展下去就完蛋了。再比如厄普代克写的《兔子跑吧》是 20 世纪 50 年代末 60 年代初美国青年的状况,那种不负责任不考虑后果的恋爱,在今天我们年轻人还时常碰到这个问题。到今天我们读《兔子跑吧》一点不过时,这个问题希望大家一定在这个时候多想想,文化对于社会的作用。

我们的文学不能总是躲避回闪,一定要负责任。所以我认为美国的文化是小伙子文化,跌跌撞撞碰着坎是坎,碰着坑是个坑,这一路闯过去,碰到什么问题就写什么,比较健康。所以我们学西方最主要学他对社会的责任,而不是只学他的写法和技巧。他的文化和社会发展是密切关联的,不能像有的中国文学作品那样对社会问题不关痛痒(当然这也和中国的社会和政治环境有关)。

改革开放 30 多年来我们应该怎么对待我们的传统文化,前面讲到的新诗教育,用古典诗词切入新诗教育这方面来传承和接续中华文化的具体工作以外,我觉得还应该做一些宏大思考。

五四以来是第二次与西方文化的碰撞,还不到一百年。而印度佛学文化变成中国佛学文化是第一次碰撞,用了近一千年的时间。所以我们大家想想怎么在不干扰经济发展,不干扰社会平稳的情况下,加速这个进程。不仅使我想到动荡的 1989 年,冰心老人说的一句话:"德先生赛先生什么时候在中国安家?"那时候"五四"运动才 70 周年,要知道印度佛学文化变成中国佛学文化用了近一千年的时间,那么西方的科学民主什么时候可以变成我们中国的东西呢?值得深思。

再进一步想想,第一次碰撞在封建社会,第二次碰撞的前些年,辛亥革命不过是剪辫子不剪辫子,为什么? 经济基础没发生改变,经济基础是主要的,现在我们经济发展上来了,那大家想想我们的上层建筑要怎样适应和促进经济的发展,怎么改革,我们的政治、社会和文化怎么在不干扰经济,保证社会稳定的情况下得到更快的发展,这些都要做一些宏大的思考。我觉得我们教育中应该把这种正气,敢对社会担当的正气提升起来。

9

新世纪散文对中国传统的承继与发展

王兆胜*

摘 要 在新文学各大文体中,散文可能是最具传统性的。自20世纪80年代中期尤其是90年代,散文开始大胆向西方学习,并进行了一定探索创新,但也带来疏离传统、开始异化的倾向。21世纪以来,散文开始回归和激活传统,更倾向于本体自觉和文化自信。这主要表现在:为时代歌呼的载道精神、激活抒情传统、重视日常生活化散文、物性散文向深度掘进。当然,新世纪散文对于中国传统也有其超越性意向,这主要表现在现代性价值诉求与思想精神的透彻上。未来中国散文还应该在传统与现代的张力中进行开拓,避免被传统捆住手脚。

关键词 新世纪散文 中国传统 本体自觉和文化自信

与小说、诗歌、戏剧文体相比,散文可能是最为传统的。因此,它常常遭人诟病,并成为散文落后和缺乏创新的口实。站在西方先验正确的角度说,这一看法无可非议;然而,如果脚踏中国传统的立场,这样的看法就值得重新思考。因为当简单地向西方学习,尤其缺乏中国立场和文化自信的情况下,许多跟风的文学将变得可疑和无根起来,而固守中国传统的文学反倒保留了更多中国文化基因和密码。整体而言,新时期以来,中国散文走过了一条向西方学习的道路,但21世纪以来这种风气开始有所转变,即有回归和激活中国文化传统,

---

* 王兆胜,文学博士、编审、中国社会科学杂志社文学部主任。主要从事林语堂和中国现当代散文研究。专著有《林语堂的文化情怀》《新时期散文发展向度》等15部,论文200余篇,编著20多部。获首届冰心散文理论奖等。

趋向散文本体的倾向。

一、为时代歌呼的载道精神

强调载道与社会时代功用,一直是中国文化和文学的传统血脉。以至于有不少千古名言一直不绝于耳。最有代表性的是张载的"为天地立心,为生民立命,为往圣继绝学,为天下开太平"。还有范仲淹的"先天下之忧而忧,后天下之乐而乐"以及曹丕的"盖文章,经国之大业,不朽之盛事",梁启超的"新民"说。梁启超说过:"欲新一国之民,不可不先新一国之小说。故欲新道德,必新小说;欲新宗教,必新小说;欲新政治,必新小说;欲新风俗,必新小说;欲新学艺,必新小说;乃至欲新人心欲新人格,必新小说。何以故?小说有不可思议之力支配人道故。"①在新时期之初,这种载道精神在冰心、巴金、臧克家、季羡林等散文中还有表现,但到90年代这一倾向受到质疑甚至批判,它也被西化的声音渐渐淹没。进入新世纪,尤其是随着余秋雨、李国文等为代表的大文化散文、历史文化散文的式微,传统的载道散文开始形成声势。

不过,与以往传统不同的是,这种载道散文放低了调门,提振了精神,更关注时代与社会的具体问题,尤其是注重深刻反映和表现新世纪中国社会的变革与转型,从而成为社会良知的担承者和国民素质的提升者。这里包括环保问题、民生问题、道德问题、人性问题、男女平等问题、城乡关系问题,等等。较有代表性的散文家有王开岭、周国平、林非、谢冕、蒋子龙、陈世旭、张抗抗、张炜、贾平凹、冯骥才、史铁生、铁凝、梁晓声、王剑冰、王宗仁、周明、石英、柳萌、肖凤、杨闻宇、郭秋良、吴克敬、毕淑敏、筱敏、迟子建、王尧、李木生、潘向黎、彭程、朱以撒、贾兴安、王聚敏、王本道、郭文斌、列娃、桑麻等。如王开岭的《精神明亮的人》《谈谈墓地,谈谈生命》《大地伦理》《仰望:一种精神姿势》《一个房奴的精神大字报》《现代人的江湖》等都是问题意识较强的优秀之作,而《精神明亮的人》和《现代人的江湖》最有代表性。《精神明亮的人》是针对世纪末情

① 梁启超:《论小说与群治之关系》,《饮冰室合集》第2卷,中华书局,1989年,第6页。

绪和人心的涣散而发出的呐喊,作者说:"无论何时何地,我们只有恢复孩子般的好奇与纯真,只有像儿童一样精神明亮、目光清澈,才能对这世界有所发现,才能比平日看得更多,才能从最平凡的事物中注视到神奇与美丽。而成人世界里,几乎已没有真正生动的自然,只剩下了桌子与墙壁,只剩下了人的游戏规则,只剩下了同人打交道的经验与逻辑。"①《现代人的江湖》着力探讨的是现代人的生存处境和困境。在作者看来,随着人们智力的提高,许多人尤其是那些"弱者"都"生活在险境中",于是他发出这样的感叹:"我若是个傻瓜,可怎么活啊,面对这么多陷阱,这么多圈套和天罗地网,我何以摆脱猎物的命运?"不仅如此,就是强者也难逃"险境",因为强中还有强中手,有时事实往往是:"强者比弱者输得更惨!"于是,王开岭提出如何建立"社会程序和游戏规则"的问题,比如"让傻瓜也能活得好好的"。作者还由韩国总统卢武铉的自杀,引发出社会道义问题,即人们尤其是官员应知道"廉耻和羞愧"。可以说,能直面当下人类尤其是中国人的生存处境和困境,并进行哲理和美的反思,这是王开岭散文的价值之所在! 林非的《命运》通过与自己分别五十年后又得以重逢的老同学之坎坷经历,来反思女性命运、家庭幸福及世道人心问题。作者对于同学的母亲怀了深切的同情,对在外寻花问柳、不负责任的同学的父亲进行了无情的鞭笞,并由此引发了对于社会人生的关注。作者写道:"经历了多少人海的沧桑之后,我才算是懂得了这一桩桩不幸的命运,缩小到自己的家庭而言,正是那一家之长丑陋与卑污的情欲,损害了妻子和儿女们正常的生活;扩大到整个社会而言,正是若干夺取了权力的寡头们,为了满足一己之私利,和推行那些随心所欲的妄想,才将数不清的芸芸众生,投入了灾难或死亡的境地。"②这种充满人道主义、男女平等、家庭与社会和谐的理念,不仅对于过去的历史具有批判意义,对于中国社会转型中许多人的欲望放纵、失德无耻,也具有现实的警示作用。还有周国平对于全民娱乐、不以为忧的批判(《把我们自己娱乐死?》),铁凝对于诚信与心灵环保的倡导(《一千张糖纸》),王宗仁对于

---

① 王开岭:《精神明亮的人》,《散文》2002 年第 6 期。
② 林非:《命运》,《散文》2002 年第 8 期。

仁慈和博爱的呼吁(《藏羚羊跪拜》)，王尧对于大学教育体制的审视与批评(《一个人的八十年代》)，蒋子龙对于中国古代文化及其精神的推崇(《风水》)，张抗抗对于环保和生态的关爱(《红松擎天》)等都是如此。值得关注的是郭文斌对于人生命运的思考，作者提出了"安详"乃至于"安详主义"，以便医治现代人的焦虑症，帮助现代人找回丢失的幸福。在作者看来，现代人身处各种危机中而难以自拔，其可怕程度有甚于患上艾滋病和癌症，他说："烈火沸水一般的焦虑将会成为远比艾滋病和癌症更让人们束手无策的集体疾患。"而要根治此病，安详与安详主义至为重要，因为它"既是一条回家的路，又是家本身"，"要说安详主义其实很简单，安详主义不是别的，安详主义就是回到我们'自身'，回到当下，回到细节；坦然地活着，健康地活着，唯美地活着，低成本甚至零成本地活着；喜悦着，快乐着，幸福着，满足着"。① 面对时代与人生的困境，散文家开始寻找其解脱之法、医治的良药，这与以往的过于沉溺于批判、比较消极悲观和绝望有所不同。

当然，作者并没有将安详和安详主义做片面化的理解，而是与服务时代、给予的精神、现代文明、科学、人道等连起来思考，希冀它获得合理健全的发展理路。确实是如此，安详是一种人生智慧，是一种生命体验，是一种精神品质，还是一种天地自然之道，它是当下时代与文化中最为缺乏的。作家的思考具有时代感，更不乏形而上的哲学意义。很显然，新世纪的中国散文较为集中地探讨人们关心的现实问题，表现出较高的文化素养和精神品质，也成就了不少经典作品。

二、激活中国抒情散文传统

一般来说，西方文化和文学较重叙事与知性散文，而中国传统更擅长抒情散文。这也是为什么有人将中国文化概括为"抒情的传统"，中国古代以来出现那么多经典的抒情散文。从《孔雀东南飞》到《琵琶行》，从《悼十二郎》到

---

① 郭文斌：《安详是一条离家最近的路》，《海燕·都市美文》2009 年第 11 期。

《背影》等都是如此。然而,20 世纪 90 年代,这一传统不为人重,甚至有被看轻的趋向。21 世纪以来,散文的抒情传统快速回归,出现不少感人肺腑的抒情散文。这些散文以真情动人心魂,从而使新世纪的中国散文充实、内在、美好,具有长久的艺术生命力。这一类作家包括阎纲、贾平凹、梅洁、臧小平、朱鸿、蔡桂林、小红、孙晓玲、彭程、杨新雨、王兆胜、胡发云、蒋新、张清华、张国龙、吴佳骏、江少宾等。

其实,直到今天,仍有不少人对于散文中的真情实感不太重视,也不以为意,这是相当错误的,因为真情如同散文的血液,也有人将它看成散文的生命线,如林非说:"不仅狭义散文必须以情动人,就是对广义散文也应该提出这样的要求,因为这对于散文家来说,无疑是在很大程度上决定自己作品能否存在和流传下去的生命线。"[①]没有真情的散文往往很难深入人心,更难以发芽、开花和结果。阎纲的《我吻女儿的前额》是新世纪的重大收获,它将父女之爱描绘得惊天动地、感人肺腑,尤其是女儿的感恩之心以及女婿的淳朴令人感到揪心,并将生死进行了智慧和艺术的升华。作者在文末这样写道:"吻别女儿,痛定思痛,觉得死亡也没有什么可怕。死后,我将会再见先我一步在那儿的女儿和我心爱的一切人,所以,我活着就要爱人,爱良心未泯的人,爱这诡谲的宇宙,爱生命本身,爱每一本展开的书,与世界上第一流的思想家做精神上的交流。"[②]这是一个白发人送黑发人的父亲对于生死的感悟,它是那样清明、仁慈、温暖和超然,是人道的长歌。这样的作品在内容和写法上都是传统的,似乎并没有新意;但这又有什么关系呢? 读这样一篇文章胜似读十篇百篇无关痛痒的高论,这才是散文和文学的伟大力量之所在! 女儿去世后四年,阎纲又写出了《三十八朵荷花》,这种思念、倾诉与赞美如蜘蛛吐出的长丝,与读者的心弦一同颤动,令铁石心肠的人都不能不为之动容和落泪,并在心中引起长久的共鸣。梅洁的《不是遗言的遗言》是写心爱的丈夫的,那是凝聚着多少酸甜苦辣后结出的爱情果实,可在转眼间它就突然从树上坠落了。作者以循环往复的

---

① 林非:《漫说散文》,《林非论散文》,江西高校出版社,2000 年,第 100 页。
② 阎纲:《我吻女儿的额头》,《散文》2001 年第 6 期。

方式呼叫"亲爱的",以寄托对丈夫的哀思,那种欲哭无泪的伤怀无以言喻,所以结尾作者写道:"亲爱的,在忆念你的时间里,悲苦的泪水将打湿所有的时间……"①是的,美好的东西总是短暂的,生离死别的美好的爱情多么像赴死的白天鹅所发出的嘹亮之歌,它伤感而优雅、痛苦而醒悟地启示着所有的人。还有朱鸿的《一次没有表白的爱》写得委婉动人、如泣如诉,那是作者纯粹、善良、优雅而又明敏的外现,是爱情之花的盛开与闪亮,虽然这是一次没有结果的爱情。文中有这样一段话写得极为精彩:"这件事情就以自己特殊的方式像一滴水似的渗透到岁月之中了,我呢,也再没有给她写信、打电话,进行联络,也再没有获悉姚伶的消息,我当然也尽量避免知道她的婚姻与家庭。我不会嫉妒她的情况很好,只害怕她的情况不好。但渗透到岁月之中的水却并没有为岁月所蒸溶,恰恰相反,它蓄于我的心底,清澈,晶莹,没有污染,它一直滋润着我的灵魂。"结尾,作者这样写道:"我所能做的仅仅是,向她祝福,愿上帝保佑她!"②尽管是一次没有表白、对方也无从感应的爱,但作者却有如此的胸襟、修为、品质和境界,从而使作品充满温润、圣洁和迷人的光辉,读之令人倾倒。如果形而上地说就是,真正伟大的爱不是占有,而是给予和祝福,哪怕对方对此一无所知,这就是朱鸿这篇散文和他本人的魅力所在。臧小平和孙晓玲怀念父亲的散文也是情深、意切、文美,是难得的佳作,胡发云的《想爱你到老》是关于忠贞不渝爱情的颂歌,这在新世纪的社会氛围中难能可贵。特别值得提及的是张国龙和吴佳骏的亲情散文,两位作者虽然年轻,但感情丰沛有力,表达得质朴自然,能够深深地打动读者。张国龙的《亲情的距离》将我、父亲、奶奶连缀起来,形成了一个情感的依恋链;吴佳骏的《墨水灯》和《背篓谣》情深意长、诗意盎然,他们的写作都是源于生活,源于对亲情的细微体验,也源于一颗平民之心的诗性的烛照,所以能给人留下深刻的印象。

　　需要说明的是,新世纪抒情散文比以往提升了境界,这主要表现在:一是哀而不伤,在苦难甚至无奈中仍然保持着一种积极进取的精神境界。二是由

---

① 梅洁:《不是遗言的遗言》,《海燕·都市美文》2005 年第 8 期。
② 朱鸿:《一次没有表白的爱》,《天涯》2001 年第 4 期。

"小我"到"大我"的升华,令人在深情中体味更广大的世界人生。三是诗意的情怀与绵长的韵致,一种经过焠火后的生命之一爆。四是更加内在与深沉,是一种如火山爆发前的积蓄与升华,这种情深显然渗透了现代的思想艺术光泽的。

三、日常生活化散文放出异彩

中国文化与文学传统高度重视"为人生",尤其是日常生活成为人生和文学的母题。这也是为什么,衣、食、住、行、性、爱成为中国人生与文学的底色和动力源泉。只是"五四"新文学以来,这种"为人生"更多发展成为宏大叙事——启蒙与救亡主题。新时期开始,散文仍延续着这一传统,于是回归"五四"成为散文的主调。其实,20世纪90年代"大文化散文"的兴起,实际上是在西方现代性向度下的一次文化启蒙,而更多的生活细枝末节被散文理念抛弃了。21世纪开始,日常生活散文随着"日常生活审美化"文艺思潮悄然发展。比较有代表性的是鲍尔吉·原野的日常生活散文,它们紧紧贴近生活本身,那些细枝末节与琐屑碎片中显示出生活的诗意与智慧。如《针》就是写母亲用这枚光洁净亮而又尖锐的小针,带着辛劳与仁爱,穿引着一家人的生活,为整体世界人生的美好进行了幸福的注解。

近五年来,大文化散文悄然退场,代之而来的是日常生活化散文增多,甚至出现很多小散文、微散文。大文化散文往往纵论古今、谈笑风生、笔底裹挟风雷,甚至以高密度的知识轰炸影响读者;但往往也带来巨大的负面效果,那就是情感的虚化做作,离普通读者太远,缺乏细节和不接地气,尤其失去了委婉之美和拨动读者心弦的力量。近五年的散文或谈亲情、乡情、师生情,或说生活细节,或道灵感、梦幻、神秘与未知,从而显示了散文文体的回归。如冯积岐的《母亲泪》、王月鹏的《卑微的人》、王永胜的《铧犁与木锨》、朱以撒的《洗手》、耿立的《低于一棵草》、宋长征的《梧桐清音》、王鼎均的《灵感速记》、凸凹的《梦中梦》、毕淑敏的《送你一张捕梦网》等都是如此。就连曾以《大河遗梦》《祖槐》等大文化散文著称的李存葆也于2012年发表《空中农家院》,详述他在自家养花、种菜、育果的过程与享受。以小人物、小事件、小情感进行边缘化叙事，往往更能入口入心，获得一种更加真实自然、有血有肉的亲近感和震撼力。

更重要的是，近五年散文所达到的深度、厚度和高度，这是一种靠细节、博爱、智慧与美感铸造而成的。如莫言的《讲故事的人》以两件事刻画母亲：一是母亲曾无缘无故挨打，莫言长大后撞见那人，欲上前报仇，被母亲拉住并劝慰道："儿啊，打我那个人，与这位老人，现在已不是一个人了。"二是乞丐上门讨饭，莫言用半碗红薯打发他，在看到主人吃饺子时，乞丐愤怒指责莫言没良心。因贫困年代一家人每年只能吃几次饺子，且每人只有一碗，所以莫言忍不住让乞丐滚蛋。没想到母亲将自己的半碗饺子倒进老乞丐碗里，并训斥了儿子。这样，一个草木一样卑微的母亲一下子高大起来。郭文斌近几年写了《大山行孝记》、《根是花朵的吉祥如意》、《大年，引领我们回归生命本质》、《文学的祝福性》等散文，将文化、博爱、祝福写满生命的时空，真正让散文回归本体，成为浸染灵魂的从容叙事。还有彭学明的《守卫土地》和彭程的《远处的墓碑》，两文都有大地情怀和生命的彻悟，是人生之道和天地之道的合奏。与以往过于悲观消极和表面化的散文书写不同，近五年散文增加了理想主义气质，有了亮色和光芒，也多了深刻性，还带了更多温暖与活力，所以给人以饱满充实、透彻、明智之感。

四、物性散文趋向深度书写

中国文化与文学传统还有一个突出特点是崇尚大自然，尤其是喜爱其天地道心。然而，随着中国近现代文学的"人的文学"发展，这一传统很快被连根挖掉了，天地自然越来越受到忽视甚至轻蔑。于是破坏、践踏甚至毁灭自然的现象成为一种难以改变的趋向。与此相关的是，包括散文在内的文学更关注人，并进而将人性缩窄成为简单的爱情，于是一个作品如果没有爱情描写，没有多角恋爱似乎就不成为文学。相反，代表更广泛的世界人生的天地自然却少有关注，也难以成为作家的兴趣点。21 世纪以来，这一倾向有所改观，不少散文开始注重天地自然中的一草一木描写,显示了更接地气的创作风格。可以说,紧紧贴近大地,细细体验天地自然的物性,并从中体验道心,从而使散文能够成为生命的花开,这是新世纪散文的一大亮点。较有代表性的作家是张炜、周同宾、郭保林、郑云云、楚楚、马力、刘家科、李登建、许俊文、李汉荣、李一鸣、王族、孙继泉、高维生等。

值得注意的是,李汉荣写农村尤其是农具非常细致,有一种被心灵滋润的光芒,也有学者独特的感觉与剖析功夫;许俊文的乡土书写最有意味,它是新世纪乡土散文的代表人物,如果说20世纪90年代张炜的乡土散文写得又多又好,那么,在新世纪我特别推举许俊文。许俊文的散文虽然写得并不多,但有羽化之功,也更加自然、质朴、有力。在《泥土》中有这样美妙的句子:"跳动了一个春天,喧闹了一个夏天,土地直到把所有的庄稼都送走了之后,这才坦然无忧地躺下来,在月光下深深地睡下,那飘荡在田野上大团大团的浓雾,就是它绵长而舒缓的呼吸吧。仍有一些庄稼似乎舍不得一下子走得太远,它们留在泥土里的残根,抽出零零星星的青苗(庄稼人叫做'次青')来,挂着晶莹剔透的露珠。于是牛羊们走了来,吃几口,叫一声,吃几口,又叫一声。时令在它们的叫声中渐渐地深了。"①这不只是一种诗意表达,而是作家与大地融为一体后的深切感受,是心灵相通、琴瑟和鸣的知音之感,更是春蚕吐丝和蛹蜕成蝶后的精神的逍遥游。

在思想观念和艺术手法上进行变革,于是关于物以及物性的散文就有了新的突破和价值。以往的散文往往固守"文学是人学"的观念,这样就造成了忽略天地万物尤其是人的自大狂的怪现象。这主要表现在:写人的散文远多于写物,即使写物也多离不开"人"的视角,所以"物"就自然而然成为可有可无的点缀品。这就从整体上损害了天地、人、物的关系结构图式,也使文学观念与人的观念产生倾斜。近年来,我们倡导文学创作和研究中对于"人道"与"天道"、人与物关系的辩证理解,也看到了不少成果。以创作为例,王月鹏的《断桥》既突破了"人"的价值观,也超越了"桥"的功能,而是赋予关于"断桥"

---

① 许俊文:《泥土》,《散文》2007 年第 3 期。

的哲思。杜怀超的新作《苍耳》是集中写植物的，但它却赋予了植物更深沉的生命意识和价值意义，是有天地之道存矣，亦是诗意的歌唱。作者写得："一株植物就是人类的一盏灯，一盏充满神秘与未知的灯，我们都在这些光亮里存活。"当写到水烛这种植物，作者将之视为"照彻苍茫的生灵者"，并坚信："万物有灵。当我们弯下身子，你是否发现事物都有他们的世界、他们的隐语？""一种植物，一旦有了执着，就有了高度。在民间，人们对万物的理解总是隐藏着许多神圣和巫性。""解读大地上的每一株植物，走进植物的每一个内心城堡，或许我们会得到生命葱绿的密码。"这不仅仅是诗性的语言，更是对于"人是万物主宰"观念的超越，是一种获得天地大道的醒觉。还有散文创作方法的创新，这在李敬泽的《鹦鹉》、肖达的《途经秘密》中有突出表现。前者不断转换视点、人物、方法，读其文如进入多棱镜和万花筒；后者仿佛带你进入迷宫，在千回百转中得到清明的形而上哲思。如肖达写道："原来硬得如石头一样的心，也可以渐渐化开，直到汪成一捧清水。""时间在故事里延续，空间在故事里拓展，故事在故事里继续。挺好的。"

这就是传统散文的魅力，尽管在 21 世纪，它却仍不过时，仍能发出耀眼的光泽，成为散文这一文体的主力军。当然，与以往相比，新世纪的中国传统散文并不是故步自封、一成不变的。相反，它自觉不自觉地受到各种因素，比如时代风气和大文化散文的影响。不过，以发展的眼光看，到目前为止，传统散文的势力和惰性确实太大了，它必须不断地被注入新的因素，使之充满活力与更健康的发展，这是需要注意和警惕的。这也是为什么，对于新世纪中国的传统散文，我们既应给予高度评价，又希望它不断地受到冲击和获得更大的生机，因为一成不变的东西是并不存在的。

10

《繁花》里的两个时代及其美学

陈晓明*

摘　要　《繁花》以单双章交替的形式展开叙事,分别讲述20世纪60年代与
90年代以来的故事。小说实际上是使用二种不同的叙事方法,60年
代的故事以个人记忆为依据的现实主义手法;90年代的生活则以说
书人的文体表现为各表一枝的格局。前者因为历史的激进变革与困
苦,对人的生存构成强大的压抑,但小说却因此写出了历史中生存的
人们的坚忍不拔;后者因为繁华盛世浮华乱象,生活显现为虚空和无
意义,作者寻求做旧笔法,赋予传统与历史做底色,从美学与文化的
层面重新给予其韵致。这里面显然贯穿着作者对二个时代的判
断,对人类生活之正当性的理解。在历史与人的生活之间,在政
治、文化与美学之间,《繁花》显见存在诸多矛盾及紧张关系,然而
作者终究以加入历史底色的手法和写作的伦理学化解了那些矛
盾。因此,这就要从历史感的角度解释这部作品,才能呈现它的丰
富性与复杂性。

关键词　历史感　不响　创伤　叙事　元政治　写作伦理

　　《繁花》最为鲜明的特点在于对上海市民生活的书写表现了另一种极致的
可能性:金宇澄几乎是和盘托出上海的市民生活,把20世纪60年代的生活与
90年代以后的生活比较,前者是社会主义革命建设和改造的时代,那时中国正

---

*　陈晓明,北京大学中文系教授。主要研究方向为中国现当代文学和后现代文学理论批评等。

在讲述工人阶级领导一切的国家叙事;后者则是改革开放进程加快,全球化进入中国的时代,二个时期的上海生活如此不同,但都是顽强的上海市民生活,它促使我们思考的问题还是要超出上海地方性:进入现代之后的上海的生活究竟发生何种变化? 这显然不是上海的本地性的变化,而是中国的现代性的激进化在起变化。人们究竟为什么而生活,一句话,人们究竟应该过什么样生活? 这其实就是在表现当代史的意义。这二个时代的生活被放置在一起,穿插、对比,相互重叠或有穿越之感,其内里则让我们看到二个时代的生活如此不同,但究竟何种生活有意义呢? 什么是上海市民(当代中国人)应该过的生活? 金宇澄在着力描写如此富有特色的上海生活,表现上海文化的同时,一个现代性的问题还是挥之不去:上海人要过自己的生活,要说自己的语言,但现代社会却将其带到另外的场域——革命、大机器生产、斗争;全球化、消费主义、欲望、爆富奇观……金宇澄越是自觉而自然地描写上海人的生活,上海的文化韵致,它就愈发与现代性构成紧张关系:它是在与之对抗吗? 是逃离吗? 是回到海上旧梦里去吗? 在这里,那些地方性的描写,说书的笔法、声音,方言与文化韵致,所有这些,作为逃离的项目,又都摆脱不了作品中二个时代穿插交叉的叙事格局,无形中产生出了对二个历史阶段的评判以及由此透示出的价值理想。也正是在这一意义上,我们感受到《繁花》更复杂的意义所在,历史并未终结,那个大历史的寓言始终在场。卢卡契早年说过:"小说是在历史哲学上真正产生的一种形式,并作为其合法性的标志触及其根基,即当代精神的真正状况……"①恐怕这一点对于始终未完成现代性的中国的文学来说,尤其如此。确实,《繁花》写得节制,似乎并不深究,有意使用一次又一次的"不响",点到为止,从不多语,然而,在显示上海人的品性心理、文化韵致的同时,背后是一部宏阔的当代史。这二个时代在叙事上的参照与背离,内里隐含着坚实的历史意识,以至于二个时代有着独特的连接方式,它们共同引向对当代历史变迁和始终不渝的生活理想的思考。

---

① [匈牙利]卢卡奇:《小说理论》,燕宏远、李怀涛译,商务印书馆,2012年,第65页。

一、激进现代性与阶级的创伤史

《繁花》以单双章交错的形式在二个时代里展开叙事，单章是60年代的故事；双章是90年代以后的故事。二个时代相互穿插，互相映衬，各有意味。

小说对60年代生活的书写，在二个层面展开，其一是少年人的创伤性的成长记忆；其二是激进现代性推进的时代变革与动荡。以少年成长生活作导引，进入时代变革动荡的历史情境。虽然历史风云际会，但少年人的忧伤和旁观者的视角，小说叙述保持娓娓的感伤语调，使得时代惨烈的变动也是如水墨画般徐徐展开。纵有悲痛也怨而不怒；纵有失败也不绝望哀号。

小说第一章开篇，写"阿宝十岁，邻居蓓蒂六岁"，第二节就写到沪生的故事，在这一节，沪生路遇阿宝与蓓蒂，"三人才算正式交往"。不难看出，沪生有金宇澄的自况，小说是以对少年时代记忆重温展开叙述，可以说记述了沪生、阿宝、小毛、蓓蒂、姝华等人的少年友情交往与成长。小说所写当是自己的故事，自己身边朋友的故事，故而写得如此真切，如此朴实无华。少年人的故事，都写得亲切纯朴，阿宝与蓓蒂，虽为邻居，然情同兄妹。还有一个阿婆，写出孩童时期的温馨与美好，当然其中夹杂着那个时代特有的苦涩。小说着意写的当然还是生活的情状，这些描写十分细致而有韵致。

小说表现每个人的成长都截取不同的生活断面，选择的人物也颇具匠心，阿宝经历的是家庭变故。这个资本家的后代，新中国成立后家庭遭遇到的起落变故可想而知。但中国政府有一段时间对民族资产阶级还是采取赎买政策，从新中国成立后私营企业开始进行工商业改造，到1956年完成公私合营起，一直到1966年"文革"开始，上海民族资本家一直领有股息。阿宝的父亲和他的爷爷、伯伯都能享受相当富足的生活。但"文革"降临，阿宝家被扫地出门，他也成为落难少年，到工厂当工人。目睹父亲和伯伯、母亲和小姨的穷愁落魄潦倒，他们家从市中心体面的大房子，搬到沪西曹杨工人新村，资本家后代阿宝到工厂当工人。从阿宝的视角看过去，是他们一家人迅速破败的困境，他们无法抗拒命运，却又无力挣扎。但却又还是带着旧社会的记忆，他们并不能适应被迫的改造。阿宝的大伯最为可悲。旧社会的浪荡子,新社会的多余人。跑到阿宝家蹭饭吃,已经毫无人样了。"大伯脱了衬衫,里面一件和尚领旧汗衫,千疮百孔,渔网一样。大家不响。大伯说,开销实在难,我只能做瘪三,每日吃咸菜,吃发芽豆,还要帮邻居倒马桶。大家不响。"①阿宝既是一个视点,展现出那个时期的艰辛困苦,阶级斗争导致的家道败落与人的尊严的失去,这也是阿宝成长的历史背景,他从这样的历史中走出来。

　　小毛的故事展示了那个时期上海普通工人的生活现实。写的是小毛拜师习武,说的却是工人生活的家长里短,樊师傅身边围着一群小徒弟,他们游离于"文革"之外,樊师傅教育小毛几个徒弟津津乐道于他的师傅的教育方法,徒弟长大成为男子汉,旧社会里他的师傅是让徒弟去看女人洗澡。这个故事具有反讽性质,这与革命、工人阶级的路线斗争教育相去甚远,与《千万不要忘记》的经典接班人叙事相左。小说随后直接就以小毛的亲身经历,看到银凤洗澡而且初尝禁果来应验。小毛和他的师傅似乎都还是生活在旧上海的老传统里,这里并没有"先进阶级"的优越感,只有劳动阶级的自然史。对于金宇澄来说,他要写出上海工人的朴素生活,也是回到具有市民气息的工人生活中去。其逆现代性的反讽本身,表明了这部小说的底蕴如何想去消解宏大叙事,它不得不在它的背景上来讲述 60 年代的中国工人阶级的往事。

　　沪生家里的变故打上那个时期普遍的政治印记。父亲沾上林彪案,隔离到何处都无法知晓,家境迅速衰败,他也从引为骄傲的军队子弟落入底层。沪生更多金宇澄自我的投射。2016 年,金宇澄出版非虚构作品《回望》,以母亲父亲的经历为故事主线,可以看到金宇澄的父母早年参加革命,经历了革命的严酷整肃,家世颇为坎坷。父母的革命信念矢志不渝,这对金宇澄无疑有影响,也触发他思考 20 世纪的中国的激进历史变革。《繁花》中的沪生从小追寻文化,小说写他与姝华的交往,体现了那个时期上海青少年的精神文化生活。沪生奇怪地与那个时期落落寡合。但是沪生也卷入了红卫兵抄家诸多行为,目击了那些污辱人身的斗争。沪生的视角虽然也属于冷静旁观,但那些场面

---

　　① 金宇澄:《繁花》,上海文艺出版社,2013 年,第 140 页。

被写得混乱、无理性、残暴,这些所谓的红卫兵小小年纪就被激发起人性的恶劣冷酷。这也可见出金宇澄对那个时代的继续革命的判断。

小说对 60 年代的回望,写得最为有内涵的还是通过姝华的故事,写出那代人在那样年代里的精神渴望,写出这些人的可悲可叹的命运。姝华酷爱文学,读书写诗,对沪生颇有吸引力。某日沪生到姝华家,姝华拆开一张旧报纸,见上面一本旧版破书,是闻一多编《现代诗抄》,"姝华面孔一红"。那时偷偷阅读这类文字当属于偷吃禁果,这种精神的启蒙如同亚当夏娃偷吃苹果。此时沪生脸一红(显然是紧张),也立起来,准备告辞。姝华说,再坐一歇,"小毛不响"。姝华翻到穆旦的诗:"静静地,我们攘抱在/用言语所能照明的世界里,/而那未成形的黑暗是可怕的,那可能和不可能的使我们沉迷。"显然,这首诗在那个年代读来极为叛逆,与时代精神格格不入。他们读到还有这样的诗句,"那窒息著我们的/是甜蜜的未生即死的言语",诗的结句是:"游进混乱的爱底自由和美丽。"这样的诗句,对于 60 年代二颗稚嫩的心灵来说,无疑极具震撼性。他表明了对压抑的不满,对自由成长的极度渴望,这是那个时期上海涌动的青少年的不可磨灭的精神追求。

穆旦这首诗收入人民文学出版社出版的《穆旦诗文集(全两册)》(2007),第一卷收入穆旦 1934 年至 1976 年间创作的诗歌 166 首。上卷收入这首诗,即《诗八首》中的第 4 首诗。《诗八首》,是诗人穆旦(1918—1977)的经典名作,写于 1942 年 2 月,是年他 24 岁,刚刚从西南联大毕业,尚带着"校园诗人"的气息。穆旦的诗颇受 17、18 世纪的英国玄学派诗人的影响,更为直接的影响则来自爱尔兰的叶芝,英国的 T. S. 艾略特和奥登等人,其象征与玄学思辨在中国现代诗人中独具一格。穆旦这首诗历来被读成爱情诗①,就其中使用意象和象征的玄奥和思辨性而言,无疑也包含着对身处年代和生命经验本身思索。

---

① 孙玉石先生把穆旦这首诗与杜甫的《秋兴八首》作比较,他认为:"而穆旦的《诗八首》是作为一首诗连续在一起写爱情的。这一组诗是不可分割的整体。它以十分严密的结构,用初恋、热恋、宁静、赞歌这样四个乐章(每个乐章两首诗),完整地抒写和礼赞了人类生命的爱情,也包括他自己的爱情的复杂而又丰富的历程,礼赞了它的美、力量和永恒。《诗八首》是一篇爱情的启示录,也是一首生命的赞美诗。"参见孙玉石的《中国现代主义诗潮史论》。或参见《解读穆旦的〈诗八首〉》,载《诗探索》1996 年第 4 期,第 58—59 页。

金宇澄很可能在60年代的少年时期确实读过这首诗,他在文中引用,作为姝华与沪生少年时代精神渴望的一种表达,这首诗还被印在这本书的封底,也可见金宇澄是何等重视并喜爱这首诗,把它作为点题之作。在那样的年代,少年男女阅读穆旦的诗,这又是如何奇异的体验,那是个人精神无限超越的灵异般的思绪,那是对另一个空间、生命意向的无限性的向往。这与那个年代的狂热的红色氛围完全不同,这首诗的那种玄学思辨的黑暗气质,对死亡的深思默想,恐未必单纯是对爱情的表达。金宇澄移用于此,也表达了对那个年代的沉重气氛的象征性表述。《诗八首》中的第二首还有这样的诗句:"水流山石间沉淀下你我,/而我们成长,在死底子宫里。/在无数的可能里一个变形的生命/永远不能完成他自己。"很显然,金宇澄只引了第四首,没有引第二首,无疑是因为这些诗句更显出阴郁的气质,对生命生长的困扰和抑郁的反抗。对于当年的穆旦来说,只有爱情可以拯救生长于黑暗中的青年或少年男女;而对于当年的沪生姝华来说,他们的爱情连蒙眬还谈不上,只有对文学的那种精神事物的向往,只有语言可以照亮他们年轻稚拙的生命。这首诗表达了与那个年代完全不同的精神气质,与革命事业接班人的理想完全是异质性的,与整个时代的乌托邦气质有一种悖反的叛逆性。那个时代在寻求狂热的红色面向革命的未来,而姝华和沪生则想逃避到语言编织的二个人的世界中去——它们可以克服黑暗,超越生活世界的纷乱和绝望。

朗西埃曾经谈到现代审美革命,他把这种现代审美革命与现代"元政治(archipolitique)乌托邦"之间联系起来,认为二者存在某种同一性的基点。朗西埃指出:

现代审美革命,正是康德在相同的时刻所关注的内容:它抛弃了摹仿,取消了美的理型(eidos)与感性景观之间的距离;它是美的事物不借助概念而使自身被欣赏的能力;它是各种才能的自由游戏,它证明,虽然这种游戏不能也不必决定任何概念,但它自身是在美与自由之间进行协调的一种力量(puissance)。至于现代的元政治乌托邦,我并不是要设计一个理想共同体的方案。对我来说,乌托邦并不是一个哪儿都不存在的场所,而是在话语空间与地域空间之间进行搭接的能力,是对于一个知觉(perceptif)空间的认同:这是人们带着共同体的主题(topos)行走时所发现的空间。在现代美学与现代乌托邦的同一中,人们为共同体创立了一种独特的能力,它可以使自身被欣赏,使自身不借助于概念而被热爱,它可以把它的主人能指(自然、自由、共同体)等同于某种诗歌的场所与行为:这是一种被构想为想象的自由游戏的诗歌。①

这里特别需要注重朗西埃的这个概念,就是关于"现代审美革命"的问题,那里所表达的就是能够在美与自由之间进行协调的一种力量,它和元政治的乌托邦,构成某种同一性,这就是它们企图超越现实的那种自我生长与伸越的精神意向。但是在中国的60年代,对非革命的审美追求本身包含着生命以及精神世界的危险性,并非以所谓"自由"可以虚无化现实,现实具有实在的历史力量。在那个年代,像姝华和沪生,他们对诗的一种爱好并不少见,但热爱这样的诗,却非同一般。那个时代点据主流地位的是贺敬之、李瑛等人的革命颂歌或明朗悠扬的"时代心声"。穆旦这样的诗歌当然是资产阶级的毒草,热爱这样的诗歌很可能会有"反革命"的嫌疑。革命的元政治乌托邦未必能与这样的精神渴求相容,朗西埃没有看到元政治乌托邦的封闭性问题,它并不是一个虚空的精神性想象空间,建立在一种政体根基上的元政治乌托邦,具有体制、结构、制度、纪律、暴力机制等方面的实体性,它与生命个体发生的是现实性的关系。

有必要指出的是,朗西埃这段话是在谈论华兹华斯的诗的时候提出来的,这一点颇为让人感到意外并费解。也正因为此,我才用朗西埃的理论来解释沪生和姝华读穆旦诗的意义。华兹华斯被认为是最远离政治的诗人,其他英国"湖畔派"诗人也同样如此。华兹华斯是在英国工业革命之初写下《丁登寺》这部影响卓著的诗篇,有一些批评的观点认为,就在他热烈赞颂大自然的美丽和永恒时,当时英国是饿殍遍野,民不聊生。但是华兹华斯却在歌咏自

---

① [法]雅克·朗西埃:《词语的肉身:书写的政治》,朱康等译,西北大学出版社,2015年,第28—29页。

然,他要与柏拉图的永恒性观念对话,要在自然中寻找到一种宁静与永恒。不乏批评家指责华兹华斯缺乏现实感,缺乏必要的政治关怀。但是身为左派理论家的朗西埃却在为华兹华斯做辩护,去找到纯粹美学与政治同源的精神依据。也就是说,现代的审美精神与那种超越性的元政治乌托邦有一种精神上同构,它们都是要以无条件的方式打开超越现实的未来面向。

《繁花》在试图书写那个时期的少年记忆时,写出穆旦的这首,并且把它放在封底,此中当有深意。在中国60年代,穆旦的诗歌咏生命与自然,仿佛也是逃离政治之作。在90年代之后,穆旦的诗在中国有一个被高度评价的持续过程,它尤其被看成是在那样的年代表达了对极左政治压抑反抗的潜意识。它在那个年代表现出显著的异类,饱含了现代审美不可屈服的那种超越精神,它是否与"元政治的乌托邦"具有同一性? 显然不能简单作如此比附,但它的审美感召力影响了青年一代的精神渴求。革命年代的那种抒情,那种革命的浪漫主义精神,在将现实审美化的同时也是在精神化革命的行为及语言。所有的革命语言都很难在现实性的逻辑中得以解释,只有将其浪漫化,将其审美化的同时,它获得了向未来的感召力。只有向未来,所有现实的残酷性和无法忍耐性都可以超越。但是能够读穆旦的诗,我们确确实实是看到,在那样一个年代,生命的个体依然有不可遏止的渴望,它与革命的乌托邦所聚集起来的抒情,那种精神的超越性,也具有朗西埃所说的同一性结构,一种渴望超越,渴望新生的无限愿望。只是二者语言形式不一样,情调不一样,它们被革命的无限想象激发起来,但打开的面向却并不一致,它对自由的渴望,以至于会走到元政治乌托邦规训的反面。革命的超越与非革命的超越无论如何也不能混淆,在60年代的中国,并没有一个形而上的超越性逻辑提供"自由"的保护带。

因而,这也就是我们即将要面对的问题:在这么一部看上去最缺乏政治性、最缺乏时代精神的一部作品中,一部被普遍指认为复古的、怀旧性的作品中,是否应该去读出它的思想诉求? 它对生活、生命存在本身的价值追寻? 它内含的历史意识所包含的社会批判性?《繁花》并不只是在文化、文体、语言及美学这个层面能完全概括的。因为有历史批判性,有生活的价值理想做底,《繁花》的文化和文体才能往旧的、老的、回溯性的面向去做。

确实,我们看到,这部以少年人往事记忆为引导的小说,对那个时代的书写本身是包含了鲜明的价值观的。少年人的生活被裹挟进时代,打上了鲜明的政治印记。60年代的生活是贫困的、压抑的,最终以"文革"政治动乱推向历史失序的边缘,因而成长经历也是创伤性的经历。小说在这一意义上,也是承袭了80年代早期的"反思"文学的那种价值理念,它多少还是打上了"后伤痕文学"的印记。小说的时代意识无疑是相当自觉的,金宇澄要反映那个时期的历史全貌,仔细推敲,每个人物都开掘出一个独特的历史维度,阶级、阶层、社会的不同切面。小说甚至关注到当时农村的状况,农村的当代变革史。蓓蒂和阿宝陪阿婆到农村寻祖屋就展示了那个时期的乡村景象。阿婆到了老家的村子,结果发现连祖坟都被平整土地挖了,棺材都派上了用场,棺材里的棉被晒晒还可以供活人再用。村民们围观的讥笑态度,阿婆姐妹相认的场景,乡村的破败和凄惶也可见出作者对当代历史的把握方式。

小说中的当代史的典型特征相当鲜明,例如,饥饿、生活困苦、地主资产阶级的没落崩溃等。小说在描写60年代初期的"三年自然灾难"时,其写实笔法细腻精到。西康桥底,有船运来面粉,市民蜂拥而至,随身一柄小笤帚,报纸贴地铺开,专事收集粮食屑粒,麦、豆、六谷粉,扫下来的六谷粉,细心抖一抖,沙泥沉下去,加点葱花,就可以摊饼子。小毛娘由此还讲起旧社会,日寇侵略者占据上海,那时更惨,苏北难民去刮面粉厂的地脚麸皮,还有人去吃苏州河边的牛舌头草,每天毒死人。小说写的是旧社会,但有暗喻当时(三年自然灾难)饿死人的现象。小说开篇写60年代,就给出了饥饿困难景象的基本社会面貌。

阿宝家的破落,显然也是对当代史的重述,它关涉到新中国的工业化对民族资本主义的改造,以及资产阶级在中国激进革命中的失败。通过阿宝可以引申出旧上海民族资产阶级的家庭生活,这是代表着对海上繁华旧梦的想象的生活,如今这些人只有残余的生活。新中国成立后,中国政府对民族资本主义实行工商业改造,1956年公私合营达到高潮,并且基本完成。1956年1月21日,50万人在人民广场集会,庆祝社会主义改造胜利。同一天,毛泽东亲临上海视察荣毅仁任总经理的申新厂。中国的资本家拿股息一直拿到1966年,上海占据全国半数。这表明 60 年代上海的市民中有少数人还很有购买力。小说写到"文革"前的阿宝家,甫师太等人,他们就过着与普通市民不同的更为富足的生活。但"文革"到来了,风卷残云,所谓出生革命干部家庭的沪生也因为父亲与林彪案牵连被隔离审查,家庭背上了政治黑锅,沪生先是到街道小工厂,后来跑采购。蓓蒂家被抄了家,父母不知去向,钢琴被拉去旧货市场。阿宝家被赶出老房子。

在 60 年代的社会主义革命和建设中,"工人阶级领导一切"的政治誓言究竟实现得如何呢? 上海是新中国产业工人最为集中的城市之一,社会主义革命的时期的工业化和城市化也是在上海展开最为充分的实践。但是,60 年代的工人阶级的生活状况究竟如何呢? 阶级的平等在这里实现了,历史理性取得了胜利。但是,工人阶级的生活并不以领导阶级的面目出现的,或许是相反。小毛来自工人阶级家庭,爸爸是轧钢工人,每日喝酒;母亲是棉纺厂工人,每日祈祷领袖。母亲原来信教,后来改信"领袖",显然她是把"领袖"当作"主"来信了。小毛娘显然对小毛父亲天天喝酒很不满,对几年里轮不到劳动模范也很不满,眼见别人得奖状,搬到棉纺新村住新工房,也很不满。但是她不吵不闹,为什么? 因为她想到"领袖"。"只有领袖懂我心思,晓得我工作好。"作为普通纺织女工,小毛娘的"当家作主"感觉一点都没有。同样的,"工人阶级领导一切"的感觉在小毛父亲这个炼钢工人身上也并不鲜明。60 年代的上海,从小毛家望出去,是西康桥外,一排排收粪船。从阿宝家搬进的工人新村的窗户看出去,是一排排化工厂的烟囱冒着黑烟。工人阶级的生活在那个年代也未见得风光。在火热的革命建设和改造的年代,社会各阶层似乎都没有赢家——激进现代性终究对于各个阶级烙下了创伤性的一笔。革命是奉献,是为了理念,是为了未来的乌托邦。

显然,小说对 60 年代的生活的描写体现了普遍化的历史感,它始终在与那个时代的元政治乌托邦构成对话,并且因此具有经典化的反思文学的显著特征。与其说是"后伤痕"小说,不如说是"反创伤性记忆"的书写。其当代史的特征是明显的:其一,这里的历史叙事具有个人的亲历性(前半部分的自传性特征);其二,个人记忆与历史普遍记忆是相通的。也就是说,这里的个人创伤性记忆,有同时代人的普遍经验作为依托,它是可信的,人们谈论起那段历史,能够引起普遍共识。其三,它与大量文献记载和主流叙事是相同的,因而可以理解为当代人的共同记忆。对比小说对二个年代的生活及人物命运的表现,可以让我们去体会小说与现实建立起的一种想象关系,可以看到小说包含的并不相同的二种叙述方式,以此来书写当代历史发生的深刻变化,也可以体味到小说内里的历史意识。

二、历史的逝去或无法聚焦

《繁花》把60年代和90年代以来的生活穿插交叉来描写,展开了二个时代重叠乃至穿越的效果。60年代的故事中的那些破落和命运遭际给人以心灵之触动,这确实与小说描写的生活相关,也与小说故事所包含的历史意蕴相关。作者的态度并不能超然于历史或现实之上,他受到社会业已形成的既定的历史观念和现实态度的影响。而90年代所表现的生活面却是另一番景象,情意绵绵、花样年华,生动而热闹,悦目而多趣,娓娓道来,从容不迫,然而,并不以动人心魄为目的。这二个时代是如此不同,对于个人的生存来说,前者是压抑的、艰难的,丧失安全和尊严的时代;后者则是声色犬马、鸳鸯蝴蝶、随波逐流的时代。这二个时代并置在一起究竟有什么关系? 在哪一点上它们有内在关系? 甚至矛盾和不协调? 它们各自以自身的本质的非正当性,使得对方的存在具有悖论性质。这种悖论关系可以这样来表述:假定60年代的生活是压抑式的非人性化的,那么90年代以来的生活就是值得过的;但事实上,90年代以来的生活可能是空洞的、无聊的。假定90年代以来的生活空虚乏味缺乏幸福感,那么60年代有强烈渴望的生活就是值得过的;然而,以小说的描写来看,60年代的生活是丧失尊严和安全感的,甚至是困苦不堪的。这二个时代在这部小说中,使用了经典现实主义和传统说书的二种不同的叙述方法。固然我们可以用"复调"理论轻易填平二者的鸿沟,然而,其中的矛盾和不协调也恰恰体现了小说的美学构成的复杂性。

在90年代以后的上海消费主义兴起的神话中,小说并没有去描写黄浦江两岸的盛世辉煌，而是去写上海市民生活，饮食男女的卿卿我我，恩恩怨怨。看上去是中国改革开放的 90 年代，但是那种生活情调和情趣却使你想起上海早期现代到来时的《海上花列传》的那种生活，重现鸳鸯蝴蝶派笔下的故事。这与 60 年代承受着历史理性抱负和压力的工人阶级以及市民的生活迥然不同。小说中这二个时代实则是相互脱节的，90 年代以来的生活仿佛并不是从 60 年代变革而来，而是与之断裂；它另有起源，另有来源，那就是更为古旧的现代之初的老上海。

　　当然，要说没有关联也不尽然，它们之间有着鲜明的相反意味。经历过八九十年代的改革开放，中国社会基本摆脱了身体的严酷控制，人性也得到比较宽松的张扬。随之而来问题则是，身体的表达变得自由随便，然而，欲望则变得空洞。男男女女的情爱恩怨，夫妻之间的打打闹闹，人间万象，世态多变，无可无不可。卖大闸蟹的陶陶向沪生抱怨老婆性生活要求频繁，让他感到疲惫；潘静追求陶陶而不得。陶陶与小琴却落下悲剧，小琴意外身亡留下日记，如此可人的女人暗地里却在算计婚姻，金宇澄对 90 年代的人生何其决绝。吴小姐与阿宝邂逅，随后约会倒在阿宝的怀里叫"老爹"。梅瑞对阿宝情有独钟，阿宝却不冷不热；梅瑞再移情康总，康总也暧昧不明；梅瑞最后发展为与母亲的情人小开厮混。汪小姐大约是最离谱的，她的任性，她对婚姻的玩弄态度，她对肉体的随意利用，这几乎是游戏人生。李李周旋于男人之间，美丽妖娆，左右逢源，但她却藏着沉痛的创伤。甚至还有小保姆乘虚而入，抢了本属于章小姐的荷兰夫婿，再演绎灰姑娘的中国传奇，只是拙劣得很。所有这些，都表明 90 年代以后的生活没有内在性，因而也无法整合，只是浮华空洞的流水席。欲望都不真实，幸福变得很模糊。对于小说来说，它揭示了当代生活中的幸福与爱欲迷失的状况，当然只是一种隐喻式的表达。它意指着整个生活的空洞化——是否现实实际如此，另当别论，小说如此讲述的故事则可以读出作者对 90 年代生活的价值判断。

　　60 年代的生活处于高度压抑中，然而，小说描写的那些生活却有历史的实在性，也就是说，那些压抑、艰辛和创伤都是确实发生的，对于生活于其中的人们来说，都是身体和精神所需要承受的重负，生存需要经历这些困难。但是，那种生活的渴望却是倔强沉着而有无限的隐忍之力,不管在任何境况中都有生命的热力在涌动。生活的欲望是不能遏止的,尤其是身体的欲望,与革命的强大的压力构成了一种迂回的表达。银凤与小毛的情爱,写出一个少妇活脱脱的生命渴求。银凤丈夫海德是跑远洋的海员,银凤不甘寂寞,她有对美的追求和身体的欲望。小说写到那个闷热的下午,三个女人和小毛关在屋子里听留声机里唱出的沪剧,那声音"轻,亮,荡气回肠","遗传本地的历史心情与节律"。这在"文革"时期,听这种曲子就是封资修,后果自然难料。但天太热,窗户关得很紧。从艺术、音乐、历史的心曲到身体,在如此境况中,它们又是如何构成一种逻辑,这或许就是这部小说的独到之处。"三个女子,为了一个男声,开初安稳,之后燥热,坐立不定,始终围拢台子,以唱片为核心,传递快感,飞扬自由想象翅膀,唱片是一口眩晕之井,里面有荫凉。"足以让身体活动起来,银凤终于禁不住"快感与自由想象"的怂恿,在敦促小毛协助她洗澡的过程中,诱惑了刚刚成年的小毛。这一段描写,笔法精细,韵味无穷。声音与节律,动作与情调,都拿捏得恰到好处。尤其是把小毛的紧张与工业生产的劳动场景结合在一起,更有一种紧张的气氛:

　　小毛窒息,眼前一根钢丝绳即将崩断,樊师傅对天车司机喊,慢慢慢。要慢一点。小毛呼吸变粗,两眼闭紧,实在紧张。银凤立起来,房间太小,一把拖了小毛。脚盆边就是床,篾席,篾枕。银凤湿淋淋坐到床上,抖声说,不要紧,阿姐是过来人了,不要紧,不要紧的。银凤这几句,是三五牌台钟的声音,一直重复,越来越轻,越来越细,滴滴答答,点点滴滴,渗到小毛脑子里。小毛倒了下去,迷迷糊糊一直朝后,滑入潮软无底的棉花仓库,一大堆糯米团子里,无法挣扎。银凤说,小毛慢一点,不要做野马,不要冲,不要蹿,不要逃,不要紧的,不要紧,不要紧的。银凤家的三五牌台钟,一直重复。不要紧,不要紧。银凤抱紧小毛,忽然间,钢丝绳要断了,樊师傅说,慢一点,慢。瑞士进口钟表机床,"嗵"的一斜,外文包装箱一歪,看起来体积小,十分沉重,跌到水门汀上,就是重大事故,钢丝绳已一丝一缕断裂。要当心,当心。空中刹的一声,接下来,"嗵"一记巨响,机器底座,跌落到地上,"嗵嗵嗵嗵",木板分裂,四面回声,然后静下来了，一切完全解脱。

这里的节奏感、文字本身的灵性，它也通灵，它会让人想起白先勇的《游园惊梦》，那段 60 年代台湾现代主义时期闻名遐迩的意识流叙述，那是钱夫人蓝田玉触景生情想起当年在南京的风光岁月，最不能忘怀的是与之偷情的随从参谋。那段文字堪称汉语意识流的第一道急流，几乎飞流直下，冲决了传统叙事的樊篱。这部小说的描写当然也有它的路数。此前小毛的武术老师樊师傅讲到旧社会他的师傅如何教育他们长大成人，即请一位青楼女子到家中，让徒弟们轮流去看女子沐浴，这是一种成人礼。作为新时代的工人，小毛却以这种方式完成他的成人仪式，其中穿插着现代产业的大机器生产，而樊师傅本来就是操作大型起重机器的工人，所有这些，又建构起另一种历史的命运。历史如此似曾相识，却又有着完全不同的内里。不管现代如何改变，工业主义、工人阶级，生产与劳动方式改变，但是，人的身体，生命的欲求与结合，美、快乐和幸福，始终是和生命的本真冲动相关。只有生命本身的真实渴求具有美感。回到 60 年代的叙事，确实包含着作者对历史的深切理解，对生命与政治的独特体悟。如此关于美的书写，既是回到生活生命本身，也是回到美本身，即使在如此压抑的年代，在严酷的压抑中，这些普通人还是热爱生活，还在追求美，追求心灵的自由与想象。

或许对于金宇澄来说，他的叙述并无过多的叙述方式的考虑，他让人物来说，来行动，不断地去讲那些他自己"垂涎的"白日梦般的故事。福楼拜曾经说："伟大的代表作是愚蠢的，过去的创造者，他们的生活和精神只不过是盲目方式的对美的垂涎，是上帝的工具，通过这些去证明他自己。"[①]对于刚成年的小毛来说，在银凤一声声的呼唤中，"看一下阿姐"，他所看到的，"只觉胸前瑞雪，玉山倾倒，一团白光"，这里不只是有欲望，还有美好。这里的生命激动是如此真实，与青春的萌动相关，而且是那样的年代里生命意识中最美好的存

---

① 福楼拜（Flaubert）给路易丝·科莱的信，1846 年 8 月 9 日，《书信集》，第 1 卷，第 283 页。参见〔法〕朗西埃《文学的矛盾》，臧小佳译，华东师范大学出版社，2016 年，第 112 页。

在。所以这一切的欲望与情爱，都被放置在真实的历史中，放置在历史的压抑之下，它有一种不可遏止的力量，有着偷盗般的冒险勇气，成人礼仿佛也如英雄的行为。这里混杂着生命、伦理、历史与阶级的意识。对于金宇澄来说，书写这样的记忆，这样回望 60 年代的生活，无论它多么压抑，多么辛酸，却总归是与生活的整体性，与历史的所有氛围和事件相关的生命活动，小毛和银凤如此普通的工人，举手投足之间，都有生命的质感，又体现着历史与阶级的愿望。

在《繁花》的叙事中，60 年代与 90 年代穿插讲述虽然没有严整的对比对位，但却是可以体会到二个时代生活性质和内涵的鲜明区别。尽管这并非是价值判断，却是小说要体现的价值，是小说给予的生活形象的价值。相对于 90 年代的历史来说，60 年代是彻底终结了；然而，90 年代的历史还没有开始就自行解构了，它没有内在性，它与整个社会主义革命和建设的历史断裂了，那个历史终结之后，90 年代就找不到自己的起点。这段历史不具有自己的历史形式，它只有借来幽灵（"幽灵笼罩"），让幽灵附体，使自己获得复活的形式——这就是回到老上海，它在政治上与美学上都承接不了 60 年代，因为它不再具有那种压抑压迫的机制，没有那种欲望不可遏止的冒险，它只有浮华的外表。

90 年代以后的故事中，婚姻与爱变得可疑，而爱与欲望也游戏化了。在 60 年代的压抑的机制中，会显现生命的真实渴望，失去这种压抑的时候生活和生命却变得轻浮？难道说生命有质量是因为有一种压抑的重量？80 年代在中国文学呼唤"人性论"和"人道主义"的时期，郑义当年写下《远村》，贾平凹写下《远山野情》，刘恒写下《伏羲伏羲》，那里面的男女爱欲都显出沉重的质感，那是生活的艰辛和历史重负所至。在《繁花》中，仿佛只有 60 年代的爱欲是那么强烈，不惜冒着生命危险，背负着巨大的生命重量。阿宝在工厂做工时，偶然瞥见 5 室阿姨和黄毛在车床后面偷情，小说也是借用冲床一起一伏来象征他们的身体的运动，同时也隐喻式地表达出他们偷情所承载的沉重的政治和道德的压力。在工业主义巨大背景上，在"工人阶级领导一切"的历史承诺中，二位男女工人的肉体冲动却具有古怪的嘲讽意义。

女性的命运最为生动地体现了小说对二个时代的不同评价。小说描写了一群女性,60年代走过的女性与90年代的这些繁花都市里的女子显示出完全不同的命运,尽管也是老生常谈,但却自有感人至深的力量。问题在于如何去理解小说的艺术表现的意味。60年代的那些在历史困苦中的少女们,蓓蒂、兰兰、大妹都活得凄凉不幸;姝华命运最为可叹,到东北延边地区插队,生下三四个孩子,直至精神接近失常。当年和沪生一起读穆旦的诗,那被语言照亮的世界里再也没有姝华的影子。沪生看着姝华的沧桑,不禁悲从中来。这些女子的命运被历史决定,她们无法抗争,连挣扎的能力都没有,小说只是客观平静地写出她们的遭遇,而这些遭遇也是我们耳熟能详的故事。但是,在作者平静的讲述中依然具有强大的力量,让我们洞悉历史的幽暗,唯世事艰辛,年代无情。历史翻过一页,现今的女子们在流水席上玩着交杯酒的游戏,她们好不快活;她们有所心仪,但并不偏执,这取决于利益和感觉。李李是唯一有痛楚的女子,但也绝处逢生,另有机会,但是最终遁入空门,剃发为尼。汪小姐视婚姻为工具,结果最后要生出怪胎,生死未卜。如此现实,花样年华,日日芬芳,但这些人真的有快乐和幸福么?有激动和感动么?生活变成了表面繁华,内里却是空虚。金宇澄在双章关于90年代的故事,主要是让人物来叙述。尤其是让那些女子讲述自己的故事,在男人们或其他人的"讲"的怂恿下,毫不隐讳地讲出那些本属自己的私密。

男人又是如何呢?90年代的男人,只有阿宝、沪生保持着昔日的某种风范,但是,那些男人却只是扮演着各种角色。康总实际上只是一个听众;丁老板偶然登台,与汪小姐逢场作戏;那个北方来的陆总,在歌厅与小姐们耍酒疯,唱着"北方的狼族",几乎咯血,却又坚持要娶一位送酒水的小妹。吴小姐与阿宝不过邂逅,却在舞场上靠在"宝总"的肩上,叫声"宝总老爸"……不管是在常熟徐府上的交杯换盏,还是在"至真园"里的酒席上,或是"夜东京"的饭桌上,这些人来来往往,显示着流水席的繁华,整个生活却并没有着落。由此表明了90年代的消费主义的上海,浮华烟云,落花流水。这些生活、这些故事都十分传奇传神,但并不指向历史,因为历史已然虚空消散了。还不单是当下短暂,无法成为历史,而是生活根本就没有整体性,没有共同的背景,每个人都孤零零了。

在 90 年代消费社会到来的时代,所谓的自由,所谓的可能性留给当代生活又是什么呢? 这些男男女女,是要显示沪上的老旧底色,还是消费盛宴的奇观? 这些人物,沪生、阿宝、陶陶、阿毛、康总、徐总等,新一代年轻女人,梅瑞、李李、汪小姐等,或缠绵悱恻,或打情骂俏,或饭局嬉闹,或争风吃醋。流水席一道接一道,这是盛世浮华的风光,消费主义的中国故事,仿佛又是一出既做旧又出新的"海上花列传"。沪生、阿宝、陶陶有着上海老旧男人的风范,但生活得并不踏实,并没有真实的心灵着落。陶陶与芳妹离婚,哪想到温柔同眠的小琴在算计他,小毛最后病逝,李李出家做了尼姑,90 年代的结局如此萧瑟,金宇澄也算是太过决绝了。这些人物既不能完成自我的精神自觉,也无法选择自己要过的生活。阿宝和沪生,一个不结婚,另一个不离婚。甚至他们二人都不理解各自"到底想啥",小说的结尾那夜色中,他们俩走在苏州河边的马路上,或许他们都理解了对方,那就是无可无不可。夜风中传来的是"鸳鸯蝴蝶"的歌:"不应该的年代/可是谁又能摆脱人世间的悲哀……","何苦要上青天/不如温柔同眠"。60 年代的记忆是自己的生活,90 年代是看别人的生活,只有历经沧桑,冷眼旁观,这才看清生活的真相。但是,沪生和阿宝显然是一种放弃和虚无,他们与 90 年代那些热闹的、争斗的、要出人头地的生活的态度,表现出根本的决裂。但是,60 年代作为理想的穆旦的诗句,"游进混乱的爱底自由和美丽",沪生和阿宝还有吗? 这个理想没有贯穿下来,那个时代终结了吗? 而是感叹"何苦要上青天"? 毋庸置疑,小说笔法细腻,故事婉转动人,沪上韵致,江南风情,都做得足矣。但是,所有这些故事,金宇澄意识到它们本质上是消费主义的浮华表象。

既看到它的实质空虚,又不能甘愿停留于此。赋予其文化韵致,重建一种象征的"历史感",这是金宇澄表现 90 年代生活的重要策略。它当然有着现实的和文化上的支持。至今上海市民津津乐道的并不是 90 年代全球化以后腾飞的新上海,他们最为怀念回忆的还是那种老的上海情调。沪生、阿宝、陶陶这些人,经历岁月的磨洗,他们已然是成熟的老男人,这才有老上海男人的醇厚与风范。他们在 90 年代的故事中主要是充当看客,旁观着如今浮华,却做旧的消费生活。他们已经不是当事人,只是局外人在听、在看,由此显出貌似的沉着与稳重。这也让人疑心到了 90 年代的沪生、阿宝仿佛是从老上海穿越而来,梅瑞、李李、汪小姐这些女子,也有此意味。这些人物没有多少改革开放以及全球化时代的风貌,倒是多了旧上海的景致,他们像是《老残游记》、《海上花列传》以及"鸳鸯蝴蝶派"里走出来的人物。当然,还有张爱玲的上海书写,王安忆的新旧上海故事。这样的上海书写谱系已经逐渐成为上海文化想象的基本调性。曾经有过的那个左翼及革命文学的上海书写,从茅盾的《子夜》到周而复的《上海的早晨》,这一脉络也已经随着左翼文学史的式微而难以为继。放在金宇澄的前面的是这个庞大的上海书写谱系,他的选择显然是处在两难境地。历史的分离与断裂,文化的后撤与迷离,金宇澄要穿越这样的"上海想象"确实不容易。

60 年代的书写依凭了个人的记忆,而表现 90 年代则顺应了关于"老上海"的文化想象。让新生活变成老上海,重塑上海的文化韵致,把"上海想象"从经济奇迹退回到老上海的文化记忆中去。背景是浦东的盛世奇迹,2001 年10 月上海的 APEC 会(亚太经合组织会议),2010 年上海世界博览会,随后还有上海迪士尼、上海自贸区,所有这些,都足以让新上海闪耀炫目的光芒。然而,对于上海来说,对于文学上海来说,这样强大的"新上海"崛起的奇迹,并未给普通人的生活带来充实和满足。究竟这样富足的生活的意义何在? 它同样面临一个生活如何具有正当性的问题,生活如何才能确立自身的正义性。金宇澄固然也不否认如此光怪陆离的生活,他无法用"前 30 年"否定"后 30 年",他想给这种生活找到存在的合理性,那就是给它镀上一层"老上海"的底色,这无疑是让人自豪且怀念上海的现代史,那早就风光过的现代之初的"东方巴黎"。如今,它们是历史的底色,是"新上海"的起源和来源,更重要是要揭示出那种质地。这是金宇澄的矛盾,在地方性和当代史的正当性之间,金宇澄无疑陷入了双重矛盾。

这当然也是金宇澄需要寻求的美学支持。90 年代的生活再也无法指向历史及其政治压抑,失去了元政治乌托邦映衬的中国文学,如何获得力度、深度和底蕴呢? 金宇澄转去寻求文化韵致,一举一动,一招一式,一词一字,虽然都置身于浮华场景中,因为做旧,就像丁老板收藏的古董,有了更旧的底色,韵味和价值也就点点滴滴透示出来。他所刻画不再是个人,而是上海人,沪上人家的男人和女人。他们从历史中走过来,历史的创伤也荡然无存,却有着历经沧桑的沉着稳重。但是,并不是经过60年代的压抑,而是更久远的底色,这样的故事出现了一种逆向的历史感:虽然它与60年代相比显得表面和浮华,但从更为久远的现代之初的老上海绵延而至,它以怀旧的文化韵致维系住了这些男男女女的卿卿我我,保住了90年代生活的文化韵致。因此,上海人家的悲欢离合,那些沪上独有的世态风习,也多有感人至深之处。本来无法整合的当代史,现在因为有了更旧的历史底色,它被历史的幽灵笼罩住了①,重新建立起历史的连续性。所谓地方性、所谓上海韵致,需要"旧辙辗过新的年轮",这都是历史消散后需要填补空缺的美学素材。中国文学还是难以摆脱历史感的隐形支配,有了历史感,虚空的可以有底蕴,消散的可以重新聚焦,断裂的可以再次延续,不稳定的美学可以重构支点。

三、"不响"的叙述功能和美学意味

《繁花》的扉页上写道:"上帝不响,像一切全由我定……"这句关于上帝的话,并无确切出处,应该是金宇澄自己的创造。托上帝之语,说人间的故事。小说中用到"不响"的地方,据统计有近1 500处。这是所有的研究者评论家所乐道的,也是作者所得意处。确实是小说的叙述中的一个显著特点,它无疑会有不同凡响的艺术效果,同时,也有可能在修辞的意义上形成一种内在隐喻。

显然,"不响"首要的功能是叙述性的,它避免了独白的冗长,使原本可能是大段的独白,改变成一个对话情境;同时又使对话情境改变为一个讲者与另一个听者的关系。对于小说来说,写作对话的难度众所周知,在对话情境中,

---

① 这里还是暗指小说中所引的穆旦的《诗八首》中的诗句"它底幽灵笼罩,使我们游离"。参见《繁花》,上海文艺出版社,2013年,第71页。

必然要形成一种互动,二个不同的人物的性格、背景、语气、语言风格都要极为考究。小说的难度一半体现在对话上。当年王朔的小说成也成在他的对话上,口语、反讽、耍贫嘴、调侃政治、无聊打趣等,不一而足。他的对话的丰富与油滑成了正比,油滑是什么? 就是没有阻力的滑走,顺势而为的空转。它追求的不是意义而是快感,它是对语言本身及其价值观的戏弄。王朔的小说是对话,是语言的狂欢,是京味和大院文化的混杂。因为生逢其时,王朔的语言及其价值态度本身具有了挑战性,使他把痞子和先锋派可以混为一体。他改变当代小说的叙事方式,即从宏大的架构式的历史本质规律的叙事,改为一种当下的对话情境。他的人物牢牢地站立在当下,以其当下的荒诞感使前此的历史荒诞化和虚无化。

现在金宇澄把对话情境改为讲述情境,上海人言辞谨慎,性格内敛,与北京人的争强好胜,侃大山饶舌大不相同。上海人明事理,讲道理,知道自己的位置,明哲保身,故而愿意当一个听者。因而,金宇澄的"不响"有其地方文化的根基。听其言观其行,按照丛治辰的观点,这就是一种书写地方志的小说方法。固然我们可以说金宇澄在袭用传统说书人的讲述方法,但也可以说金宇澄在创作一种新的讲述方法——他把传统说书人的长篇独白改变为对话的情境,强调了说与听的情境,把说者和听者的现场当时性作为刻画的中心。作为一种说书式的讲述,"不响"企图把另一个时空中的当时性与说书的现场当时性重合在一起,促使小说叙述具有当时性的这种小说艺术,不可谓不精彩。这也是这部小说之所以吸引人的缘由之一。

我们无须去归纳"不响"的多种多样的用法,本文试图探讨的重点并不在"不响"的叙述功能,而在于它的功能背后的隐含的时代意蕴。也就是说,这种功能实际上表明了什么样的历史依据。在特定的叙述语境中,60 年代的叙事场景中的"不响",背后却是有历史在沉浮。90 年代的"不响"却只是个人的情境,或有性格心理,或有文化韵致,但总归是对话情境。简要而言,在 60 年代的叙事中,"不响"总是具有现实与历史的及物性,也就是说它们的内涵有历史和现实的意义;在 90 年代以来的叙事中,"不响"只有个人化的意义,其功能和效果只是限定于叙事学意义。

　　小说题词中那一句"上帝不响,像一切全由我定",出自春香和小毛讲她的第一次婚姻经历那一场景。这句话其实包含着无尽的辛酸,包含着那个时代一个女工无奈而凄凉的命运。春香信基督教,应该是受她娘的影响。信奉上帝并未给春香带来好运,却是对她的命运的嘲讽。小说描写春香的讲述:"我娘讲,运动一搞,教堂关门做工厂,春香的脑子,要活络一点,心里有上帝,就可以了,上帝仁慈。我不响。我娘轻声讲,圣保罗讲了,婚姻贵重,人人谨敬遵奉,就是上帝的意志。我低头不响。"[①] 春香第一次结婚,男人其实是一个受过工伤的跛子,但男人欺骗了她,让她不能接受。当然还有男人的身体诸多毛病(性无能)让她痛苦,于是她选择离婚。但哪里想到,春香与小毛结婚两年半后就因难产而死。在那一时刻,春香一直在说,"小毛不响",小毛落了泪,"小毛不响"。眼看着春香的面孔,越来越白,越来越白……小毛的"不响"包含着生活无奈的命运和无尽的悲哀,小说叙事有着对小毛和春香的生活遭遇的同情,有着作者对身处这段历史中的普通工人的生活的理解,其背后有总体性的现实感和历史感。在60年代的那些生活场景中,"不响"的时刻表征着"有意味的沉默","无语"本身不只是一种态度,更重要的是它标示出一种历史境遇。外婆与蓓蒂去到农村;小毛父母在家里讲工厂,讲生活;沪生的父亲、爷爷、伯父之间的家族纠纷;街道、邻里的纠葛,等等,那些无语的"不响"时刻,意指着个人存在的困窘,也表征着时代的深刻裂罅。人的无语无非是因为有苦难言,有口难开,有口难辩,根源在于掉进了历史化的时代困境里。

　　在90年代那些流水席上,男女调笑的场景,"不响"只是个人当时的处境,就事论事,就对话情境而言,可说可不说,每个人都更愿意当一个听者,说者无心,听者无意,无须争辩。只是说,只是听,都是局外人。那个礼拜天下午,梅瑞打扮了一番,走进"唐韵"酒楼,梅瑞"解开上装纽扣,坐有坐相……"梅瑞对康总说起了自己的故事,康总是一个上好的听众,只是听着,时不时"不响",只有偶尔插话。梅瑞对康总讲自己私密的故事,谈恋爱不顺利,勉强结婚,婚后性生活出现问题,这些故事通常很难令人启齿。梅瑞与康总相识不久,不算关

① 参见金宇澄:《繁花》,上海文艺出版社,2013年,第306页。

系很深,何以要自曝这么多"家丑",多少有些令人费解。对于金宇澄来说,90
年代的故事的讲述方式已经根本改变。60年代是"我的故事",尽管也是第三
人称,但作者的主体性非常真切真实地附加于沪生、阿宝、小毛的身上。讲的
是他们,说的是自己的记忆。90年代的故事则是"他们的"故事,他们在讲述。
他们的讲述也客观化了,在总体虚设的第三人称的讲述语境中,其实是每个人
的自我讲述。小说尤其到后半部分写到那几个流水席的场景,男女之间或情
来意往,或讲述自己的糗事。当然,小说充分保证这些故事具有传奇性和趣
味性。

按金宇澄的意思:"话本的样式,一条旧辙,今日之轮滑落进去,仍旧顺达,
新异。"他的解释是:"放弃'心理层面的幽冥',口语铺陈,意气渐平,如何说,
如何做,由一件事,带出另一件事,讲完张三,讲李四,以各自语气、行为、穿戴,
划分各自环境,过各自生活。"《繁花》的叙述是中国说书的体式,但也不能完
全脱了西方的干系。金宇澄说:"中式叙事,习染不同,吃中国饭,面对是一张
圆台,十多双筷子,一桌酒,人多且杂,一并在背景里流过去,注重调动,编织人
物关系;西餐为狭长桌面,相对独立,中心聚焦——其实《繁花》这一桌菜,已经
免不了西式调味,然而中西之比,仍有人种、水土、价值观念的差异。"①金宇澄
给自己的提问是:"当下的小说形态,与旧文本之间的夹层,会是什么。"确实,
会是什么呢?

这些在当下情境中说书式的叙事,只讲小故事,各自有自己故事的人物,
他们同处于一种时空中,并不发生实质性的关系,他们只是来到这个时空,在
这里讲他们过去的故事,或者表演着他们现在的故事。这与西方以相关人物
为中心建立起情节结构的小说叙事大不相同。对于金宇澄来说,他关注的重
点是当代书面语的波长,缺少"调性",如能到传统里寻找力量,瞬息间,就有
"闪耀的韵致"。②他并不想建立起整体性情节结构叙事,他只想那些场景和
片断的时刻有独特的韵致。事实上,是那种多语讲述,众声喧哗,场景时常陷

①《繁花·跋》,参见《繁花》,第443页。
②《繁花·跋》,参见《繁花》,第443页。

于杂乱,小说在美学上处于不稳定状态,金宇澄要寻求稳定。于是,所有那些关键性的时刻,他要留住的"瞬息间",都"不响",让它们处于寂静之中,因此重新建立起平衡。大历史的不稳定,二个时代的分离、断裂的不稳定,转化为小说的最为具体的瞬息间来寻求稳定,这是金宇澄在小说艺术上的高明和匠心独运。虽然说书人的讲述有一个说者的声音,然而,也是因为有这个"不响",有瞬间静下来,听者和说者达到了一种共同的存在,小说内的听者和小说外的听众一起共享了这个"不响"的时刻。在不响中体味到的当然不只是说书人的"韵致",同时还有那种生活的平衡,人生的共同命运。然而,归根结蒂,这么讲究故事本身讲述的小说,这么要回归到纯粹本真的上海地方志文化记忆中去的小说,又是如何不由自主地为时代共同记忆、审美政治学所支配,普遍性的理念依然深嵌于文本之中,隐含于讲述的视点、角度和立场之中。我们需要探讨的是,《繁花》内隐的历史性如何体现了文学与文学家的人文理想和美学精神。

在《繁花》如此具有魅力的叙事中,其实内里隐藏着二种非常不同的笔法,它在叙述 60 年代的生活记忆时,所运用的是中国当代文学主流的历史叙事方法,即在历史压力底下去叙述那些艰辛困苦以及伤痛悲戚,也是揭示历史与人性的严重创伤,并从中透示出一些人性的和生活的温馨光亮。书写 90 年代以来的生活的笔法则是更为古旧的说书笔法,试图去唤醒海上文坛更为久远的传统。或焕发鸳鸯蝴蝶派,或承袭《海上花列传》,甚至声称翻新明清说书传统;这二种笔法何以会粘连在一起? 这或许在不自觉的下意识的写作行为中才可理解。也正因为此,还是表明,《繁花》的叙述艺术还是受制于它对历史、对生活的价值判断。

不管是二元叙事笔法,还是"地方性"或做旧的文化韵致,金宇澄在《繁花》里揭示了无法建立起历史理念的生活会是何种情形,提请我们关切和注意。或许这也是一种方式。正如一位政治哲学家认为的那样:"之所以捍卫文学想象,是因为我觉得它是一种伦理立场 必需要素,一种要求我们关注自身的同时也要关注那些过着完全不同生活的人们的善的伦理立场。这样一种伦理立场可以包容规则与正式审判程序,包括包容经济学所提倡的途径……另一方面,除非人们有能力通过想象进入遥远的他者的世界,并且激起这种参与的情感,否则一种公正的尊重人类尊严的伦理不会融入真实的人群中。……虽然这些情感都有局限或者有危险,虽然他们在伦理推理中的功能必须仔细研究,他们还是包含了一种即便不完整但却强大的社会公正观念,并且为正义行为提供了驱动力。"①

金宇澄正是在美学的意义上建立起书写的伦理学。固然在"地方志"、"城市诗学"、"文化韵致"这些方面的阐释,可以突显《繁花》的小说独创意义,但它的更为深刻的意义,还在于它依然要解释的当代史的意义,也就是它还是有它更为普遍的关于人类生活的福祉问题。固然,这与"地方志"并不矛盾,与"旧式年轮"也可并行不悖,但作为一部要强行把二个时代并置在一起来讲述的作品,它有更为深厚的人道情怀,它的价值理想在作底,贯穿于整部作品的思想坚实性中。它的"地方性"的美学,也具有更为宽广的当代史意义。确实,"上帝不响,像一切全由我定……"在写作的伦理学的意义上,金宇澄重新规划了历史、文化、政治与美学的关系。在历史这个更大的场景中,"繁花"才站得住脚;在写作的伦理学的维度里,"繁花"才放出了绮丽的光亮。

总之,《繁花》用了那么多的"不响"镶嵌在二个年代之中,它们如此迥异,这本身就是一种历史感悟。60年代的终结与90年代的无法终结,人类的生活历经艰辛,却并未否极泰来,文学总是"站在不稳定的点上",这使我们在不声不响中感受和体验到了我们置身于其中的当代史。对于人的生活来说,"那未成形的黑暗是可怕的",但是,文学能用言语照亮它。从穆旦到金宇澄,那"未生即死的言语"并未终结,这个当代史也并未终结,这就是文学"繁花"不败的理由。

---

① [美]玛莎·努斯鲍姆:《诗性正义——文学想象与公共生活》,丁晓东译,北京大学出版社,2010年,第7页。

11
神话资源融入当下中国文学
创作的路径及经验反思

姚晓雷[*]

摘　要　神话作为远古时期人们借助想象理解和解释世界的一种方式,其所开辟的生存主题以及呈现的思维范式,往往具有深厚的民族特征,并成为这个民族文化集体潜意识的最重要来源。新时期以来的中国文学在铸造自己的审美品格时,亦积极融入神话资源。神话资源融入当下中国文学路径有三:点缀式融入、重述神话以及新创神话。它们各自形成了富有特色的审美经验,也有自己的内在限度。

关键词　神话资源　融入　文学创作　路径

随着改革开放的深化,中国也同时处于文化大国的崛起过程中。这一时期的中国文学深刻地见证了这一历史过程,并逐渐摆脱了过去以他者为师的阴影,开始自觉地从民族历史文化中发掘审美资源,建构具有自己文化特色的和本土现实进行对话的话语体系。神话作为远古时期人们借助想象理解和解释世界的一种方式,其所开辟的生存主题以及呈现的思维范式,往往具有深厚的民族特征,并成为这个民族文化集体潜意识的最重要来源。在今天积极彰显文化自信成为一种时代强音的整体背景下,探讨民族神话资源与当前文学发展的关系,未尝不是一件有意义的事。

自古以来中国文学都不乏对神话资源的利用,当下亦然。俯瞰改革开放

---

* 姚晓雷,浙江大学中文系教授、博士生导师,研究方向为中国当代文学。

至今的文学创作，其对神话资源的开发和利用是不拘一格的。一方面，多元化的开发和利用方式造就了该时期文学特殊的民族文化意蕴；另一方面，不同的方式在铸造文学的美学品格、建构自己文化特色方面，所具有的特征以及产生的审美效果都不尽相同。本文试就上古神话资源融入当下中国文学创作的主要路径及实践经验进行审视和反思。需要说明的一点是，当下中国文学创作这个概念的内涵比较复杂，还涉及许多少数民族的母语创作；笔者能力所及，所探讨的只限于现代汉语写作。

一、点缀式融入的文学实践及其 提供的审美经验反思

所谓点缀式融入，是指文学创作过程中，将神话作为点缀穿插在主体叙事之中。这是文学创作中最常见的一种利用神话资源的方式，它无意取代现实生活在文学书写中的主体地位，只是想利用神话自身的特殊意蕴，来拓展和增加表现主体的主题内涵和艺术魅力。

20世纪80年代以来，随着人们发现机械表现现实生活的乏力，以及世界文化语境下对本土性和地方性的重视，以神话传说资源进行点缀也被当成一种行之有效的应对手段，被许多作家在作品里大面积使用。尽管只是作为主体书写的陪衬，神话的点缀式融入却也能够产生巨大的审美效果。这里不妨以周大新《走出盆地》为例。《走出盆地》写20世纪70年代以来农村女孩邹艾个人奋斗的历程及生存价值的探索。这个故事的主体内容，完全是属于现实主义范畴的。新中国成立之后城乡差距带来的农村农民将"向城而生"当作改变自己命运主要渠道的时代性、身为农村人尤其是农村底层女性所可以动用资源的有限性、个人自我奋斗的艰难性以及人心、人性博弈的复杂性，都被作者淋漓尽致地收罗进这篇小说里。对这一时代人性的善与恶、美与丑是作者在这部小说中所要表达的核心。然而，在讲述邹艾个人奋斗的过程中，作者还以南阳盆地形成的三个神话故事贯穿全篇，与主人公的故事平行叙述。所穿插的三个神话故事里，第一则是玉皇的三女儿和天宫守门天将南阳之间的故

事。玉皇的三女儿在香湖洗澡时，好奇地拨开遮挡在仙凡两界间的云，受到凡间男欢女爱情境的诱惑，在回来遇到魁梧雄壮的守门天将南阳时生了爱慕之心，二人遂违反仙界纪律在一起偷尝禁果。不想被玉皇发现了，玉皇欲处死二人，在王母娘娘的求情下，遂用手指在人间造出了一块封闭、穷困的盆地，把三女儿和南阳贬居于此，并施展法术让他们永世不能走出。他们在一起生了一儿一女，一家只能吃毛豆过活。为了自己的儿女和家人生活，三女儿决定挑战命运出外学种庄稼，最后虽然精疲力竭而死，却化身白河终于冲出了盆地。第二则神话是土地爷的寡媳唐妮和南阳之间的故事。土地爷的守寡的儿媳唐妮有一天带女儿走出院门时，碰到了在地里挖红薯的小伙南阳，就上前说话。二人日久生情，不想被土地爷发现，欲吊死他们。唐妮女儿的哭让土地爷有所心软，遂改了主意，让地兵造了一个禁锢他们的盆地，四周山上也被施下阻止他们离开的法术。唐妮和南阳又生了三个孩子，可由于住在这里没有衣服穿，唐妮决心外出学习织布和做衣服。经过一番努力后，唐妮尽管累死了，但她的身体还是化作唐河水冲出了大山。第三则神话是湍花和南阳之间的故事。阎王爷抢来的妃子与仆人南阳相恋，阎王撞见后恼羞成怒，欲将二人下油锅烹死，被一判官求情后改变了决定，在阳间造一盆地来囚禁他们。湍花和南阳也生了两个孩子，生活其他方面还过得去，就是不会盖房，刮风下雨都无地方躲避。湍花于是决定到外面学盖房，一次次爬到山坡又一次次被怪风吹落回去，最后也是在力尽而死后，化为湍河水冲出山外。

由上面的例子我们可以看到，神话资源的点缀式融入在很多场合起到了连接本土民间生存文化历史维度和现实维度桥梁的作用，使得对现实的书写获得一种历史文化质感，对现实问题的思索也拥有了一种悠远的历史文化背景。《走出盆地》中邹艾的自我奋斗过程若是单写，也不失为一个非常动人的故事。一反人们所习惯的从贫困生活中发掘农村农民淳朴、善良天性的传统乡土形象塑造范式，从农村长大并对建构以后农村农民的处境和心理有深刻体验的周大新在书写乡土现实时，采取了直面人生的态度。他毫不回避历史文化和体制等因素对农村农民的生存和人性造成的极度压抑，也毫不回避农村农民对这种不公平现实的不甘和反抗。农村女孩邹艾便是这样一个不甘命运的反抗者。从小被寡母带大的邹艾，和她不幸的母亲一起度过了童年、少年和青年时代。由于家里穷，吃不上饭，邹艾曾不得不给范哑巴的大儿子当童养媳，后来还被迫辍学归家。目睹盆地生活的辛酸与悲苦，给自己定下了改变命运的目标。在当时农村，面对壁垒森严的社会秩序，她想实现这一理想显然难度极大。但与生俱来的倔强性格使她一直不屈不挠，不惜付出任何代价。不放弃、不服输的抗争精神，是她性格中的核心组成部分。认真学习的她被迫辍学在家后，她没有放弃和认输，继续在农村好好表现；被大队村主任秦一可玷污后，她没有放弃和认输，又抓住机会学医、参军并成为军队医院护士；成为副司令儿媳后似乎过上了如愿以偿的生活，但好景不长，副司令死后她的幸福生活土崩瓦解，她不得不回到家乡，但她仍然不屈服和认输，开办起自己的诊所和医院；由于被骗，医院被迫关闭，她仍然保持着坚强的抗争意志，认为"人要不断有自己新的目标，前面的山头永远是最高的"。邹艾性格的另一个引人注目的亮点，是她几乎有些不择手段的实用理性以及捕捉机会的行动能力。身为农民的女儿，她没有可以依靠的外部资源，只好努力捕捉生活中能为她带来命运改变的任何可能性，为之甚至无法顾虑道德的合法性。如为了能够顺利成为副司令儿媳不惜使用种种心机来吸引副司令的儿子，并对付未来的婆婆。不过对邹艾来说，她并没有被作者处理成一个处心积虑的坏人，而是仍然不失本性的善良与淳朴，她所做的一切并非以害人为目的，只是在追求她以为的幸福而已。一个人物身上能被写出如此丰厚而又复杂的内涵，难道不已经是相当成功了吗？的确如此。可更为令人惊喜的是，这一女性现实生活中的自我奋斗书写由于三则南阳盆地创世神话的加入，又呈现出了一个前所未有的新境界。三则有关南阳盆地起源的神话固然互不统属，但都有一个共同点，即都是以大胆追求自己幸福、在被罚盆地后始终不屈不挠地企图冲破群山牢笼改变命运的女性为主角。这样邹艾的故事就不再仅仅是邹艾的故事，而成了有史以来南阳盆地里神话女主人公命运的再现和延续。玉皇的三女儿、土地爷的寡媳唐妮、阎王爷抢来的妃子湍花这三位神话中的女主人公无一不是固有世界里不合理的清规戒律的破坏者、个人自由和幸福的大胆追求者以及面对命运牢笼的不屈反抗者。南阳盆地这块看似封闭保守的土地上自古以来所蕴含的大胆、主动、勇敢地追求爱、自由、幸福的女性传统及其坚韧不屈的个性内涵则跃然纸上。陈思和先生在《民间的浮沉》一文里,曾提出他的著名的"民间"观点,认为 20 世纪中国文学中最有价值的部分是对民间文化形态的发掘和演绎,他曾说道:"民间的传统意味着人类原始的生命力紧紧地拥抱生活本身的过程,由此迸发出对生活的爱与憎,对人生欲望的追求,这是任何道德说教都无法规范,任何政治条律都无法约束,甚至连文明、进步、美这样一些抽象概念也无法涵盖的自由自在。在一个生命力普遍受到压抑的文明社会里,这种境界的最高表现形态只能是审美的。"[①]一个民族的神话往往由于其诞生在文明的初期,还没有受到多少后来的国家权力形态和主流道德形态的渗透,代表着一个民族的文化原型。像《走出盆地》里这样表现着原始人类生存愿望和属性的神话被融入主体故事中,还会起到一种引导人们从文化原型上来阐发民间文化形态的作用,也使作品所呈现的民间文化形态更为客观和深入。创世神话资源的点缀式融入还能有效地克服现实和历史叙事在艺术方法上呆板、保守的印象,给作品增加一些瑰丽神奇色彩。《走出盆地》中有了神话故事的穿插,作品的叙事就变得融现实主义元素和浪漫主义元素于一炉,节奏也更加张弛有序,增强了作品的艺术感染力。

神话资源在当下现代汉语写作中的点缀式融入方式,并不只限于《走出盆地》这种在主线之外另设一个并列的副线时时对应,也有的是在主线中作为背景性的片段或情景式的联想随时插入,不需要过多的前后照应,只根据叙事的需要。其所起到的主题效果与艺术效果也与上面所举的并列式的例子大同小异,只是有时显得更加灵活、更加善于穿插烘托而已。创世神话资源在当下现代汉语写作中的点缀式融入里,有一种类型生成背景和表现形态比较复杂,要特别关注一下,就是少数民族神话资源和叙事文本的关系。有部分少数民族作家是本着现代立场来看待社会文化变革的,故其作品里尽管也穿插引用有少数民族的神话传说,但也仅仅是作为一种叙事资源来使用,如鄂温克族作家乌热尔图在他的民族题材书写里,曾点缀式融入了不

---

① 陈思和:《民间的浮沉》,《上海文学》1994 年第 1 期。

少鄂温克族的神话传说,但其目的也是为了用它来凸显对现代化进程中本民族文化遭遇困境的价值关怀和烘托气氛。乌热尔图在《我的写作道路》中所谈的自己创作的心路历程道:"如果你要问到作为一个人口较少的民族作家,在自己的内心中意识到了什么? 我要说,我时时刻刻渴望摆脱某些文化发达的民族在我的头脑中不知不觉浸透的思维习惯,我渴望用自己民族的情感和思维方式面对生活和创造文学,同时,在一种思维自由的、良好的状态中面对整个人类文化,汲取精华";"作为一个人口稀少,面对现代文明冲击的,古老民族的第一代作家,我越来越意识到自己的责任,力图用文学的形式记录和保留自己民族独特的文化,因为她苍老的躯体变得十分脆弱;因为人类某些意识不到或者说不可避免的失误,正在使地球上一些珍贵的动物和植物,永远地消失;因为一些弱小和古老的民族文化时刻处于被动的、被淹没的文化困境之中"①。还有一部分少数民族的作家仍然是将上古神话作为信仰的一部分内容来看的,即便他们采用现代汉语进行创作,其对神话的引入也带有某种信仰属性,这是我们要小心区分的。而这一部分内容,显然超出我们这里讨论的范围。

神话资源在当下现代汉语写作中的点缀式融入方式在增进文学的审美效果上固然非常明显,但也并非没有自己的使用限度。这里既要注意所引用神话资源和叙事主体之间的相辅相成,也要注意不要故意篡改和生造神话。目前一些文学创作也暴露出了这样的弊端:部分创作者看到了用神话资源在作品中穿插点缀能够起到特殊的审美效果,就在没有合适神话储备的情况下,根据文本的叙事方向故意篡改固有神话甚至是生造神话。所有的神话都是在上古时期一定的社会文化背景下产生的,反映和体现着当时人们的认知特征和精神世界,当代作家篡改或伪造的神话必然不包含原初神话的元气,徒有形似而无神似,起不到欲追求的效果。对文学创作所暴露出来的诸如此类的弊端,我们一定要加倍警惕。

---

① 乌热尔图:《我的写作道路》,《文学自由谈》1987 年第 2 期。

二、重述神话的文学实践及其
提供的审美经验反思

重述神话的方式早已有之,比如鲁迅的《故事新编》便有不少这样的例子,只不过在20世纪末上升为一种大规模的潮流而已。当下文学叙事中的重述神话现象,是在新神话主义背景推动下对神话资源重新开发利用。20世纪末,随着科技理性的过度膨胀阻断了人们体验超验性快感的能力,作为一种逆反,新神话主义风行一时。著名学者叶舒宪曾指出新神话主义"是20世纪末期形成的文化潮流,在一定程度上代表着世纪之交西方文化思想的一种价值动向。它既是现代性的文化工业与文化消费的产物,又在价值观上体现出反叛西方资本主义和现代性生活,要求回归和复兴神话、巫术、魔幻、童话等原始主义的幻想世界的诉求"。① 重述神话作为新神话主义影响下的一个现象,旨在利用传统神话的题材和人物,通过现代人的改造,使其成为一个体现着现代人口味的新神话。当下中国文学中的重述神话现象的直接诱因是英国坎农格特出版社著名出版人杰米·拜恩策划的一场全球规模的项目,要在世界各国找一批知名作家,分别选择一个神话进行重新书写,在中国有苏童、李锐、叶兆言、阿来等作家参与了这个项目,并产生了叶兆言以后羿射日为原型的《后羿》、苏童以孟姜女哭长城为原型的《碧奴》、李锐以白蛇传说为原型的《人间》以及阿来以藏族格萨尔王传说为原型的《格萨尔王》等一批成果。

由苏童、叶兆言、李锐、阿来倾力打造的"重述神话·中国卷"四部作品几年前曾经成为文坛热点。几位作家都在竭尽所能地用自己的价值观、生活观来改造旧有的神话范式,企图使其转换成焕发着当下时代价值理念和作者个人色彩的新型神话。其中苏童的《碧奴》把原来孟姜女故事中的爱情与复仇两大比较单纯的书写重点,转化到对世道人心的穷形尽相的呈现上,"哭倒长城"的最高含义成了"哭倒人心之长城"。叶兆言的《后羿》则重在演绎他对氏族

---

① 叶舒宪:《新神话主义与文学寻根》,《人民政协报》2010年7月12日。

时代权力和人性的理解,里面的后羿的身份、他和嫦娥的关系都根据自己的理解进行了重置。李锐的《人间》设置三条线索和三重视角,所浓笔重彩进行渲染的,不再是白蛇和许仙之间的爱情故事,而是基于现代人立场所发出的"什么是人,什么是妖"的终极叩问。阿来的《格萨尔王》在对这部原来非常庞大的藏族史诗进行重构时,也消解了过于宗教化的一些民族观念,重在将格萨尔王从民族文化中"神"转化为能被现代世界理解和接受的"人"。单看起来,这几部小说固然都保留了原来神话故事中的主角身份,以及原来故事里一些超现实的幻想元素,但共同的趋势是在书写能被现代思维所理解和接受的"人",即从本质上将"神话"转换为"人话"。神话的外衣恰巧成为他们采用大量奇幻元素制造"陌生化"艺术效果的借口。他们在重述过程中所演绎的故事,也都非常细致和曲折,具有较好的可读性。

问题也在这里产生了:重述神话仅仅是为了将其改造成一个具有一定现代思维特质的"人话"吗?显然,若只是为了将其由具有原始思维特征的"神话"变成一个具有一定现代思维特质的"人话",还不如直接运用现实生活题材进行挖掘和阐发,更能够体现出作者的感知力、思考力和原创性。毕竟一个作家在对现实生活题材进行处理时,他必须持以创新的心态来尽可能地见人所未能见、道人所未能道。重复别人或自己的已有模式在这个时候是最大的忌讳。但单纯地改造一个既有的题材时,他面临的创新的压力就小多了。不是说这种改写没有创新要求,而是说这种改写的创新要求和对现实生活题材进行书写时的创新要求不完全在一个平面上。对现实生活题材进行书写时所要求的创新,是走在时代前列面对未知的创新;改写所要求的创新,是相对于已有故事框架的创新,有时可以是将对大多数现代人来说已经成为常识,至少是不那么陌生的东西注入原有的故事中就可以。事实上,这四部重述性作品所具有的创新,大都是后一种意义上的浅层次创新。以叶兆言的《后羿》为例,他其实并不是以前沿性的探索立场在思考这个问题,更多的是迎合着现代人的猎奇和滥情的消费需要,在重述的名义下,把后来人对部落和氏族时代诸如争斗、乱伦的认知以及后来历史上的权斗、宫斗元素统统加在了后羿的故事里,像后羿的被阉割,后羿和嫦娥的关系被处理为先母子后恋人关系,嫦娥奔月也被处理成后宫争夺战失败被后羿冷落的结果等,都是如此。以至于他所重述的后羿故事,很大程度上变成了披着部落和氏族时代魔幻和离奇外衣的权斗剧和宫斗剧;单独看,比起后世的一些权斗、宫斗剧没有更多精彩的地方,唯一的优势便是和后羿的神话结合在一起,触发了人们的陌生化想象。

在我看来,这种低层次的将"神话"转换为"人话"的创新肯定不完全符合当前重述神话思潮的初衷。重述神话的理想境界在于创造新神话,而不是简单地将神性变成人性。在现代社会里人们需要新神话,是因为长期以来一直统治人们精神世界的机械化的理性范式让人感到极度疲惫和压抑。众所周知,从20世纪后半期开始,人们对自我的认识和对世界的认知获得了突飞猛进的发展,可以说进入了一个日新月异的新时代,原有的机械理性模式越来越暴露出其局限。在新的能够有效解释人们内在危机的理性话语系统完成建构之前,根植于人性中的乌托邦情怀还促使人们去寻找一种能够超越的非理性方式。新神话负荷着这种超越当下现实的宿命,呼唤一种超验性的存在并让人们体验其所带来的本能释放的快感,正如苏童在小说《碧奴》序言中说:"从某种意义上说,神话是飞翔的现实,沉重的现实飞翔起来,也许仍然沉重。但人们借此短暂地摆脱现实,却是一次愉快的解脱,我们都需要这种解脱。"①只是说起来容易做起来却很难,要想使新神话能够有效化解现实世界里人们的心理危机,就不能只停留在用以往的常识进行演绎的层次上,而需要纳入大量未来维度的价值想象。未来维度的价值想象不是凭空产生的,它也需要作家创造性的探索。即便不说有迎合当下消费市场的倾向,以上几篇重述神话的作品里明显缺乏关于未来维度价值想象的进入,因而让人很难借此体验到对现实的超脱。

三、新创神话的文学实践及其
提供的审美经验反思

20世纪末以来的新神话主义思潮的崛起不仅呼唤着人们去重述神话,还

①　苏童:《碧奴》序言,《碧奴》,重庆出版社,2006年。

鼓舞着人们自觉地利用各种资源去创造新神话。叶舒宪曾以电影为例谈目前正在崛起的新神话创造潮流：

> 我们用新神话主义这个术语来概括此种源于上个世纪的文学潮流，旨在同文艺复兴和浪漫主义时代以来的各种神话再造现象相区别。至于中国第五代导演张艺谋如何向尼采讲述的希腊酒神狄奥尼索斯神话学习，借鉴西方的酒神精神再造莫言小说《红高粱》；美国新神话巨片导演卢卡思如何向比较神话学大师坎贝尔请教，利用英雄神话原型再创造出《星球大战》，并且在世界各国培育出数十万计的"星战迷"及相关产业链，已经是对神话复兴潮流的学术背景的最好说明案例。[①]

至于莫言《红高粱》及张艺谋在此基础上改变的电影，固然都有西方酒神精神的影子，但毕竟其人物塑造和情节演绎的逻辑还没有脱离现实生活的日常经验，算不算新创神话还值得商榷；《星球大战》、《阿凡达》这类基于人类社会目前状况，对其未来可能性的想象式演绎和探索，显然具有新创神话特征。在中国作家队伍里，不受固有的生活逻辑教条羁绊，纯以自由想象的方式来创造新神话的，以"80后"、"90后"等年轻一代居多。之所以会出现这样的情况，是由于多方面的原因。第一，"80后"、"90后"等年轻一代成长于改革开放以后的社会环境里，生活经验比较单纯，不像前面几代作家身上背有太多功利的包袱，其创作主要是直接抒发他们内心最真实的感受。第二，他们大都尚处于心理上的青春期，对未来的想象远大于对过去的守护，所经常接触的动漫、玄幻等青年亚文化，又容易促使他们以不拘一格的方式去营造善与美的乌托邦。其中郭敬明的《幻城》，很大程度上可以看做他们新创神话的代表。

《幻城》是郭敬明创作的第一部长篇小说，尽管有涉嫌抄袭的争议，但这并不妨碍其在读者群中深受欢迎。小说中虚构了远离人间的神界，里面有火族、冰族、水族等众多各具特异生命特质的族群，其中一个主要线索是幻雪帝国的

---

① 叶舒宪：《新神话主义与文学寻根》，《人民政协报》2010 年 7 月 12 日。

冰族和火焰之城的火族之间绵延不绝的争斗,另一个主要线索是幻雪帝国里王子卡索、弟弟樱空释以及围绕在他们身边亲人朋友们的故事。这部书所具有的新神话特征,首先表现为天马行空的想象。比起苏童、叶兆言等重述神话作品用经验和观念勉为其难地制造出一些离奇情节来,郭敬明这里的艺术世界完全是建立在天马行空的想象上的,樱空释、梨落、星旧、泫榻、岚裳、蝶澈、潮汐、迟墨、片风、皇栎、渊祭、剪瞳、离镜等一系列人物都有其神奇特异的生存特征,彼此之间的往来、其生存世界的来龙去脉和形态设置也都别具天地。著名文学评论家曹文轩曾高度评价这部书的想象特点道:"《幻城》来自于幻想。而这种幻想是轻灵的,浪漫的,狂放不羁的,是那种被我称之为'大幻想'的幻想。它的场景与故事不在地上,而是在天上。作品的构思,更像是一种天马行空的遨游。天穹苍茫,思维的精灵在无极世界游走,所到之处,风光无限。由作者率领,我们之所见,绝非人间之所见。一切物象,一切场景,都是大地以外的,是烟里的,是雾里的,是梦里的。"①这种不受世俗生活逻辑拘泥的天马行空的想象,正是原初神话的一个重要表征。其次,这部书所具有的新神话特征还表现在其不是为幻想而幻想,而是要借助幻想世界探索一些具有人类文化原型属性的命运、爱情、友情、亲情等问题。还如曹文轩所评论的那样:"作品用的是一种高贵、郑重的腔调,绝无半点油腔滑调。"②这部书所具有的新神话特征还表现为其所要捍卫和推广的核心,仍然是一些经过千百年历史考验的人类基本美德,诸如对责任的承担、对爱情的忠贞、对亲情的守护、对友情的珍重。里面的正面主人公们无不负荷着各自的生命创伤,用充满奇幻的生命来演绎对这些原初美德的承诺。作品中正面主人公遭遇的每一次难关,即体现为对所要坚持的道德信念的一种拷问;这种拷问多具有现代人流行的心理困惑的属性,它使得经得起这种拷问的品德也具有一种能穿越时空面对未来的普世性。而通过艺术作品设置的重重拷问方式对这些具有普世价值的美德的再度确认,恰巧是新神话思潮在今天所应承担的以特殊的方式给人们疲惫的

---

① 曹文轩:《喜悦与安慰》,见郭敬明《幻城》序一,春风文艺出版社,2003年。
② 同上。

心灵寻找归属的使命。当然,郭敬明《幻城》这样的新创神话也有明显的局限性,作者生活经验的单薄使得这里抒发的只能是一种青春期的梦想,而缺乏原初神话所蕴含的一个民族在披荆斩棘努力求生的上古时期精神底蕴里的沧桑、浑厚、果决和大气。

进入新世纪后,网络平台的普及降低了写作和发表的门槛,网络上的许多玄幻文学都在一定程度上具有新创神话特征,不乏对世界由来、生存目的和生命演绎的奇思妙想。但这类作品多为了网站的催更以及追求点击率的要求而草率成章、泥沙俱下,一些有价值的想法来不及进一步推敲雕琢就被淹没在大量平庸的情节和细节叙事里,当务之急是如何帮助作者对其有价值的东西进行打捞和提纯。

新创神话在目前尚是一股正在崛起的潮流,具有经典意义的作品还不是太多,而且我们国内的新创神话和《星球大战》、《阿凡达》这样西方世界的新创神话,在内部的演绎逻辑上可能还有些不尽相同,多喜欢化用一些具有玄学性质的东方神秘主义哲学,而不是很看重和当下科学发展背景的对接。从好处说,这更能体现出一种本土色彩;从坏处说,这有时又难免致使一些封建迷信沉渣泛起,从而降低了自己的品格。如何把握好自己在科学发展大背景和本土哲学之间的尺度,也是一个非常复杂的问题,只有留待新创神话的作者在实践中用心地体会和探索了。

神话资源融入当下文学创作的路径还有很多,以上只是选择了三种主要方式进行考察,并对其艺术实践的得失进行了简单的审视。我知道自己所做的这方面的研究还很肤浅,权作抛砖引玉,以求证于方家。

12
鲁迅传统在今天的回响[*]

金　理[**]

摘　要　本文提供三则片断——余华《第七天》中鲁迅"幽灵"的重返、"80后"作家飞氘接续《故事新编》往科幻中"注进新的生命"、大学课堂上叩访鲁迅经验——试图呈现鲁迅传统在今天的回响。

关键词　鲁迅　余华　飞氘　文学传统

　　在当下中国人关于文学传统的意识与视野中,20世纪中国文学传统所处的位置最为尴尬和模糊。对于中国当代作家而言,提起卡夫卡、福克纳、昆德拉、卡佛、村上春树……往往眉飞色舞信手拈来;20世纪中国文学(现代汉语文学)传统则沦为最不愿意认领的"穷亲戚",尽管这是我们最切身的传统,甚至如同空气一般须臾不可离。

　　不断有当代作家宣称要与鲁迅撇清关系,不断有媒体爆出"鲁迅被赶出中小学语文课本"的消息,似乎鲁迅正在离我们远去。真的如此吗?本文提供三则片断——纯文学作家创作中的鲁迅,"80后"科幻作品中的鲁迅,大学课堂上的鲁迅——试图呈现鲁迅传统在今天的回响。

---

　*　本文的部分论述取自笔者旧文《"无力"与"有力"的辩证,黑暗中的光》(原载《文学》2013年秋冬卷)、《科幻视野下的中国故事》(原载《新民晚报》2014年9月14日)。成文后曾提交于台湾淡江大学中文系主办"2016两岸现当代文学评论青年学者工作坊",并得到黄文倩、余亮等与会师友指正。特此说明并致谢。

　**　金理,复旦大学中文系副教授,研究领域为20世纪中国文学史和当代文学批评。

一、余华《第七天》中的鲁迅"幽灵"

重读鲁迅完全是一个偶然,大概两三年前,我的一位朋友想拍鲁迅作品的电视剧,他请我策划,我心想改编鲁迅还不容易,然后我才发现我的书架上竟然没有一本鲁迅的书,我就去买了人民文学出版社的《鲁迅小说集》。我首先读的就是《狂人日记》,我吓了一跳,读完《孔乙己》后我就给那位朋友打电话,我说你不能改编,鲁迅是伟大的作家,伟大的作家不应该被改编成电视剧。①

以上是余华自述他对鲁迅的发现,这情形仿佛是在无意中打开了一座宝藏,缺乏自觉("原先几乎是一种被动接受"),充满着惊奇("吓了一跳")与偶然。时间是1998年,之前余华从西方文学那里获得了丰富的启蒙资源,一系列的代表作纷纷面世,其中的艺术经验及其面对的传统主要来自西方现代主义文学;直到成名很久之后他才发现了鲁迅,却迅速地产生认同,无意中的发现竟成为新起点的坐标,又仿佛长途跋涉的游子终于找到"定居"的家园,他宣称:"现在我的阅读是在鲁迅的作品里定居了。"甚至以相见甚晚为"阅读中最大的遗憾":"如果我更早几年读鲁迅的话,我的写作可能会是另外一种状态……但是他仍然会对我今后的生活、阅读和写作产生影响,我觉得他时刻都会在情感上和思想上支持我。"

余华这一个案对于当代作家来说并非孤例,它典型地呈现出当代文学与传统的暧昧而复杂的关系:首先是文学传统巨大的归趋力量,甚至可以说,在传统面前,没有一个作家是自由的。其次,我们对自身的文学传统(其实它如此切近)太隔膜了,整体上说所知有限,这是一个让人悲哀的事实。艾略特早就告示我们传统不是轻易能够获得的,"必须通过艰苦劳动",首先是历史意

---

① 余华:《"我只要写作,就是回家"——与作家杨绍斌的谈话》,《当代作家评论》1999年第1期。

识，"这种历史意识包括一种感觉，即不仅感觉到过去的过去性，而且也感觉到它的现在性"①。不幸我们太缺乏这种"感觉"能力。

余华与鲁迅之间的关联、影响研究，已有不少成果面世，但大多集中于其早年作品。我这里提供的个案，围绕其最近的长篇《第七天》。

鲁迅是在一个绝望、无力的时代里写作，但是他的文学所呈现的并不只是"无力"的感受。或者说，在绝望和希望之间，他对"力"有一种辩证的自觉：舍身到深渊，拒绝任何外在的救济，但是在深渊里又有一股阴极阳复的力量；读鲁迅之所以让人不敢、不甘自弃，总因为有这股力量在，当然这股"力量"未必能实体化。这样一种"力"，我在《第七天》中是能感受到的。尤其是小说结尾——

他问："那是什么地方？"
我说："死无葬身之地。"

一部无力的小说写到这里并不是无力的延宕，或者"此恨绵绵无绝期"式的无奈……这个收束实在是果决啊，果决中有拔地而起的力量。在创世神话中，上帝在"第七天""停止一切工作安息了"，不妨说，神/统治者安息了，接下来，"人"（原先被操控、被压抑）的群体开始获得"自由意志"、开始行动的时刻来到了。这并不是说杨飞们这一群"被现实'非正常'地轰炸出现实空间的"人要开始造反，但确实在这个亡灵们组成的"异"的空间里有非比寻常的生机在聚合。比如说张刚和李姓男子，在生前他们是仇恨对立的双方，就好像今天的城管和小贩，所有的媒体渠道都只能给出"一面之词"，这里几乎没有和解的契机。今天现实的情形，就好像余华多年前写过的《黄昏里的男孩》，我们只注目于那个残忍惩罚男孩的孙福，而不会去想到孙福曾经的遭遇；而其实对抗的双方都是弱者。只有在文学、在"异"的世界里，我们才体贴到了对方的内心生

---

① T. S. 艾略特：《传统与个人才能》，《艾略特文学论文集》，李赋宁译，百花洲文艺出版社，1994年，第2页。

活。正如昆德拉所言,在小说的"领地"里,"所有人都有被理解的权利"。能够在"我"的立场之外,保持充分的耐心去倾听他人内心的声音;能够把现实世界中如此坚硬对立的戾气化解掉,让张刚和李姓男子坐在一起下棋,这种力量尽管柔弱,但不应该只是单面的"无力"。这种化解对立、聚集生机的力量(这在人们排着"长长的队列"为鼠妹净身的那段里得到最充分的体现),就好像鲁迅的《故乡》中,"我"希望宏儿和水生不要"隔膜"。

张新颖先生曾经指出,《第七天》写出了杨飞的无力和时代的"死气",但是,"善良而温情的余华翻转了'死无葬身之地'通常的含义,他翻转的力量来自爱"①。我特别认同这样的说法:"翻转的力量来自爱"、"没有力量才具有伟大力量的爱"。尽管《第七天》面世之后质疑声蜂起,但它还是打动我的原因也在于此,一方面是诚实地写出"无力",另一方面是我从中感受到"翻转的力量",也许是引而不发的吧。但之所以是"引",固然并不是说有力量已经整装待发,但总能感受到某种潜在的势能吧,——有没有这种"引"的感受、"翻转"的感受,我想是不一样的。还是联系起《故乡》,尽管"希望"是渺茫的,"本无所谓有",但终究是,"地上本没有路,走的人多了,也便成了路"。杨飞的寻父,让我想起目连救母之旅②——这又是鲁迅钟爱的题材,目连一路上见证了很多现实中无法出现的事情,"不可见之物现于眼前(即便只是片刻),而参与和感知所具有的变革力量也得以呈现与示范"③,这种力量点点滴滴聚合起来,真的是一无所用吗?

德国学者莫宜佳曾有考证,"妖魔鬼怪的故事"在中国"能够自由而又极具艺术水平地发展、成熟",其形象"远远多于西方文学中同类的叙事作品"。幽明两界的营造确乎是中国古典叙事的拿手好戏。比如蒲松龄的《促织》,一部分用现实主义的手法,写皇帝和官僚乐于"促织之戏",村民在县令的刑罚和

① 张新颖:《时代,亡灵,"无力"的叙述——读余华〈第七天〉的感受》,《文学》(2013 年秋冬卷),上海文艺出版社,2014 年,第 118 页。以下对张新颖评论的引用都来自此文,不再注出。
② 孝子寻找离散的父亲在明清小说戏曲中也是反复出现的主题。见商伟:《礼与十八世纪的文化转折》,三联书店,2012 年,第 77 页。
③ 陈珂敏:《生死绍兴:鲁迅与戏剧的复活力量》,《文学》(2013 年秋冬卷),第 185 页。

威胁下不得不进贡,小孩子无意间将一只上好的促织弄死,因害怕惩罚而投井;另一部分则写小孩的灵魂奇迹般变成了一只善斗的促织……这里有两个相反的世界:现实的惨剧,死后的奇迹,奇迹本身成为对现实的抗议,"比'真实'的怨愤更加深刻"①。余华显然也延续了营造上述"相反世界"的文学批判传统。在死后的世界里,没有毒大米毒奶粉;没有"只有给他们送钱送礼了,他们才允许你开业"的公安、消防、卫生、工商、税务部门;"仇恨被阻挡在了那个离去的世界里";这里没有亲疏之分,"那边入殓时要由亲人净身,这里我们都是她的亲人"……尽管火葬场的贵宾区里还有富人和官员,但是余华着力书写的"死无葬身之地",完全由一群生前被摒弃在利益集团之外,也无力与坚固的社会结构正面抗衡的亡灵所组成,在这里,杨飞"感到自己像是一颗回到森林的树,一滴回到河流的水,一粒回到泥土的尘埃",这是一个由"被侮辱与被损害者"组成的乌托邦共同体。

我们尤其要注意小说中反复出现的"这里四处游荡着没有墓地的身影"。在中国传统民间社会,"人"死后进入阴间的"鬼",一般分为两类:一类得到子孙祭祀和优厚的供养,同时作为对其供养的回报,保佑阳间子孙的生活平安,其实已具备与"神"相近的品格——这是小说中火葬场贵宾区里"轻描淡写地说着自己寿衣价格"的富人们的去处;另一类则因为没有后嗣——如生前为未婚姑娘或被夫家休弃的女子——而不能获得祭祀,在阴间得不到安定的生活,徘徊游荡于阴阳两界的边缘,即"孤魂野鬼",他们被种种血缘的、宗法的、父制的力量所排斥、所压迫——也就是小说中今天那群"被侮辱与被损害者"。由此想来,这些个"四处游荡"的身影正表现出作家的激越和批判。

再进一步,《第七天》不只是安排了"两个相反的世界",而是"三个世界"——一个现实世界,一个"死无葬身之地",一个"安息之地"。我们不要忘了杨飞有过一段追问,在这个时刻,先前那个看似无力、软弱的人突然变得执

---

① 莫宜佳:《中国中短篇叙事文学史》,韦凌译,华东师范大学出版社,2008 年,第 276、282、283 页。

拗起来：

> 我说:"为什么死后要去安息之地?"
>
> 他似乎笑了,他说:"不知道。"
>
> 我说:"我不明白为什么要把自己烧成一小盒灰?"
>
> 他说:"这个是规矩。"
>
> 我问他:"有墓地的得到安息,没墓地的得到永生,你说哪个更好?"
>
> ……
>
> 他……对我点点头后起身,离去时对我说:"小子,别想那么多。"

有研究者讨论过鲁迅文学意识中的"过渡仪式":"并不是所有的'过渡仪式'都会按部就班地根据三个步骤来进行。我们有理由相信,鲁迅更可能是个例外,而不属于常规。"[①]在《第七天》里,"死无葬身之地"并不是现实世界与"安息之地"之间的"过渡",如果一定要把这个特殊空间命名为"过渡",那么,"'过渡'未必指向目的;'过渡'本身就是目的"。请注意这里与杨飞对话的那个"他","他"在"死无葬身之地"待得"太久了",似乎充当着"魔鬼辩护士"的角色,其自斟自饮的孤独身影以及那一身"宽大的黑色的衣服",也让人想起鲁迅,正是在与他的对话中,杨飞表达了一番类似"有我所不乐意的在天堂里,我不愿去;有我所不乐意的在地狱里,我不愿去"的态度。"死无葬身之地"绝非顺畅地、按部就班地通往"安息之地"的中介,否则,那就"坐稳"了、历史也许真的终结了。这个特殊空间顽固地存在,既批判现实世界的不义;同时,它不被"终点"所化约的意义,也分明表达出某种不认同、不"安息"、不驯服,或者借上引杨飞的话来说,"不守规矩"。在传说中,徘徊于阴阳间的"孤魂野鬼"往往回到人间肆虐复仇,杨飞们不像鲁迅笔下凌厉的女吊,但这种"不守规矩"里多少暗含着还未泯灭的可能性吧。前面我提到小说结尾,那收束真是果决、

---

① 应磊:《进化论与佛教的相遇:鲁迅手植(制)的一粒"双生种"》,《文学》(2013 年秋冬卷),第 246 页。

拔地而起,可能与此有关。

浸没在无边的哀伤中,但哀伤与绝望的路途上时不时洒下些许月光,蹦出几点火花,于是也总想着探出头来,不敢松懈。这大概是一种"创造中的信心",是好的文学的独到贡献,有能力保持对时代黑暗的凝视,也有能力感知黑暗中的光。"创造中的信心"并不是稳如磐石,反倒随时会被外界风雨所摧折,故而经常需要抵抗住黑暗与虚无而自我扶持。但也正是这份颠扑、摇曳中不绝的信心,让读者不松懈、振奋自拔。——阅读《第七天》的总体感受,让我从余华走向鲁迅。其实,或许用不着搬出本文开头所引余华的自述——鲁迅"对我今后的生活、阅读和写作产生影响,我觉得他时刻都会在情感上和思想上支持我",文学传统往往是精神性的弥散,"在这一意义上,传统只能是幽灵性的,只能像幽灵一样显灵。无处不在,却又不能被真正肉身化,不能被实在化"①,就像那位身着一袭黑衣的"他",在《第七天》中一闪而过……

二、科幻中"注进新的生命"

这一部分中,我要举荐的是一位"80后"的小说家——飞氘,中国大陆科幻"新生代"中最年轻的代表。他目前就读于清华,兼具理工科的学业背景与浓厚的文学情结,以贾立元的本名撰写学术论文,以"飞氘"的笔名创作科幻小说。我要讨论的对象是飞氘的小说集《中国科幻大片》。

比如这篇《苍天在上》,飞氘将我们带到华夏文明的鸿蒙时代,先民们为了在宇宙坍缩、天地闭合的危险中生存下去,不得不退化为虫豸形态匍匐于地,唯有一个身上流淌上古"鹰熊"血脉、名为 Ugnap 的巨人,以一己之力扛住苍天,并于临死前奋力一搏,使得天地终于分开。历史重新开始,而虫豸亦再度进化为人,且赋予拯救他们的"英雄"以一个新的名字:Pangu(盘古)。鲁迅曾这样理解芥川龙之介的创作方法(鲁迅所翻译的《鼻子》、《罗生门》,都是芥川对原先故事的改写):"他又多用旧材料,有时近于故事的翻译。但他的复述古

---

① 陈晓明:《遗忘与召回:现代传统与当代作家》,《当代作家评论》2007年第6期。

事并不专是好奇,还有他更深的依据:他想从含在这些材料的古人的生活当中,寻出与自己的心情能够贴切的触著的或物,因此那些古代的故事经他改作之后,都注进新的生命去,便与现代人生出干系来了。"①重写神话,"复述古事",目的是经"改作之后","注进新的生命去","与现代人生出干系来"——这也可视作鲁迅《故事新编》的自我说法。同样,飞氘描绘的末日图景,只是上古神话?日渐从神圣领域退出,浸没在世俗的技术和手段中,我们匍匐在地上彼此张望……这不就是当下现实么?我不知道百多年后的人们如何来看待21世纪初叶中国的青年人,也许后来者会选取前面那一时段中占据市场份额最大的小说或影视作品作为镜像,于是看到了"小时代"里的欲望征逐,看到大小官场、办公室里的"步步惊心"……我多么希望后来者也能看到飞氘的小说,任何逼仄而充溢着权谋、交易的时刻,任何"蚂蚁爬啊爬"的地方,总会有人探出头来,就像飞氘笔下的巨人奋力一搏,张扬一种血性而伟岸的人性。

《蝴蝶效应》则以科幻形式来讲述"中国故事",这个中国是多重意义上的:首先是中国古代历史、神话与典籍,比如三章分别以逍遥游、沧浪之水、九章算术命名;其次是现代中国的思索与抗争,尤其通过鲁迅这个意象表达出来;再次是当下的流行趣味,引入大量西方科幻大片,这些大片已不仅仅是"外部"资源,你看那么多"80后"抱着重温童年记忆的心态而涌进电影院看《变形金刚》,你就无法再去区分这是外来的制作还是我们自己的趣味投射。飞氘的作品是在以上几者杂糅的意义上来讲述"中国故事"。中国故事是近年来文坛热议的关键词,我特别反感以某种"寻根"的姿态去拼凑太多浪漫与抽象的符号。飞氘倒是很忠实于中国青年人当下的生命经验。《蝴蝶效应》杂糅了那么多中西、古今、雅俗的资源,错杂、交织、重叠甚至凌乱,乍看上去特别吻合今天这个"乱花渐欲迷人眼"的时代表象。我读这个小说的时候一直想到鲁迅,这不仅是因为《蝴蝶效应》中有不少关于鲁迅的"故事新编"——比如在《异次元

---

① 鲁迅:《〈现代日本小说集〉附录 关于作者的说明》,《鲁迅全集》(10),人民文学出版社,2005年,第243页。

杀阵》的题名下再写"无物之阵"的故事,也不仅是因为小说集的题词"此后如竟没有炬火,我便是唯一的光"就来自鲁迅;而是出于一个强烈的感受:今天我们身上密集了那么多眼花缭乱的语义、信息、符码,但也可以说是一无所有。这恰是鲁迅式的辩证法"于一切眼中看见无所有","不以任何东西来支撑自己,因此也就不得不把一切归于自己一身"(竹内好语)。我们必须忠实于这样的当下处境:一方面沉迷于一个丰富、充裕甚至过剩、泛滥的时代,另一方面在各种"好名称"、"好花样"的背后产生"虚无"的自觉,最后"无中生有",通向真正自由的创造。我想飞氘之所以起意致敬,肯定是共感到了鲁迅当年身陷的困境和绝望中抗战的勇气。我还要强调的是:今天我们青年人和鲁迅相遇,不是说要取法某种文学技巧、接续某种文学传统,而是置身当下的生活感受,逼使我们摸索到了鲁迅这一份经典的资源。

三、青年与文学的"逆袭"

到底是什么样的生活感受,逼使我们重访鲁迅?且让我将眼光引向复旦大学课堂上的鲁迅,以下经验,源于教学现场。

从一个网络热词说起吧。2011 年 10 月中旬,正当大洋彼岸的美国年轻人气势汹汹地"占领华尔街"时,在中国大陆的网络上,一个新词"吊丝"悄然诞生。4 个月后,这个词不但频繁现身于微博、贴吧、社交网站、纸媒、口语,还"占领奥巴马",美国总统的 Google+主页被大量自称"吊丝"的中国年轻人,以"围观"、"盖楼"、"抢沙发"等方式强力"围观"。"物质贫乏、生活平庸、未来渺茫、感情空虚,不被社会认同"(详见"百度百科",这个词还于 2012 年 11 月 3 日登上了《人民日报》十八大特刊①)——吊丝就是这么一类人自嘲性的称呼;所谓"吊丝的逆袭",指出身底层的弱势青年通过奋斗"最终完成翻盘,迈入成功殿堂"。据说已有专家从亚文化的角度解读这又一场"语言狂欢"背后的症候。我对这句流行语有新的理解(也许并不完全等同于流行语境中的意

---

① 见十八大特刊评论:《激发中国前行的最大力量》,《人民日报》2012 年 11 月 3 日。

义),源自一次课堂教学。

我在一门当代小说鉴赏的课上讲《人生》,有个本科生发言说因为内容涉及同样的爱情困惑("三角恋"),是否可以把路遥当年的小说和目前很流行的电视剧《北京爱情故事》结合起来讨论。我觉得这是很好的建议。《北京爱情故事》中最让我过目难忘的是这样一个"关节点":拜金女杨紫曦与她所依傍的富二代产生矛盾,决意与前男友吴狄重温旧梦。吴狄手握戒指在楼下等候,这时一辆宝马驰来,富二代跳出来,嚣张而自信地告诉吴狄和吴的好友石小猛:他只要上楼和杨紫曦说一句话,杨就会乖乖地跟他走……当杨选择重新投入富二代怀抱之后,吴狄伤心地把戒指投入湖中。这时站在一旁的石小猛大喊一声:"我们应该让这个世界知道我们是谁?我们应该让他们知道我们能够干些什么?"这是一个让我心潮澎湃的时刻:吊丝们要开始行动了,"新人"由此诞生,"新的故事"即将展开……可结果让人倍感绝望,石小猛全身心投入到"这个世界"中,以更为娴熟的手法操弄原先为"他们"所掌控的规则,甚至变本加厉。这哪里是"逆袭"呢?在我的理解中,所谓"逆袭"不仅通向"翻盘成功"(从这个意义上石小猛倒是一度成功了),更是在必然性的现实铁律之外想象出别样的世界,暂时搁置原来那套逻辑,甚至以针锋相对("逆"!)的方式寻获"另辟蹊径"的成功。

其实20多年前在《人生》中已经"预演"过这一幕,大队书记高明楼为了安插儿子而将高加林逐出校门,高加林自然要奋起反抗,但他选择的反抗方式却令人失望、不安:立即写出一封求告信给部队当副师长的叔叔……在遭到权势的打击之后而乞求更具强力的权势来与之抗衡、为其出头。我们完全可以设想,借了退伍后位居劳动局长的叔叔,高加林成了县委大院的通讯干事,但他获得这一职位是不是也有可能踢掉了另一个"高加林"?从这段人生轨迹来看,不公正的制度,或者说腐朽的"人情政治"没有终结反而不停在复制,而高加林是完全默认、领会,甚至能娴熟操弄这套伎俩为自身利益服务。从高加林到石小猛,多少年过去了,"吊丝的逆袭"就完全只能依靠强势群体制定的规则、先前那套不合理的逻辑来谋求自身利益,这里不存在"逆袭",反倒是固化了原先那个世界的统驭性,而社会环境却无净化的可能。这真是让人绝望的一幕！支配性的社会结构和意识形态,其强大之处在于没有多少人能跳出其手掌心。它的"再生产"顺理成章(一代代青年接受规训);然而在与它搏斗的关节点上,很多青年人功亏一篑、溃不成军,甚至在试图"逆袭"的那一刻被其"反噬"。

文学艺术诚然"胜不过事实",但文学从来不应被现实所压服,即便"铁幕"已严丝合缝,文学难道不应该在这严丝合缝上打开一个口子、搅动出新的希望吗？我想有必要重访鲁迅的"铁屋子":曾经一度清醒、天真的个人,当面对"万难破毁"的困境,是否只有一种选择——重新安排自己进入原先的世界,从"昏睡入死灭";抑或辩证对待必然性与能动性,"有没有可能,通过有目的性的活动,来逃脱那囚禁我们的社会历史结构"①?

自然,人无法绝对"自由成长",按照福柯的说法,主体是被"规训"出来的,这种规训力量隐藏在学校、语言等背后,组织成一道对人体的各种因素、姿势和行为进行精心操纵和重新编排的权力机制,使个体不仅在"做什么"方面,而且在"怎么做"方面都符合其愿望。在被规训的环境中,是否可以"能动的生成"——"个体在构造客观性活动的过程中,以独立的个性理解世界的经验存在,进而以一种积极探索与突破的精神重构世界(生活世界、科学世界或哲学世界)的秩序,最后完成了独一无二的生命存在史"②? 我们切莫忘了中国现代文学的"诞生之作"《狂人日记》讲述的就是一个能动主体临世的故事。尽管是以精神分裂的"疯"的形式③,但一个独异"新人"的长成并进入历史实践,是有可能的。这是鲁迅特有的"绝望"中的"希望"。同样我们不要忘了,

---

① 安德鲁·琼斯:《鲁迅及其晚清进化模式的历险小说》,王敦、李之华译,《现代中文学刊》2012年第2期。

② 樊国宾:《主体的生成:50年成长小说研究》,中国戏剧出版社,2003年,第257页。

③ 关于"疯"的意义,林毓生这样认为:"假如中国人在思想上与精神上是那样地病入膏肓,以致不能认清在他们'吃'别人的时候正是他们被别人'吃'的时候;假如他们的心灵是如此地'昏乱'以致使他们在自我毁灭的过程中不但不谋自救,却反而津津有味地压迫着别人;那么,一个在同样环境中被教育出来的,不可能不与他的同胞同样拥有中国人性格的中国人如何可能是一个例外? 答案是:他不能,除非他'疯'了。"林毓生:《鲁迅思想的特质及其政治观的困境》,《现代中国思想的核心观念》,许纪霖、宋宏编,上海人民出版社,2011年,第653、654页。

狂人并无固定的职业,也谈不上成熟的思想体系,年龄约在三十多岁①,这是一个青年反抗者形象,在"从来如此,便对么"的质问中,现代青年的反抗者形象在文学史上登场了:狂人、觉慧、蒋纯祖……鲁迅、巴金、路翎们同样身处主导性文化的严密限制之中,但却通过足够强大的艺术才能、"绝望中抗战"的勇气、韧性的战斗精神,创造出"冲决罗网"的文学空间。这是文学的"逆袭",所谓"逆袭",就是本文前两部分所提及的"翻转的力量"、"无中生有"的能力;在这一刻,"历史进程突然重新开始了,一个全新的故事,一个之前从不为人所知、为人所道的故事将要展开"②,"逆袭"的文学不断激活人的自由意识,提醒人们:我们有能力在任何逆境下"重新开始"……

瞩望有"逆袭"品格的文学,同时也要求,这必须是一种"文学"。借用卢卡契的话,以"深刻历史性"与"惊人的艺术性"相结合,来创造另一个"新世界"③。不仅是在"内容"上以"深刻历史性"与现实、历史的逻辑相抗辩,可能更重要、更繁难的是以"惊人的艺术性"来作用于人的感性世界,这种文学诉诸人们对世界的想象。原先的阅读与期待中,免不了充塞着坚硬的现实、历史逻辑,需要文学以充沛的感染力来化解、对决。其实文学史上这种"以虚击实"的文学不乏其例。福楼拜的《包法利夫人》出版后招致有伤风化的指控,然而起诉人无法解答如下问题:在小说展示的具体情境中,竟然没有一个人可以判定爱玛有罪。"如果在这部小说里所描述的人物中,没有一个能压倒爱玛,如果没有道德准则能有效地以某人的名义判定她有罪……如果这些从前有效的社会标准:'舆论',宗教情感、公共道德、良好教养等不再足以达到一种裁决的话,那么,在这种情况下,什么法庭能对'包法利夫人'的案件予以判决呢?"福楼拜创造出崭新的艺术形式,提供给读者"新的现实"——将人类从自然、宗教和社会束缚中解放出来的美好远景,这一现实"从先在的期待视野中是理解不了的";但是文学提供了艺术合理性充分自洽的逻辑,它以足以抗辩、扭转

---

① 根据小说开篇"今天晚上,很好的月光。我不见他,已是三十多年……"可以大致推定。

② 汉娜·阿伦特:《论革命》,陈周旺译,译林出版社,2007年,第17页。

③ 卢卡契:《关于文学中的远景问题》,《卢卡契文学论文集》(一),中国社会科学院外国文学研究所、外国文学研究资料丛刊编辑委员会编,中国社会科学出版社,1980年,第456页。

"从前有效的社会标准"的力量,更新视野,再造出人们对人性、对世界的理解,"并逐渐为这个包括所有读者的社会舆论所认可"①——这是"惊人的艺术性"。

从目前来看,"吊丝的逆袭"只是一句流行语,宣泄不认同,在自嘲的同时,伴以临时的化解与轻描淡写的抚慰。我在等待一种文学的重生……

---

① 姚斯:《文学史作为向文学理论的挑战》,《接受美学与接受理论》,周宁、金元浦译,辽宁人民出版社,1987年,第52—56页。

四、网络文学新趋势

13

媒介融合背景下的网络文学新趋势

黄发有[*]

摘　要　新媒介是中国近代以来文学变革的重要推动力,新旧媒介为了争夺话语空间,往往会展开激烈的博弈。在新世纪网络文学的发展历程中,网络文学对网络技术、商业资本、文学资源形成了多重的依附,一直没有建构独立的模式,选择了一条"依附性发展"的道路。在媒介融合的趋势下,网络文学的发展将表现出三大趋向:首先,在网络接近全面覆盖的环境下,"网络性"不再具有标签意义,网络文学和传统文学将逐渐融合。其次,技术美学取代主体美学,网络写作成为网络IP 产业链的一个环节。再次,文学语言退化,乃至文学退化。

关键词　媒介融合　网络文学　依附模式　发展前景

* 黄发有,山东大学文学院教授,主要研究领域为当代文学传媒研究,近期主要相关成果有《中国当代文学传媒研究》《文学与媒体》等。

关于网络对文学的影响,确实是一个重要的研究议题。在 20 世纪初年的中国,报刊的崛起对于文学的转型也发挥了重要作用。我们应该思考的是网络媒体对于 21 世纪中国文学发展的综合影响,而不是沿袭二元对立的思维,将文学分为网络文学和非网络文学。现在有一种想当然的流行观点,即网络文学的特殊性源于网络媒介的特殊性,而非网络文学则与网络绝缘。事实上,在网络接近全覆盖的网络环境中,印刷文学已经无法屏蔽网络的影响。作为新媒介的网络与纸面媒介的重大区别在于其综合性,电影、电视、在线游戏、漫画、书籍、报纸、杂志的内容都可以在网络平台上呈现。网络有力地推动了媒体融合的进程,不仅改变媒体的生产方式,也改变了媒体的消费模式,重新塑造生产者与消费者之间的关系。媒介融合对于文学生产与文学消费的影响,主要表现在三个方面:首先是文学内容在不同形式的媒体平台之间的跨越性流动;其次是期刊、报纸副刊、图书、电影、电视、在线游戏等媒介形式及其相关产业之间的联合与协作;再次是读者、受众为了寻找不同形式的阅读体验和娱乐感受,在文学与其他内容之间游荡,在不同风格之间切换,在图书、网络与其他媒介之间迁移。这种融合将是一种持续的、渐进的过渡与转型。正如亨利·詹金斯所言:"媒体融合并不只是技术方面的变迁这么简单。融合改变了现有的技术、产业、市场、内容风格以及受众这些因素之间的关系。融合改变了媒体业运营以及媒体消费者对待新闻和娱乐的逻辑。记住这一点:融合所指的是一个过程,而不是终点。"①

一、新旧媒介的博弈

要对网络文学的未来走向作出预判,历史的经验可供借鉴。网络文学强调娱乐性和通俗性,其趣味至上的路线表现出较为明显的商业化倾向,这与民国时期的鸳鸯蝴蝶派文学确有相通之处。当然,世易时移,媒介格局也产生了

---

① 〔美〕亨利·詹金斯:《融合文化——新媒体和旧媒体的冲突地带》,杜永明译,商务印书馆,2012 年,第 47 页。

翻天覆地的变化,我们不应当把网络文学视为鸳鸯蝴蝶派文学的简单的翻版。鸳鸯蝴蝶派文学的繁荣,其背景是报刊媒介的快速成长,报人作家群的写作方式和文学趣味都带有新闻化的痕迹,连载小说的文体特性与报刊的传播特性真可谓斗榫合缝,相得益彰。长篇报章小说"随著随刊,既省笔墨之劳,又节刊印之资,而阅者又无不易终篇之憾"①。媒体的变革拓宽了思想文化的传播渠道,强化了传播效果,让那些长期尘封的文人著述得以重见天日。《国学萃编》发布的"征求名家遗稿"广告宣称:"大雅宏达,著述等身,每以经济困难,无力刊版,后人宝守遗编,藏弄箧笥。徒饱枯蟫,终归泯灭,半生心血所在,著者有知,宁不悲恫。昔李穆堂云,刻人遗稿,如拾枯骸。"②

　　报纸杂志在一百年前也是新媒体,而报章文学的境遇与网络文学的命运遥相呼应,在萌发期都遭到具有保守复古倾向的文人的抵制与鄙视。今日一些学者对于网络文学的态度,与章太炎对"报章小说"的评价极为相似。章太炎在《菿汉微言》中认为:"问:桐城义法何其隘邪? 答曰:此在今日亦为有用。何者? 明末猥杂佻佪之文,雾塞一世,方氏起而廓清之,自是以后,异喙已息,可以不言流派矣。乃至今日,而明末之风复作。报章小说,人奉为宗,幸其流派未亡,稍存纲纪,学者守此,不至堕入下流,故可取也。若谛言之,文足达意,远于鄙倍可也,有物有则,雅驯近古,是亦足矣,派别安足论! 然是为中人以上言尔,桐城义法者,佛家之四分律也,虽未与大乘相齿,用以摧伏磨外,绰然有余,非以此为极致也。"③章太炎认为"新文体"远不如桐城古文,而桐城古文与魏晋文章相比又远为逊色,以一种复古主义的文学观点排斥新兴的文学现象。陈子展的评价颇为中肯:"章炳麟所说的'报章小说,人奉为宗',正是这种风行一时的文体。他以为这种文体还不如他所轻视的桐城派。其实这种文体正从桐城派、八股文以及其他古体文解放而来,比桐城派古文更为有用,更为适合于时代的需要。而且这种解放是'文学革命'的第一步,是近代文学

---

① 姚鹏图:《论白话小说》,陈平原:《二十世纪中国小说理论资料》第 1 卷,北京大学出版社,1997 年,第 150 页。
② 《本社简章》,《国学萃编》1908 年第 1 期。
③ 章太炎:《菿汉三言》,辽宁教育出版社,2000 年,第 56 页。

发展上必经的途径。不过这种初创的文体,做得不好,也有浮薄,叫嚣,堆砌,缴绕,种种毛病。"①吕思勉在《国文教学祛弊》一文中也宣称:"而今之偏主白话者,又谓文言绝不足学,日以报章小说及无聊之新诗授人,枉费功夫,难期进益,甚矣,其蔽也。"②由此可见,报章小说在20世纪初期的中国,在主流文化的视野中往往被轻慢,被视为不登大雅之堂的雕虫小技。吴虞在1912年正月十四日的日记中记载:"雨。此后上半日看新学书,下半日看旧学书,晚看报章或小说,以娱散情志。"③

从文体层面来看,清末报刊常用的"报章文体"也经历了一个生成、兴盛与消散的过程。在王韬和梁启超等人的倡导与推动之下,报章体发展成平易晓畅、条理清楚的政论文体,以自由的文风突破成规的束缚。梁启超认为:"自报章兴,吾国之文体,为之一变,汪洋恣肆,畅所欲言,所谓宗派家法,无复问者;夫宗派家法,固不足言,然藩篱既决,而芜杂鄙俗之弊,亦因之而起。"④维新变法、语言变革与媒体变迁形成了一种连锁反应。"报章文体"确实留下了报纸传播的烙印,但这一文体的发展无法脱离当时特殊的历史文化背景,是多种因素共同作用的结果。晚清的"报章文体"给"五四"的随感录提供了精神滋养,并逐渐发展为知识分子评议时政的现代杂文。就晚清报章体的创作而言,集大成者无疑是梁启超,其纵览天下的气度和不忧不惧的气质为报章体注入了内在的激情和奔腾的活力。也就是说,报章为这种文体的孕育与成熟提供了历史的契机,但其文化生命力主要来自知识分子介入现实、匡扶正道的人文情怀。

近代中国报刊媒体与白话文的联手,有力地推动中国文学的现代转型。而网络媒体的突飞猛进,必将成为重组当代文学版图的核心变量。在新世纪初期的中国文学界,网络文坛与印刷文坛之间的对垒是一种颇为奇异的文学

---

① 陈子展:《中国近代文学之变迁·最近三十年中国文学史》,上海古籍出版社,2013年,第75—76页。
② 吕思勉:《国文教学祛弊》,《新教育》1925年第十卷第三期。
③ 《吴虞日记》上册,四川人民出版社,1984年,第23页。
④ 梁启超:《中国各报存佚表》,《清议报》第100册,1901年12月21日。

景观。这种局面的形成有着复杂的成因。印刷文坛以各级文联、作家协会为依托，以文学期刊和文学出版机构为主要阵地，以纯文学创作为核心理念，在文学运行机制中以作家和作品为本位，讲究文脉传承，追求协调有序。网络文坛利用媒介变革所激发的动能，在网络空间掀起波涌不息的时尚潮流，它贴近市场，其运转以文化资本为纽带，网络文体有明显的应时而动的时文色彩，紧跟受众趣味和流行热点。网络写手的出身五花八门，他们熟稔草根阶层的人生经验与内在关切，自觉地将通俗性、娱乐性、商业性作为写作的审美目标。在网络文学的成长阶段，一方面，"网络"的审美力量被推动者无限夸大，通过哗众取宠的商业造势来吸引眼球；另一方面，有不少自负的纯文学作家隔岸观火，对网络写作颇为不屑。两个写作阵营的抵触，阻断了必要的交流通道，这导致了各分天下的局面。网络剧的持续热播不断提升网络写作的社会影响力，骄人的商业成绩给网络写手带来不断增强的自信，开始试探性地挑战印刷文坛的权威。相对而言，以印刷媒介为主阵地的作家按部就班地写作，畅销书可遇不可求，获奖成了越来越多的成名作家的追求目标。

新旧媒介在争夺话语空间的过程中，往往会各居一端，展开激烈的博弈。正如保罗·莱文森所言："新旧媒介深层的紧张关系很严重，所以每当新新媒介有任何不当之举时，这种紧张关系都会冒到表层。网络欺凌和网络盯梢在一切媒介里都是轰动新闻，旧媒介、新媒介和新新媒介都不例外，这是有道理的，因为这些弊端都可能造成生死攸关的严重局面，所以人人都必须了解这些弊端。但新新媒介并无不当之举时，这种紧张关系也可能爆发，只是因为人们的错觉而已。"①从新旧媒介对抗的角度来审视网络文学与印刷文学的交锋，不难发现双方的观点都有较为明显的偏见色彩。唐家三少深有体会地说："最初的时候，网络作家不被认可，各方面的舆论压力甚至让很多网络作家放弃了写作，一些传统观念较深的人甚至认为，那不就是一群网上写小黄文的吗？"②慕容雪村对网络文学的评判较为客观，他认为网络写作使得文学变得更加自由

---

① ［美］保罗·莱文森：《新新媒介》，何道宽译，复旦大学出版社，2011 年，第 179 页。
② 唐家三少：《勇于创新，推动网络文学发展》，《文艺报》2016 年 12 月 23 日。

而随性,不再端着架子:"其实根本就没有什么'文学殿堂',当一个人有表达的欲望,拿起笔想要写点什么,这时他就是个作家。文学创作无所谓庙堂与江湖,也不需要得到谁的允许,它既不神圣也不庸俗,既不高尚也不卑鄙,只是个中性词。"①他认为网络文学"成就巨大,毛病很多",但他相信"它有个好未来"。

对于受到强势挑战的纯文学作家而言,他们守护原有阵地和既得利益的态度颇为坚决。刘震云不留情面地批评网络文学的弊端:"我也经常看发表在网络上的作品,有的不仅文学性不强,错别字也很多,一个首页要没有十多个错字就不是首页,还有的连句法也不通。我觉得稍微有些过分。从文字到文学,我觉得还差23公里。能不能先从学好汉语文字开始,如果文字是一个传统的话,作为网络和网络作家,网络文字、网络文学也可以稍微回归传统一下。"②余华也认为有些网络作品并不成熟,但他的态度较为开放:"对于文学来说,无论是网上传播还是平面出版传播,只是传播的方式不同,而不会是文学本质的不同。"③麦家在2010年4月7日举办的第八届华语文学传媒大奖系列活动之一的"网络时代的文学处境"座谈会上坦言:"如果给我权利,我就消灭网络。我认为,现在的大部分网络文学99%都是垃圾,而1%的精华如大海捞针,也就自然会消失掉了。"阿来则指出了网络文学发展中的一个突出现象:"现在网络包装作家有种怪现象,不是证明作者作品中的文学思想价值和美学价值有多少,而是拼命鼓吹百万收入,多少点击率。我认为这极不负责任,是把责任推向了社会。"④王蒙在和王干的一次题为《网络不是文学的敌人》的对话中认为:"网上很少盯着一页纸这么看,而往往一目十行,飞速翻过。所以这里头有时我担忧浏览、浅思维代替认真地阅读。或者对情节的关注,谁死了没有? 代替了对文学的欣赏。从我个人来说,我到现在还是呼吁大家读纸质

① 吕莎:《慕容雪村谈网络写作10年:成就巨大毛病很多》,《中国社会科学报》2011年1月25日。

② 杨鸥:《专业作家眼里的网络文学》,《人民日报·海外版》2009年6月6日。

③ 余华:《网络和文学》,《作家》2000年第5期。

④ 蔡震:《麦家:网络文学99%是垃圾》,《扬子晚报》2010年4月8日。

书。"①他对于网络和网络文学都抱有潜在的抵触心理和不信任态度。作家方方在"银河文学"App开站之际,应邀写了一篇《自家鼓掌,唱彻千山响》,发表自己对网络文学的看法,她在文中认为:"又或许,网络文学本就为娱乐而生。它就只想玩上一把。它愿意活在想当然中。所以,它才会充满魔幻和穿越、鬼怪和神奇,才会对历史妄想,对情爱意淫,对皇宫做梦。诸如此类。它不想关注社会,不想关注现实,不想关注民生,也不想关注与网络写作者存活在同一世界的个体生命,甚至也不关注自己。它用的是全新的武器,选择的是全新的平台,但在文学作品中所作的个人表达,却难见新意。有一说法:传统文学在乎自己的内心,网络文学在乎别人的感受;传统作家写作是为了满足自己,网络作家写作是为娱乐他人。"②

耐人寻思的是,网络的崛起一开始导致了文坛的撕裂,纯文学和网络文学互不服气。必须承认的是,除了极个别作家,大多数写作者都无法逃避网络的影响与渗透。以网络媒介为桥梁,新旧媒介的融合已经成为难以阻挡的时代潮流。网络文学依仗网络媒体的威力,不断地攻城拔寨,甚至抢班夺权,占据纯文学的固有地盘。看到大势难以逆转,纯文学阵营开始分化,一些作家的立场开始软化,从抵触到试探,从接纳到借鉴,网络文学与纯文学开始了对话和交流。事实上,网络文学和纯文学之间的差异与对抗,有被人为放大的倾向。它们之间融通,往往被刻意地无视和遮蔽。宁肯的《蒙面之城》在遭到13家出版社退稿后,从2000年9月13日至12月12日在新浪网文教频道连载,一个月后获得了超过50万人次的点击率,随后连载于《当代》2001年第1、2期,作家出版社于2001年4月出版了单行本,获得第二届老舍文学奖。金宇澄的《繁花》离不开网络,金宇澄这样描述自己的体验:"在网上别人也不知道我是谁,我也不知道这些跟我帖的人是谁,写作者和读者非常近,让我的写作热情逐渐升温,这是非常新奇的事情。""弄堂网是一个上海方言网,我上来发帖就

---

① 王蒙、王干:《网络不是文学的敌人》,《上海文学》2016年第11期。
② 方方:《自家鼓掌,唱彻千山响》,http://www.yinher.com/read/26536/63128.html。

是闲扯,第一次用上海话写作,越写越有意思,一下去就回不来了。"①《繁花》的方言特色与扯闲篇的叙述风格,都与弄堂网的语境与氛围密切相关。目前对于网络文学的定义,通行的标准是首发于网络或者在网络环境中写作,《蒙面之城》和《繁花》显然符合这种分类标准。耐人寻思的是,在文学评论的视野中,《蒙面之城》和《繁花》都没有被归入网络文学的范畴。韩寒的博客言论一度也引发了较大的反响和争议。此外,还有一些在网络空间成名的作家,随后淡出乃至脱离网络,譬如早期的安妮宝贝、宁财神、慕容雪村,而江南的《龙族》和萧鼎的《诛仙 2·轮回》都没有采取网络连载的方式,而是选择了脱网写作,完本后直接出版纸质图书,《龙族》的市场影响力不仅没有被削弱,而是大幅暴涨。由此可见,网络文学和纯文学或印刷文学的界限较为模糊,网络文学的定义也较为含混。现在对于网络文学的较为通行的界定,往往以作品首发于网络作为核心标准。随着纸媒网络化进程的加速,这一标准已经摇摇欲坠。

二、网络文学的依附模式

依附理论是 20 世纪五六十年代兴起的挖掘拉丁美洲不发达的经济根源的理论。范拉斯科认为:"依附论是关于不发达状态的理论:贫困国家被排挤在世界经济的边缘,只要它们依然受到处在经济中心的发达国家的奴役,就不可能发展起来。"②"中心—外围"论是依附理论的核心概念,发达的资本主义国家和发展中国家构成"中心—外围"的二元模式。依附理论后来被扩展并运用到人文社会科学研究的其他分支,譬如教育研究和文化研究等学术领域。在新世纪网络文学的发展历程中,网络文学对网络技术、商业资本、文学资源形成了多重的依附,一直没有建构独立的模式。卡多索认为在"依附"状态中依然包含发展的契机和希望,如果能够把外国资本、本土资本和国家力量聚合起来,不发达国家也能获得经济增长,实现"依附性发展"。尽管"依附性发

---

① 张英:《不说教、没主张,讲完张三讲李四》,《南方周末》2013 年 4 月 25 日。
② 安德烈斯·范拉斯科:《依附理论》,张逸波译,《国外社会科学文摘》2003 年第 3 期。

展"难以改变不发达国家产业和经济的依附性结构,但为摆脱依附状态带来了可能性。① 中国大陆网络文学的商业繁荣堪称文化奇观,我个人认为她选择的正是一条"依附性发展"的道路。

技术依附。华语网络文学变化多端,只要网络技术有所变化,网络写作都是亦步亦趋地紧追不放。在媒介形式日益多样化的背景下,种种以媒介来界定文学的概念如雨后春笋一般涌现,令人眼花缭乱。从 20 世纪 90 年代旅居美国的中国留学生创办的中文电子杂志到"榕树下"的个人主页,从"天涯社区"的在线写作到"起点中文网"的更新模式,从短信文学、手机文学到博客文学、微博文学、微信文学,网络写作犹如一个蹒跚学步的儿童,因为担心自己被突飞猛进的网络技术所淘汰,总是第一时间对技术进步做出因应,这也使得网络文学始终没有形成稳定的特质,显得混杂而含混。凯文·凯利认为:"我们正处在一个盛产重混产品的时期。创新者将早期简单的媒介形式与后期复杂的媒介形式重新组合,产生出无数种新的媒介形式。新的媒介形式越多,我们就越能将它们重混成更多可能的更新型媒介形式。各种可能的组合以指数级增长,拓宽着文化领域和经济领域。"②博客、微博、微信等媒介形式,都是以网络技术为基础的新的重混(Remixing)形式。按照媒体演进的这种逻辑,也会催生与之相适应的文学形式。也就是说,这些新的文学类型是追逐新的媒介形式的结果,是寄生性的文学形式,它们如影随形,只要媒体形式改变,它们也相应地改变自我,文学就失去了其自主性与独立性。就网络写作而言,网络媒介的开放性为提升受众的参与度打开了方便之门,网友第一时间的反馈常常会改变写作的进程,削弱写作者的权威性与自主性。从网络文学的发展来看,总体上还是时尚化的更迭和潮流性的演进,写手们往往被各种外力所左右,在相互矛盾的牵扯中被动前行,他们难以坚持自己的个性,缺乏独立的创见,更缺乏冲破重重限制的勇气。一方面,网络四通八达,为曾经遭受长期抑制的通俗化写作带来多种可能性;另一方面,网络也构成新的束缚,使得写手们的思

---

① Fernando Henrique Cardoso, *Dependency and Development in Latin America. New Left Review*, Vol. 74, 1972.
② [美]凯文·凯利:《必然》,周峰等译,电子工业出版社,2016 年,第 223—224 页。

维陷入无形的牢笼之中。

与历经一千余年积淀的印刷文化相比,网络文化具有快速流动、不断更新的特征,利用新科技与媒介技术的优势,对现有的文化元素进行重新的组合与混融。韩少功认为:"长袍马褂、大刀长矛早就过时了,但古典文学名著仍然可以让我们兴趣盎然,作家们也仍有写不完的新题材,包括历史题材,《甄嬛传》《芈月传》什么的。问题不在于写什么,而在于怎么写。即使是写原始部落的生活,写数十年、数百年、数千年前的生活,只要写好了,同样可能成为经典之作。说实话,由于有了大数据,作家们利用历史档案的能力大大增强,写历史题材倒可能更有方便之处了。"[1]与韩少功所说的走经典路线的历史题材创作相比,娱乐化的网络写作通过对驳杂的历史元素的混合,消解了历史的沉重与严肃,将漫长的历史时空压缩在平面化的空间内,用拼贴手法打造花团锦簇的历史拼盘。汇聚海量信息是网络技术的突出优势,这种技术特点催生了快速转换、包罗万象的网络万花筒,混搭成为网络文化的审美基调。

文学网站在挖掘和发挥网络传播功能的基础上,借鉴了报纸副刊的连载形式和文学杂志的栏目结构。网络文学公司推行的全媒体版权运营策略,让不同形式媒体参与进来,以协作的方式开展规模化运作,从而实现版权资源价值的最大化。而且,以书写工具和传播载体作为区分文学类别的根本标准,这很可能以扭曲文学的代价来适应外部条件的改变。方方认为:"中国文学历史已上千年,写作所用工具和刊发所据载体也都有过数次变化,但我们从来没有见过因工具不同而对文本另外命名的,比方刀刻文学、毛笔文学、钢笔文学抑或铅印文学,也从未见过因载体不同而冠名的,比方竹简文学、布帛文学、期刊文学、书籍文学,等等。所以,网络文学以电脑写作,在网络上发表,与其他工具写作,在其他载体发表,哪里有差异?既无差异,我们对它的文本要求,就不应存差异之心。现在,把它单列出来,另用'网络文学'来与其他文学文本作一区分,究竟是抬举它,还是贬损它?这个真的好难讲。"[2]

---

[1] 傅小平:《韩少功:关心了解新科技,是应对新挑战时的功课》,《文学报》2017年3月23日。
[2] 方方:《自家鼓掌,唱彻千山响》,http://www.yinher.com/read/26536/63128.html。

资本依附。在华语网络文学的起步阶段，网络写作可谓缤纷多姿，风格和文体都显得自由奔放，像图雅这样的匿名作者更是不求功利，以抒怀解郁为旨趣。从"榕树下"到"天涯社区"，写手们大都抱着好玩的心态游戏文字，没有明确的欲求，信马由缰，想到什么就写什么，尽管其中多为日常的流水账，但也有一些篇章在放松的状态中流露真性情。2008年7月，盛大文学公司宣告成立，将起点中文网、红袖添香网、晋江文学城纳入旗下，随后又陆续并购了小说阅读网、榕树下、言情小说吧、潇湘书院、天方听书网、悦读网等网站。2015年3月，由腾讯文学和盛大文学联合成立的阅文集团成立，对网络文学资源进行重新整合，构建了国内最大的IP资源基地。从盛大文学公司到阅文集团，网络文学从生产到消费的流水线日趋成熟。为了使IP资源在循环利用中实现资产增值，资本方以市场潜力巨大的通俗文学为主攻方向，以销定产，通过网站的框架和栏目设计来控制商品的数量、品种和风格，另一方面通过点击率、推荐票、排行榜等量化指标来调整商品的配比和布局，使写手的创作能适应受众趣味和市场风向的变化。网络类型小说的创作模式表现出鲜明的市场导向，大多数网络写手都会通过与网友的互动，及时调整自己的叙述套路。

在庞大的互联网产业格局中，就目前的势头来看，网络文学的市场定位和经营策略都受制于文化资本的意志，在审美趣味上表现出迎合消费者的趋向。随着全版权运营模式的日渐成熟，网站经营者通过经济上的激励机制，将网络写作引向为改编而写作的道路。复制或模仿影视、在线游戏的故事框架与叙述策略，已经成了网络类型小说的基本套路。打怪升级的玄幻小说、陷入"玛丽苏"怪圈的女性穿越小说、男权复辟的霸道总裁文、勾心斗角的宫斗文、厚黑学横行的职场小说、流水账泛滥的小白文，花样繁多的写作套路犹如工业模具，这使得网络类型小说的写作成为一种机械的流水线生产，它变得简单、重复、分类细化，写作缺少艺术难度和挑战性。

在某种意义上，文化资本是推动网络文学类型化、通俗化的主导性力量，而写手们的劳作实质上是一种自由度极为有限的定制写作。目前影响较大的文学网站的栏目设置酷似大型超市的商品布局和货架结构，对商品的功能、花色都进行了较为明确的限定。写手们的内容生产只有符合渠道控制者的要求,才能获准进入平台,抵达用户,实现内容的增值。网络写手写什么和怎么写,都缺乏必要的自主性。由于网络类型小说的写作走的大多是追求速效的时尚化路线,写手们对于平台和渠道就有更为严重的依赖性。批量生产的类型小说恰似时鲜的水果,一旦积压只能快速腐烂,变得一文不值。除了个别具有广泛的市场影响力的网络大神,多如牛毛的普通写手只能在资本意志面前卑躬屈膝。对于资本家而言,网络文学的依附模式有利于强化对写手的控制和管理,使得出资方获得超额回报。由于出资方控制了发表平台和传播渠道,写手就处于弱势的一方。在文学网站将全媒体版权运营作为核心策略时,在版权分成的协商过程中,网络写手也显得底气不足。作为一个开放的话语空间,文学在网络空间的可能性并没有被完全激发出来。就网络文学的现状而言,以流行、通俗为基调的审美趋向,在很大程度上是文化资本刻意塑造出来的结果。

审美依附。网络写作追求速度和数量,像影子一样依附于主流的、强势的传播形式与流行风尚,随风飘散,没有建立自己的根基和本体属性。从审美层面来讲,大陆的网络文学从来是被动的追随者,尽管像穿越小说、盗墓小说、玄幻小说都曾在网友中激起热烈反响,一度成为阅读焦点,但都缺乏持续的吸引力。以《梦回大清》、《步步惊心》、《甄嬛传》等聚焦后宫倾轧的类型小说为例,它们在叙事方面与黄易的《寻秦记》、李碧华的《秦俑》大同小异,在影视方面赓续了香港电影《慈禧的秘密生活》和电视连续剧《金枝欲孽》的人物关系和审美风格。更为关键的是,一旦某种题材、类型获得积极的市场反馈,都会被定型为一种可以不断复制的俗套。也就是说,以规模生产作为主要手段的网络文学缺乏独特的审美发现。以玄幻小说为例,它受到本土的神魔小说、武侠小说和西方的幻想小说、科幻小说的综合影响。随着越来越多的玄幻小说被改编成同名在线游戏,其创作量急剧膨胀,其故事框架、叙述结构、语言风格都向游戏脚本靠拢。至于穿越小说、架空小说、言情小说、职场小说、都市小说,与根据网络小说改编的电视连续剧共生共荣,相互刺激。《琅琊榜》的权谋之术、《花千骨》和《三生三世十里桃花》的师徒情爱,都因为改编剧的热播而成为同一类型的网络小说的基本套路,像电脑病毒一样,以弥漫的形式扩散开来。由于影视剧、网络游戏比单纯的网络文学作品具有更高的商业价值,近年网络写手都热衷于以影视或游戏改编为目标的脚本写作,这就使得作品缺乏文学性,而且语言的艺术表现力也被严重忽略。

新生媒体催生的文体往往较为贴近现实的变化,对时新信息做出及时的反应,同时追求新鲜活泼、喜闻乐见的形式,注重趣味性与娱乐性。早在1930年,黄天鹏就认为:"新闻文学若失其时间性,则为历史之材料,若失其通俗性,则为贵族之文学,若失其趣味性,则与官报之刻板公文无异。故新闻文学在文学中之位置,当以此三种性质为其基础,而成为独创一格之文学,不有所隶属也。"①网络文学同样追求时效性、趣味性和通俗性,这与长期占据主导地位的纯文学迥然有别。网络空间的开放,为长期被抑制的通俗文学带来了爆发的契机。慕容雪村认为:"现在10年过去了,网络上出现的文学作品,或者使用一个烂熟的词'网络文学',我觉得它的进步非常大。从现在的文学趋势可以看出,中国逐渐有了自己的通俗文学。看看以前,言情是港台那些,甚至武侠、科幻也是港台那些,中国内地几乎什么都没有。而现在你可以看到,无论是言情类的、历史类的、玄幻类的、惊悚类的小说都有人进行创作了。除了极少类型还不成熟以外,可以说中国自己的通俗小说已经成型了。当你关注世界各国的文学发展史,可以发现一个相同点,当一个国家出现真正的大师真正好的文学作品之前,一定要经过通俗文学的诞生。"②也就是说,网络文学是推动当代文学通俗化的补课。

值得注意的是,这种审美的反拨表现出矫枉过正的趋势。在文化资本的操纵下,近年网络文学的发展呈现出日益窄化的趋势,有商业潜力的都市言情、职场、穿越、玄幻等类型小说畸形膨胀,其他的审美可能性被严重抑制。像《百年家书》对抗战的沉重的书写,《材料帝国》对材料帝国和国企重组的双线叙述,都获得了广泛好评。颇为有趣的是,这些作品都喜欢套用穿越小说的叙述框架,给人画蛇添足之感。如果进行细致的对照,不难发现《材料帝国》与齐

---

① 黄天鹏:《新闻文学概论》,上海光华书局,1930年,第11—12页。
② 钟华生、李千帆:《"网络改变了中国文学格局"》,《深圳商报》2011年1月24日。

橙更早的《工业霸主》相比，人物性格、故事结构、价值倾向、形式特征都大同小异，表现出自我重复的趋向。阅文集团在2015年推出跨年度的网络原创文学现实主义题材征文大赛，获得特等奖的《复兴之路》讲述了大型国企红星集团摆脱困顿走向复兴的艰难历程，但作品陷入了官场小说的套路，通过渲染名利场上的勾心斗角来增强吸引力。总体而言，现实主义一直是网络文学最为明显的短板，文学网站和网络写手大都坚持消遣至上、追求利润的软文路线，这就使得网络空间的现实题材创作往往避重就轻，表现出较为鲜明的逃避倾向。

三、网络文学的消融

在媒介融合的趋势下，我个人认为网络文学的发展将表现出三大趋向。首先，在网络接近全面覆盖的环境下，"网络性"不再具有标签意义，网络文学和传统文学将逐渐融合。如果过分强调媒介技术变革和生产流程给网络文学带来的新的形式特征，那无疑会抑制乃至伤害其文学性，这样的网络文学必然逐渐远离文学，演变成高度技术化的文化产业。在媒介融合的环境中，将网络文学从当代文学整体中割裂出来，在封闭的结构中突出其网络特质，很容易忽略多元传播格局中的媒介互动，也容易将新媒体时代文学的普遍特征简约为网络文学特有的审美品质。一方面，网络技术的发展使得网络空间中的文学创作具有了新的特性，譬如写作与传播的交互性、信息多元化、表现形式立体化；另一方面，在大众文化的语境中，网络文学的通俗性、娱乐性、商业化、跨媒体性被不断放大，并且被从业者视为突出纯文学的包围圈的制胜法宝。值得注意的是，网络确实赋予网络文学一些新的元素，但是网络文学的种种不同并不仅仅源自网络，更为重要的影响因素是网络媒介背后的时代大环境。正如凯文·凯利所言："网络会越来越像是一种存在，而非20世纪80年代大名鼎鼎的赛博空间那种你会前往的地点。它会像电一样，成为一种低水平的持续性存在。它无处不在，永远开启，暗藏不现。到2050年，我们会把网络理解成一种场景。这种强化后的场景会释放出许多新的可能性。然而数字世界已经膨胀出了许多选项和可能。在未来几年里，网络似乎已经没有全新事物的落脚之处了。"①

随着媒体技术的进一步变革,带宽增加,网速提升,网络信息可以即时获取,其他媒体譬如电视和网络互联互通,网络变得无处不在,网络文学的消融将成为必然的趋势。斯米特认为网络媒介有一种特殊的"魅惑力","简单地说,'魅惑'既是感官的刺激,又是心灵的沉迷,它带给人们一瞬间的销魂,具有不可抗拒的诱惑力"②,图像、视频与文字的混合使得网络创作具有一种直观的暧昧性,作者可以随心所欲地制作各种具有魅惑性的"另类"作品。事实上,"网络文学"的命名及其迄今为止的推广过程,其"魅惑力"和"另类"色彩一直是核心价值。问题在于,当"网络"从破墙而出的怪物转变为习焉不察的常态,我们还把网络写作的新质都归结为"网络性",这显然是一种简单化的做法。而且,以文学的传播媒介来割裂文学,显然无法推动持有不同理念的写作者之间的对话,也不利于不同文学群落的融通,这难免会阻断文学发展的新的可能性。因此,网络文学与印刷文学的差异必然缩小。如果仍然以首次发布的媒介平台来给文学作品进行定位和定性,显然有失偏颇。

也就是说,按照传播介质对文学进行类型划分,显然过度强化了传播介质的影响力,同时忽略乃至遮蔽了政治、社会、经济、文化和主体性因素对文学的作用。在网络写作刚刚出现时,以"网络文学"概念来区分文学创作的"网络性"和"非网络性",有其适用性和合理性。事实上,随着网络的不断普及和移动化倾向,现在已经很少有作家与网络世界绝缘。另一个值得注意的现象是,随着时间的推移,那些在纸媒主导的环境中成长起来的作家逐渐淡出,网络对于新生的作家而言不再有任何的陌生感。当网络和一切信息通道融合在一起,"网络"在某种意义上就消失了,它渗透进人们的生活深处,使用网络成为一种日常化的习惯,就像人们的食物中离不开盐一样,它的存在不再受到特别的关注。也就是说,当所有作家的生存和写作都有机地融入了网络化的环境,

① 〔美〕凯文·凯利:《必然》,周峰等译,电子工业出版社,2016年,第23页。
② 〔英〕戴维·冈特利特主编:《网络研究——数字化时代媒介研究的重新定向》,彭兰等译,新华出版社,2004年,第224页。

按照现在通行的网络文学概念,未来的一切文学都是网络文学。在这样的语境中,"网络文学"和"非网络文学"的区分逐渐将失去其必要性,也不再有学术价值。

其次,技术美学取代主体美学,网络写作成为网络IP产业链的一个环节。随着人工智能的飞速发展,技术对写作的渗透与控制成为一种明显的趋势。从2006年开始上线的"猎户星"写诗软件,到近年开始流行的小说写作软件譬如玄派、小说创作大师、小说生成器、星达字段拼凑软件、大作家超级写作软件等,技术化的修辞驱逐了生命化的创造,文学的思想、形式和语言都被转换成程序代码,技术行为压制了人的创造活动,写作成为一种机械性的、规模化的生产流程,文学所强调的主体性、差异性和审美个性都将变得无所依傍。随着人工智能的进一步发展,当更加聪明的写作机器人走上前台,可以复制的类型化写作很可能完全被机器所操纵。正如韩少功所言:"机器人写作必须依托数据库和样本量,因此它们因袭旧的价值判断,传达那种众口一词的流行真理,应该毫无问题。但如何面对实际生活的千差万别和千变万化,创造新的价值判断,超越成规俗见,则可能是它们的短板。"[1]2017年5月,湛庐文化和美国微软公司合作,正式出版了由机器人小冰完成的诗集《阳光失了玻璃窗》。小冰在学习了从1920年以来519位中国现代诗人的诗作的基础上,获得了编制汉语现代诗歌的能力。总体而言,这些诗行中规中矩,喜欢堆砌辞藻,但是充满了匠气,缺乏灵性。于坚认为这部诗集催生了"一种可怕的美":"冷酷、无心,修辞的空转,东一句西一句随意组合,意象缺乏内在逻辑,软语浮词,令人生厌的油腔滑调,原材料来自平庸之句。"[2]

IP产业链以一种混合流水线的模式,将写作和书刊、影视、游戏整合起来,建构一种联动机制,其目标为降低成本、缩短周期、提高效率。生产过程的各道工序环环相扣,生产具有明显的节奏性和连续性。相对而言,在艺术难度较低、审美均质化的题材和类型中,人工智能更能发挥优势。当网络类型小说的

---

[1] 傅小平:《韩少功:关心了解新科技,是应对新挑战时的功课》,《文学报》2017年3月23日。
[2] 于坚:《一种可怕的美已经诞生》,《南方周末》2017年6月15日。

写手热衷于拉长篇幅、照搬套路、习惯性灌水时,人工智能在制作这种规格相近、趣味相同的产品时,品质会更加均衡。事实上,近年网络类型文学的发展已经呈现出去个性化的趋势,那种脱离具体时空、因袭既有模式、逃避现实冲突的倾向,已经阻断了写作者个人生命体验的涉入,成为一种梦游状态的码字游戏。

学术界在描述和概括新媒介的特性时,经常会使用交互界面这一概念来理解人机关系、虚拟现实与物理现实之间的关系,交互界面是两个设备、系统、程序之间共享的边界,“它们能在不同客体和系统的边界之间游走,而这一过程不仅使得网络得以运行,也拓展了新的空间,并推动其得以发展”①。与交互界面密切相关的概念是“交互性”,交互性经常被用来区分新的数字媒介和旧媒介,新媒介甚至被称作交互媒介。人工智能对写作的深度介入,使得传统的人机关系被颠覆,改变了原有的交互模式。计算机和互联网一直被人类当作工具使用,但随着智能技术的突破性进展,智能工具不仅能够在某些领域替代人脑,还可能反过来影响乃至控制人类的心灵。在技术话语发挥主导性作用的环境里,我们长期用来评判文学的标准——独创性、灵性、德性、批判性——必然被贬抑,取而代之的将是经济、实用、美观、规范、效率等技术化标准。

再次,文学语言退化,乃至文学退化。从媒介格局的演变进程来看,印刷媒体的弱化难以逆转。在印刷媒体的发展历史上,尽管图像的重要性不断加强,乃至后来居上,但语言介质一直占据核心地位。随着影响力的日益增强,网络媒体在媒体格局中已经显露出日渐主流化的趋势。在媒介融合的趋势下,传统媒介都在探索多元化的传播路径,与网络媒介的协作和互补成为主导性的发展方向。斯帕克斯认为:“网络的存在形式使得各种媒体在形式、时间、社会消费等各方面的差异不复存在,而这些差异原本是不同媒体占领市场、求得生存的自身特色。”②网络与其他媒体的特性依然会有分别,但是相互之间的

---

① [英]尼古拉斯·盖恩、戴维·比尔:《新媒介:关键概念》,刘君、周竞男译,复旦大学出版社,2015年,第51页。

② 科林·斯帕克斯:《从衰败的树根到鲜活的浮萍:因特网对传统报纸的挑战》,[英]詹姆斯·库兰、[美]米切尔·古尔维奇编:《大众媒介与社会》,杨击译,华夏出版社,2006年,第262页。

渗透确实在弥合裂缝。在媒介融合的潮流中,语言的弱化已是大势所趋。一方面,本来由语言牢牢占据的领地逐渐沦陷。另一方面,纯粹的语言文本呈现出下降的趋势,语言正从主角慢慢地变为配角。

语言表现力的下降是当前网络文学重要的发展趋势。浅显、直白的小白文成为网络类型小说的主导性语言风格,它们缺少必要的铺垫和修饰,往往直奔主题,口语化特征极为突出。写手们在持续更新的巨大压力下,不再花心思去推敲语言,语言的主观化色彩较浓,显得随意而粗糙,语体杂糅。只要把故事的来龙去脉交代清楚,把人物关系勾勒出大致的轮廓,就算是万事大吉。也就是说,网络小说的语言表现出较为明显的直观化倾向,它基本不进行人物心理刻画,而是让人物不断地说话和行动,营造出动态的画面感,让行动持续发展。网络类型小说重视对场景的描摹,建构立体化的空间感,追求视觉化效果。改编成网络游戏的《诛仙》、《斗罗大陆》、《斗破苍穹》、《兽血沸腾》等玄幻小说,其多层次的、琐细的场景描绘很容易被改编成在线游戏的地图。以我吃西红柿(朱洪志)的《盘龙》、《星辰变》、《吞噬星空》、《莽荒纪》等作品为例,转世、轮回、传送、飞升成为其叙事的关键环节,使得主人公可以突破时间限制,在仙魔妖界、凡界、神界、外星球之间自由穿梭,将传统小说注重时间性的线性叙述结构改造成开放式的、枝蔓重生的空间化结构。对色彩和声效的渲染,也是网络类型小说重要的语言特征。丰富的色彩和逼真的声效,增强了视觉表现力,使得场景更加具体而真实。正如爱德华·茂莱所言:"作家不仅逐点地引导着读者的眼睛,而且也引导着读者的耳朵。"①

就文本属性而言,网络文学文本与传统的印刷文本相比,具有较为突出的互文性。互文性(intertexuality,也译作"文本间性")概念是朱莉娅·克里斯蒂娃(J. Kristeva)对巴赫金对话理论的进一步阐发,不再局限于对文本的孤立考察,转而关注文本之间的复杂互动以及读者对文本的建构作用。在传统的文本分析活动中,习惯性地将文本看作稳定的对象,但在互文性的视野中,

---

① 爱德华·茂莱:《电影化的想象——作家和电影》,邵牧君译,中国电影出版社,1989年,第225页。

一个文本中往往包含了其他文本的元素,即具有引文性特征:"任何文本的建构都是引言的镶嵌组合;任何文本都是对其他文本的吸收与转化。"①文本之间的相互影响成为文本生成的动力机制。哈罗德·布鲁姆甚至说:"在我看来,影响意味着没有文本,只有文本之间的关系。"②在迄今为止的网络文学写作中,互文性的现象非常突出。恰如萨莫瓦约所言:"引用(citation)、暗示(allusion)、参考(référence)、仿作(pastich)、戏拟(parodie)、剽窃(plagiat)、各式各样的照搬照用,互文性的具体方式不胜枚举,一言难尽。"③一方面,网络文本的互文性表现为原创性的缺失,经常会看到不同文本的混杂与嵌入;另一方面,网络文本突破了单纯的文字文本形式,将图片、视频和其他电子科技产品融入文本,形成一种多样化的、奇特的互文效果。随着语言的重要性的降低,语言很可能在未来的网络文本中成为一种装饰和点缀,只发挥注释的功能。在这样的文本环境中,不仅意味着文学语言的退化,而且可能导致文学性乃至文学的退化。

---

① [法]朱莉娅·克里斯蒂娃:《符号学:符义分析探索集》,史忠义等译,复旦大学出版社,2015年,第87页。

② Harold Bloom, *A Map of Misreading: With a New Preface*. New York:Oxford University Press,1975. p. 3.

③ [法]蒂费纳·萨莫瓦约:《互文性研究》,邵炜译,天津人民出版社,2003年,第2页。

14
网络文学的大数据分析

一鱼数据 *

摘　要　身在网文的黄金时代,网文大神的成功让无数小白羡慕不已。大浪淘沙,IP 投资者也对网文的成功原因无比好奇。运用大数据分析方法,可以总结出网文作品的类型、作者的等级、总创作字数都是影响网文受欢迎程度的因素;网文作品名称方面,大部分的网文作者偏向于在书名中直接出现热门的元素或类别;作者笔名上,"公子"、"逍遥"等浪漫主义色彩词汇更受欢迎。

关键词　网文　大数据　文本分析

一、网文世界初探究: 人气网文的秘密

在这个网络文学的黄金时代里,网文大神的成功让无数小白羡慕不已。大浪淘沙,IP 投资者也对网文的成功原因无比好奇:究竟哪些因素会影响网文的市场表现。

以起点中文网为例,本文通过整理人气排序前 398 的作品,来探究人气网文的共有特征。

---

*　一鱼数据,成立于 2017 年 3 月份,隶属于国内大数据企业孵化平台上海长江时代众创数字技术空间技术有限公司。致力于打造开放式的泛娱乐大数据服务平台,专注于 IP 创作、运营、投资、影视化改编等应用场景,为网文工业化和影视化提供多方面、系统性、标准化高效的一站式解决方案。

（一）类型因素

起点中文网将小说分为 13 个大类。在 398 部样本作品中,都市作品占比最高,有 106 部;玄幻排名第二,有 63 部;第二梯队是历史、科幻、仙侠和游戏类,每类有 30—40 部网文,占比 10% 左右;第三梯队为占比基本小于 5% 的类型,包括职场、奇幻、二次元、军事、体育、武侠和灵异。

从结果看,都市和玄幻是起点的两大热门类别。

通常我们评价小说人气有两个重要的指标:一是总点击量,二是总推荐数。那么,拥有小说数量最多的类别是否也是最受读者喜爱的呢?

我们从不同类型网文被推荐数和总点击量的平均值可知,仙侠、玄幻、军事和游戏四类表现不俗。其中,军事和游戏的作品数量虽少,但其被推荐数与总点击量排名却很靠前,原因可以猜测是这两类网文是小而精系列,并且军事迷和游戏迷都是忠实的粉丝,对其喜欢的作品百看不厌。

反观,样本中数量最多的都市类型网文的被推荐数与总点击量表现均不佳,这是什么原因呢?

可以看出,都市类别下具有一众大神级的作品,起到了吸粉的作用,一些小白在初次尝试写文时,倾向于选择具有爆点的类别入手——所谓大牛挖坑,小牛灌水。再有都市类别对作者的要求较低,因而大部分水平不高的作者愿意从都市进入网文的世界,导致了主体上而言都市作品的表现平平。

（二）作者影响

网文的质量和人气与作者的写作功底及受欢迎程度一定是密不可分的。因此,有必要对作者的相关指标进行分析,目的找出受欢迎的网络文学的作者因素。

这里选择作者作品数、作者等级以及作者勤奋度三个维度展开讨论。首先,我们来看看这 398 部作品的作者都写过几部小说:

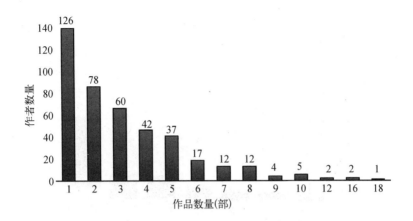

其中有126位作者都还只写过一部小说,看来新作者也是有很多机会写出人气小说的。

样本中作者等级分布如下图,其中Lv. 1的作者占比最多,与上面表格的结果一致;白金和大神级作者占比较少。

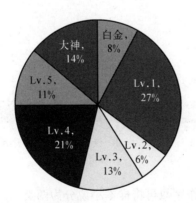

接下来对样本的两个指标按作者等级分组做箱线图,结果符合我们的预期。随着作者等级的不断上升,其作品的总点击量与被推荐数都有所上升,并且白金作家的平均水平远比其他作家的高;从图中还可看出,一位水平较差白金作家的作品也比Lv. 1或Lv. 2里高水平作者的作品受欢迎。虽然这398的作品中有不少新人作品,但最高点击量的那些作品往往是白金、大神的作家的作品。

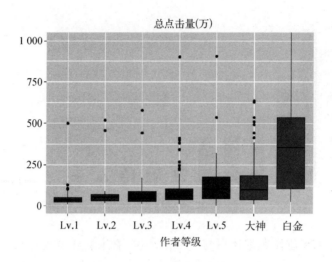

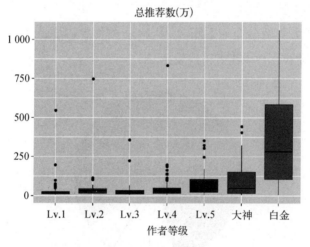

最后,根据作者创作字数再将样本小说分为两类。

结果表明,累计字数较多的作者拥有更高的被推荐数与总点击量水平,且神级巨作往往出现在累计字数较多的作者手下。正所谓多劳多得,作者们想要获得更高的人气,就要努力码字。

总体看来,作品的类型、作者的等级、总创作字数都是影响一部网文受欢迎程度的因素。

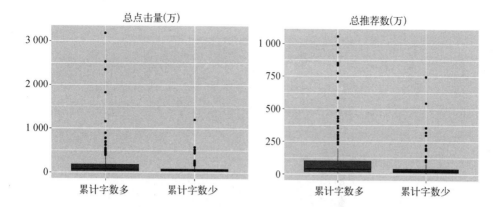

二、网文更新频率的秘密

一部网文的市场表现不仅与作品类型、作者等级等因素相关,还与作者的勤奋度,即网文的更新频率有很大关系。本文旨在探究更新频率与网文绩效的关系。

唐家三少作为著名的更新快选手,月更 25 万字,一路策马奔腾,占据排行榜顶端。

而顾漫作为出了名的更文慢选手,月更 3 800 字,人送外号"乌龟漫",但这也没妨碍她写出《何以笙箫默》和《微微一笑很倾城》两部大 IP。

到底更新频率与网文绩效表现有没有影响呢?

更新频率,不同于网文的行文内容,是一部网文的隐性特征,关系到读者追文的畅快程度,其重要程度不言而喻。

然而很多作者都很迷茫,是不是更得越快越好?有无断更会对网文的推荐数产生怎样的影响?更新的稳定性真的那么重要吗?到底保持怎样的更新频率会达到最佳用户体验?通过研究起点网排名前 400 部作品的数据来得到一些答案。

（一）更新间隔分布

首先,我们看一下 400 部网文,共 42 万章节的更新时间间隔的频数分布图。

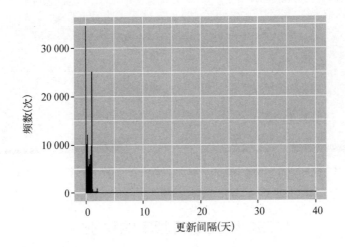

可以看出绝大部分作品的更新间隔都在0—3天,而更新时间间隔在5天以上的章节数几乎为0。

因此,在这里将5天作为断更标志点,两个章节间的更新时间超过5天视作一次断更。

为了更清晰地看出绝大多数章节的更新时间间隔情况,将数据做断尾处理。下图为大家展现更新时间间隔在5天内的章节分布情况,也就是连续更新时的分布情况。

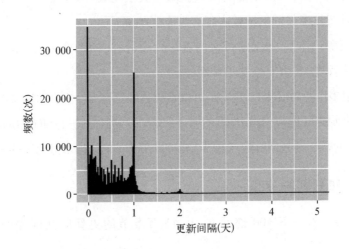

可以更加清楚地看到,绝大部分章节的更新时间间隔在 0 到 1 天之间,也就是大部分章节为一天多更。

且更新时间间隔为 1 天时出现了一个顶峰,即很多章节为一天一更,而更新间隔为 2 天是又一个小顶峰,即部分网文采用两天一更的策略。

可见作者对网文的更新有一个统一的认知:保持较强的周期性,且周期不宜过长。

(二)更新频率与网文绩效

更新频率,作为网文的一项考核指标,同样受到了读者的关注。这次尝试从量化的视角,用大数据分析的方法向大家呈现了更新频率与网文绩效的关系。

作者在保证相对较高的更新频率的同时,应注意作品的创作质量。

那么有无断更会对网文的推荐数产生怎样的影响?更新的稳定性真的那么重要吗?最佳更新频率又是什么?

我们继续研究,将更新频率这片疑云彻底拨开。

"断更"会对网文产生怎样的影响?

通过观察下面的更新间隔概率密度分布图,可以发现更新间隔在 5 天时概率密度急降,又根据之前的分析,将 5 天作为断更的标志点,两个章节间的更新时间超过 5 天视作一次断更。并且采用上次提到的研究多因素相关关系

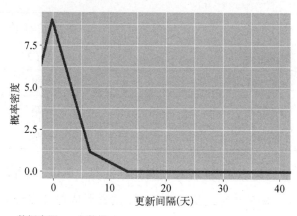

数据来源:一鱼数据

的利器——多元线性回归模型。

将一部网文的断更次数作为 x,网文总推荐数作为 y,同时控制住网文总点击量的影响,进行回归,得到结果如下:

变　量	系数估计值
断更次数	$-0.927\,2^{***}$
总阅读量	控制

可以发现,断更次数越多,读者对该网文越不推荐。

断更行为严重影响了读者的追文情绪,进而影响到读者对网文的支持度。所以,作者们想断更时都得慎重。

(三) 更新的稳定周期真的那么重要吗?

作者们更文时往往会采取一定的更文策略,但是稳定的更文间隔真的会对读者阅读产生影响吗?

为了刻画更新的波动,计算各网文的章节更新间隔的标准差,标准差越大表示更新波动越大,也就是说网文的更新越不稳定。

将更新波动作为 x,网文总推荐数作为 y,进行回归后,得出了这样的结果:

变　量	系数估计值
更新波动	$-1.491\,2^{**}$
总阅读量	控制
作者等级	控制
小说类型	控制

结果显示,更新越稳定,读者对该网文越推荐。所以,读者还是更加喜欢固定的追文时间。保持稳定的更文频率,让读者形成追文习惯会大大增加网文的推荐量。

（四）最佳更新频率是什么?

更新频率并非越高越好,那么想来应该存在一个最适合的更新频率,既能让作者保证写作质量,又能满足读者的追文需要。

一般而言作者都会在不断地更文中凭借经验摸索出这样一个频率。

我们尝试用科学的数据分析来解答最佳更新频率是什么,这样可靠度更高。

将数据按照一天一更、一天两更、一天三更、一天四更、一天四更以上和多天一更分组。

首先,对总阅读量分组回归后得到结果如下:

变　量	系 数 估 计 值
一天一更	216.086 4***
一天两更	−6.372 8
一天三更	−21.748 9
一天四更	−12.807 6
多天一更	468.973 5**
总推荐量	控制
作者等级	控制
小说类型	控制

可以发现,一天一更对总阅读量的影响是闪亮亮的三颗星,显著为正,一天一更能显著提高总阅读量。

多天一更虽然影响也是显著的,但是该组样本很少,应该是个别网文的自身特点,可以忽略;而其他更高的更文频率对总阅读量的影响不显著。

然后,通过分析推荐数的特征,一鱼认为总推荐数是多个离散行为的加和,采用泊松回归模型更为恰当。

一鱼对总推荐数分组进行泊松回归后得到结果如下:

变　　量	系数估计值
多天一更	0.627 2***
一天一更	0.723 4***
一天两更	0.679 0***
一天三更	0.494 4***
一天四更	0.386 3***
总阅读量	控制
作者等级	控制
小说类型	控制
平台评分	控制

　　将更新频率及其对总推荐量的影响大小画张折线图,可以发现,在一天一更处达到了最大。

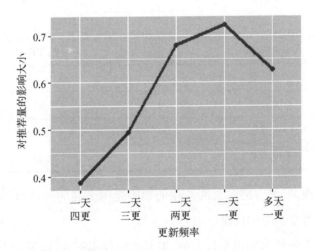

数据来源：一鱼数据

　　最佳更新策略就是一天一更。既照顾了作者的写作速度,又满足了读者的阅读需求。通过数据分析发现,不论是对阅读量还是推荐量,都在一天一更时达到最大效应。虽然读者们成天发催更帖,但是结果表示,读者们也是很在乎更文质量的！一天更一章，效果更佳。

（五）总结

目前，作者们对更新频率已经有了朦胧的经验认识，纷纷提出了自己的更新策略。但是用更加科学、普适的方法研究后，建议作者：

在保证不断更的前提下，维持稳定的更新频率，一天更新一章最佳，让读者养成固定的追文习惯，这样会让你的点击量和推荐量蹭蹭上涨。

三、网文名称的套路

好的书名能吸引大批读者，网文的书名较之传统文学更要讲究个不俗不涩，更要起到博关注的目的。如今这看似纷繁的网文世界中，实则充斥着无数的套路。

读完本篇，您将知道：

1. 最深的网文取名套路

2. 最热门的网文元素

3. 去哪儿找你想看的网文

为了探寻网文取名的套路，进而根据套路分析出网文的趋势，首先翻看各大网文网站的排行榜，试图找出规律。

虽然上榜的热门作品书名在腔调上或多或少有些相似，比如男频透露着深深的与天争霸的强者味儿，女频则满满的全是宠溺，但是在字面上好像并没有什么共同点。

深受大数据思想熏陶，选择性小样本只能出偏见，大样本才能出真知。于是整理了几个主要网文发布平台的大量书名，果然，套路是如此的明显！

将整理好的书名进行分词处理，并筛选出频率较高的前 100 个关键词后，可以画出词云，在词云中，关键词颜色越深、字号越大说明出现的频率越高。

（一）男频词云

下面是起点中文网男频的书名词云，很显眼的"重生"、"系统"、"穿越"大大地出现在正中。

图片：起点中文网男频书名词云

数据来源：一鱼数据

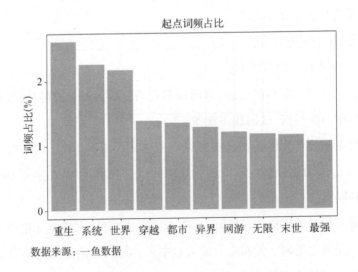

数据来源：一鱼数据

可以看出数量最多、最热门的起点男频网文是重生文、系统文和穿越文，而从"最强"、"无限"等关键词可以看出男频网文更倾向于不受限制的想象力和上天入地的主角超能力，以及争霸升级的爽感。

在词云的第二梯队关键词中,"网游"、"英雄"、"联盟"、"火影"、"三国"引起了我们的注意。网游文的崛起、二次元同人文的涌现,是否暗示了下一波网文的大势?三国元素和中国第一大 IP 西游记一样长盛不衰、常改常新常火,也同样得到了作者的青睐。

进一步绘制了前 10 的词频占比柱形图辅助认识,前 4 大关键词占所有词频中的 8.5% 左右,可以看出网文市场的集中。

而与起点不同,在逐浪小说网中占据黄金位置的关键词分别为"网游"、

图片:逐浪小说网书名词云

数据来源:一鱼数据

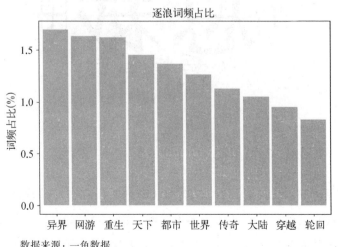

数据来源:一鱼数据

"异界"、"重生"、"都市",根据下面的前10词频占比柱形图也能看出,"网游"占据了关键词的第二名,威力不容小觑。"都市"作为最容易上手的网文类型之一,出现在词频第一梯队里也十分合理。而在起点上表现超强的"系统",则在逐浪里不见了踪迹。

(二)女频词云

在看到女频的书名词云后发现,霸道总裁是最大的热点。总裁文不仅符合读者的口味,作者也最容易上手。

下面是红袖添香的书名词云,可以明显地看见"总裁"、"穿越"、"王爷"等词,看来在女强文中,女性角色想要出头争出自己的一片天,男主角的设定也不能太弱。女主要"倾城"、男主要"豪门",加之"腹黑"、"恶魔"技能点,效果更佳!

图片:红袖添香书名词云

数据来源:一鱼数据

而根据词频占比柱形图,可以更加清晰地看出在一片总裁文、穿越文中,青春文也有自己的一片天地,"青春不散场"看来不是喊喊口号而已。

与一般的女频网不同,晋江文学城作为老牌女频,早已发展出了自己的频

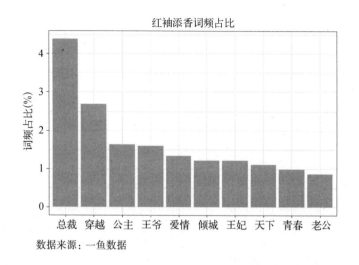

红袖添香词频占比

数据来源：一鱼数据

道特点。词云中的二次元同人元素不可忽视,耽美题材也占据了很大一份市
场份额。多数女频上如火如荼的总裁文,却反而销声匿迹了,取而代之的是女
频的重生文。

图片：晋江文学城书名词云

数据来源：一鱼数据

根据词频占比柱形图,在同人文中,又以网球王子、哈利波特、红楼梦、家
庭教师、火影忍者和全职猎人最受作者的青睐。

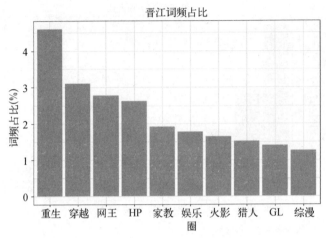

数据来源:一鱼数据

根据上面的分析,大部分的网文作者偏向于在书名中直接出现热门的元素或类别,这就说明大部分作者在写文时都采取了蹭热度的手法。

新手作家期望读者能在茫茫书海中一眼挑中想要看的作品类型,而自己的书又恰好是读者想看类别中的一本,这就大大增加了自己作品被阅读的概率,于是直接将大热的素材放入书名里。

四、我们分析了 69 万个笔名,发现最受作者青睐的笔名可能是它

网文如今大行其道,各路网文作家不仅进军中作协,更是登上了富豪榜,连美媒都曾评论说屌丝的背后是富豪。

网文爱好者们提起唐家三少、天蚕土豆、匪我思存往往直呼如雷贯耳,但是对网文不了解的吃瓜群众可能要先愣三秒反应一下,这又是土豆,又是加糖的,到底要炒个啥菜?

其实看了这么多年网文,我感觉大部分作者的笔名画风还挺一致的,但具体是怎样的风格又说不上来。并且我也很好奇,最受作者喜爱的笔名是什

么呢？

我们搜集了 69 万个来自各大网文网站的作者名，并做了一些数据分析，就为了找到这些问题的答案。

本次分析的数据源来自 17k 小说网、晋江文学城、起点中文网、起点女生网、潇湘书院、逐浪小说网、创世中文网、飞卢小说网、红袖添香、言情小说吧和纵横中文网。几乎囊括了目前市场上占有率最高的几个网站。

接下来经过先去重，再分词，最后停用无意义的词或字后，我们本来的 111 万个作者名样本剩下 69 万个，并分出 119 万个有意义的分词，足以找出笔名的画风以及最受喜爱的笔名了。

下面我们来看看结果。

首先我们将分好的词按照词频排序，选取词频较高的 109 个词画出词云。发现"公子"以压倒性的优势位于正中，而"天下"、"逍遥"、"星辰"、"红尘"、"孤独"和"少年"也赫然榜上。

这些词也很能描绘网文作家的形象了：逍遥孤傲的翩翩公子在滚滚红尘中孑立独行，仰望星辰，只愿征途归来仍是少年。

总之要么霸气要么文艺，可见各位作者对浪漫主义是很有追求的，"星辰"、"星空"绝对是梦幻的代名词，而"公子"、"逍遥"、"孤独"、"清风"等又代表了对洒脱的追求，是十分具有文人气质的物象。

　　进一步观察词云，我们发现里面有很多的复姓（看来还是复姓听起来比较有气质啊），各类蔬果动物也不少。为了找出最受作者欢迎的笔名，我们将分词按照复姓、季节、颜色、蔬果、动物分组（感谢度娘为我们提供了各类名称大全）并对其出现频次结果加以分析。

　　我们将分词做好后，又按着类别进行了分词统计，出现频次在100次以上的18个复姓，而实际上作者笔名中出现的复姓多达194个。

　　通过分析我们可以看到"东方"作为出现频次最高的复姓，获得"最受喜爱的复姓"奖，也不知道诸位大大是不是受到了"东方不败"的影响。

　　在四个季节中夏季的出现的频次比其他三个加起来都多，达到1 462次，而其他三个季节加和也只有1 253次。各位作者对夏天的爱真是太浓烈了！

　　我们主要分析了作者笔名中出现的各种动物，搜集了数据之后发现，所涉及的动物五花八门，连"翻车鱼"、"鳙鱼"、"象牙蚌"都有出现。为了缩短数据量，把猫、野猫合并，猪、野猪、豪猪合并，以此类推。我们只保留了出现次数在240次以上的动物，事实上作者名中一共包含了222个动物，可以说是天上飞的、地上跑的、水里游的，无一不囊括其中。猫以3 139次远远超过了第二名狼的1 074次，优势悬殊。看来我们的作者大多为猫属性人格，也很符合上面词云中的关键词。

　　对于有关颜色的关键词我们依然做了词频的截尾处理（只取词频大于100的颜色），第三名黑色（1 375）出现的次数是第四名红色（684）的二倍有余，而前三名颜色出现的次数却相差不远，都在1 500次左右，可见作者们对于颜色的选择也很集中。

　　通过对网文的大数据分析，我们能从一个新的视角和新的方法分析和理解网络文学。

15
《镇墓兽》创作谈

蔡　骏[*]

一

多年以前,我在上海市长寿路第一小学读三年级。语文课上写命题作文——长大后的梦想? 有人写科学家、工程师、解放军,甚至警察……而我填的是考古学家。

这是我的童年梦想。

在作文里写科学家、工程师、解放军,甚至警察的同学们,没有一个人实现了梦想。当然,我也没能成为考古学家,连个门边都没摸到过。

绝大多数人的童年梦想,是注定不会实现的。很不幸,这是生活的铁律。

读了中学,我又梦想成为画家。结果在去美院考试前,我因为恐惧失败而放弃了,这让我后悔了一辈子。我不知道自己还能成为什么? 梦想离我似乎遥不可及,我即将收获一个平庸而浑浑噩噩的人生,就像身边的人们那样随波逐流。

青春期,心情最灰暗的那几年,我找到了拯救自己的方式,那就是阅读和写作。我每天去图书馆,站着看完一本又一本书。我也把身上有限的钱用来买书,其中有一套是关于中国考古与盗墓的纪实文学——先是明朝万历皇帝的定陵考古挖掘的悲剧,再是清朝东陵被盗的传奇。民国年间,同治帝的惠陵被盗掘,盗墓贼打开棺椁,发现英年早逝的皇帝早已成为一堆枯骨,皇后的尸

---

* 蔡骏,上海网络作协副会长、中国作协会员,《网文新观察》副主编,上海浩林文化传播股份有限公司董事长。

身却完好如初,仿佛刚刚睡去一样,脸色光泽自然,皮肤富有弹性。不久,另一伙匪徒闯进地宫,丧心病狂地剖开十八岁的皇后腹部,搜索她在六十多年前殉情自杀时吞下的那一点点金子。数天后,又一群盗墓贼进入地宫,发现赤身裸体的皇后长发披散,面色如生,没有痛苦的表情,只是肠子流了一地……

虽然,这故事不知真假,但一直强烈地萦绕在我的脑海中——如果让我来改写,是要变成一段爱情故事?还是一个盗墓传奇?

2000年,圣诞节,我跟一个女网友在聊天室打了个赌,至于赌注早已忘了,但我因为这个赌约,便想到这位被盗墓的同治皇后的故事,阴差阳错地写了自己的第一本书——她生于19世纪,被侮辱于20世纪,波云诡谲,绵延百年,直到21世纪的互联网时代,发出两个关键词"她在地宫里""还我头来",就能读到她的故事。第二年,这本书就出版了,这恐怕是中文互联网上的第一部长篇悬疑惊悚小说。

我从未忘记过,最初构思《病毒》时的激动,仿佛置身于清朝陵墓地宫,皇后就站在电脑屏幕背后,披散长发,双目幽怨……她姓阿鲁特氏,历史上没有留下名字(慈禧太后都没留名呢),我给她起了个名字:阿鲁特·小枝。

二

2015年的春天,某个细雨霏霏的午后,我开车被堵在上海闹市的一条小路上。右边是家证券公司,大门口蹲着两尊石雕。这并非常见的石狮子,而是麒麟模样的神兽,各自头顶一对鹿角——这不就是古墓里的镇墓兽吗?

春天的那个瞬间,三个汉字在我脑海中闪过——

镇墓兽!

多么令人心动的名字,仿佛回到21世纪的第一年,那个梦想开始萌芽的奔腾年代,又连接了三千年来从未中断过的中国历史与古墓中的秘密。

至少在春秋战国时期,镇墓兽就已经出现在中国的土地上。到了魏晋至隋唐时期,镇墓兽文化的发展到达了顶峰。目前出土的许多镇墓兽,五代十国之后,逐渐消失。镇墓兽是墓葬文化的一部分,它们作为冥器伴随主人入葬,用来辟邪和守护死者的灵魂。它们有的是人面兽身、有的似兽非兽,虽然面目狰狞,但从不背叛。在暗无天日的地宫里,坚韧地守护着主人。

我花了将近两年时间,挖掘出成百上千幅镇墓兽的实物图片,有在考古现场新鲜出土的文物,有在博物馆里堂而皇之展出的国宝,也有在拍卖行手册里价值连城的古董。我又下载了数百份考古报告(足以精确到每个厘米、每根骨头、每个经纬度),解读了数不清的墓志铭,彻夜从汗牛充栋的历史文献、学术论文中搜集资料,甚至发现了一位埋葬在白鹿原的唐朝小皇子……

镇墓兽是真实存在的。

这是毋庸置疑的结论,它们面目狰狞,但它们从不背叛,它们不仅守护墓主人,它们也在守护中国文明。

历史往往是可以被"发明"被"创造"的,唯独地下出土的文物不会说谎。而每一件文物,经历千百年,都有其灵魂,不是文物本身的灵魂,就是建造文物的工匠的灵魂,或者文物曾经的主人的灵魂,或者一尊佛像所蕴含的佛性。因此,每一次修理文物,便是一次精神的修行,达到人与物的统一。或者说"无我"。普天之下,最终,只存在这流转千年的古物。而人的生命则是渺小易消逝的,哪怕生前是多么伟大的帝王,最终不过是白骨一堆,更不幸的,将落入敌人或盗墓贼的手里惨遭侮辱。

唯有文物千年不朽,哪怕朽烂了,其存在过的精神与灵魂亦不朽,这便是人类整体的精神,人类征服世界,人类创造文明,人类探索宇宙的真相,人类追寻不朽的信仰。文物不朽,信仰亦不朽,人类同不朽,哪怕地球毁灭,哪怕宇宙坍塌,唯有在这其中的沧海一粟之上,创造过的文明,每个从未在历史上留名的普通人的生老病死,怨憎会,爱别离,求不得,五蕴炽盛。子在川上曰,逝者如斯夫。

有人说,中国人是没有信仰的,没有道德底线,没有坚持不懈的精神。他们错了!我知道——中国人是有信仰的,这个信仰就是历史。自孔子时代,中国就有了书写历史的传统,从《尚书》《春秋》《左传》到司马迁的《史记》,再到洋洋洒洒四千万字的二十四史。

镇墓兽永远在守护的是中国人的信仰。

三

2017 年的第一天，我正式写下了《镇墓兽》系列小说的第一笔——

20 世纪的头一年，地球上发生许多桩大事：布尔战争如火如荼，印度大饥荒饿死百万人，巴黎第二届奥林匹克运动会举办，尼采与王尔德死了……

而在东方赤县神州，瑞典人斯文·赫定在罗布泊发现楼兰遗址，王道士在敦煌莫高窟打开藏经洞，八国联军打破了北京城……我们的故事就从这里说起。

铁路穿墙而来，大前门下火车站，遥望紫禁城。光绪帝与慈禧太后接踵崩殂。三岁溥仪登基，三年宣统皇帝，三百年大清风雨飘摇翻了船。皇帝的头没杀下来，重蹈三千年中国史覆辙，已然文明进步矣！中国八十三个王朝三百九十七个皇帝，统计虽不精确，末代皇帝命运多舛却无争议。溥仪毕生颠沛流离，做民国皇帝，当日本傀儡，被苏联俘虏，最终以共和国公民身份，于 1967 年病死于北京，无嗣。

这是我们父辈、祖父辈、曾祖父辈们亲眼看见过的历史。

再过五十年，也就是 21 世纪的今天，更不会有"夜静人稀，沙子龙关好了小门，一气把六十四枪刺下来；而后，拄着枪，望着天上的群星，想起当年在野店荒林的威风。叹一口气，用手指慢慢摸着凉滑的枪身，又微微一笑：'不传！不传！'"

我在小说开头引用了一段老舍先生的《断魂枪》的开篇——

东方的大梦没法子不醒了。炮声压下去马来与印度野林中的虎啸。半醒的人们，揉着眼，祷告着祖先与神灵；不大会儿，失去了国土、自由与主权。门外立着不同面色的人，枪口还热着。他们的长矛毒弩，花蛇斑彩的厚盾，都有什么用呢；连祖先与祖先所信的神明全不灵了啊！龙旗的中国也不再神秘，有了火车呀，穿坟过墓破坏着风水。枣红色多穗的镖旗，绿鲨皮鞘的钢刀，响着串铃的口马，江湖上的智慧与黑话，义气与声名，连沙子龙，他的武艺、事业，都梦似的成昨夜的。今天是火车、快枪，通商与恐怖。听说，有人还要杀下皇帝的头呢！

这不仅是镇墓兽的故事，也是 20 世纪的中国故事，甚至是五千年来整个人类的故事。而我是多么喜欢这个故事的主角啊——诞生在古墓地宫的少年，背负血海深仇，身藏三千年的秘密，注定毕生颠沛流离，穿梭于波云诡谲的年代，挽狂澜于既倒，扶大厦之将倾。

这些年都在说"文化自信"，而《镇墓兽》选择的年代背景，恰恰是中国人文化最不自信的年代。第二卷的前半段，主人公来到新文化运动的中心——北京大学做了个小工匠，其中有段对话，来自当时的数位文化名人，既有新文化运动的干将，也有保守如脑后留着根辫子的辜鸿铭。他们在讨论文物"云居四宝"的同时，顺便也讨论了中国文明应该向何处去？汉字的存废，孔孟之道的价值，还有胡适那段著名的话——

"研究问题是极困难的事，高谈主义是极容易的事。现在中国应该赶紧解决的问题真多得很。从人力车夫的生计问题到大总统的权限问题，从卖淫问题到卖官卖国问题，从安福俱乐部问题到欧洲大战问题，从女子解放问题到男子解放问题……哪一个不是火烧眉毛的紧急问题？"

这就是《镇墓兽》的主人公所处的年代，他不可避免地要沾染上那个时代所有的思想。作为皇家工匠的后人，继承了独一无二的流传了三千年的建造皇陵与镇墓兽的手艺，再用一句流行的话来说就是"非物质遗产继承人"。但他的这门手艺，在帝制覆灭走入共和的年代里，已经彻底沦为了无用的手艺——这个过程从 19 世纪开始直到 21 世纪，无论中国还是世界都是正在进行时，科技的昌明比如互联网的普及，正在迅速地消灭掉一个又一个行业，这是大势所趋不可避免。幸运的是，秦北洋在九岁前接受过一些西洋教育，他在少年时期在北京大学做了修房子的小工匠，又阴差阳错去了日本留学读高中，学会了德语、日语、俄语，甚至被人耻笑的"日式英语"，从而在他的身上形成了"新文化运动"的矛盾冲突——西洋现代文明与东方传统文明的碰撞。

但作为个人，这两种文明在秦北洋的身上，竟然神奇地融合了，这也体现在本书最核心的剧情——镇墓兽的改造过程之中。

究竟什么是"文化自信"？我所理解的自信，绝不是故步自封，自以为天朝的传统文明无敌，历史已经证明，天朝的文明在西方文明面前一度如此孱弱。文明是需要不断融合与混血的，就像《镇墓兽》着重提及的两大历史时期——春秋战国的诸子百家，绝非只有孔孟之道，作为工匠传人，秦北洋更倾心于墨家，上古的科学精神与游侠传统"兼爱、非攻、救守、天志、明鬼……"都成为他的精神力量的源泉。还有就是盛唐时期，我借主人公之口说过一段话："长安中少年，有胡心矣。昆仑奴，新罗婢，既然在中国定居，便是中国人一分子。唐朝海纳百川，雍容大度，辉煌盛世。可自清朝以来，故步自封，闭关锁国，自以为完美无缺，犹如禽兽聚麀，一蟹不如一蟹！"

《镇墓兽》也可以理解为一个通过融合学习以及混血，将传统的技术与精神改造，使之适应现代化并且蜕变诞生出新文明的过程，这就是我理解的"文化自信"。

四

有人问，《镇墓兽》与盗墓题材小说的异同？

文章无常势，每位作家的写作风格各不相同，每个读者的阅读审美趣味也迥然有异。无论《盗墓笔记》还是《鬼吹灯》，都是中国通俗文学近三十年来影响力最大的作品，这一点是毋庸置疑的。

但说到《镇墓兽》，很难用"反盗墓"三个字去概括，小说涉及历史、考古、悬疑、神话、艺术等方面的知识是海量的。也不能从主人公的家族传承用"造墓笔记"来概括，更不能从镇墓兽的功能用"护墓笔记"来总结。

前面已经提到，《镇墓兽》中写到的墓葬与知识以及历史人物，绝大多数都是真实的，每一个墓主人也都尽量是真实的历史人物，并且解开一段历史悬案。除了墓葬，还有20世纪上半叶的无数重大历史事件、历史人物，以及我们熟知的许多国宝文物，等等。最终，我想要说的还是"大历史中的小人物的命运"。

如果一定要寻找某个参照坐标的话，我宁愿选择金庸风格的武侠小说。

我试举一例，金庸先生的射雕三部曲，其中最精彩的部分是什么？是人物命运！无论郭靖、杨过还是张无忌，他们的人生起伏波折，才是牵动读者心弦使其追看下去的秘诀。《镇墓兽》的着重点也在于此，你可以把《镇墓兽》里的各种古老工匠手艺，以及主人公成长中学到的各种知识、技能都类比成金庸小说里的各种绝世神功，通过各种机缘巧合，主动或者被动地为主人公所掌握。然后，主人公从逆境中成长，最后成就惊天动地的事业，就像郭靖最后的那句"侠之大者，为国为民"（当然，对于郭靖在金庸小说中的地位评价，历来有所争议，相比较杨过、令狐冲、韦小宝等更具个性的人物而言，在这里不展开讨论了）。

我只说，在结构上，网络文学时代以来的大部分作品，都几乎受到中国传统武侠小说的影响。《镇墓兽》的时代背景，从晚清到民国，主要部分介于两次世界大战之间，从某种程度来说，类似于"射雕三部曲"的年代背景——第一，中原民族处于衰弱与危亡之际。第二，相对于中原民族有个永恒的敌人便是草原民族，而在《镇墓兽》的年代中国有个敌人便是日本。第三，视野不再局限于中原和汉人背景，出现了成吉思汗与蒙古西征，也有《倚天屠龙记》中的波斯明教甚至"山中老人"等。《镇墓兽》的主人公的旅途更为遥远，涉足日本、欧洲、西伯利亚以及西域。

比如少时我最爱读的《书剑恩仇录》，其中有一长段陈家洛与香香公主在新疆大漠历险的故事，作为金庸的武侠长篇处女作，已达到了相当高的水准，读来让人流连忘返，脑中自动浮现出那个奇异瑰丽的世界。

五

这些年来的网文的发展，有诸多白金大神富有影响力的作品，尤其是猫腻的《庆余年》、《将夜》等神作。《镇墓兽》只能说是其中的一个特例，在主题、题材、节奏、年代以及文字上，我不知道该如何归类，尽管在起点中文网是在"灵异"频道，有时我觉得更应该归入"历史"频道。

当然，小说家自己最不应该来评论自己的作品，何况《镇墓兽》尚未创作完结，期待在完本之后，能够看到评论家们专业的意见。

16

我的"工业情怀"及
"网络工业小说"书写

齐 橙[*]

摘 要 中国是一个工业大国,拥有 2 亿产业工人,这是工业文学的社会基础。30 多年改革开放的实践,为工业小说的创作提供了丰富的素材。借助于网络小说这样一种足以支撑宏大叙事的载体,我在作品《工业霸主》、《材料帝国》、《大国重工》里书写了工业发展、工厂文化和工人情怀。

关键词 工业小说 工业情怀 网络文学

一

每个男孩子都可能是一个工业党。小时候的我生活在一家国营中型机械厂,没事就会到车间去转转,看着那些不明觉厉的机床、铸造件、压力容器,很是神往。上大学学的是经济学,那个年代讲究学以致用,所以大一的时候学校专门给开设了工业技术课程,带我们去工厂里做金工实习。其他同学或许是把这种实习当成娱乐,而我则是带着很神圣的心态去学的。很多年后,我在《工业霸主》里写过这样一段:

"小华,这些机床,你都不认识吧?"钟如林见林振华看着设备发愣,以为他

---

* 齐橙,原名龚江辉,1969 年生,江西南昌人,北京师范大学经济与工商管理学院副教授。

是被震住了，"我在这里当了这么多年搬运工，这些床子我也只是叫得出名字，具体是干什么的，我就不清楚了。你看，那个叫车床，这个叫铣床，我觉得都差不多少嘛。"

"哦，这个我倒知道一些。"林振华道，"车床的主运动是工件的旋转，刀具移动是进给运动。铣床正相反，刀具旋转是主运动，工件运动是进给运动……"

写的时候，多少带着一些显摆知识的意思，这或许就是工业党的趣味了。工业知识多少有些门槛，但也正因为有门槛，所以才有魅力，能够让一些喜欢工业的读者感觉到"是自己的菜"。在写工业小说的过程中，不时就会有业内的读者出来和我探讨一下具体的工业技术问题，比如曾有一位早年当过铣工的读者，很认真地和我讨论过一番铣齿轮的方法。在写《大国重工》的时候，我写过一个概念，叫"困油"，结果就有不少读者向我推荐解决"困油"的方案，比如开卸荷槽之类，这是一种非常有趣的创作体验。

中国是一个工业大国，2009年的时候工业增加值就已经超过了美国，如今已经超过了美、日、德的总和，距离单挑整个"外国"也已经为时不远了。中国有7.7亿劳动力，其中从事第二产业，也就是工业和建筑业的有2.2亿人。作为一个2亿多人的群体，有许多属于这个群体的故事，需要有人去书写，工业文学的存在，是有其必然性的。

中国早些年有许多工业作家，也诞生了许多脍炙人口的工业文学作品，例如五六十年代的《铁水奔流》、《百炼成钢》、《上海的早晨》、《沸腾的群山》等，改革开放后，则有《乔厂长上任记》、《赤橙黄绿青蓝紫》、《祸起萧墙》、《沉重的翅膀》等。但近些年来，伴随着中国工业的不断成长，工业文学却日渐式微，这不能不说是一个非常奇特而且令人遗憾的现象。

这些年，在现实主义题材中，涌现出乡土文学、职场文学、军旅文学，但唯独缺乏工业文学。究其原因，我想应当有两个方面，一是工业题材本身是有门槛的，不了解工业就很难写出工业的气质，最终只能写点风花雪月再披上一张工业的皮来凑数，正如许多粗制滥造的军旅片里充斥着司令员的漂亮女儿，全然没有一点军旅生活的铁血之气;其二则是写工业题材需要真正的工业情结,要有对大工业的膜拜之心,要有对产业工人的崇敬之意,非如此无法写出工业的灵魂。换言之,要写工业文学,你自己必须是一个工业党。

我恰好就是一个在工厂里长大的工业党。

二

中国的近代工业起源于洋务运动,民国时期也有一定的发展,但真正开展大规模的工业建设,是在新中国成立之后。以 156 项重点工程为代表,中国迅速地由一个农业国转变成了一个工业国。

改革开放后,中国一方面大量引进国外先进技术,提高自身的工业技术水平,另一方面则借助于沿海加工工业的发展,使自己成为世界工厂。在今天的中国,有许多声名显赫的大型工业企业,在 40 年前还只是一家乡镇小厂,甚至可能还并不存在。例如,三一重工的前身是湖南省涟源县焊接材料厂,创办于 1989 年;振华重工创办于 1992 年,公司成立时只有十几个人;美的集团 1968 年创业,当时只有 23 个人,创业资本仅 5 000 元。所有这些企业,都经历过一段筚路蓝缕的艰苦创业历程,每一家企业的创业史,都可以写成一部动人的文学作品,而整个中国的工业革命,则是一部浩瀚的史诗。

《工业霸主》是一部在总体构思上很讨巧的作品,它基本上照着中国改革开放后的工业发展史写下来的,80 年代搞轻工业,90 年代搞自主创新和进口替代,新世纪开始参与国际竞争,占领国际工业前沿,其间穿插了工业史上的各种事件:扩大企业自主权、乡镇企业崛起、国企改制与大下岗、振兴老工业基地、保卫民族品牌、外向型战略等。用一个人以及一家企业的历史,来反映一个国家的历史,借助于这个时代的伟大,来感染读者。实践表明,这种尝试是很成功的。

除了工业史之外,工业的其他角度也同样可以书写。《材料帝国》是一部展现技术之美的作品,其中没有太多的人文情怀,而是侧重于介绍工业中的材料科技,用技术作为金手指,靠技术的魅力去征服读者,相当于一部并不科幻的科幻作品。《大国重工》写的是体制,以80年代启动的国家重大技术装备研制计划为背景,回顾中国40年来由引进技术到自主创新,逐渐形成强大重工业装备体系的历程。这两年,经济学界关于中国经济管理体制优劣的讨论颇为热烈,以林毅夫为代表的一派认为中国的举国体制在中国经济的崛起过程中发挥了重要的作用,与主张"有限政府"的另一派别形成对峙。《大国重工》的很多创意就来自这场讨论,它以近乎写实的手法,用产业发展的实践来为这场讨论提供佐证。

数百个门类、数十万家企业、2亿从业人员、每年超过4万亿美元的增加值,这就是中国工业的规模。这样大的一个体系,无论是进行全景式的扫描,还是专注于一个领域、一家企业、一个角度,都能够写出有声有色的文学作品。工业题材是一个非常广阔的舞台,能够容纳得下无数的作者,能够培育出无数的传世之作。

《工业霸主》是网络文学中较早涉足工业题材的作品,曾被评价为网络文学中"硬派工业文的开山之作"。在《工业霸主》之后,网络文学中逐渐形成了一个工业题材类别,涌现出了许多非常优秀的作品,在此就不一一列举了。

三

写工业小说,离不开工厂,正如乡土小说必须写村庄,职场小说必须写办公室,军旅小说必须写军营。工厂是一个与村庄、办公室、军营都不同的环境,它有自己独特的空间布局,更有自己独特的文化。

我写的前两部工业小说《工业霸主》和《材料帝国》,开篇的场景都是一家国营中型企业,其原型就是我小时候生活过的那家企业。厂子里有行政区、生产区、家属区,行政区是一幢两层的小楼,生产区有金工车间、铸造车间、容器车间。走进车间里,最有标志性的东西就是头顶上的行车。在铸造车间的外面,堆着一些大大小小的铸件,日晒雨淋,都已经长出了斑驳的铁锈,让人腹诽企业管理的疏忽。很多年以后我才知道,这其实是有意为之,这种把铸造件放在户外经历风雨的做法,在工业生产中叫作"自然时效"。

一家工厂就是一个小社会,有家长里短,有各种各样的矛盾。但相比较而言,工厂的人际关系是更为简单的,这一点与职场和农村都大不相同。

与职场白领相比,工人文化程度略低一些,思想比较朴实,办公室政治里那些尔虞我诈的东西,工人们不懂,也不屑,谁这样玩,只会被人鄙视。与农民相比,工人又属于文化程度更高的一群,他们懂技术、懂规则、懂法律,高粱地里那些原生态的习俗,在工厂里是没有市场的,乡土小说里描写的那些乡绅村霸,如果出现在工厂里,下场将会十分凄惨。

工人是凭本事挣钱吃饭的,总体上排斥投机钻营的行为。我的技术达到了这个水平,厂长不可能不给我提级;我只懂得开机床拧螺丝,不会当干部,所以也用不着去对谁阿谀奉承以求升迁。教科书上说,无产阶级是最纯洁、最革命的阶级,这一点体现在工厂文化里,就是充满了积极向上和嫉恶如仇的正能量,这使得工业题材小说往往显得阳光和上进。

工厂里既讲论资排辈,也讲技术为王。工厂里师傅与徒弟的关系,甚至比农村里的父子关系还要神圣,即便你当了官,成了厂长经理,逢年过节依然得拎着礼品去师傅家里拜年,这是起码的习俗,你做不到这一点,那就是忘恩负义、欺师灭祖,在人前是抬不起头来的。工厂里也尊重能人,你的技术比我好,哪怕年龄比我轻,我也一样尊重你,向你端茶拜师,没有人会笑话这种行为。

一家老厂,有师徒间的传承关系,有同门学徒的香火之情,也有子女联姻形成的亲属关系,这使得在工厂里一家的事情就是百家的事情。工厂里的孩子与京派小说里的"大院子弟"也没啥区别,除了没有大院子弟般的跋扈,论团结与仗义,那是毫无二致的。

工厂里的道德、工厂里的人情,工厂里那些"师傅"、"师母"的称谓,形成了工业题材小说有别于其他题材的特征。在工厂大院里长大的孩子们,从一段简短的对话中就能够感觉出老厂的韵味。

四

工人是工业小说的主角,但在一些小说里,他们只能沦为道具,成为作者施舍同情的对象。在一些人眼里,工人是一个下等的职业,如果能够不当工人,那是绝对不要当的。要写工业小说,就必须理解工人,尊重工人。工人有自己的追求,也有自己的尊严,一名真正的工人并不会自轻自贱,他们会以自己的职业为荣。好的工业小说,应当写出工人身上那些积极向上的精神面貌,要写出他们对工业的热爱、对工人这个职业的热爱。

在《工业霸主》里,写过一个工厂里长大的天才女焊工沈佳乐,她唯一的爱好就是烧电焊,20岁不到已然是全省轻化工业系统里最优秀的焊工。后来,这家企业放弃了原来的压力容器业务,沈佳乐也失去了自己的电焊岗位。在写到厂里把焊机当成二手设备卖掉的时候,有这样一段描写:

"这么好的设备,就这样不要了?"沈佳乐像是自言自语般地说着。她缓缓走上前去,像韦东齐做过的那样,伸出手去擦拭着那台氩弧焊机上的铭牌。

在设备的型号铭牌旁边,还有一块石化机自己钉上去的小铝牌子,上面写着设备的编号、购买日期,最下面是落款:江南省石油化工机械厂。由于使用的时间比较长,铝牌上已经沾上了一些油污,沈佳乐擦了几下,没有擦干净,索性从兜里掏出一块小手绢,用力地在上面蹭起来,一直到把那块牌子擦得像新的那样明亮。

在场的人都有了一些莫名的感动,大家谁也不说话,就这样默默地看着沈佳乐做这件毫无意义的事情,心里五味杂陈。

无论是搞技术的韦东齐和范世斌,还是做一线操作的冯旭和杨春山,大家有一个共同的特点,那就是都是搞工业的,都是成天与机器打交道的。在平时发牢骚的时候,大家自然也难免抱怨自己的工作又累又脏,羡慕机关里的干部能够成天穿得干干净净地,坐在办公室里抽烟喝茶看报纸。可是,如果真让他们此生再也不和这些机器打交道,每个人都会觉得难分难舍。

老兵会留恋战场上的硝烟,老农会深爱泥土的清香,水手离开大海就会难以入眠,而产业工人们,最难以割舍的就是那机器的轰鸣、那机油的芬芳。

再往后,离开了电焊岗位的沈佳乐到其他企业联系工作,偶遇一个做电焊

操作的机会,对方请她给其他电焊工演示一个操作,文中是这样描写的:

> 沈佳乐拉过电焊机上的导线,把它夹在钢管上,然后把一根电焊丝夹在电焊钳上,做好了焊接前的准备。在做这一切的时候,她有一种恍惚的感觉,似乎上一次这样做还是几百年前的事情,又像是做了一辈子这样的工作。她回头看看,见许多工人都站在她的身后,等着看她演示,她不由得有些紧张起来。

> "佳乐,放松点,记住,你永远都是江南省最好的电焊工。"林振华的声音轻轻地在她耳畔响起。

> 沈佳乐觉得眼眶里一热,幸好电焊面罩挡住了她的脸,没有人能够看到她的表情。她无声地深吸了一口气,举起焊钳,用焊丝轻轻地碰了一下焊点。

> 一串璀璨的焊花飞洒起来,像是沈佳乐那飞扬的青春一般。

这是属于工人的情怀。他们的青春不是演兵场上,也不是在 T 型台上,而是在车间里,在机器旁。无需用小布尔乔亚的眼光去怜悯这些成天挥洒汗水的工人,焉知他们的人生不是一种特有的精彩呢?

有关工人的自豪感,有一个桥段是受到好莱坞军事题材大片的启发。在这些大片里,一群退役的军人重新组织起来,就能够无坚不摧,在看到这样的情节时,我便联想到,如果是一群退役的工人重新走到一起,去处理一个困难的问题,会有怎样的场景呢?

在《工业霸主》里,我刻意地构造了一个这样的情节:主角所在的企业收购了一家德国企业,准备把企业里的设备拆解之后运回中国使用。德方的高管出于泄愤的动机,怂恿当地官员封锁了一座桥梁,禁止运载设备的汽车通过。主角在当地的中国商品城里找到一群曾经是下岗工人的中国商人,请他们用人拉肩扛的方式,把设备运出了厂区。企业的小会计按照惯例给这些身家过百万的商人们支付劳务费,于是,便出现了这样一个场景:

> 汉华的小会计连忙把 40 欧元的钞票递给袁翠英,又把劳务单子和一支签字笔也递了过来。袁翠英接过钱,认真地塞进兜里,然后接过单子和笔,在姓

名那一栏里签上了自己的名字,又按着单子上的条目,规规矩矩地写上了自己在国内的身份证号。在填到最后一栏"所在单位"的项目时,她犹豫了起来。

"怎么啦,老婆,哪一项不会填啊?"陈柄泉站在妻子的身后问道。

袁翠英摇摇头,说道:"你不要看!"说罢,她提起笔,写下了一行字:

国营长红机械厂总装车间搬运工,北方省三八红旗手!

写完这行字,她赶紧把纸和笔塞到了丈夫的手上,然后迫不及待地转过头去,抬起手抹掉了从眼眶中奔涌而出的泪水。

林振华就站在一旁看着这一幕,他的心也莫名地颤动起来了。陈柄泉接过劳务单,看了看妻子刚刚写下的内容,不由也有些失神。好一会,他才提起笔,在妻子的名字下面那一栏中,用粗犷的字体写道:

陈柄泉,国营长红机械厂总装车间搬运班班长,北方省五一劳动奖章获得者!

听到这边的动静,其他的小老板们也走过来了。他们凑在陈柄泉的身后,看着那份劳务单子,以及上面填写的内容,表情蓦然变得肃穆起来。他们自觉地排好了队,一个接一个地走上前,从会计手上接过那点相对于他们的身家而言少得可笑的劳务费,然后在劳务单子上郑重地签上了名字:

宗仁康,国营丰南机械厂,六级铣工,江南省劳动模范!

周金发,某某省某某县农机厂,五级车工,青年突击手!

邱新全,某某省某某矿务局采矿一队队长,全国劳动模范!

……

这一刻,时光似乎倒流回了 20 年前,这些似乎已经被岁月磨平了棱角的人们在这一刻重新焕发出了往日的风采。20 年过去了,他们曾经所在的工厂有些已经转制,有些甚至已经被夷平,变成了商铺和住宅小区,他们这些当年的工人如今也已经改行当了商人。但是,永远不变的是他们骨子里那份工人的热血。

许多读者表示,他们读到这个段落的时候,都忍不住落泪了。全国劳动模范、三八红旗手、五一劳动奖章,这些似乎已经逐渐淡出大众传媒的名字,代表的是工人的荣誉与自豪。有人喜欢说当过兵是一生的骄傲,其实当过工人同样可以作为一生的骄傲。

五

为什么要用网络小说这种载体来写工业小说,这涉及对网络小说的认识。

网络小说因其门槛低、阅读碎片化、受众年龄较轻等原因,往往在质量上有所欠缺。有些小说一味追求感官刺激,金手指挥舞得像个风车,通篇只有一个"爽"字;有些小说由于作者自身的阅历有限,无法写出有深度和内涵的作品,华丽的文字难掩苍白的内容。

但这些缺陷并非网络小说的原罪,如果能够多一些思考,多一些锤炼,网络小说也同样可以写得深刻与精彩,而且因其特有的平台,网络小说在展现宏大叙事方面,更有其长处。

今天人们在谈到网络小说的时候,早已不是 20 年前那篇《第一次的亲密接触》那个概念了。时下的网络小说动辄数百万字,甚至超过千万字也并不为奇。这样庞大的篇幅,或许会被指责为粗制滥造,但事实上,要展现一段跨越几十年的历史,非有如此篇幅方可奏效。

工业技术的形成是一个漫长的过程,这与互联网企业那种一夜成名的节奏完全不同。要写一家企业的成长史,动辄就是十年、二十年的长篇画卷。在这个过程中,有成功的喜悦,也有失败的黯然,有同道者的协作,也有同行的竞争。对于一个人来说,二十年时间足以改变他的整个人生,让雏鹰展翅,让浪子回头。

在《工业霸主》里,有名有姓的人物有几百人,许多人的故事都是跨越了几十年,经历着种种变迁。不提作为主角的几个人物,就以配角来说:杨文军,出场时候是一家乡镇企业里的学徒工,后来成为全国顶尖的装配钳工;安雁,一个县长家里的乖乖女,因为与男友未婚先孕,被父亲扫地出门,历尽艰辛,成为全国最大的家电连锁商城的总裁;金建波,80 年代初的大学生,国营大厂的厂长助理,却因承包企业时贪污受贿而入狱,刑满后,远赴非洲经商,成为一名大企业家,在故事的最后,他携两亿现金回国,分发给昔日厂里的工人,以求赎罪……

这些人物的故事,构成了改革30多年的整体社会画卷。要把这些人物刻画出来,需要有非常庞大的文字体量,这些文字只有网络小说这个平台能够容纳得下。

18
网络文学影视改编的四种类型

李缙英[*]

摘　要　网络文学影视改编是媒介融合和产业融合的产物,并且凭借各种优势形成了中国文学影视改编的"第二次浪潮"。本文通过梳理和分析网络文学影视改编的四种类型——电视剧、电影、网络剧和网络电影,试图呈现中国网络文学影视改编的发展状况和"泛娱乐"的新型发展趋势,同时反思其发展过程中的问题与症候。

关键词　网络文学　IP　影视改编　泛娱乐

中国的网络文学自诞生以来,已从海外留学生在国外网站、论坛上的个人或小团体性质的活动,发展成为独立的网络平台和网络文学集团,近几年网络文学的发展又迈入全新的"泛娱乐化"时代,呈现出以"IP运营"为核心的商业化、产业化特点,网络文学作品被改编为影视、动漫、游戏等形式,其中网络文学的影视化改编规模宏大、影响深远,既是媒介融合和产业融合的产物,也是贯穿网络文学IP化和泛娱乐化发展阶段运营模式的重要环节,随着网络和网络文学市场的发展出现了一系列优秀的改编作品和改编热潮。

根据2016年CNNIC第39次中国互联网络发展状况统计报告公布的信息,截至2016年12月网络文学用户规模达到3.33亿,较2015年年底增加3 645万,占网民总体的45.6%。网络视频用户规模达5.45亿,较2015年年

---

* 李缙英,上海大学文学院文艺学2016级博士研究生。此文系上海市哲学社会科学规划重大委托课题"文化影响力·核心竞争力·跨区域协同发展:走向新型全球城市的上海之路"(2016WZD002)成果之一。

底增加 4 064 万人,增长率为 8.1%,网络视频用户使用率为 74.5%,较 2015 年年底提升了 1.3 个百分点。① 随着网络文学和网络视频的发展,网络文学的影视改编作为其中的重要环节,逐渐成为当代最重要的社会文化现象之一。网络小说改编影视剧的潮流从 2010 年开端,在 2011、2012 年升温,到 2013、2014 年势头旺盛,2014 下半年至今抢购网络小说的热潮达到白热化,整个影视行业几乎言必称 IP,而国产原创网络小说则成为 IP 的重要来源,网络改编的影视剧掀起了一次次收视狂潮。以 2016 年为例,中国的 IP 网络剧共有 136 部,IP 电视剧共有 96 部,IP 电影共有 42 部,其中网络文学 IP 改编占据了非常大的比重。② 网络文学的影视改编如火如荼,当之无愧地成为中国文学影视改编的"第二次浪潮"。③

影视对网络小说的改编是文学传播的又一种形式,影视改编为小说的意蕴阐释增加了新维度,研究影视与小说的互动关系不仅是研究文学的重要方面,也是关系到文学传媒、文化转型、审美艺术等方面的重要问题。④ 网络小说改编影视剧可以分为电视剧、电影、网络电视剧(简称"网络剧"或"网剧")和网络电影四种(又分为网络大电影和网络微电影)类型⑤,下面根据这些类型梳理网络文学改编的发展状况并概括其发展阶段的特点。

一、网络文学改编为电视剧

网络小说改编电视剧的发展大致可以分为四个阶段:1998 年《第一

---

① 相关数据资料来自 CNNIC 发布的《2016 年第 39 次中国互联网络发展状况统计报告-网络娱乐篇》,详见 http://www.199it.com/archives/560194.html。

② 相关数据来自骨朵传媒公布的数据,详见 http://www.entgroup.cn/news/Markets/1930121.shtml。

③ 2016 年 10 月 25 日在北京召开"文学改编影视的第二次浪潮"论坛上,盛大文学 CEO 侯小强、著名导演李少红、著名编剧王宛平、导演阿年、知名网络作家文雨以及万达影业总经理杜杨、小马奔腾影视副总裁宗帅、欢乐传媒董事长董朝晖等影视行业资深人士和编剧,共同回忆 20 世纪 90 年代文学改编影视的热潮,并将当下网络文学改编影视的热潮命名为改编的"第二次浪潮"。

④ 周志雄:《论网络小说的影视改编》,《海南师范大学学报》2010 年第 1 期。

⑤ 之前网络大电影和网络微电影的市场行情和营销策略并不成熟,并未得到传媒界和学术界的重视,因此大多数人认为网络改编影视剧主要分为电视剧、电影和网络剧三种。近年来网络电影迅猛发展并逐渐得到重视,因此本文也将网络电影作为网络文学改编形式的一类。

次的亲密接触》在论坛上连载获得超高人气,2004年这部小说被改编为同名电视剧,这是中国第一部由网络小说改编成的电视剧,网络小说改编电视剧开始走入众人视野;2006年至2009年陆续推出20余部网络小说改编电视剧,在数量和质量上都有所提升;2010年至2013年网络小说电视剧改编进入一个爆发式的辉煌期,电视剧制作者对改编网络小说的定位和选择更加准确,改编水平日趋成熟,在选材上更加大胆,并获得了观众认可;2014年以来网络小说改编电视剧再次呈现出爆发式的状态,同时围绕网络小说开始了其他游戏等IP的开发,网络小说改编电视剧发展到新的阶段(详见表1.1)。

表 1.1　2000—2016 网络文学改编电视剧作品

时间	改编电视剧	作　者	网络小说	导　演
2004	第一次的亲密接触	痞子蔡	第一次的亲密接触	崔　钟
2004	魂断楼兰	蔡　骏	诅咒	王　强
2004	蝴蝶飞飞	胭　脂	蝴蝶飞飞	何　洛
2005	爱上单眼皮男生	胭　脂	爱上单眼皮男生	王丽文
2005	爱你那天正下雨	胭　脂	爱你那天正下雨	何　洛
2005	一言为定	西　门	你说哪儿都敏感	潘　峰
2006	夜雨	胭　脂	给我一支烟	赵宝刚
2006	谈谈心恋恋爱	棉花糖	谈谈心恋恋爱	朱传光
2006	会有天使替我爱你	明晓溪	会有天使替我爱你	叶鸿伟
2006	向天真的女孩投降	冷眼看客	向天真的女孩投降	傅东育
2007	双面胶	六　六	双面胶	滕华涛
2007	成都,今夜将我遗忘	慕容雪村	成都,今夜请将我遗忘	刘惠宁
2007	爱情两好三坏	九把刀	爱情两好三坏	麦大杰
2009	王贵与安娜	六　六	王贵与安娜	滕华涛
2009	蜗居	六　六	蜗居	滕华涛

时间	改编电视剧	作 者	网络小说	导 演
2010	美人心计	瞬间倾城	未央·沉浮	吴锦源
2010	杜拉拉升职记	李 可	杜拉拉升职记	陈铭章
2010	佳期如梦	匪我思存	佳期如梦	沈 怡
2010	泡沫之夏	明晓溪	泡沫之夏	赖俊羽
2010	和空姐同居的日子	三 十	和空姐同居的日子	何 念
2010	来不及说我爱你	匪我思存	来不及说我爱你	曾丽珍
2010	婆婆来了	阚 珊	婆婆来了——玫瑰与康乃馨的战争	梁 珊
2010	一一向前冲	王 芸	S女出没,注意	王加宾
2010	赵赶驴电梯奇遇记	赵赶驴	和美女同事的电梯一夜	徐 涛
2010	我是特种兵	刘 猛	最后一颗子弹留给我	刘 猛
2011	裸婚时代	月影兰析	裸婚——80后的新结婚时代	滕华涛
2011	步步惊心	桐 华	步步惊心	李国立
2011	宫锁心玉	金 子	梦回大清	李慧珠
2011	倾世皇妃	慕容湮儿	倾世皇妃	梁辛全
2011	千山暮雪	匪我思存	千山暮雪	杨 玄
2011	甄嬛传	流潋紫	后宫甄嬛传	郑晓龙
2011	钱多多嫁人记	人海中	钱多多嫁人记	王小康
2012	浮沉	崔曼莉	浮沉	滕华涛
2012	瞧这两家子	仇若涵	婆媳拼图	吕小品
2012	风和日丽	艾 伟	风和日丽	杨文军
2012	心术	六 六	心术	杨 阳
2013	小儿难养	宗 昊	小人难养	曹 盾
2013	盛夏晚晴天	柳晨枫	盛夏晚晴天	麦贯之
2013	最美的时光	桐 华	被时光掩埋的秘密	曾丽珍

续表

时间	改编电视剧	作 者	网络小说	导 演
2013	千金归来	十三春	重生豪门千金	罗灿然
2013	花开半夏	九夜茴	花开半夏	李少红
2013	失恋33天	鲍鲸鲸	失恋33天	刘 凯
2013	爸爸,我怀了你的孩子	奈何作贼	爸爸,我怀了你的孩子	郭 彤
2014	杉杉来了	顾 漫	杉杉来吃	刘俊杰
2014	风中奇缘	桐 华	大漠谣	李国立
2014	匆匆那年	九夜茴	匆匆那年	姚婷婷
2014	绝爱	自由行走	第三种爱情	俞 钟
2014	恋恋不忘	蓝白色	无爱承欢	曾丽珍
2015	盗墓笔记	南派三叔	盗墓笔记	郑宝瑞
2015	锦绣缘	念 一	风雪夜归人	林合隆
2015	何以笙箫默	顾 漫	何以笙箫默	刘俊杰
2015	抓住彩虹的男人	匪我思存	裂锦	吴锦源
2015	旋风少女	明晓溪	旋风百草	成志超
2015	花千骨	Fresh果果	花千骨	林玉芬
2015	华胥引	唐七公子	华胥引	李达超
2015	琅琊榜	海 宴	琅琊榜	孔 笙
2015	云中歌	桐 华	云中歌	胡意涓
2015	芈月传	蒋胜男	芈月传	郑晓龙

　　2014年以来网络文学改编电视剧发展更加迅猛,古装、青春偶像和都市类型的改编剧较受欢迎(详见表1.2)。可见网络改编剧不断引领人们的娱乐话题和文化消费,而且在制作领域出现了长期合作的专业团队,从选择网络小说、改编剧本,到确定主演明星、影视公司和制片人的投资,再到确定电视台和网络播放平台,在网络和电视媒体上制造话题营销等,都已发展成较为完备的良性产业链。

表 1.2　2016 年网络文学 IP 改编电视剧排名 TOP10①

排名	电视剧名称	电视剧类型	原著作者	原著小说
1	诛仙青云志	古装	萧　鼎	《诛仙》
2	锦绣未央	古装	秦　简	《锦绣未央》
3	欢乐颂	都市	阿　耐	《欢乐颂》
4	微微一笑很倾城	青春偶像	顾　漫	《微微一笑很倾城》
5	老九门	惊悚	南派三叔	《老九门》
6	亲爱的翻译官	都市	缪　娟	《翻译官》
7	寂寞空庭春欲晚	古装	匪我思存	《寂寞空庭春欲晚》
8	余罪	警匪	常书欣	《余罪》
9	最好的我们	青春偶像	八月长安	《最好的我们》
10	如果蜗牛有爱情	警匪	丁　墨	《如果蜗牛有爱情》

二、网络文学改编为电影

　　网络文学改编电影的起步也很早,从 2001 年改编自网络小说《北京故事》的电影《蓝宇》开始,网络小说改编的 IP 电影越来越多(详见表 1.3)。网络文学改编电影明星阵容越来越强大,依托网络小说原著自带的读者粉丝和演员自带的粉丝,大多能够引发一定的话题热度,取得不错的票房收益。

表 1.3　中国 2000—2016 年网络文学改编的热门电影②

时间	改　编　电　影	网　络　小　说	网络作家
2001	蓝宇	北京故事	灵　慧
2006	谈谈心恋恋爱	谈谈心恋恋爱	棉花糖
2009	恋爱前规则	和空姐同居的日子	三　十

---

① 相关信息来自骨朵数据。

② 信息来自网络,表格中整理的电影仅是网络文学改编电影作品的一部分。

续表

时间	改 编 电 影	网 络 小 说	网络作家
2010	山楂树之恋	山楂树之恋	艾 米
2010	杜拉拉升职记	杜拉拉升职记	李 可
2011	失恋 33 天	失恋 33 天	鲍鲸鲸
2012	搜索	请你原谅我	文 雨
2012	致我们终将逝去的青春	致我们终将逝去的青春	辛夷坞
2013	等风来	游记,或是指南	鲍鲸鲸
2014	匆匆那年	匆匆那年	九夜茴
2015	左耳	左耳	饶雪漫
2015	何以笙箫默	何以笙箫默	顾 漫
2015	新步步惊心	步步惊心	桐 华
2016	微微一笑很倾城	微微一笑很倾城	顾 漫
2016	盗墓笔记	盗墓笔记	南派三叔

　　中国电影行业取得辉煌成绩,2010 年到 2016 年的票房收入由 101.7 亿增长到 440.7 亿,[①]六年来票房收入增长了三倍,网络文学 IP 改编的比重也逐年增加,成为不可忽视的环节,甚至出现了网络文学"超级 IP"和"IP 衍生"电影。电影市场也由传统产业链发展为闭合生态产业链,由"制片—宣发—院线—影院—用户"的生产模式,变为以"用户"为中心的 IP 开发、电竞/游戏、衍生品、影院/院线、大数据、票务电商和整合营销等环节循环互动的生态圈,IP 开发作为最基础也最重要的环节,发挥着越来越关键的作用。

三、网络文学改编为网络剧

　　作为媒介融合产物的网络影视,已打破了传统的影视营销策略,探索出一

---

　　① 详见 http://www.chyxx.com/industry/201603/395715.html。

种新型的网络营销模式,实现了跨媒介的立体营销。而根据网络影视视频与网络文学改编的紧密程度,可将网络 IP 改编的类型分为网络电视剧、网络大电影和微电影。

网络电视剧简称"网络剧"。所谓"网络剧"是以互联网作为主要播出媒介的网络连续剧,这类剧集或是仅在互联网在线平台播出而并不进入传统电视渠道,或是没有第一时间进入传统电视台,而是先在网络播出再反向输送到电视台的剧集,也就是以视频平台作为出品方、在视频播放网站和电视台同步播出的剧集。中国第一部网络剧诞生于 2007 年,但直至 2014 年,移动互联技术和用户观看习惯发展成熟,网络剧行业才出现爆炸式增长,全年共播出网络剧超过二百部,播放量高达 120 万,仅仅是点击量排行前十的网络剧,其点击量也有几十亿(详见表 1.4),因此业内将 2014 年称为"中国网络剧元年"。[①]

表 1.4　2014 年十大网络剧排行榜[②]

排名	剧　名	平　台	集数	点击量(万)	评论
1	屌丝男士第 3 季	搜狐	8	98 000	12 932
2	匆匆那年	搜狐	16	90 121	161 831
3	谢文东第 3 季	迅雷看看	116	71 100	8 575
4	万万没想到第 2 季	优酷土豆	15	71 064	291 037
5	灵魂摆渡	爱奇艺	20	55 500	26 363
6	暗黑者第 1 季	腾讯	46	47 982	27 665
7	微时代	腾讯	40	37 963	32 393
8	怪咖啡	腾讯	60	36 351	5 903
9	废柴兄弟	爱奇艺	20	33 500	17 580
10	STB 超级教师	乐视	40	33 439	24 839

网络文学改编剧发展迅猛,2015 年上线网络剧 Top50 中 IP 改编数量为 12

---

①　相关数据来自骨朵传媒。

②　相关数据来自骨朵传媒。

部,占 24%。2016 年播放总流量超过 500 亿,增长势头强劲,其中上线网络剧
Top20 中由 IP 改编而成的有 10 部,流量在 20 亿以上的 5 部网络剧《老九门》、
《太子妃升职记》、《最好的我们》、《余罪》和《重生之名流巨星》,全部由 IP 改
编而成(详见表 1.5)。① 并且,这 10 部网络剧中有 9 部采用了会员付费观看
方式,预计未来 5 年,网络剧仍将是会员付费的重要内容,网络剧全付费时代
已不再遥远。网络剧展现强大的号召力和影响力,甚至出现了反哺电视荧幕
的现象,《他来了,请闭眼》和《老九门》是最好的案例。2016 年网络剧反输电
视台再度告捷,一线卫视周播剧场成为第二战场,其中"强 IP+大明星"双向提
升网络自制剧制作成本,小说 IP 改编成网络剧特别是头部网络剧占主流。可
见,网络剧已走过"群雄混战"时期,其市场运营模式和营销模式已发展完备,
逐渐形成一定的品牌价值,系列化的网络剧层出不穷,品牌效应凸显,而且随
着投资、演员、制作、平台资源流入,网络剧正在走向精品化,网络文学 IP 也发
挥出粉丝效应,带动粉丝经济飞速增长。②

表 1.5　2016 年上线网络剧 TOP20 改编情况③

排名	网　络　剧	是　否　IP
1	老九门	是
2	太子妃升职记	是
3	最好的我们	是
4	余罪	是
5	重生之名流巨星	是
6	半妖倾城	是
7	九州天空城	原创,故事架构来源于《九州》
8	盗墓笔记	是

① 相关数据来自艺恩网,详见 http://mt.sohu.com/20161018/n470594721.shtml。
② 参见《大自制时代,网络自制剧的蝶变效应——暨 2015—2016 年中国网络自制剧市场白皮书
(2016 年 10 月)》,详见 http://www.entgroup.cn/Views/37198.shtml。
③ 相关数据来自艺恩网,详见 http://mt.sohu.com/20161018/n470594721.shtml。

排名	网　络　剧	是　否　IP
9	十宗罪	是
10	终极游侠	原创
11	老师晚上好	原创
12	超少年密码	原创
13	我的朋友陈白露小姐	是
14	睡在我上铺的兄弟	故事原创,依托音乐IP
15	都市妖奇谈	原创,故事来源于《山海经》
16	超能姐姐大作战	原创
17	废柴兄弟3	原创
18	校花的贴身高手	是
19	废柴兄弟4	原创
20	灭罪师	原创

四、网络文学改编为网络电影

网络电影主要包括网络大电影(简称"网大")和网络微电影两种。网络电影充分体现了网络的特点,特别适合在网络媒介上传播,真正实现了以网络传播为主要渠道。现在创作网络电影以及在网上消费网络电影,已成为一种新的文化时尚。①

网络大电影因其"小成本、差异化、周期短、面向中等规模受众"的特点,而更符合互联网用户的个性化需求。近两三年网络大电影呈现爆发式的增长,根据骨朵数据显示,2015年网络大电影达到622部,播放量达到48.7亿;2016年出现爆发性增长,网络大电影出品数量超过2 500部,播放量近二百亿。仅

① 李启军:《网络:影视产业发展新空间》,欧阳友权主编:《网络与文学变局》,中国文史出版社,2014年,第110—111页。

从 2017 年 1 月网络大电影的首日播放量来看，数量就非常可观（详见表 1.6）。而且网络大电影也逐步进入精品化发展进程，制片成本普遍提高，而网络大电影主要以用户点击付费为主要收入来源，随着平台会员人数的增多以及网络大电影质量上的提高，用户付费的体量将会进一步增长。[①] 但截至目前，IP 改编网络大电影仅十几部，占总数的 1%，由此可见网络文学 IP 改编在网络大电影中的比重还很低，而且网络大电影的播放量波动很大，市场行情并不稳定。

表 1.6　2017 年 1 月网络大电影首日播放量 TOP10[②]

排名	影 片 名 称	在线播放平台	上线时间	首日播放量（万）
1	茅山邪道之引魂煞	腾讯视频	2017.1.6	1 207.1
2	探灵笔录	乐视视频	2017.1.6	740.9
3	摸金校尉（上）	腾讯视频	2017.1.17	710.5
4	十全九美之真爱无双	爱奇艺	2017.1.28	653.2
5	我的杀手女友	腾讯视频	2017.1.17	638.0
6	大宋绯闻录	腾讯视频	2017.1.6	575.8
7	绝密恋人	多平台	2017.1.11	525.7
8	大梦西游 2 铁扇公主	爱奇艺	2017.1.30	504.3
9	乌林大会	多平台	2017.1.4	494.2
10	天龙号醒来	腾讯视频	2017.1.19	422.8

除了网络大电影，还有一种不在电影院上映而以网络在线平台为传播渠道的微电影，其标志性特征在于"微细节、微投资、微时长"，[③]以不同于传统电影的微特性和颠覆性的创作模式迅速吸引人们的视线，并掀起了全民拍摄微电影的浪潮。"微电影"概念起源于 2010 年的微短片《一触即发》，但改编自

---

① 艺恩网：《2016 中国专业网生内容（PGC）用户白皮书》，详见 http：//www.entgroup.cn/report/f/1518157.shtml。

② 相关数据来自骨朵传媒公布的信息，详见 http：//www.guduomedia.com/?p=20203。

③ 吕蕾：《网络微电影的特征浅析》，欧阳友权主编：《网络与文学变局》，中国文史出版社，2014 年，第 274—279 页。

网络文学的微电影只有少数几例,如改编自网络作家打眼的小说《神藏》的同名微电影。网络文学改编的网络电影还有待于发展,根据艺恩研究报告的深度访谈可知,多数片方认为现阶段的网络电影不具备衍生品开发的条件,而网综、网剧是可行的,因为衍生品需要靠优质内容的品牌产生溢价,而当前网络电影尚无品牌可言。① 我认为随着网络电影的发展,它也会成为网络文学生态圈中与各个产业链循环互动的重要环节。

以网络剧和网络电影为代表的网络影视,其初级发展阶段是基于用户增长所带来的流量经济,以广告收入为主,该阶段竞争激烈,产业内部与产业之间的合作协调性差,造成资源浪费和重复开发。以用户为核心的消费将是互联网影视发展的高级阶段,网络影视从用户出发,精准服务用户,将用户分为普通用户、目标用户和粉丝用户三层,以此为不同用户提供差异化的内容和服务,由此可见互联网与影视的融合本质是精准服务用户。这将是基于用户全面开放的互联网影视产业,该阶段会员价值、付费消费将形成,产业进一步融合,形成一整套完善的会员经济模式。② 网络影视也会在影视产业、网络产业和金融产业融合带来的契机下,长足发展下去。

而网络文学改编影视剧的形式和效果如何呢? 从以上网络文学改编影视剧的发展历史来看,早期改编影视剧的影响力和知名度并不小,但绝大多数观众对网络文学改编影视剧没有清晰的概念,并不能区分网络文学改编影视剧和普通文学作品改编剧、剧本直接改编的影视剧之间的区别。直到 2010 年或 2014 年左右,随着网络文学的读者增加甚至成为粉丝,网络文学 IP 改编的产业运营模式逐渐成熟,市场宣传力度加大,网络文学 IP 改编的影视剧,成为当代中国文化的重要现象,网络 IP 改编热潮更是几乎席卷了整个中国的影视剧观众和网民群体。网络文学改编影视剧的方式越来越花样百出、层出不穷,其影响力也由大数据所评估和支撑,动辄几百万、几亿的网络流量或者几亿、十

---

① 艺恩网:《中国网络大电影行业研究报告(2016)》,详见 http://www.entgroup.cn/report/f/2418156.shtml。

② 艺恩网:《中国互联网影视产业报告(2016 年 1 月)》,详见 http://www.entgroup.cn/report/f/2818144.shtml。

几亿的票房，甚至持续的话题热搜或娱乐新闻报道等，都能说明网络文学改编影视剧的影响力。而从以上网络文学影视改编四种形式的发展情况来看，网络文学的影视改编不仅是小说的影像化，而且充分发掘了网络 IP 的衍生产品和附加价值，带动了上下游文化产业的繁荣，使多维产业链发展为全方位循环互动的泛娱乐生态圈。

五、网络文学影视改编的问题与症候

在网络文学改编影视剧的产业化过程中存在着一些缺点和不足，而网络文学影视改编的现象也存在着问题与症候。

首先，网络文学改编成影视剧，网络小说本身的文学性欠缺的问题，在改编的过程中既可能因转化而弥补，也可能导致影视剧的内容浅显、格局不高等缺乏文学性和哲理性的问题。因此在改编的过程中，如何实现文字符号向影像、声音的转化，如何在转化过程中增强其中的内涵和艺术审美韵味等，仍是值得深思的问题；其次，网络文学市场的运营模式是以用户为中心，充分发挥粉丝效应带动粉丝经济。"粉丝经济"是通过提升用户黏性，并以口碑营销的形式获取经济利益与社会效益的经济运作模式，具有经济属性与文化属性并重的特点，而想要充分发掘粉丝经济，必须尊重粉丝经济的实际主角——粉丝，而且需要精确洞察其需求。[①] 这样能够将网络小说的粉丝读者转化为网络文学影视改编的观众和消费者。但网络文学影视改编过于迎合年轻粉丝的审美趣味，可能会出现哗众取宠、低俗浮夸的现象，本身的消费主义意识形态又会反过来影响整体受众的思想观念和社会文化的转向，因此在其"传播—媒介—接受"过程中会形成恶性循环；第三，网络文学市场的 IP 开发和衍生，可以带动全产业链变为生态循环圈，促进上下游产业的繁荣发展，但网络文学 IP 的影视改编是否符合原著，是影响其成败的关键因素，一方面改编不符合原

---

① 艺恩网：《我愿为影，护你为王——粉丝经济研究报告》，详见 http：//www.entgroup.cn/report/f/2018152.shtml。

著,可能会招致原著粉丝的抵制和反对,另一方面,改编过于拘泥于原著小说可能会限制影视剧的创新和发展,而且并非所有的 IP 具有衍生性,核心 IP 才具备衍生的可能性,内容产业核心 IP 衍生需要三要素:一是完整清晰的世界观,二是价值观系统承载用户情感的核心形象,三是标志性可模仿的语言和动作等。因此网络文学市场的"泛娱乐化"趋势,可能在繁荣的同时引发网络文学 IP 的内在危机。

　　除了这三个问题之外,网络文学影视改编还存在许多其他问题,不仅需要全面了解其发展状况和产业运营模式,还需要结合国内外学术研究现状,来全面反思背后的问题与症候。

18
网络小说影视改编得失谈

刘俐莉 闫 铭[*]

摘　要　网络小说创作从 1999 年起步,而网络小说的影视改编则与网络小说
　　　　的创作与繁荣相伴相生,并成为当前小说改编影视中份额最重的文
　　　　学阵地。本文探讨近年来网络小说改编的动因、得失以及未来指向,
　　　　期望借此促使文学与影视的双赢共生。

关键词　网络小说　影视改编　动因　得失

从影视产生之初,小说就成为影视创作的资源之一。今天网络文学业已
成为当下文学影视改编中份额最重的阵地。那么,网络小说改编现状如何?
热潮是怎样一步一步形成的? 缘何形成风潮? 成败得失在哪里? 未来具有可
持续性吗? 又有多少成长的空间? 这是本文想要思考的问题。笔者将以近年
来网络小说改编作品加以具体分析,探索网络小说改编生发的种种问题,期望
借此促发文学与影视的双赢共生。

一、网络小说改编动因分析

网络小说影视化之所以能够强势占领市场,与网络小说创作数量和读者
数量的蓬勃发展分不开。网络作品的发表不同于纸质文学作品的出版,纸质

---

*　刘俐莉,北京第二外国语学院现当代文学副教授。闫铭,北京第二外国语学院中国现当代文
学专业研究生。

文学出版过程繁琐,标准苛刻,而依托于文学网站,网络写作空间相对自由,网站对于创作者的资质没有过高门槛,创作内容也没有过度限制,资质与内容的自由促发网络小说在创作数量上相当惊人。作品数量当然不能说明一切,不过,随着网络媒介的高速发展,文学阅读方式随之发生了很大的改变。2017年8月4日中国互联网络信息中心(CNNIC)在京发布第40次《中国互联网络发展状况统计报告》(以下简称为《报告》)。《报告》显示,"截至2017年6月,中国网民规模达到7.51亿,占全球网民总数的五分之一。同时我国互联网普及率54.3%,超过全球平均水平4.6个百分点"。① 在历史的长河中,从最初的甲骨文到纸质书籍,从机械印刷到电子和网络的技术革新,经历了无数次的媒介革命。当旧有的文学生产和传播的方式已经接近崩溃的边缘,就会形成新的文学生产语境和传播方式,整个文学生态系统也会发生相应变化。在数字媒介时代,媒介霸权和文化失衡导致精英文化转向大众文化和消费文化转型。网络上走红的小说作品一般有很广泛的读者阅读基础,有少则数百万多则甚至上亿的点击率,具有很高的商业价值。一些超人气网络小说作者本身就具有一种市场效应,他们拥有的读者都是潜在的影视剧观众。网络小说强大的读者群体为改编作品提供了收视保障,选择网络小说作为影视资源成为一种必然。

另一方面,由于创作者自身身份的多样化,在内容和形式上限定较少,网络小说在内容表现深度上可能不够,但在题材和类型上有较大的突破,比如我们前面提到的突破同性恋禁区的《北京故事》,而穿越类型、盗墓类型、仙侠类型、奇幻类型、同人类型都呈现出不同于传统小说的创作奇观,多样化的素材满足了影视的多样化需求。网络小说错综复杂的人物关系、曲折的情节发展也很适合以普通大众为观影对象的影视。更由于网络小说一般是一日一更新的方式,与读者有非常良好的互动,形成一种开放性的创作格局,使得小说最大程度地照顾到大众取向,甚至有时候会根据读者的建议修改故事的走向和

---

① CNNIC:2017年第40次中国互联网络发展状况统计报告解读,载中文互联网数据研究中心,http://www.199it.com/archives/619827.html,2017年8月4日。

结局。这种独特的创作方式正符合影视观赏者的需求,影视制作公司把目光投向网络小说也是一种必然。

最主要的原因还在于当下影视本身的繁荣与发展。海德格尔认为,近现代社会是一个"技术时代"、"世界图像的时代"①。丹尼尔·贝尔声称:"当代文化正在变成一种视觉文化,而不是一种印刷文化,这是千真万确的事实。"②2017年10月20日,十九大新闻中心在北京梅地亚中心举行记者会,新闻出版广电总局副局长张宏森给出了一组让人震撼的数据:"去年,全国出版图书近50万种,制作广播节目771万小时、电视节目352万小时,生产电影故事片772部,国产电视剧334部,电视动画片近12万分钟;电视纪录片产量超1万小时。中国电影银幕总数目前已达4.9万块;2016年中国城市影院观影人次达13.72亿;全国出版物发行网点达16.3万处。"③"电影制片创投单位超过2 000家,广播电视节目制作经营机构14 389家,上市企业达到69家。"④这么多影视制作公司,自然需要足够多的剧本支撑公司的运作。"一方面是网络文学广泛渗透到大众文化各个领域,另一方面是影视剧本创作匮乏,网络文学的影视剧改编进入了快速发展时期。"⑤具有良好读者基础的网络小说改编成影视剧,缩短了一部影视剧的制作周期,增加了作品天然具有的大众热度,影视制作公司纷纷把目光投向了网络小说作者,或是向他们购买小说版权,或是邀请作者担任编剧,同样是一种必然。

现在,我们可以下结论说,选择网络小说进行改编具有很多必然的因素。不过,考虑到电影、电视的普及性和生产成本,影视剧对改编小说的选择肯定是"挑剔"的,相对来说,点击率和题材新颖的网络小说更可能成为影视剧的首选资源。不过,拥有高流量的网络小说作品一定能带来影视改编剧的成功吗?

---

① [德]海德格尔:《世界图像的时代》,孙周兴译,上海译文出版社,1997年,第72—73页。
② [美]丹尼尔·贝尔:《资本主义文化矛盾》,赵一凡、任晓晋译,上海三联书店,1989年,第156页。
③ 《中国银幕数居世界第一 去年影院观影人次13.72》,载中国新闻网,http://ent.sina.com.cn/m/c/2017-10-20/doc-ifymzqpq2800678.shtml,2017年10月20日。
④ 同上。
⑤ 褚晓萌:《网络文学影视剧改编研究》,山西大学硕士论文,2014年。

下面,我们就要对当前已改编作品的成败得失进行一番探讨。

二、网络小说改编得失分析

西格尔认为:"一本畅销书的读者可达百万,如果是最畅销的书,则可达四五百万。一出成功的百老汇舞台剧可有一百万至八百万观众,但一部电影如果只有五百万观众,则被视为失败之作。如果一部电视系列剧只有一千万观众,它就要被停播。电影和电视剧必须赢得巨量观众才能赢利。小说的读者和舞台剧的观众档次较高,所以它们可以面向比较高雅的市场。它们可以重在主题思想,可以写小圈子里的问题或采用抽象的风格。但是如要改编成电影,其内容必须符合大众的口味。"①可见,小说进行影视改编第一个要考虑的就是市场和大众的需求。网络小说创作本身已经最大限度地面对大众的口味,《步步惊心》《宫》《双世宠妃》《太子妃升职记》等穿越题材,《致我们终将逝去的青春》《何以笙箫默》《小时代》等现代都市爱情题材,《寻龙诀》《鬼吹灯之精绝古城》《鬼吹灯之黄皮子坟》《盗墓笔记》等盗墓题材,《择天记》《花千骨》《三生三世十里桃花》等仙侠题材都是近年来在网络小说中具有引领作用的文学作品。如果再加上高流量演员,表面看起来,网络小说影视改编距离成功应该是一步之遥。不过,事实并非如此。

近些年来,网络小说改编成功案例不少。我们以近年来颇具影响力的电视剧《琅琊榜》为例。《琅琊榜》可以算是 2015 年的现象级剧作,受到多方追捧,有人甚至认为其大气磅礴而又不失诗意的故事主线与画面感,为国内古装剧进行了新的定义。该剧根据海晏同名网络小说改编,以平反冤案、扶持明君、振兴山河为主线,讲述了"麒麟才子"梅长苏以病弱之躯拨开重重迷雾、智博奸佞,为昭雪多年冤案、扶持新君所进行的一系列斗争。2015 年 9 月 19 日初播时,收视平平、话题度一般,但随着剧情的推进,10 月初收视率持续走高,到 10 月 15 日剧集结束时,收视率和话题度跃居第一并保持热议度长达

---

① ［美］L. 西格尔:《影视艺术改编教程》,苏汶译,《世界文学》1996 年第 1 期。

一月。

这部电视剧的成功首先要归功于小说本身故事的可读性。《琅琊榜》首发于起点中文网,被评为架空历史类年度网络最佳小说,在起点中文网排名持续位居榜首。不同于网络上的"速食言情小说",没有将过多的笔墨放在儿女情长上,而是精心勾勒出一出朝堂权谋、国仇家恨和兄弟情义的大戏,人物性格分明,故事构思严谨,经得起读者的反复阅读和推敲,因此,拥有较多忠诚度很高的粉丝。粉丝的忠诚度高,对小说的全面发展有重要影响。当《琅琊榜》准备改编成电视剧时,是原著的粉丝充当桥梁,将其推荐给业界口碑良好的山东影视制作公司,这为《琅琊榜》后期的成功奠定了基础。①

电视剧对小说的情节进一步凝练,故事的架构、人物的设定与剧情的走向在重视原著的基础上,增加了复仇的难度,也增加了对于兄弟情谊的刻画。《琅琊榜》的电视剧剧本由原著作者海晏亲自操刀改编。海晏表示:"从 2012 年 10 月中开始,到 2013 年 4 月完成全部初稿,剧本十分用心。小说改编成电视剧,细节改变肯定会有,但故事构架和剧情走向没有大的更改,会删减支线,对主线有所填充,但梅长苏的结局依然保留。相比原小说,还原度至少有 80%。"②电视剧的叙述主题极其鲜明,整个故事脉络就是复仇翻案,所有的情节设置全部与主角梅长苏的翻案主题相统一。为了让梅岭 7 万赤焰军将士沉冤得雪,梅长苏扶持靖王,斗倒太子,拉下誉王,逼着当朝皇帝翻案,这就是主线,而兰园藏尸案、除夕围杀案,包括幽禁太子、靖王赈灾都是为了实现主线而设定。用一个复仇的主题,编织了一张大网,把围绕梅长苏(林殊)发生的事都网罗进来,随着时间的进行,抽丝剥茧般距离翻案的主题越来越近,情节的层层推进,强化了故事的张力,剧情对于观众的感染力和紧张度也相应放大,使得观众在观看大结局之后直呼过瘾。

电视剧中对小说改动最大的情节在于故事的结局,这也是网上热议的情节。在小说原著中,霓凰郡主选择与聂铎在一起,梅长苏几乎没有任何感情

---

① 参见李嘉慧、赵霖琳:《浅析网络文学改编剧〈琅琊榜〉的成功因素》,《视听》2015 年 12 月。

② 《琅琊榜临近大结局 回顾从改编到选角高水平国产剧是如何炼成的》,载中国网,http:// henan. china. com. cn/ent/2015/1015/886945_2. shtml,2015 - 10 - 15。

线,纯粹成了一个复仇机器。而电视剧则完全删掉了聂铎的这一支线,尽管霓凰郡主仍然不可能与梅长苏在一起,但霓凰郡主与梅长苏的相互较量与最终相认,增加了梅长苏性格上柔软的一面。而最终梅长苏选择重上沙场,就给观众留下了更多的敬重与遗憾,使得梅长苏的人物形象更加立体,故事的主题表达得也更加深刻。

当然,电视剧《琅琊榜》的成功不只停留于故事层面,剧作对于人物举手投足、穿衣打扮等文化层面的高要求,场景设置的精益求精,拍摄画面的黄金视角分割使得作品超越了一般大众的需求,学院派也对电视剧几乎难以挑剔;演员的高度契合与表演功底又为剧作增加了光彩,这部剧作再次成就了胡歌,捧红了多年沉寂的靳东和王凯。总之,一部剧的成功是多重因素的共生与并发。

《琅琊榜》作为男主大戏与宏大的政治题材打动观众,《后宫·甄嬛传》则以女主戏与后宅宫斗吸引观众。宫斗题材不是《后宫·甄嬛传》的独创,2004年,香港 TVB 出品的《金枝欲孽》曾经在大陆掀起过热潮,之后又有了《大清后宫》、《宫心计》、《美人心计》、《宫锁心玉》、《步步惊心》等作品,也都有一定的话题度。2006 年,小说《后宫·甄嬛传》参加第二届腾讯网"作家杯"原创大赛,短短几日便创下了六十余万点击,五百多万条评论的骄人战绩,2007 年又以 10 万册首印、10%版税的天价获得出版。2011 年,小说改编成为同名电视剧。小说本是架空历史作品,改编后选择了"落地"的做法,将故事安排在雍正年间。甄嬛从入宫得宠、出宫思过,到回宫复位,中间经历几番生死别离,故事中每一个人都有创伤,这些女性都是男权社会的受害者,但她们又成为其他女性的加害者,这种挣扎与追求更接近现代人的生存境遇,所以才能打动观众的心扉。所以,有人说这是一部变相的职场厚黑著作。演员的表扬张力自然也是成功的关键。

不少改编剧并不能达到预期的效果,甚至会遭到原著粉丝的抵制,更不用谈口碑。很多影视制作公司认为点击量大的网络小说,加上高流量的演员,至少能够保障作品的高点击率。当然如果单纯从高点击率来看,但凡是改编自热门作品的影视作品,再加上高流量的演员,往往能够使作品保持较高的大众关注度。但在播放平台的多样化及电视剧数量不断增多的情况下,观众的自主选择权越来越重要,比如爱奇艺自制的改编剧《盗墓笔记》,这部小说拥有相当数量的粉丝,启用的演员应该都算高流量的代表,但特效的缺失,演员的平面化,使其并没有能够力挽狂澜,点击率自然高不到哪里。《孤芳不自赏》演员演技的问题、抠图不敬业的传闻、电视剧后期制作的粗制滥造让这部电视剧虽然赚足了眼球,话题度非常高,播放平台又是大众关注度较高的湖南卫视,但口碑却不尽人意,这部电视剧在豆瓣只有 3.1 分,甚至比不上原著本来烂尾的改编剧《择天记》,这样的作品基本不可能有重播率。究其原因,一部剧的失败也是多方面因素的融合,剧本改编的水平、演员表演的水平、制作者制作的态度及大众不断变换的关注度都会影响一部剧的成败。

网络小说影视化市场火热,但并不能够掩饰其弊端。基于网络小说的时效性特色,网络小说并没有经过时间的洗涤,作品大多不具有"经典化"的问题,大部分改编后的影视作品在主题思想上往往深度不够。其次,网络小说常常出现雷同化倾向,导致网络小说常常集结出现,容易引发观众的审美疲劳。第三,网络小说创作者过度追求商业化及高点击率,导致作品或者一味迎合读者的口味,或者粗制滥造,也会更影响作品的影视改编效果。

不过,成功也好,失败也罢。2018,网络小说改编仍然在继续。

三、网络小说改编的未来指向性分析

前几年,古装玄幻、宫斗题材的网络小说改编火爆荧屏,但随着主管部门对古装份额的限制,市场环境的变化,观众观看口味的变化,当代都市、青春校园题材逐渐走红。未来网络小说改编影视剧会朝向现、当代题材。这类题材政策禁区较少,与观众更有贴近性,会更对观众的观看口味。而随着制作技术的发展,最流行的网络小说改编影视剧类型,应属"魔幻/玄幻""都市爱情"之类。从目前的创作热门类型来看,哪些类型的网络小说仍将有比较持久的吸引力呢?

《后宫·甄嬛传》使得"大女主电视剧"成为近年来创作的主流之一。何为"大女主电视剧"呢？比较约定俗称的说法是以聚焦女性故事,展现女性成长为主题的电视剧,一般来说,女主角是整部戏的核心人物,整部戏围绕这个人物展开剧情。当然这也不是《后宫·甄嬛传》的独创,如果向前追溯,2003年的韩剧《大长今》应该是大女主电视剧的滥觞之作。近几年,《甄嬛传》《芈月传》《武媚娘传奇》《锦绣未央》《楚乔传》《那年花开月正圆》的热播,让"大女主戏"在影视剧市场持续发热,马上将要播出的《如懿传》《赢天下》《知否知否应是绿肥红瘦》都是"大女主戏",不过成败与否尚没有定数。

大女主戏成了现在电视剧的主流,从2011年的《甄嬛传》开始,衍生出一系列的大女主剧。《芈月传》《大唐荣耀》《锦绣未央》《武媚娘传奇》《问题餐厅》《楚乔传》《那年花开月正圆》等都是大女主剧。除去《问题餐厅》是翻拍自日剧《问题餐厅》,探讨女权问题,在播出后没有很大火花,其余的剧集都是火爆一时的大女主剧类型。《大唐荣耀》改编自沧溟水的《大唐后妃传:珍珠传奇》,以虐赚足观众的泪水,被追剧爱好者戏称为"大唐农药"。《锦绣未央》改编自秦简的《庶女有毒》,小说被200多位作者以抄袭为由,把原作者告上法庭,造成了很大的争议。

都市爱情及青春校园类的改编也是现在的一大热点。近些年有《浪花一朵朵》《何所冬暖,何所夏凉》《夏至未至》《微微一笑很倾城》《遇见王沥川》《旋风少女》《翻译官》《欢乐颂》《十五年等待候鸟》《一念向北》《美人为馅》《他来了请闭眼》《长在面包树上的女人》等一系列都市剧。这些剧集的口碑与收视参差不齐。其中,比较特别的是,《遇见王沥川》《长在面包树上的女人》都是在前些年已经拍摄好,却由于种种原因搁置,直到《何以笙箫默》等都市爱情剧的火爆,这两部剧才得以顺利和观众见面。

改编自梵缺的人气小说《爆笑宠妃:爷我等你休妻》的电视剧《双世宠妃》在暑假掀起了一股观看讨论热潮。邢昭林因为《楚乔传》中的月七和《双世宠妃》中的男主角墨连城跻身人气小生。原著小说目前已经更新到五千四百多章,浓缩成为24集的电视剧,深受部分观众的喜爱。他们称之为有毒的电视剧,制作不精良,漏洞很多,剧情也足够羞耻,但总有一股魔力引着观众观看。

《太子妃升职记》、《颤抖吧，阿部》都属于此类剧作，一般落脚在网络平台，将继续是网络小说改编的另一个热点。

所有改编成电视剧的小说都有一个共同点：争议。有的是关于版权、原创上的争议，如《三生三世十里桃花》；有的是关于小说本身内容的争议，如《浪花一朵朵》；还有电视剧选角色的过程中产生的争议，如《甄嬛传》《知否知否应是绿肥红瘦》《你和我的倾城时光》。这些争议都是不可避免的，影视公司如果可以利用好这些争议，恰恰可以成为对小说、影视剧的二次宣传。

四、小　结

时至今日，网络小说和电视剧的"联姻"所带来的不仅是收视率的飙升，更是文化产业链的形成。影视制作、文化演出、互动游戏软件制作等这类专指通过知识产权开发和运用的文化产业，被称为绿色无污染的创意产业。改编剧《花千骨》就成功打通了影视产业链的各个节点，从发现小说、购买版权、产业链规划，到拍摄制作、营销推广、电视剧发行，再到版权统筹、产业链开发，实现了与用户全程互动。"小说——影视——游戏"这种产业链模式所衍生出的副产品层出不穷，同是网络小说改编剧的《琅琊榜》开创了一种"影视 + 游戏 + 明星"的全新影游互动新模式，这款游戏的代言人胡歌将作为游戏指导员，为游戏玩家进行新手指导，并将全程参与宣传运营的各个环节，使影游互动的形式不再趋于表面。"文化创意产业链"模式势必是网络小说改编剧的发展趋势，而如何更好地继承和壮大这个产业链，则是影视文化创作者需要认真思考的问题。①

现今网络小说影视化市场异常火爆，网络小说改编的《甄嬛传》《琅琊榜》的成功预示着国产电视剧的未来是光明的。但在改编网络文学时，应该充分

---

① 参见王展昭、任儆：《浅析网络小说改编剧〈琅琊榜〉的热播原因——基于受众心理的研究视角》，《东南传播》2016 年第 1 期。

考虑各方面的条件。制作公司在获得高噱头、高关注度的同时,也要力求拍摄出制作精良的口碑之作。而网络文学版权所有者与从业者也要规范自身行为,为网络文学改编创造出一个良性竞争的环境。

希望网络小说的影视改编成为动力,促发网络小说的成长;而网络小说的成长也成为影视剧创作的温床,促进中国影视创作的繁荣。

五、文学传播多元化与城市精神

19

结缘《收获》*

莫言 等**

摘 要 《收获》杂志是 1957 年巴金先生和靳以先生创办的新中国第一本大型文学刊物。在 2017 年 12 月 9 日举办的《收获》杂志创刊六十周年纪念座谈会上，莫言、黄永玉等几十位老中青与《收获》结缘的作家畅谈自己的文学生涯与该杂志的关系，感谢《收获》，并祝福《收获》。

关键词 《收获》六十周年 巴金 作家与杂志

　　程永新(《收获》杂志主编)：今年是《收获》创刊六十周年,按照中国的老话说是甲子年。六十年前,巴金先生和靳以先生创办了新中国第一本大型文

---

* 该文系 2017 年 12 月 9 日举办的《收获》杂志创刊六十周年纪念座谈会上部分作家发言内容,内容有删节,《收获》文学杂志副主编钟红明校订了相关文字。

** 发言者有程永新、黄永玉、莫言、贾平凹、韩少功、马原、彭新琪、余华等人。

学刊物,从此风雨兼程,经过几代人的努力,走到了今天。巴老给《收获》制定的办刊方针是"出人出作品"。巴老的话都是这样的简洁和朴素,比如"讲真话",比如"把心交给读者",年轻时不懂事并不过心,随着年龄增长,才渐悟这些话语中所蕴含的厚重分量。如果把《收获》比做一棵大树,赋予它灵魂的无疑就是巴金先生。今天,当我们在为《收获》庆生的时候,我们格外怀念巴金先生、靳以先生、萧岱先生、吴强先生等一批前辈知识分子,他们身上所展示的接续"五四"时期的中国知识分子的理想、良知、情怀和人格力量,犹如阳光和乳汁,不断增强和补充我们这些后辈身上的钙质,我们只有坚守家园,勤奋工作,砥砺奋进,才对得起这些前辈,对得起时代,对得起广大读者!

窗外是寒冬的萧瑟,可我们的心里是暖洋洋的,这么多优秀作家可以说是几代人,不辞辛劳,远道而来,在文学的名义下相聚,让这座拥有悠久历史的大楼熠熠生辉。巴老曾说"作品是刊物的生命",是作家们总是把自己最满意的作品托付给《收获》,才能使这本杂志长盛不衰,活力永在。所以,作家们就是《收获》最好的朋友,是像亲人一样的朋友。此刻,我最想说的一句话就是:欢迎回家!

写作,就是回家。

文学,就是家园。

黄永玉:《收获》杂志发表了我的"破文章"(《无愁河的浪荡汉子》)第九年了,全世界没有这么一个宽宏大量的杂志,连载"破文章"有九年的时间,而且底下还要这么连载下去。我现在94岁,写到多少年,或者写到明天就完了,但是我希望写下去。因为我对这个世界感觉太有趣了,我很希望能够写下去,但是不给我时间我就没有办法了。我的那些经历就有点可惜。

莫言:我觉得我的"英语"很有进步。王尧的"英语"我看大部分非常……非常高兴来参加这个活动,一甲子岁月,60年《收获》,应该有五六代作家了,成千上万篇的作品,铸就《收获》今日的辉煌。作为一个《收获》的作者,来到这里,确实有回家的感觉,见到了这么多的"坏人",我指我对面几个人(对面为余华等。玩笑),见到了这么多的好人。所以有"坏人",有好人,才构成了一个世界,有坏人,有好人,才构成了一个刊物丰富的文学世界,我们小说里面写的也有好人坏人，如果我们小说里面写的都是好人，《收获》没有必要存在，正是因为这个世界上有坏人，所以我们个别坏人也要写写坏人，让我们的好人才知道世界上有坏人是同样重要，假如这个世界上没有坏人，我们人类就不能进步。这是题外话。我刚才粗略翻了一下，我在《收获》发表了6个中篇，6个短篇，我还发表了一个长篇，还发表了一部话剧，这本话剧《收获》的编辑老师是不会承认的，但是是我的一个阴谋，我终于得逞，因为《收获》曾经跟我说不发话剧的，后来我为了打破《收获》的禁忌，就在一部长篇的后面硬贴上一部话剧，搭配，买白菜必须搭上几个萝卜，这是我至今非常得意的，我跟《收获》写稿的历史当中暗暗得意的这么一个故事。

讲起我在《收获》发表的十几篇作品，每一部作品后面都有很多记忆，每一部作品都让我成长，每投稿一次，《收获》的编辑老师，李小林老师经常写很长的回信，可惜回信找不到了。我今年春天花了五天的时间翻箱倒柜，想把李小林老师给我的一封特别有哲理意义的信找出来，怎么也没有找到，真是遗憾，但是我想总有一天会出来，不知道夹在哪本书里面。我倒是把余华写的信找出来了，余华那个字写的是像打跆拳道一样，非常有味道，所以这两天我回去经常模仿余华的字，写得也不像，模仿半天，结果像江河的字，所以艺术上经常有这样的现象，本来想进东边这个房间，结果肯定进了西边的房间，学余华的字体结果变成了江河的字体。我们写小说也会这样，模仿一个作家的时候经常会变成诗人，所以文学让我们感兴趣，让我们感觉到孜孜不倦几十年写下去重要的原因。我跟《收获》投稿、发稿、写稿的历史，也是我个人心灵历史的构成部分，也是我和《收获》刊物之间的契约，心灵的契约，也是一种永远需要保守的秘密。总之千言万语两句话，一句就是好好写稿，为了《收获》，另外一句就是好好写稿，必有收获。

贾平凹：上海是出天才的地方，政治上、经济上、艺术上、体育上、文学上都有一些不可思议的人物和现象，而刊物上，《收获》就是另外一个天才。

几十年来它卓尔不群，出新思想、新观念，独领风骚，自成权威。

一部豪华时尚的车，驾驶人就是车的灵魂。《收获》的主编、编辑，一代一代，一拨一拨，更是些天才。

在我初学写作的时候,《收获》发表了我的作品,曾经给了我巨大的鼓励,从此有了信心。在写作的过程中,《收获》上的先进的文学理念,曾经给了我巨大的启示,从此激发了写作的动力。

《收获》的田园里生长着新时期以来的所有的庄稼,我是一颗土豆,也在其中。我在收获着,也被收获着,这是我的光荣。

因此,《收获》六十年庆典,我前来祝寿,感谢着这份杂志,感谢着办这份杂志的人,致以真挚的崇高的敬意,并祝一句古话:受命于天,寿而永康。

韩少功:来开会感到很吃惊,来了这么多人,我开始不知道有些什么人来,今天刚见到安忆我就说上海想干什么,搞得这么惊天动地的,但是也是能够看出一个刊物的号召力、影响力,摆在这儿了。这是六十年来他们辛勤工作自然的结果,这里我们都表示敬意。这个刊物好像很朴素,包括它的封面,它的版式设计,它的字体,都是多年来不变,都是老腔老版,其实我特别喜欢,就是要有一种端庄、朴素,这就是一种大气,岿然如山的大气,不像有些杂志刊物挤眉弄眼,搔首弄姿,想吸引读者的那种心机过多,其实这就是《收获》的定力。但是另一方面《收获》也毫不缺乏活力,六十年来,按照一般的人,四代同堂已经了不得了,但是我们在座的作家,从黄老,有五代、六代、七代,都有了,每一代都早婚早恋,代际的力度越来越密,这么多作家,而且这么多年轻的面孔在《收获》这么活跃,让我们这些老家伙感到非常欣慰、非常高兴。

马原:刚才几个朋友都历数了一下自己在《收获》上发了多少东西,回望一下这几十年的作品出生、长大的情形,其实我心情也是一样的。我最初的两部长篇,现在我有几部长篇了,原来我是个长篇特别少的小说家。但是我第一部长篇是《收获》发的,第二部也是我这辈子最大的大部头叫《牛鬼蛇神》,也是在《收获》上发的,还有自己特别喜欢的中篇、短篇,像《错误》、《虚构》,一想特别激动,你这辈子最好的小说都是在《收获》上发的,《收获》就像你亲娘一样。真的。

无论什么时候想起《收获》的这些老朋友们,小林大姐,肖元敏是我第一个责编,程永新钟红明,包括以后年轻的编辑们,就像家人一样。

我特别记得我这辈子第一次吃西餐,是程永新带我去的红房子,好像离这很近,我们俩是走去的,我不知道吃的是《收获》,还是程永新个人的,(笑答,《收获》的)这都是第一次,现在自己也都是老人了,过了一甲子之后。在过第二个"一辈子",我觉得一辈子挺含混的,莫如用一甲子定义一辈子,过第二个一辈子的时候,我不知道别人,如果有谁的召唤非去不可,那一定是《收获》,如果可能的话,如果还不落伍的话,可能再写小说还是希望能在《收获》上发表,这份敬意可能会一直到底。能够借《收获》六十周年这个庆典,看到这么多老朋友,我现在离人群确实是太远了,来这儿最少也得七八个小时或者将近十个小时,但是特别开心,那么多老面孔,新朋友们也一样,能够认识你们我特别开心。

彭新琪:我是五七到《收获》编辑部来的,那时候是靳以跟巴老联手创刊《收获》,当时他们是非常高兴,文学的春天,大家很开心。这个刊物是中国作协的刊物,要到北京去印,刚刚把纸型寄到北京的时候,"反右"开始了,所以没有办法,那时候靳以同志连夜写了一个发刊词寄到北京,巴老看了,把它发在封二上面,创刊号本来是没有发刊词的,因为有这个情况所以有了发刊词。但是事情还没有了,他们很紧张,又在第二期,赶写了《写在〈收获〉创刊的时候》,也是靳以同志写的,巴老一字不改,有18个地方写了党的领导,表示这个刊物是党的领导下发表的,这个政治上的敏感性使得这个刊物渡过了一关,才有今天。两三年以后,靳以同志去世了(1959年),巴老来主持,也是编得很好,就是在五八年(靳以)同志在北京的时候,巴老看了张春桥的文章,大跃进的风格,他把张资平跟鲁迅对比,巴老觉得不应该把张资平跟鲁迅对比,张资平是汉奸,而且是写黄色东西的,不应该跟鲁迅对比,让他修改,他当时很不高兴,对巴老很有意见,巴老一点不怕,就说应该坚持这一点,所以他把这句话划掉了。我待在《收获》的时候,感觉到两位主编非常和谐,互相尊重,互相爱护,互相支持,大家都在挑起重担,对我是一种教育。文人相亲,亲人的亲,他们身上非常好的合作,一直是我们的榜样。我虽然现在已经九十岁了,我记忆当中很多事情忘记了,但是对他们在一起工作事情当中的和谐尊重,一直记住,所以我今天来参加这个会恐怕是《收获》我最后一次参加这个会了,看到很多老作家,我曾经联系过的,很高兴,非常高兴,你们青春不老,文章写得很漂亮,

《收获》我每期看几篇,《上海文学》我也看几篇,我是《上海文学》的老编辑,也是《收获》最早的编辑。

余华:我在前几天我就想《收获》60周年了,我想我的文章里面刚好整理了一大堆谈《收获》的,我就给了程永新,我说在《收获》微信公号上发一下。三十年以前,我当时在《收获》发了第一个中篇小说,1987年的第五期,就是先锋文学专号。第六期的小说还没有发表之前,我就第一次来《收获》编辑部,旋转楼梯走到三楼,肖元敏一个人在里面,那天比较早我就过来了。

我回想一下,因为我写的作品不多,但是我敢吹牛的是,个人作品比例最高在《收获》上发表的肯定是我了,莫言很嫉妒(笑声)。当年我们在北京,他说《收获》为什么一篇一篇给你发呀。我说我就是一篇一篇寄。

我昨天还跟程永新说,莫言有时候很害羞。我说你的小说寄过去,《收获》是很高兴的,你一年给他们发六个长篇,他们都很开心的。后来他一连给了三四个中篇,在我的鼓励下(笑声)。《师傅愈来愈幽默》《三十年前的一次长跑比赛》《司令的女人》《野骡子》……那是不是在我的鼓励下?我说你一定要向我学习。我在那篇文章里写到,我用我无耻的方式在《收获》上发了太多的东西,好在李小林、程永新、肖元敏都比较宽容。像莫言其实也有无耻的时候,就是少一点,比如(他刚才)说把话剧装到小说里面去,然后还说这是他的发明(莫言长篇《蛙》),我告诉你刚才放的那个片子里面《收获》创刊的时候就有《茶馆》了,你还以为你很聪明。(笑声。莫言说:他们跟我说不发话剧剧本的。)余华:那是骗你的。在80年代还有一个上海的剧作家张献也在《收获》连发过两个话剧(《屋顶的猫头鹰》),所以你刚才说那些话的时候,我在心里面笑你。

还要感谢钟红明。那篇文章里有错误,比如说钟红明那时候还没有到《收获》。昨天钟红明告诉我,她1985年就到了《收获》了,她差点把那句话删了,但是没有删除。钟红明在微信公号里还给我配了图,最感动的就是那个旋转楼梯,我每次来《收获》,都要走那个旋转楼梯,走到三楼,当时在1988年的时候我跟苏童叶兆言,我们好像是来见一个女的,见完以后他们两个走了,我去华师大看格非,在格非的宿舍里面住了一夜,第二天我准备回嘉兴,格非挽留我多玩几天,我说我要回去了,他说我带你去《收获》,我就决定留下来了,就在格非那多住一个晚上,和格非我们两个人坐公交车到了《收获》编辑部,所以我觉得这种情感哪怕再过十年,格非跟我说你多待一天我们去《收获》,我们两个人还会去,当然现在我们打的了,叫专车了,不再挤公交车了,仍然会这样过来。

附录

《收获》的三次"生命"

《收获》杂志社

《收获》创刊于 1957 年 7 月,由中国作家协会主办,以发表中国当代优秀作品为宗旨,是新中国最早创办的大型文学刊物,编辑部设在上海,由巴金、靳以担任主编。

在《收获》的发展历程中,曾经三次停刊,又三次复刊,如同一曲荡气回肠的交响乐章。三落三起,既是国命时运的盛衰在一份文学期刊上的反映,也是文学难以消亡的生命力始终与《收获》相携同行的证明。

1. 生于"百花",凋于"反右":1957.7—1960.7

1957 年 7 月 24 日,新中国第一本大型文学双月刊杂志《收获》创刊,主要刊发中国当代文学作品。16 开,320 页,文字容量 70 万。

《收获》是中国作协的刊物,作协书记处委托靳以创办,编辑部设在上海。由人民文学出版社出版,北京邮局发行。代号 2 - 285。

巴金在《〈收获〉创刊三十年》中这样回顾了创刊过程:

"《收获》当时是中国作协的刊物,作协书记处委托靳以创办的。作协的几位负责同志过去都是靳以主编的刊物的撰稿人。……为了体现'双百'方针,有人建议让他创办一份纯创作的大型刊物,靳以也想试一试,连刊物的名字也想好了。……他是在'双百方针'发表时筹办刊物的,可是刊物尚未印出,'反右'斗争已经开始。"

1960 年《收获》只出版了上半年的 3 期,中国作协派人来与巴金商量停刊的事,说是纸张缺乏。巴金感到意外,但是在"三年自然灾害时期",他也无话可说。

第一阶段的《收获》仅仅存在了三年,一共出版了18期,却是不平凡的18期。它诞生于"双百方针"的气候下,可是刊物尚未印出,"反右"斗争已经开始。"反党反社会主义"的帽子随时可能扣下,蜘蛛网越收越紧。巴金曾感叹,日子是"熬过来的"。

2. 第二次"新生"被"文革"扑灭:1964.1—1966.7

《收获》停刊后,编辑部不断收到读者和作家们的来信,希望能够复刊。1964年1月,《收获》在上海重现。人们称它为"新收获"或者"小收获"。它并不是原中国作协主管的《收获》的复刊,而是上海作协分会为了满足读者的需要,将别的杂志停刊,改出的"新收获"。

1966年5月,"文革"开始,《收获》从当年第3期开始"失踪",连向读者告别的机会都没有。《收获》第二次停刊了,一共出版了14期。

3. 以独特的艺术品位在市场中寻找生存空间:1979.1—今

1976年10月,"四人帮"被粉碎,结束了这场为时十年的"文革"灾难。1978年7月,《收获》开始筹备复刊。复刊后的《收获》,双月刊,256页,约45万字,由上海文艺出版社出版,使用统一书号。第4期开始使用邮发征订代号4—7。主编:巴金。1979年1月,出版了《收获》1979年第1期。标明"总第十五期"。

进入80年代以来,《收获》奉行的是"海纳百川,有容乃大"的宗旨,力争荟集各种风格流派的顶尖作品,向世界展示中国当代文学日趋成熟的实绩。1986年对《收获》的经营而言是个重要的年头,从这一年的第1期起,《收获》从上海文艺出版社收回出版权,由《收获》杂志社编辑并出版。最初的开办费17万从上海作协借来,后来归还。

《收获》发行高峰期曾经达到100多万,但因为不是自己出版,仅仅每期从出版社获得非常少量的编辑费。1986年起,《收获》杂志开始自负盈亏,不刊广告,不刊软性广告的报告文学,没有赞助,没有后援会和理事会。这几个"不"和"没",至今20年,经历着消费主义大潮的冲刷,几次绝处逢生。

《收获》生于上海,长于上海,也为上海这座城市赢得了一系列的荣誉。《收获》上的作品,也赢得众多国内外大奖。《收获》发表的作品被改编成影视剧,数量之多,影响之大,更是为《收获》赢得了广泛声誉。

《收获》杂志社成立以来,历届主要领导6人,分别为巴金、靳以、萧岱、李小林、肖元敏、程永新。几代人服务于一本纯文学期刊,坚持格调,守望精神。2005年10月17日,《收获》主编巴金先生去世,享年101岁。于今,《收获》杂志社编辑团队继续因循着巴金先生提出的"文学杂志就是出人、出作品"的宗旨和主张,向互联网时代延伸着文学的生命力与感召力。

20

"悠游"《上海文学》(2017)

来颖燕*

摘　要　阅读一本综合性的文学杂志,犹如迈入一片繁茂的森林。本文以刊
发于 2017 年的《上海文学》的作品为例,探究了阅读文本的不同途
径、小说的"虚"与"实"、非虚构文学的特质、细节与文本书写等问
题,用一种漫步而非归纳的姿态来面对这一年来的杂志作品,力求还
原文学包罗万象又生生不息的情态,以显现出蕴藉在这片文学之林
深处的未知可能。

关键词　《上海文学》　文学的风景　死亡　非虚构　细节　容器

艾柯有一部著名的诺顿演讲集,名为《悠游小说林》。事实上,阅读一本综
合性的文学杂志,迈入的是更为繁茂而藤蔓纠结的森林。一路的风景因为植
被品类的多样而愈显迷幻。这多样化呈现出的开放性,正是一本有生命力的
文学刊物的要义所在。所以,除了概略的栏目分类,杂志上作品的具体特征犹
如指间细沙,不堪盈握。《上海文学》,虽冠名"上海",却不曾囿于地域的界
限,在作品风貌上更是力求兼收并蓄。于是,对其上的作品进行盘点就成了难
题,因为"归纳"往往意味着裁剪丰富性。

艾柯将穿越这片森林的方法划为两种——"一种是尝试一条或数条可能
的路线,以便尽快走出森林;另一种是漫步林中领会森林景致,弄清楚为何某

---

*　来颖燕,1980 年生于上海,现任《上海文学》编辑部主任。

些路通而某些路不通。同样地,通读一个叙事性文本也有两种方法。"①这两种阅读路径,虽是分叉,却非歧途——沿着它们,我们可以整理与作品相遇时的感觉,更重要的,这新鲜的感知力是伍尔夫口中"未受污损"的"普通读者"们最当珍视的质素。

2017 年的《上海文学》,一如既往刊有许多名家新作,比如马原的短篇《小心踩到蛇》、蒋子龙的短篇《暗夜》、王蒙的《凝视文学与人》专栏……但我会更多地在那些并不大牌甚至籍籍无名的作者、作品前停留——除却光环的作家与作品,会更接近地表的温度,它们潜藏着文学的原动力,也显露出各种无奈和缺憾。

在小说的界域里,让人意图寻找路径以便尽快走出密林的文本,会更明显地以情节来推进叙事进程。这样的作品常常能吸引读者一口气读到底,为的是在扎进作者设好的"局"后,尽快寻得谜底和出口。王小龙的中篇小说《河水黄了,河水黑了》是此类中的佳作。一开场,是发生在 20 世纪 50 年代上海朱家湾派出所的惊魂一幕,单大鸿以匪首的姿态出现,打杀一众民警,救出手下弟兄,跳上苏州河上的船消失于凌晨的黑暗中……谜团如雾般四散开来,读者被置于错愕之中,于是急急往下探,却一下子被蒙太奇镜头拉到了 20 世纪80 年代的酱瓜弄中,单大鸿之子单鸿生的酒吧开业之时。单大鸿此时已经与儿子儿媳同住,故事的叙述脉络就此以 80 年代发生在这对父子身上的事情为主线,但镜头时不时地闪回到单大鸿年轻的时代,而分明读者更感兴趣的也是这些从现时的缝隙转回的昔日光景——单大鸿的出道,他与珍珠的有缘无分,与"甲鱼头"的恩怨……那些在故事开头布下的谜团,一点点在缝隙中被照亮,单大鸿的一生仿佛包裹着上海滩的前世今生。而那些转圜的镜头背后是一如既往慢慢向前流淌的苏州河水。这种将"可怕与日常一视同仁"②的叙述态度,让这个扣人心弦的故事错落带感。一切打杀的往事,遗憾的情事,在最后一刻归于平静:"天亮以后,单大鸿独自坐在一条木船的船头,逆流而上,朝向

---

① [意] 安贝托·艾柯,《悠游小说林》,黄寤兰译,广西师范大学出版社,2017 年 8 月,第 45 页。
② [英] 詹姆斯·伍德,《小说机杼》,黄远帆译,河南大学出版社,2015 年 8 月,第 31 页。

西北。……很多年过去,发生了很多事,他回老家去。渐渐明亮起来的天空,使老人阴郁的面孔变得晴朗起来。他不动声色,专注前方,脸上波光闪烁,嘴唇和腮帮不时抽动,似乎在无声地祈愿。一支家乡的小调像早晨的河水,明明白白地流淌。"我们追随老去的单大鸿走过这一路的情仇跌宕,此刻只觉视角飞升,犹如这出大戏的幕后导演,凛然直视着这出大戏背景中的斗转星移。

何立伟的《昔有少年》,却是另一极的温和简单,没有大起大落的冲突和矛盾,没有诸多的悬念要追查,概括起核心情节不过三言两语:一个柔软又执拗的少年的昔日回忆——与小伙伴们的天真情谊,和邻家姜妹子的朦胧情愫,对自己父亲的复杂情感……这些美好的平静终被那个特殊的时代打破。小说保持着一种恰到好处的张力:表面的波澜不惊,暗藏着命运的无奈和汹涌——少年们最终各自离散,踏上殊途。作者的笔调自始至终都是泰然的,节制和内敛的白描手法让整部作品淡淡的,却泛着温润的光晕。这种泰然增强了作品的力度和品格:没有惊心动魄的情节,但这光晕一下子让人整个沐浴其中。这是有距离的切近。尽管小说对人物心理、对环境细节有着特别的关注,但简洁的叙述笔触,似乎并不想让人"感同身受"地轻易靠近。那是属于那个时代特有的"平常",犹如被定格的泛黄的老照片,让人怀恋,但无法代入。这与那段故去的时光构成了气质上的同构——无法再次经历,只能深藏心间。这样的文本,适合"漫步",那一路的"景致"需要慢慢体味,才能显出悠长的余味。

当然,更多的时候,读者在迈入小说之林后会在这两种路径间摇摆游走——既想着追问"然后"呢,又在意途中景致的适宜或是难耐。杨遥的短篇《补天余》,讲述了靠捡石头做投机生意为生的王二的故事,却没有满足我们对于这类小人物跌宕命运的惯常期待——高低起落,无法圈点,甚至难以提炼和概述其间的转折和高潮。但故事的格调并不寡淡无味。在作者缓缓道来的态势中,满布着现实的细节(诸如古城墙、老戏台、石头摊),也潜伏着一种向上飞升的形而上的神秘——在情节的设置与氛围的经营间,作者找到了平衡点。残雪的中篇《煤的秘密》看似讲述的是靠挖煤为生的平常一家,但越往下却越觉神道——残雪一贯的象征笔法流露出来，"先锋的叙事经常试图扰乱读者的期待"①，"煤乡"原来是一个乌托邦，它的存在是为了显示出一种封闭的状态在面对外在合力时的无奈、固守乃至悲壮。周嘉宁的短篇《到崇明岛上看一看》有一个奇怪的名字，但从故事的情节到描摹的手法，依然延续了她作品的"内向性"——对于人物心理世界的体察和拿捏，是她向来擅长的，只是这一次，故事还更多地拥有了一种向外扩展的格局，作者在寻找一个观察社会和历史的支点——对于未来和过往，故事中人既踟蹰又洒脱，不再陷于自我世界的沼泽，而是转向开阔灵动的境地。荆歌的短篇《黑色的故事》，是关于吉卜赛女人梅隆大妈的传奇，第一人称的叙事角度以及纪实感的叙事风格，让人不知不觉间一头栽进故事，饶有兴致地去了解这个整日身穿黑衣的女人的种种，情节内核和叙事格调的交融，让小说产生了强烈的画面即视感，仿佛整个故事也染上了"黑色"——这是属于那人那时那地的"黑色"，散发出浓郁的异域气息。

作家们在题材和技法选择上的特异性造就了文学之林的藤蔓丛生，但有时，我们会发现，某一类植被总是反复出现——作家们对某些题材会表现出特别的眷顾，比如死亡。文学之眼总是从永恒的角度来看待人的一生。因为死亡，人生有限，因为有限，向死而生的人类会迸发出各种情态，尤其当死亡被迫切地置于眼前时。文学正因为可以从各种形式来表现这些情态，而拥有持久的生命力。

仅仅今年的《上海文学》上，就有诸多关乎死亡的叙事文本。足可见这个命题与文学间的痴缠。

李西闽的短篇《我离死亡那么近》，题目里就透露出这是个跟死亡相关的故事。然而故事的前大半都很平静，直到最后才抛出"死亡"的命题。妻子亡故后，"我"与幼小的女儿相依为命。而"我"得了一种总是产生幻觉的古怪的病。为了葆有生活的平静，"我"去跟隔壁扰人生活的装修队工人交涉，却险些丧命。尽管最后被解救出来，但心里依然充满了"活着的恐惧"。生活的负累和失败，致使"我"害怕生活，但这种害怕的根底是对这世界还存有希望，因而

---

① ［意］安贝托·艾柯，《悠游小说林》，黄寤兰译，广西师范大学出版社，2017年8月，第14页。

"我"也惧怕死。想逃却无处可逃,这种无法直面世间乱象的懦弱和无奈,在每个人的心底招摇。主人公的病态,似已不知不觉成了我们的常态。

裘山山的短篇《调整呼吸》,围绕着调查一桩老人死亡案件展开。虽然这一情节设置听起来骇人,最终只是一场意外。但在意外发生的背后,却纠结着人与人之间的伪装与被伤害、清高与执拗。在简短的篇幅中,小说兵分两路,公安局调查死者出事前接触的人为一路,死者女儿寻找死者为另一路,交错地还原出死者生前的种种。作者的语言质朴简洁,却显露出一种夸张的意味,特别是对于间接导致死者心肌梗死的那位一起练瑜伽的同龄老人牟芙蓉。面对所有的人,包括警察,她都显露出对于身姿仪态的自信与要求,被调查时絮叨的仍是对自己瑜伽老师的崇拜……看似对于生活的热爱背后却有着非同一般的自以为是和冷漠。裘山山的笔法绵里藏针,这出案件无关血腥,却同样让人不寒而栗。

殷俏威的中篇《犀牛》,对于人生和死亡的思辨意味则更直接地溢出了字面。我们跟随主人公"我"和他的诗人朋友们经历了高高低低的人生,也触摸到了生命的无情和粗粝。这与作者将聚光灯投向诗人这个群体息息相关——他们敏感多思,似都洞察世事却最容易受伤,他们的身上染有这个时代的色调。当走过人生和情感的万水千山,镜头切换到了"我"的两位诗人朋友的葬礼。人生再跌宕的起落,在这一刻都显出了无奈和无畏的双重表情。

对于死亡的关注,显露出小说与生俱来有着质询和审查人生意义的属性——"小说既是伟大的生命赐予者,也是剥夺者——不仅因为小说故事里的人物通常会死,更重要的是,即使他们不死的话,也是已经活过的人了"①。

当然,除了小说之外,其他的文学门类也绕不开死亡这个生命的终极命题。《上海文学》的《人间走笔》栏目,就有《最后四小时》、《葬礼》等篇目将取景器面向了人的临终之态。这些散文有着明显的非虚构倾向——当然散文与时下大热的非虚构文学间的界线依然有待商榷——但显然,这类文本在关注死亡诸事时,会更加细致入微,生命的渺小和共通性因而被赤裸裸地袒露出来。这种记录,相比小说,会因为随意和直陈而不够"正式",但在篇幅和视野

---

① [英]詹姆斯·伍德,《最接近生活的事物》,蒋怡译,河南大学出版社,2017年8月,第17页。

上也更纯粹。

提及非虚构文学，《上海文学》近年来对其的关注，显现出当下文学的生态。除了前面提及的《人间走笔》，《心香之瓣》《海上回眸》《异域来鸿》等栏目与诸多专栏在广义上都属于非虚构文学的范畴。"非"字的前缀，似乎表明了它与文学虚构性的决裂。但果真能决裂吗？詹姆斯·伍德曾经将小说的"世俗性"定义为"把我们生活中的事例扩展成一幕幕的细节，努力把这些事例按照接近于真实的节奏放映"。非虚构文学首先在取材上就延展了这种"世俗性"。只是它处理题材的姿态和诉求，会与小说等虚构文学不同——这是文学面对人生的另一个维度。

彭小莲的非虚构文学《胶片的温度》，记录了属于胶片的时代和属于那个时代的人心世情。彭小莲是亲历者，我们追随她"倒带"到那个年代，回看那个年代的电影人们的人生风景。然而还是那句话"一切历史不过是当代史"，彭小莲笔下的史实必定染有她的指纹，她赋予胶片的温度带有自己的体温。在文学的世界里，非虚构是一种态度，是忠于事实的倾向和决心，但作者对现实的审读和态度必定暗藏其中。杨炼今年的专栏《诺日朗因缘》带有明显的自传性质：回望前尘，追忆故人，阐发哲思，但对于身为诗人的杨炼而言，个人风格的浓烈是其生命内核的直接外现，不可控制也不可遏制。所以，文字的洒脱不羁、思想的隐而不忍，是这个专栏留在读者脑海里最先和最深的烙印。而这个专栏最好看的，正是杨炼写家、写母亲、写年少时的琐事，写那些最真也最碎的记忆的篇章。

当然，非虚构文学的大热有部分原因是我们对于他者的真实生活状态有着一窥究竟的欲望。但，对何谓"真实"和如何抵达"真实"的困惑，并不因为"非虚构"对"虚构"的抵制而消解。如前所述，非虚构在写作姿态上可以更为随意，但随意不代表自由。"谎话（或是小说）被用来保护有意义的真相"，那是"一个完全自由的空间"，"在那里你可以有任何想法，表达任何观点"①。是的，这也是为何小说曾多次被预言死亡，却始终以新的形式重生，激荡出新的

---

① ［英］詹姆斯·伍德，《最接近生活的事物》，蒋怡译，河南大学出版社，2017 年 8 月，第 8 页。

流派。人类世界中的真实,许多时候无法言喻或难以启齿,对此,小说的虚构性是对症良药。

须一瓜的中篇《有人来了》,以动物的视角来探看发生在一个平常小区里的人事,而且还是以不同动物的口吻来分段叙事。这样的角度,一开始就在向读者明示着故事的虚构性,正因此,一切叙述变得无拘无束起来,一个我们习焉不察的世界慢慢显形。"有人来了",这仿佛是一句充满讽刺意味的警示,在将人与其他生物分隔开后,显露出的不以为然,让人意识到,我们都需要换一个感知角度去接近现实。

葛亮的中篇《罐子》,读来只觉色调灰暗,却直到最后,才意识到这是一个关于复仇的、带有灵异色彩的故事。这种反转,令之前那些细腻平和的叙述,让人更加背后一凉。日常和诡异,在不动声色的并置下,在最后攀上了矛盾激化的顶点,并最终让人获得了现实中复仇的真实快感。只可惜,叙述太过单线,以致反转难免突兀。

陈家桥的中篇《玉米》取材于一个真实的案子。有事件原型的小说,最要紧和难得的是在叙事策略和细节描写上的出彩——这些写作技法,会让真实的底本显得更为诱人和完整。比如这个母亲为儿子的杀人冤案而不断上诉的故事,因为作者在前情铺垫和人物关系上的经营,让读者对于社会问题和世态有了更深层的反思,而不只是停留在对案情的关注上。而细节的延展,会让人主动寻找故事里可以触摸的支点。于是,这个为儿申冤的执拗的母亲形象会在情节推演完之后沉淀下来,挥之不去。

确实,细节描写,这个看似与小说的谋篇布局不在一个等量级的问题,却可以决定小说与读者的亲疏。张怡微的短篇《过房》依然是她擅长的家庭生活的题材,延续了她一贯的风格,用言语和行动的细节来推进故事。这细腻又絮叨的感觉正贴合生活的常态。陈永和的中篇《丑女桑桑》,讲的是在日本生活的中国家庭的故事,在细节的描摹上,作者始终葆有平和的节奏,两辈人之间对抗又交融的关系化在了琐碎中,温和但真切。通常,细节的逼真和延展会令我们"入戏"更深。但随意翻翻杂志,就会发现对于细节的关注,并非只是与现实土壤切近的小说的专利。因为"生活性",是一切小说之源——"页面上的生活,被最高的艺术带往不同可能的生活。"①虚构性是小说的地基,但这并不妨碍,甚至在某些角度更有利于击中那些拥有不同生活的人们的心。而不论我们沉溺在小说的哪个层面,首先要认同柯勒律治所谓的"悬置怀疑"——既心照不宣地接受小说是虚构出来的,又要自愿选择放弃怀疑。在小说的真真假假里,我们是旁观者,也是参与者,"我们能审视自我所有的演绎与伪装、恐惧与隐秘野心、骄傲与悲伤"②。

当然,面对纷杂的丛林,杂志的专号,是一束集光,从某个角度明示出作品的共性。今年12月号,是一年一度的新人场特辑,专为踏上写作之旅的新手们而设。眼光的无畏和活力,是这些作品共有的底色,薛超伟的《同屋》、于则于的《莲花》、崔君的《世界时钟》等都让人眼前一亮,笔端饱含的青涩正是文学生生不息的要素。今年10月号推出了文本探索专号。这些在题材和体裁上都自觉地以"怪诞"为特点的小说,与日常的界限是分明而醒目的(比如殳俏的《禁翅》),甚至会有晦涩的阅读感受(比如黄昱宁的《文学病人》)。这一方面增加了我们阅读的难度,让人明白无误地意识到自己进入了一个与现实世界截然不同的虚拟世界;另一方面也促使我们更加仔细地摩挲作者笔下的世界,在陌生感中重新拷问自我。文本探索专号,探索的是小说形式的疆域,也是读者理解力的疆域。

小说是承载我们灵魂的容器,作家和读者都不断在寻找适合自己的容器,所以,"我们不会停止阅读小说,因为正是在那些虚构的故事中,我们试图找到赋予生命意义的普遍法则。我们终生都在寻找一个属于自己的故事,告诉我们为何出生,为何而活"(艾柯语)。但岂止是小说如此,散文、诗歌、传记……无关于是否虚构,各种文学类型犹如材质形状各异的容器,承载着我们内心不同层面的深微幽细。特别是诗歌,起落明暗,各成心事。文学杂志上的诗歌板块,因而是隐秘又不可缺的存在。正如《上海文学》的"新诗界",是适宜于独自欣赏的风景。

---

① [英]詹姆斯·伍德,《小说机杼》,黄远帆译,河南大学出版社,2015年8月,第178页。
② [英]詹姆斯·伍德,《最接近生活的事物》,蒋怡译,河南大学出版社,2017年8月,第44页。

在一片密林中穿梭行进，难免迷途。此刻，路牌或是指示标志是抚慰焦虑的良药。文学批评有时会被视为这样的"指示牌"。但文学的森林是特殊的存在，对途中风景和最后出路的看法因人而异，莫衷一是。《上海文学》一直以来还辟有评论板块。一本创作型刊物的理论板块，少了许多规约，也更意识到文学批评的危险属性——好与坏的评判并无终极的审判官。批评者的理想状态是既能"引述"，又有创造力——善于"引述"，才能还原作品的丰富性；富有创造力，才能在重新描述中葆有批判的力度。这种兼顾和张力的维持是那样艰难，以至于几乎只能是一种愿景。但回到文本现场，是可靠并可行的策略。对此，除了常规的理论文章会以点及面、有具体支点地发掘文坛热点，《上海文学》还开设了两期理论特辑，针对同期刊发的一则青年作家的小说，邀请一批同样年轻的批评家进行短评。不同的力度和角度，延展出作品可以言说的空间，同时也折射出批评的可能性。今年的特辑针对的文本分别是常小琥的中篇《摔跤手》和杨遥的短篇《补天余》。专辑显现出批评者的口味，也提示我们作品本身的丰富口感。

事实上，充分意识到文学的多样性和可能性空间，正是我们在穿越文学之林时必要的心态。因此，以一种漫步的形式来面对这一年的《上海文学》或许比提纲挈领地总结划归要更为合适。这一年来的杂志，并不具有特异的典型性，但也最平静而直接地体现出文学包罗万象的特征和常态。品读一年来的杂志，如同截取这一路上任何一段的风景，彼此有别，又分享着普遍性。于是，我讲述我选择在哪里停步，在哪里拐弯，讲述途中令我迷醉的风景。我反观我的立足点和检视作品的角度，邀请你从我所指的方向观看这一路的风景，但绝不希望你只看到我眼中的风景——因为此刻，挂一漏万是必然的。我要展现的是蕴藉在这片森林深处的未知可能。这是"一条要被走的路，而不是一个要被命名的目的地"①。在这个层面上，读者和作者面临着相同的任务。

阅读是写作的共谋，希望这样的漫步，不仅是对作品的评述，更是一种延续和拓展。

---

① ［英］迈克尔·伍德，《沉默之子》，顾均译，三联书店，2003 年 8 月，第 14 页。

21

上海的"文化名片"：思南读书会
系列活动一览

孙甘露　李伟长　王若虚*

摘　要　让阅读成为市民的生活方式,满足广大群众对美好阅读的向往,一直
　　　　是思南读书会主办方、承办方的初心。从上海书展·上海国际文学
　　　　周、思南读书会、思南书集到《思南文学选刊》、思南书局·概念店,出
　　　　发点十分纯粹,那就是为读者、作者、出版人搭建对话平台,让更多好
　　　　书、好作品与读者见面。思南读书会及系列活动已然成了读者与作
　　　　家们沟通与互动的优质平台,成了上海的城市文化名片。

关键词　思南读书会及系列活动　对话平台　城市文化名片

一、活动背景和起源

上海是一座具备深厚历史文化底蕴的城市,一直以来都是中国文学出版
的重镇。它既是中国的经济中心,也是一座具有张力的国际化大都市。随着
经济的发展,广大市民对于文化与精神层面的渴求也日益加剧,"上海书展"便
因时代的需求孕育而生。

上海书展暨"书香中国"上海周由国家新闻出版广电总局、上海市人民政

---

　　*　孙甘露,上海市作家协会专职副主席,《萌芽》杂志社社长,《思南文学选刊》社长、主编,上海书
　　　展·上海国际文学周、思南读书会总策划人。李伟长,上海市作家协会创联室副主任,评论
　　　家,思南读书会策划团队成员。王若虚,上海市作家协会专业作家,上海网络作家协会秘书
　　　长,思南读书会策划团队成员。

府指导,中共上海市委宣传部和上海市新闻出版局主办,上海市静安区人民政府和上海展览中心协办。2017 上海书展暨"书香中国"上海周已于 8 月 16 日至 22 日成功举办。主会场继续设在上海展览中心,展场面积 23 000 平方米。2017 年的上海书展为第十四届,书展主题一如既往,仍然是"我爱读书,我爱生活"。

经过十多年的积累沉淀和品牌塑造,上海书展以"我爱读书,我爱生活"为主题,秉承"立足上海,服务全国,服务读者"的理念,海纳百川,兼收并蓄,从一个区域性的地方书展,逐步成长为一个全国性的重要文化盛会,成为全国知名的文化品牌和全民阅读活动示范平台。

多年来,上海书展不断探索创新、追求卓越,致力于推动城市阅读,确立了面向广大读者,以零售为主,同时涵盖出版物展销、图书订货团购、出版产业信息发布、高峰论坛、新品首发、作品研讨和阅读推广的综合功能定位。参展图书从 10 万种,增加到 15 万余种;参展出版单位从 170 多家,增加到 500 多家;书展主会场零售额从 1 300 万元,增加到 5 000 多万元;文化活动从 170 余项,发展到 600 余项;参加书展活动的嘉宾、作者、学者和文化名人从 100 多位,增加到近千位……上海书展以其独特的定位、丰富的精品力作、浓郁的文化气息,每年吸引了 30 余万市民读者的热情参与,成为老百姓的阅读嘉年华,读书人的文化黄金周。

其中,"上海国际文学周"是上海书展的重要品牌项目之一。

2011 年起上海书展开设上海国际文学周。上海国际文学周邀请国内外具有代表性的知名作家,通过讲座、签售等形式与读者朋友们交流沟通,众人共赴文学盛宴。每年的上海国际文学周开幕式都有其独特的主题,如 2011 年的"文学与城市的未来",2012 年的"影像时代的文学写作",2013 年的"书评时代",2014 年的"文学与翻译:在另一种语言中",当年诺贝尔文学奖得主、英国作家维·苏·奈保尔,美国桂冠诗人、翻译家罗伯特·哈斯,美国小说家、普利策小说奖获得者罗伯特·奥伦·巴特勒,法国语言学家、翻译家帕斯卡尔·德尔佩什等嘉宾与翻译家、作家、诗人和学者马振骋、周克希、孙颙、叶兆言、刘醒龙、黄运特等畅谈各自的经验。2015 年的主题是"在东方",2016 年为"莎士比亚的遗产",2017 年为"地图与疆域：科幻文学的秘境"。2017 年的上海国际文学周邀请了中国作家协会副主席、上海市作家协会副主席叶辛,中国作家协会副主席李敬泽,俄罗斯诗人、俄罗斯作协共同主席、作协莫斯科分会主席、国际作家联盟执委会副主席弗拉基米尔·博亚利诺夫,科幻作家王晋康、韩松、陈楸帆、张冉,美国科幻作家瑞萨·沃克、陈致宇,伦敦书展推荐的两位英国科幻作家保罗·J.麦考利和理查德·摩根,军旅作家裘山山,作家汪剑钊、唐颖、李宏伟、林白、小白、徐则臣、弋舟、马伯庸,诗人韩博、冯唐,评论家毛尖、杨庆祥,台湾地区作家高翊峰、伊格言,以及阿根廷作家马丁·卡帕罗斯,法国作家J. M. 埃尔,英国文学评论家托比·利希蒂希,日本作家平野启一郎、林真理子等嘉宾出席。

可以说,上海国际文学周已然成了具有国际影响力的文学盛会。2015 年,创办一个多世纪的英语世界著名书评杂志《泰晤士报文学增刊》主动提出为上海国际文学周免费刊登形象广告。2016 年上海书展期间,上海国际文学周与"伦敦书展·影像与银幕周"签署合作协议,每年互派作家,为中英两国作家提供跨文化交流平台,为中国文学"走出去"搭桥铺路。

上海国际文学周也不乏有趣的创意。如 2017 年上海国际文学周开展了一个"直播上海文学地图"的诵读活动。在全市 9 个文学地标,持续朗读 10 个小时,20 余位国际文学周嘉宾将参与朗读并网络直播。诵读活动从上海书展现场开始,途经上海作协(巨鹿路)、巴金故居(武康路)、茅盾旧居(甜爱路)、思南文学之家(复兴中路)、上海文艺出版社(绍兴路)、鲁迅故居(甜爱路)、左联纪念馆(多伦路),到文学周诗歌之夜所在地(北外滩)结束,李敬泽、金宇澄、徐则臣、杨庆祥、张冉、李宏伟、陈楸帆等作家学者接力朗诵文学经典作品。上海国际文学周做到了集高品质、高品味、高创意、高创新于一身的"四位一体"。

但一年一次的上海书展与上海国际文学周已经不能满足广大市民与读者朋友们对于文学及艺术文化的渴求。为了能将面向广大市民的阅读、交流活动常态化、多样化、衍生化,思南读书会便因此而生。

二、思南读书会和思南书集

由上海市作家协会联合上海市新闻出版局、中共上海市黄浦区委宣传部共同推出的上海公共阅读组合活动——思南书集和思南读书会,自2014年2月15日面世以来,深受上海市民欢迎,获得了国内广泛关注。此举措为推进上海城市公共文化服务,营造城市文化环境氛围提供了有益经验。

自思南读书会2014年2月15日举办第一场读书会开始,每周六下午与读者朋友们准时相约在思南公馆,至2017年11月20日,活动已累计举办了211期,诸多海内外知名作家、学者与读者共赴"文学饕餮盛宴"。

来自海外的作家学者们包括法兰西文学院院士达尼·拉费里埃,瑞典文学院终身院士、诺贝尔文学奖评委会前主席谢尔·埃斯普马克,奥地利作家彼得·汉德克,法国哲学家夏尔·佩潘等。中国作家包括王安忆、刘恒、格非、韩少功、贾平凹、叶兆言、孙颙、陈思和、金宇澄、严歌苓、毕飞宇、陈丹燕、李辉……作家学者们与读者朋友们相约思南公馆,因着文学而共融,一同畅所欲言。在思南,作家与读者间的关系不再是那么遥不可及,每次相聚都是因文学而相交的故友重逢。

读书会第一场由上海作协主席、知名作家王安忆老师主持,上海作协副主席、著名作家孙颙作为主讲嘉宾。读书会开始前一小时,在工作人员的协助下读者们就井然有序地排起了长队。读书会的热度告诉我们,如今读者并不是不读书,而是要读好书,读有品质的书。好的读书会,才能留住读者。即便星期六偶逢刮风下雨,读书会现场也是满满当当。人多没有座位,有读者就站着甚至席地而坐。对读者而言,思南读书会让他们的精神得到充实。读书会是免费的,一般情况下读者无须预约就可排队进入读书会现场。

1. 活动元素

一个好的文化品牌需要用心去经营与"呵护",需要时间的沉淀。思南读书会主要通过以下几种方式与方法来积累人气,提升自身"内力"与底蕴:

(1)思南读书会与思南书集相辅相成,打造文化活动组合。逛完书集,听文学讲座,听完讲座,再逛书集,两者相得益彰。这也是主办方充分为读者考虑,让"读书也是一种生活方式"的理念得以体现。这套文化组合拳的影响力和实际效果已经得到了充分验证。达到了 1+1 远远大于 2 的良好效果。第一批进驻书集的四家机构,设立七个摊位,两周以后,社会反响热烈,许多书店前来申请入驻,中国出版集团、久远期刊和新汇音乐等得以加入其中。同时,入驻机构各展其能各施所长,例如上海作协旗下的作家书店就主打作家签名本,当天四百多本签名本被一抢而空。

(2)一个好的文化活动需要有出色的场地与之相配合。思南书集选址在上海地标性建筑思南公馆举办,地处城市中心。读书会放在上海市作家协会、上海市新闻出版局共同成立,并由诺贝尔文学奖得主莫言先生题词的"思南文学之家"。经过 2013 年上海国际文学周,思南文学之家已成为沪上为人所熟知的文学场所。

(3)思南读书会、思南书集集合优势资源,以上海市新闻出版局和上海市作家协会为主导,充分集合上海文学、作家、媒体、出版、艺术等多方文化资源,广泛调动社会机构的参与热情。这体现了广大市民对好的文学作品的渴望与追求。也验证了好的作家与文学作品不会因时代的发展与变化而被淘汰的观点。

2. 活动品质

整个读书会活动主打三张王牌,即专业牌、作家牌和国际牌。

(1)专业牌:思南书集的图书都可谓是高品质,其品种在出售前都经过反复精挑细选。图书多以文学为主,兼顾社科等种类,保证了其专业性。

(2)作家牌:读书会主推文学名家名作,兼顾其他艺术名家。在邀请嘉宾方面读书会策划团队经过反复推敲,除了作家,还有陈思和、李欧梵、张新颖、陈子善、陈尚君、汪涌豪、谈峥、孙周兴、戴锦华等各个领域的著名学者专家莅临现场,马震骋、袁筱一等著名翻译家也都曾担任读书会的主讲嘉宾。

(3)国际牌:思南读书会定期邀请外国作家与中国作家进行对谈。这体现了一种文化的交流与切磋。国际牌不仅体现在嘉宾会有国外作家,也体现在还为思南书集的外文书店提供了原版外文图书。

3. 宣传渠道

思南读书会进行宣传的另一个经验就是顺应时代发展、大力依托新媒体。信息发布充分依托微信和微博等新媒体,上海观察、上海发布、书香上海以及众多公众微博、微信等新媒体,对读书会和书集进行了热切关注和追踪。

思南书集和思南读书会举办以来,社会反响异常热烈,包括新华社、人民日报、光明日报、中新社、解放日报、文汇报、新民晚报、东方早报、上海电视台和电台等在内的数十家新闻媒体,发布了一大批高质量的新闻报道。

4. 读者和读书会的互动机制

作家、图书、读者是思南读书会不可或缺的组成部分,读者的厚爱和支持让思南读书会这份品质有了温度。在思南读书会一周年特别活动时,主办方就特别设计了一个向读者致敬的单元,评选出了 5 位思南读书会年度读者和 1 位年度荣誉读者,并在读书会的中心位置,为年度荣誉读者特别设置了为期一年的红色专座。2014 年度荣誉读者许树建感慨地说:"思南读书会成为我每周必修的文学课程,我的收获比上一次大学还要大,因为老师都是上海一流,中国一流,甚至世界一流的。"许老师还发动身边的亲朋好友积极参与思南读书会。

通过思南读书会公众号等网络平台,读者还可进行征文投稿。征文得到了读者朋友们的踊跃投稿。这充分说明了大家对思南读书会的支持与肯定。思南读书会 2015 年年度荣誉读者为知名翻译家马振骋先生。

三、《思南文学选刊》：从线下
交流到阅读刊物的延伸

逆水行舟,不进则退。克服艰险逆流而上为勇者也。从 2017 年 2 月 25 日起,上海纯文学阵地又多出一张新面孔：众人期盼了许久的大型综合类双月文学选刊《思南文学选刊》就此诞生。

每期选刊约二十五万字的容量。这份由上海市作家协会主管、主办的文学选刊,全面关注中文世界的文学创作、翻译和研究,既填补了上海之前没有文学选刊的空缺,完整了上海文学期刊的种类,也将为更深入地推动上海的文学和阅读生活起到积极良好的作用。

顾名思义,《思南文学选刊》与已经创办三年多的思南读书会有着千丝万缕的关系。思南读书会孕育了《思南文学选刊》,《思南文学选刊》让思南读书会与思南系列的活动更"丰满"与精彩。

近年来上海书展·上海国际文学周在思南公馆的举办、思南文学之家的成立、思南读书会和思南书集的创办在国内外都引起了相当不错的反响,成为国内外作家、出版人和媒体的一个重要展示推广平台。《思南文学选刊》亦是"思南"这一文化品牌的延伸与拓展。这是新媒体文化环境中,强势回归文学初心的表现。不忘初心,方得始终。这是一次探索社会化办刊思路的新尝试,将起到推广品质阅读、营造都市文化氛围的重要作用。

在新媒体崛起的大背景下,这样一份纯文学选刊的创办让人深深感受到创办者和书写者们逆流而上的勇气。实体刊物拿在手中的重量,纸张上所散发出的墨香是另一种让文学爱好者感到惬意与满足的诠释。杂志不仅针对汉语文学的创作,翻译作品也在其中,编者们期望这本刊物能在纯文学期刊的选择中互相补充,兼顾艺术性、可读性和思想性,以一种朴实的方式回到文学。

目前国内选刊基本以小说为主,其他体裁比如理论、随笔、诗歌、演讲与访谈等,以往选刊很少涉及。而《思南文学选刊》做到了把好作品选出来,让读者看到当下汉语文学的水准,并可以与国外的相关作品相互比较。也为文学爱好者提供了另一个展示自己才华的平台。

在第一期的目录中叙事一栏中有弋舟的《随园》、双雪涛的《飞行家》等;诗歌一栏中有里尔克的《唯有诗歌我们在注视》等;随笔中收录了李敬泽的《抹香》等;对读中收录有尼克的《人工智能的起源》等;重温一栏中是福楼拜的《淳朴的心》。值得一提的是,资讯栏目中,特别邀请富于幽默和艺术才情的青年作家 btr(笔名)执笔撰写近期文学信息,以体现《思南文学选刊》作为期刊的时效性。

思南文学系列活动真正做到了传统与新兴的相辅相成与齐头并进。文化需要包容接纳与共融。在共融的环境下上海文学的未来一定会百花齐放。

四、思南书局·概念店：实体阅读到实体书店

上海是一座充满文化底蕴的城市,上海亦是一座充满无限希望与创新的城市,思南书局在这座充满奇迹的城市中孕育而生。这家由上海作家协会联合上海永业集团、上海世纪出版集团共同发起的书店,运用了诸多创新的模式,注定会在上海书店史上留下精彩且让人难忘的美好印记。

2017年11月5日,思南路复兴路路口的小广场上,"思南书局"概念店正式开张。开店首日热情的读者几乎撑爆了这家充满着希望的书店。

30多平方米的书店,经过同济大学设计团队创作,容纳下了1 046个书籍品种、3 000余本图书,100多个文创品种,30余张1970年代的经典唱片,书籍选品以文学为主轴,兼陈人文、历史、生活、艺术、外文,甚至还为孩子们准备了童书绘本区。

书店的一个独到之处就是每天会有一位驻店作家兼当日店长,皆为知名作家、学者、评论家。每天16时至20时,这位店长就会准时出现在书店里,和读者聊聊天、为他们挑选书籍,有时还会带上自己为读者朋友们精心准备的小礼物。书店每一天的收银条都不一样,会印着当天店长的名字,读者同时也可以获得店长的亲笔签名。持续60天,60位不同的作家。李欧梵、金宇澄、潘向黎、吴清缘、小白、蔡骏、张定浩、毛尖、周嘉宁、路内等沪上读者喜爱的作家将陆续现身在书局,与市民读者面对面交流。在邀请驻店作家的选择上,不仅包括具有影响力的传统知名作家,也会邀请高人气的网络文学作家。

让阅读成为市民的生活方式,满足广大群众对美好阅读的向往,一直是思南读书会主办方、承办方的初心。从上海书展·上海国际文学周、思南读书会、思南书集到《思南文学选刊》、思南书局·概念店,出发点十分纯粹,那就是为读者、作者、出版人搭建对话平台,让更多好书、好作品与读者见面。

海纳百川,有容乃大。思南读书会及系列活动已然成了读者与作家们沟通与互动的优质平台,成了上海的城市文化名片。思南书局的设计形状极像

一颗"心脏"。思南读书会是上海的城市文化名片,在不久的将来也将成为上海市民文学与阅读的聚集地与"心脏"。思南书局的形状也极像一颗钻石,这也预示着在今后上海的文学事业发展进程中,思南读书会及系列活动将散发出璀璨的光芒。上海是一座国际化的大都市,也是中国文学事业的重镇。思南读书会将为上海的文学事业发展添上重要的一笔。

22
上海民间诗社现状分析

摘　要　上海民间诗歌始终是中国诗歌的一个重要组成部分,上海民间诗歌
以极强的先锋性,自觉地参与进中国当代文学的建设,为文学的发展
提供着精神资源。近年来,上海逐步进入了新媒体的时代,上海民间
诗社将"都市文化"主题逐步细化,与"地区文化"、"社区文化"互相
渗透,其活动形式也在传统形式的基础上开始尝试转型,同时大部分
诗社的诗歌创作形成了自身的立场或美学风格,追求诗歌形式上的
创新,坚守都市文化中的人文精神传统。

关键词　民间诗社　都市文化　新媒体　活动形式　诗歌创作

上海民间诗歌在"文革"期间以"地下诗歌"的形态存在,至 70 年代末,王
小龙等上海诗人创办《实验》,与北岛的《今天》遥相呼应,为 80 年代的民间诗
歌运动发出先声。80 年代是诗歌的时代,上海民间诗歌在这一时期也走向鼎
盛,在这一阶段,民间诗歌以校园诗人为主力军,他们以高校文学社团和刊物
为阵地,或自行印刷诗歌刊物,或在主流刊物发表诗歌,成为全国诗歌浪潮中
的先锋,80 年代中后期,"海上诗群"、"撒娇派"、"城市人"等诗社建立,形成
自己的诗歌理念并加以阐发,在"后朦胧诗"的时代发起各自的艺术宣言,并以
不同的角度介入对当代上海都市生活经验的描写之中。直至 90 年代,尤其是
1992 年以后,诗人们开始分流,诗歌被边缘化的倾向体现在上海诗歌界便是上

---

*　班易文,上海大学文学院在读博士生。研究方向为现当代文学、创意写作。

海民间诗社的沉潜，民间诗人的隐没。

新世纪前后，网络的出现使得文化场中愈发众声喧哗，上海的民间诗歌也开始复苏。近年来，媒体技术更加发达，移动终端兴盛，文学的格局的变化也日益显现，诗歌作为一种传统的文学体裁在遭遇新媒体时，焕发出了新的活力，在诗歌内容和形式上都更加多元；另一方面诗歌的传播也突破了诗刊、诗集的出版发行的传统模式，而更多地利用自媒体等平台，打通诗歌创作者与读者的界限。本文将通过梳理当下上海诗坛活跃的民间诗社的发展概况与特征，总结其与上海文化的生产机制之间的关系以及其对于上海城市文化发展所产生的作用，阐释其所坚守的文学立场与传承的文学精神。

一、从"都市文化"到"地区文化"与"社区文化"

上海之于全国具有经济贸易、城市建设、媒体技术等各方面的优势，客观条件决定了上海在新诗史上的特殊地位，以上海为编辑部的《新青年》刊登白话诗歌，开风气之先，《创造》季刊、《新月》、《现代》杂志等都是以上海为中心开展文学活动、组织文学创作，围绕期刊聚集了一批诗人，形成了上海城市诗社的潜在传统，同时，上海的都市形象在他们的诗歌中已有浮现。一方面，都市的繁荣、出版业的发展与文化上的开放氛围促进了上海诗歌的发展，造就了上海诗歌在现代文学史上的重要地位；另一方面，上海的都市景观、在上海生活的都市人的心灵世界在诗歌中得到了表现，构成了上海文化的一脉。

自80年代以来，上海民间诗社与诗人将上海的"都市文化"进一步地表现了出来，谢冕曾评价道，在新时期的诗歌创作中，上海诗人提出了城市诗的主张，并有着非常突出的实践。[①] 这种实践的重要体现就是以"上海城市诗人社"为代表的民间诗社集结上海诗人、进行诗歌活动。"上海城市诗人社"

---

① 谢冕：《上海的诗和诗的上海》，选自朱金晨、李天靖、林裕华编著：《海上诗坛六十家》，上海：上海文化出版社，2006年，第3页。

（1990年成立）前身是黄浦区文化馆诗歌组，在成立伊始就将"如何创作反映我们城市生活的作品"作为诗社的自觉追求，因此，其诗歌与都市文化也就具有天然的共生关系，早在1984年《萌芽》杂志上就曾推出"城市诗"专辑，"城市诗"派的创建已在酝酿之中。

民间诗歌自下而上地加入到对城市建设，乃至是城市各个区的建设的"主旋律"式的赞美中，是近年来民间诗社及其创作呈现出的趋势之一，可以看到经由诗社诗人的创作，"都市文化"进一步被细化为了"地区文化"，从诗社外部的组织方式看，正是上海各区文化部门对诗歌文化建设的重视与扶持使得诗歌中的"地区文化"彰显出来。上文提及的"上海城市诗人社"隶属于黄浦区文化馆，成立于2010年的"浦东诗社"则是依托于浦东新区作家协会，成立于2007年的"闵行诗社"依托闵行区群众艺术馆为平台，得到群艺馆及区文联领导的支持，这些民间诗社走的是一条"官助民办"的道路，宣扬地区文化便是其诗歌创作的主题之一，并且形成了主城区辐射向周边区域、共同发展，以富有特色的各区域文化共同丰富上海城市文化的局面。如创办于2008年的"松江华亭诗社"强调松江作为"上海之根"所具有的深厚文化底蕴，力求接续松江本土的文学传统，开拓诗歌前沿阵地，其属于上海诗歌生态的一部分，同时也具有自己的特色；此外，还有成立于2010年的浦江文学社，其定位也是服务于地区文化建设，参与成员是浦江镇范围内的文化爱好者。

近年来，上海民间诗社另一个重要的特征就是"走进社区"。随着城市基层街道组织结构的完善，居民社区文化建设需求日益增加。民间诗社承担着社区文化建设的功能，"桂兴华诗歌工作室"成立于2011年，落户于塘桥社区文化中心，2015年举行"红色经典诵读"社区教学活动，开设15场系列讲座，2016年在新华街道创办公益诗歌沙龙——"幸福朗诵沙龙"，宗旨就是为了居民服务，丰富居民的文化生活。"松江华亭诗社"也定期举办社区活动，为社区孩子们举办文学创作讲座，普及文学创作的方法和理念，与居委会结对，在社区举办诗人作品研讨会，至今已举办十余期，将诗意带到居民身边。

二、新媒体时代的诗社活动形式多样化

"新媒体"是与以电视、广播、报纸、杂志等渠道进行传播的传统媒体相对的,是指以数字技术为基础,以网络为载体进行信息传播媒介。近年来,以上海为代表的中国发达城市已进入了"新媒体"时代,传统报纸期刊的主编审核制受到"点对点"式的"自媒体"传播形式的冲击。对于上海民间诗社而言,它们大多选择了传统媒介(如诗歌刊物等)与新媒体(论坛、网站、移动终端、微信公众号等)结合的方式以求更长远的发展。一些诗社利用互联网举办诗歌活动,将线上线下的活动有机结合,充分体现了"新媒体时代"的互动性特征。

虽然新媒体改变着文学生产方式,但当下的民间诗社仍旧沿袭了许多传统的诗歌创作、交流、活动形式,正是因为诗歌体裁本身的特点,其不同于网络文学诞生于网络时代,依赖于网络的传播。诗歌文化具有自身的传统,组织诗刊、成员采风、举办朗诵会、参与诗歌节等传统诗歌活动依然是上海诗歌文化不可或缺的途径。首先,诗刊是诗社活动的主要阵地,也是诗社诗人创作成果的展示平台,组织诗刊是一个诗社必要环节。当下上海民间诗社大多都有自己的诗刊,"上海城市诗人社"出版《城市诗人》。自 2002 年起,《城市诗人》由报纸改为刊物,一年一期。同样由报纸改为刊物的还有"浦江文学社"的发表平台,2011 年 3 月创办了《召稼》文学季报,每年出 4 期,印数 6 000 多份。2017 年 3 月,《召稼》文学季报改版为《浦江文学》季刊。这种变化正是顺应了新媒体时代报纸日益衰落的处境,刊物比报纸更加适宜近年来的传播,在制作出版上也更为精进。有些诗社不仅拥有自己的刊物,也因成果丰富,通过出版社结集出版发行,如"新声诗社"不仅有自己的刊物《新声诗页》,而且,近十八年来,新声诗社已出版了三辑"海上新声丛书"。同样,具有丰厚成果的还有成立于 2004 年的"活塞诗社",从诞生之初至今,已经完成了 9 期《活塞》刊物以及 2 本《活塞》文集,其刊物体现着民刊的独立性,诗人参与刊物的制作、印刷过程,从纸张的选择、字体的设计到插图的像素设置等细节都尽力规避艺术商业化的倾向,整体风格上坚持极简主义,在装帧设计各方面都体现诗社反抗与

超越的理念。

除此之外,近年来上海新兴的民间诗社也展现出活力。90年代就出过诗集的"宝钢文学协会"沉寂多年后于2011年恢复活动,有《中国宝武报》作为发表作品的园地,推出了肖伟民(萧鸣)、韩建刚等诗人。"浦东诗社"成立于2010年,也是十分年轻的诗社,目前浦东诗社已出版发行了《浦东诗廊》两期,刊登了著名诗人赵丽宏、于坚、梁平、李天靖等名家作品,同时还刊登了诗社成员的许多作品。这对于提升浦东诗社的总体实力,提高诗社成员的创作水平十分有利。成立于2012年2月的"陆家嘴白领诗社"自创立起已举办了"陆家嘴金融城白领诗歌民谣汇"、四届"陆家嘴金融城杯"上海诗歌大赛等诗歌活动。更为晚近的是成立于2015年的"海派诗人社",2016年10月10日,《海派诗人》出版了创刊号,共选283首(篇)诗文,作者共150人。"海派诗人社"还大力举办诗人节与诗歌研讨会,2016年11月5日,该诗社与海上风诗社、长衫诗人社共同举办了首届上海海派诗人节,2017年3月26日,上海海派诗人社举办"中国现代诗现状和发展趋势研讨会",与上海城市诗人社、浦东诗人社、海上风诗社等十五家民间诗社充分交流。除了加深本土民间诗社间的交流外,上海民间诗社也充分参与进了上海国际化大都市的文化氛围中。2016年,民间诗社"松江华亭诗社"的诗人们应邀参加了首届国际诗歌节"诗歌之夜"活动,与朗·奥兹、特伦斯·海斯、肖恩·奥布莱恩、西川、于坚、唐晓渡、赵丽宏等中外著名诗人和诗歌爱好者共同见证中国新诗百年的盛大庆典。

除了这些传统的诗歌活动模式,与时俱进的上海民间诗社也重视网络媒体对于诗社发展的特殊作用,积极地应对新媒体时代的媒介形式变化,有些诗社在活动形式上做出了大胆的尝试,并获得了成效。网络为诗人交流提供了便利,打破了地理空间上的限制,使得上海民间诗歌团体呈现出跨地域的特征。如"活塞诗群"由徐慢、丁成在上海发起,《活塞》的诗刊也是在上海创刊,但事实上其诗歌活动从上海衍射整个中国。见证诗社发展的诗人税剑总结道:"他们(成员)甚至不需要见面,通过网络进行跨时空的虚拟交流。网络,已经将传统意义上的创作活动与接受美学的分裂现象完全焊接,而他们要做的,只是在《活塞》出刊前准备好自己独具匠心的文本即可。"①当然,不同于"活塞"强调松散,更多的诗社还是有较强的组织性以及稳定的成员,他们采取的是"线上线下"活动结合,促进诗人之间的交流以及诗人与读者的互动。如"长衫诗社"将活动形式定位为"一个诗群、一个诗刊、一个公众号","诗群"利用网络的便利,集合了海内外诗人138人,每周写同题诗歌,到目前已搜集了四千余首诗歌,诗社的创作实绩和活力正是有赖于诗社将新媒体与传统媒介结合。"闵行诗社"坚持每个月举办线下活动,同时建立"青年草坪会"微信群,每两周一次在微信上进行诗歌评议会。由此可见,诗社内部成员交流以及诗社成果展现两方面都因为新媒体的发展而不同于传统媒体时代,更多的诗歌能量被激发,诗社利用网络平台可以更好地宣传自身。

"新媒体"时代不仅为诗社发展带来"跨地域"的效果,同时,也可以为诗人"跨身份"地创作提供便利。"松江华亭诗社"的诗人兼秘书长李潇同时也是一位语文高级教师,执教于上海市松江二中,网络传播使其成为一名"网红"。民间诗人的网络走红体现着诗歌的创作与生产具有平面化的趋向,自媒体的兴盛决定了每个人都可以成为诗人,也就是说,现在恰恰是民间诗歌或者说诗歌的民间性得到充分激发的时代。数字化媒体使得诗人之间的交流具备即时性,诗歌的发表也不再依赖于传统的出版体系,诗歌活动和诗社组织形式发生了结构性的变化,对于生长于民间的诗社而言,新媒体提供了更多可能性。

三、对诗意的探索与对诗性的坚持

研究者曾经试图总结上海诗歌自新世纪以来呈现的美学特征,最终发现其难以整合为一个相对统一的整体,也无法重现20世纪80年代的盛景——"21世纪后,上海的诗歌创作仍缺乏群体宣言和相对统一的美学风格,处在一

---

① 税剑:《活塞简论》,《活塞》2012年第9期。

种喧哗和寂静并存、主流与逆流共在的状态。"①将这一现象放置于当下的文化语境中,就不难发现,这并不仅仅是上海的诗歌面对的问题,而是诗歌乃至文学所面临的整体困境。美学风格无法由传统的价值规范进行评判,也就使得经典化更加困难。其难度不仅仅来自作品本身的限度,而更多来自市场经济下文化生产机制的变化。在这样的语境下,上海民间诗社及其诗歌创作的价值在于其不懈的探索与勇敢的实践,在与现实撞击中坚守各自的立场,在上海诗歌的现代主义与都市性成熟之后的数十年间仍旧不断发掘诗歌技巧与思想深度。

近年来活跃的民间诗社大都形成了自身的立场或美学风格,主要的特征体现在以下三个方面:

其一,"主旋律"诗歌不减风采,这类民间诗歌体现社会主义核心价值观,表现的主题比较鲜明,大多是歌颂时代的进步、人民的生活改善,在多元文化的当下坚持宣扬"红色文化",讴歌永不过时的"革命精神"。其中最具代表性的就是诗人桂兴华,2011 年,诗人成立"桂兴华诗歌工作室",2016 年,"桂兴华诗歌公众号"问世,编辑百余期推送,诗人的近作《南昌起义第一枪》、《才溪乡发言》、《上海:陈毅市长摇着芭蕉扇》等以动人的细节反映建军、革命等宏大历史,工作室举办了"当代政治抒情诗高峰论坛",为振兴政治抒情诗这一新时期以来被压抑的诗歌类型做出了努力。除此之外,2016 年"海上风"诗社协办"纪念红军长征胜利 80 周年诗歌朗诵会",向各个诗社征集稿件的同时其自身也贡献了许多优秀的"主旋律"诗作。

其二,一部分诗社自觉地回归诗歌传统,在古典诗歌或现代诗歌传统中汲取资源。如"新声诗社"的诗人们遵循"背靠传统,面向现代,古新结合"的诗学宗旨和创作主张,在诗歌创作实践中,继承我国古典诗歌的优秀传统,借鉴古典诗歌的体式和艺术技巧,努力开拓创新,积极创建新的诗体。经过 10 多年的探索,新声诗社已形成了多种崭新的诗歌体式,以具有时代感情、现代韵律、崭新体式的诗篇,赢得了诗坛和广大读者的肯定。其中比较成熟的诗体首

---

① 张瑞燕:《喧哗与寂静:上海城市诗歌中的两种声音》,《苏州教育学院学报》2011 年第 4 期。

推著名诗人李忠利开创的"六行体新绝句"，在此基础上，他又创作出"四一式"和"四四二式"，这种变形体活跃了新绝句的表现形式，丰富了六行体新绝句的多样性。此外还有已故诗人陈广澧和老诗人莫林开拓的"新体词"、黄润苏使用现代汉语习惯和修辞手法所创作的"新声诗词"、以莫林为代表创造出的"似词似令式"以及类似民谣式、打油诗等多种不拘一格的诗歌形式，"新声诗社"为推进传统诗词的现代化做出了贡献。"长衫诗社"则更多地强调诗体的短小，坚持继承中国古代闲适诗派和民国新月派诗歌、湖畔诗派的短小（一百字以内的现代诗），在诗歌风格上倡导浅近（言近旨远）、唯美（韵味深长）的短浅美的诗风，力求以白话营造空灵美、韵律美、意象美。另外一些诗社强调的是融会贯通，正如"海派诗社"的宗旨表达的那样"立足海派、接纳多维；扎根传统、融入现代"，"闵行诗社"也提倡现代诗与古典诗词创作的并重，提出"左手写新诗、右手学写古诗词"，并在 2015 年成立了"玉兰女子古典诗坊"，并合著诗词集《玉兰幽香》。

其三，上海民间诗社也力求挖掘城市诗歌的内核，追问上海诗歌应当具有的现代意识及其现代价值，对诗歌的现代性加以探索，通过诗作也对城市的现代性进行反思。"城市诗人社"是这方面的佼佼者，早在 1980 年底，诗社还是黄浦区文化馆诗歌组的时期，就以写城市诗为主构成诗歌群体，90 年代初"城市诗人社"成立，从其命名就可以看出其立足上海当代城市生活，坚持"城市诗"的创作。在诗社纲领性的文章《城市诗歌和现代主义》中，诗人铁舞认为"如果说现代主义是城市特有的艺术的话"，那么当时"中国大量的现代诗是'非城市化'的"，他不满于这种诗歌现状，因而提倡"坚持城市的有根性写作"、写城市经验中的"真实的生活"、"真正产生于心灵遭遇"。[①] 铁舞、曲铭、王晟、李天靖、叶青、缪克构、杨秀丽、灵子、肖倩等代表诗人的创作践行了"现代主义"的、"有根性"的写作。铁舞偕诗社同仁花费多年时间打捞遴选的上海现代诗歌选集《忘却的飞行》于 2006 年公开出版，具有较高的文献价值。在

---

① 铁舞：《城市诗歌和现代主义》，选自张清华主编：《中国当代民间诗歌地理 下》，上海：东方出版社，2015 年，第 755—756 页。

上海民间诗社中,"活塞"更执着于描绘城市生活的"现代性迷乱"的面貌,甚至在艺术上呈现出"后现代"的倾向。《活塞》大部分以中长篇幅的诗歌或组诗为主,即使是短诗,也有"嚎叫"式的铺陈,这些诗所用的意象往往神秘、怪异、魔幻,凸显出一种先锋性甚至是异端性。"活塞"的代表诗作中并没有出现"城市诗人"、"海派诗人"笔下那些明显的都市景观及具体意象,但也是诞生于城市中,真切地亲历和注脚了城市扩张乃至裂变过程中的种种现象。"活塞"在价值观上与主流价值保持对抗的姿态,正是出于对都市文明滋生出的拜物主义、利己主义的世俗化自由观的不满。徐慢曾表达过,"进入网络文学时代,那么多人都在写作写诗,但是一个具有社会思潮的风暴都没有诞生过,那么我们今天文学的意义有什么存在价值呢?所以搞活塞以后,我一直在反思:我们为什么要写作"?① 这种不懈地反思、追问也正是上海民间诗社在新媒体时代坚守文学价值的最好证明。

---

① 摘录自 2017 年 6 月 26 日于上海社会科学院文学研究所举办的"上海民间诗社研讨座谈会"上徐慢的发言。

"凡一代有一代之文学。""新时代"历史背景下,当代文学的生产、传播和样态都发生了深刻的变革。《上海文学发展报告》(2018)聚焦主题为"当代文学的'中国经验'"。这体现为两个方面:一、当代文学创作越来越重视"本土文化经验"(无论是丰厚的传统文化资源的开掘,还是在复杂的当下社会现实的摹绘);二、网络文学的海量生产、付费阅读、产品再开发基本成熟和定型。本土特质、中国气息成为当代文学的一个显著特点。

　　本书就此一主题,邀请了陈思和、王晓明、莫言、食指、孙甘露、陈晓明、黄发有、蔡骏等一批当代作家和研究者,就当代文学版图的重构、当代文学的"世界视域"及"本土文化经验"、网络文学写作和产业新趋向、文学传播多元化与城市精神的建构等问题加以讨论和分析。

图书在版编目(CIP)数据

上海文学发展报告. 2018/荣跃明主编. —上海：
上海书店出版社，2018.3
ISBN 978-7-5458-1616-7

Ⅰ.①上… Ⅱ.①荣… Ⅲ.①当代文学—文学研究—
上海—2018　Ⅳ.①I209.951

中国版本图书馆 CIP 数据核字(2018)第 036357 号

责任编辑　顾　佳
封面设计　汪　昊

上海文学发展报告(2018)

主　　编　荣跃明
执行主编　王光东　陈占彪

出　　版　上海书店出版社
　　　　　(200001　上海福建中路193号)
发　　行　上海人民出版社发行中心
印　　刷　上海叶大印务发展有限公司
开　　本　710×1000　1/16
印　　张　19.5
版　　次　2018年3月第1版
印　　次　2018年3月第1次印刷
ISBN 978-7-5458-1616-7/I·425
定　　价　88.00元